O ENIGMA DE SOFIA

Marlene Theodoro Polito

O ENIGMA DE SOFIA

SÃO PAULO, 2022

O enigma de Sofia
Copyright © 2022 by Marlene Theodoro Polito
Copyright © 2022 by Novo Século Editora Ltda.

EDITOR: Luiz Vasconcelos
ASSISTENTE EDITORIAL: Amanda Moura
PREPARAÇÃO: Equipe Novo Século
DIAGRAMAÇÃO: Estúdio DS
REVISÃO: Elisabete Franczak Branco
ILUSTRAÇÕES: Jonatas de Paula Marques
CAPA: Marcius Cavalcanti

Texto de acordo com as normas do Novo Acordo Ortográfico da Língua Portuguesa (1990), em vigor desde 1º de janeiro de 2009.

Dados Internacionais de Catalogação na Publicação (CIP)

Polito, Marlene Theodoro
   O enigma de Sofia / Marlene Theodoro Polito. -- Barueri, SP : Novo Século Editora, 2022.
   336 p. : il.

1. Ficção brasileira 2. Suspense I. Título

22-0908   CDD-869.3

Índice para catálogo sistemático:
1. Ficção brasileira

uma marca do
Grupo Novo Século

GRUPO NOVO SÉCULO
Alameda Araguaia, 2190 – Bloco A – 11º andar – Conjunto 1111
CEP 06455-000 – Alphaville Industrial, Barueri – SP – Brasil
Tel.: (11) 3699-7107 | E-mail: atendimento@gruponovoseculo.com.br
www.gruponovoseculo.com.br

Sumário

Prólogo 11

PARTE I

O Vilarejo e o começo de uma história 15
O Vilarejo 17
Muito barulho por nada 18
Dona Carmela 21
Domingo 24
Na casa com tia Sara 26
Uma notícia e tanto! 28
Dalva 31
Uma reunião de amigas 35
A nova médica chegou! 38
Nada a comemorar 41
Pães, biscoitos e uma epifania 43
Antes de o Natal chegar 48
Notícias e mais notícias 53
Dr. Miguel 55
Humanos e não humanos 57
Até que enfim a alegria voltou! 60
Uma surpresa e tanto na festa da árvore de Natal 61
Segunda-feira, outra vez! 64
Favos de mel 68
Um rio e nada a reclamar 69
Serge chegou! 72
Hercílio 76
Um pacote nada especial 79

"O amor quando se revela, não se sabe revelar..." ...81
Jovita Manoela Vieira de Alcântara *è arrivata, carissimi!* ...85
Investigações ...86
Quantos pontos você tem? ...88
O casarão finalmente ganha vida ...91
O valor de face ...94
Que surpresa, Josias! ...98
Você de novo! ...99
Um encontro feliz ...101
Eu só queria saber ...103
Doutor ...105
Chá de quebra-pedra ...107
Suspeitas ...112
Grandes mudanças ...113
Surpresa antes do Natal ...116
Pressentimentos ...120
Marcos! Onde se meteu o Marcos?! ...121
Otávio veio para o Natal ...123
Na fazenda Estrela d'Alva ...126
Confidências ...128
Antevéspera do Natal ...131
A ceia de Natal na casa de Vó Ângela ...134
Seu Armando ...138
Um casamento ...140
A luz que brilha em seus olhos ...142
Oh vida! ...143
Ana Laura e os armênios ...145
Medo ...149
Eu vejo você ...154
Nas alegrias e nas tristezas ...158
"Do outro lado do caminho..." ...160
Reconhecimento de valor ...163
A mulher do Hercílio? ...165

PARTE II

Um enredo de luz e sombras	167
Outro caso muito estranho	168
Muito mais a temer	172
Nem tudo que reluz é ouro	174
Alguma notícia, doutor?	177
Have a nice day!	179
Ora, ora, quem diria?!	183
Os colonos: mais um ano termina	186
A festa na casa do professor Raimundo	187
Um dia quase perfeito	193
"Não perguntai: Por quem os sinos dobram..."	198
Mais cor em sua vida	199
Você também?	202
Um novo cenário, um antigo legado	204
O circo	206
Algumas notícias esparsas	209
Tudo muda, nada muda	211
'Business is business', afinal!	214
Transigência: ato ou efeito de transigir	216
Kintsugi	218
Apenas entre nós	220
Uma patrícia no caminho!	221
Uma mãe emprestada	223
Antes de voltar	225
Comemorações	226
O útil e o agradável	227
Big mistake!	229
Padre Ernesto	233
A carta	236
O retorno do medo	238
A tulha	239
Suspeitas de quem, *stupido*?	241
Há mais coisas no mundo, Marcos	243

A fonte secou 244
Tem vida no anexo 246
Relatório, Marcos. Relatório! 250
Chaim 254
Futebol, ufanismo e regime militar 256
"Asno que a Roma vá, de lá asno voltará" 259
De volta para casa 261
O que será? 262
Baby boom! 264
Adiós, mi querida! 265
La sangre caliente 268
A praça 271
Uma nota sobre a reabertura da praça 274
Professor Raimundo e Elizabete 276
Jonas, Narciso e Eugênio 278
金継ぎ 280
Um fato nada banal, Marcos! 282
Sob o signo de Janus 285
Frederico chegou! 288
A história de Emília 290
Encantado 292
Mirabĭlĭa" 294
Sissi 297
Uma decisão importante 298
Muito feio mesmo, Lagartixa! 300
Pagar pra ver 302
O fio da meada, Marcos! 306
Vir a ser 308
Um filho para Chaim 309
Matias 310

Parte III

Acima de qualquer suspeita 311
Epílogo para uma história sem fim 330

Ao Reinaldo, que escreve em minha vida uma linda história de amor.

Ao Matheus, à Juliana e à Marina (Lili), por todos os sorrisos e todas as palavras ternas de um grande afeto.

Prólogo

Marcos olhou pela terceira vez para o relógio grande bem em frente a sua mesa. Eram oito e meia da manhã e o delegado ainda não tinha aparecido. Fato incomum, muito raramente ele se atrasava.

Olhou o registro das ocorrências. Havia dois casos pendentes que precisariam ser resolvidos de uma vez por todas. "Que inferno!", pensou. "Além de ladrão de galinha, agora tem outro bêbado dando escândalo na frente do bar e tirando a roupa?!"

Levantou-se e viu o Dr. Valadares chegando com duas pastas azuis que ele, Marcos, conhecia bem. Eram da Delegacia Central, na cidade. Com certeza pediram a ajuda do delegado para o caso do usineiro. "Ainda bem. Esta vida parada me mata!", resmungou para si mesmo.

O delegado chegou e a atmosfera da delegacia mudou. Uma energia vibrante agora tomava conta do lugar. Olhou os registros policiais, levantou as sobrancelhas e disse com firmeza:

– Marcos, solte esse ladrãozinho pé de chinelo e o desordeiro do Ziú. A praça precisa de limpeza, e quero ver esses dois vagabundos trabalhando lá[1]. Daqui pra frente, chega de baderna; vão fazer trabalho comunitário.

Marcos imediatamente pediu que o policial de plantão executasse a ordem. Depois, ouviu uma longa explicação a respeito da morte misteriosa ocorrida em uma das maiores usinas de açúcar da região e a premência da Delegacia Central em encontrar uma solução para o caso.

A questão não era nada simples: primeiro, porque a vítima era uma das pessoas mais ricas do país, com enorme cabedal político; segundo, e por essa

---

[1] Em meados do século 20, era comum o uso da expressão "Esse manda prender e manda soltar", para se referir a uma pessoa que tinha, por analogia, o poder de um delegado de polícia. Nos anos 1960, algumas autoridades tinham muito poder, entre elas o padre, o prefeito, o juiz e o delegado. Só para citar um exemplo da força do cargo do delegado, basta dizer que ele podia efetuar prisões para averiguação, diferentemente do que ocorre na atualidade, quando uma prisão só pode ser determinada a partir da constatação de flagrante delito ou com ordem fundamentada por juiz.

mesma razão, porque houve uma repercussão gigantesca e, consequentemente, a imprensa, o governo e as autoridades locais passaram a exigir maiores informações sobre o crime.

Marcos acompanhava tudo com olhos e ouvidos atentos. Sabia já de antemão a tarefa que vinha pela frente.

Ele e o delegado trabalhavam juntos havia alguns anos, e o assistente nunca entendera muito bem por que aquele homem tão inteligente tinha escolhido desempenhar ali suas funções, um cantinho de terra escondido de tudo e de todos. "Este lugar é uma pequena joia ainda não descoberta", o Dr. Valadares lhe dizia. "É praticamente um depositário nacional de relíquias históricas. Veja a praça à nossa frente, o carrilhão da igreja, que o imbecil do padre não quer que toque porque faz muito barulho, a estação ferroviária, as casas. E a gente, Marcos! Que gente boa!"

Marcos ouvia suas palavras, mas olhava para tudo com olhos ainda por descobrir a beleza do lugar. Estavam na delegacia havia três meses, e ele via com estranheza as salas de pé-direito alto, as portas pesadas de madeira, o vitral antigo e a imponente escada de mármore de Carrara.

Para o delegado, era um privilégio trabalhar naquela casa. E dizia com entusiasmo para quem quisesse ouvir: "É o exemplo perfeito do ecletismo da virada do século aqui no Brasil – uma ilustração do novo ideário político que se afastava dos modelos portugueses e lançava mão de outras referências culturais, como a italiana e a francesa."

O assistente admirava aquele homem em seus trinta e nove anos, alto, corpulento, um espartano no que dizia respeito ao trabalho. Observador, de olhar arguto e penetrante, percebia detalhes sutis que muitas vezes passavam despercebidos aos olhos de todos. Um desperdício naquele lugar, achava Marcos. A vida lá era plácida. Plácida demais para o seu gosto.

A entrada esbaforida de um dos policiais na sala interrompeu seus pensamentos.

– Dr. Marcos, avise o dr. Valadares que ocorreu um crime na praça. Está uma loucura e ninguém sabe o que aconteceu – disse o oficial.

Demorou algum tempo para que Marcos pudesse entender completamente o sentido do comunicado: um fato improvável em um lugar mais improvável ainda.

Informou o crime ao delegado, pegou o paletó e se dirigiu à praça com os outros policiais. Um acaso do destino talvez?

Certamente não. Dizem que nós nos modificamos a cada instante, e cada fato novo em nossa vida poderá representar o marco entre dois mundos, todos com mudanças profundas e irreversíveis.

O dr. Valadares deu, de fato, uma boa contribuição para o caso do crime ocorrido na usina; o trágico incidente na praça, entretanto, seria o início de uma longa jornada, e Marcos iria se lembrar de como o vilarejo nesse dia começaria, assim como ele próprio, a reescrever os termos de um novo contrato de uma nova vida.

PARTE I

O Vilarejo e o começo de uma história

Fim dos anos 1960 – início dos anos 1970

O Vilarejo

Fundado e desenvolvido na virada do século 19 para o 20 por imigrantes que fugiam de guerra, fome e perseguição em busca de paz e de trabalho, o vilarejo era, no decorrer dos anos 1960, no Brasil, um lugar dissemelhante de qualquer outro em vários aspectos.

Em um país com um expressivo número de analfabetos, muitos de seus habitantes tinham nível educacional privilegiado, conhecimento e experiência com a terra, força regrada de trabalho e uma visão voltada para o desenvolvimento e o progresso. Nessa comunidade pequena, cercada de propriedades rurais e separada alguns quilômetros de um grande centro, seus moradores eram fiéis a suas origens, suas tradições e seus valores, e principalmente à ideia de que a riqueza da vida está atrelada necessariamente à profundidade do comprometimento que cada um tem com ela.

Um mundo pequeno, talvez bom demais para ser verdadeiro, humano demais para ser perfeito.

Dentro dessa humanidade possível, a vida, como não podia deixar de ser, era um contínuo fluxo de acontecimentos, todos relacionados entre si, formando uma história única e ao mesmo tempo tão comum, plena de sonhos, esperanças, paixões, vaidades e temores, em um tempo e espaço que, para o bem ou para o mal, nunca haviam sido percorridos antes.

Os crimes que se sucederam no vilarejo transformaram de forma inimaginável o espírito de um lugar pacato por natureza, amigável e, em sua essência, solidário.

Muito barulho por nada

Aquele prometia ser um longo dia. Eram seis da manhã de um sábado e já havia barulho na vizinhança. De olhos na janela do quarto, dona Carmela observava a tresloucada da Petúnia correndo atrás do Valdo, no meio da rua.

Petúnia era realmente um ser irritante. Fazia um escarcéu dos diabos logo de madrugada, cacarejando, batendo asas, pulando histericamente do telhado do galinheiro para o chão e do chão para a cerca que separava as duas casas. Como não conseguia voar – Josefa havia lhe cortado parte das asas –, "berrava" e continuava tentando a proeza de forma quase macabra até que, inexplicavelmente, parava, comia os grãos de milho que lhe eram oferecidos e ficava à espreita.

Quase todos do vilarejo tinham sido atacados por ela. Corria atrás das pessoas com o bico em riste e as asas semiabertas, nem criança escapava. Só gostava de alguns poucos. Vivia solta, apesar das inúmeras reclamações. Josefa adorava a galinha e até achava graça nas coisas que ela fazia. "É maluquinha", dizia, "não tem juízo". Valdo – ou melhor, dr. Valdo, diria Miquelina – soltava palavrões e tentava conservar o pacotão desconfortável em suas mãos. "Maldita seja!", praguejava à ave e à sua dona, desviando-se das bicadas como podia.

"Miquelina adora o marido", refletia dona Carmela enquanto acenava para ela de sua varanda. A moça estava parada em frente à porta da casa e acompanhava o embate com olhos quase sorridentes. Acenou de volta para dona Carmela e entrou rapidamente em sua cozinha. Não podia perder tempo, precisava entregar as tortas que haviam lhe encomendado e preparar o que levaria no domingo para a casa da tia Sara.

Miquelina era famosa pelos doces que fazia, e não havia festa de aniversário, casamento ou batizado em que seus bem-casados, cajuzinhos, olhos de sogra, beijinhos, camafeus e balas de coco não fizessem parte de uma mesa muito bonita que ela pessoalmente fazia questão de montar.

Era criatura afável e alegre. Tinha conhecido Valdo havia dez anos em uma loja de revenda de peças para carros. O rapaz estava à procura de componentes para embreagem. Miquelina entendia muito bem de carros e buscava uma "válvula de agulha da boia de carburador" para seu velho fusca. Seu pai trabalhava em casa e explicava à filha, sempre curiosa, como o motor operava, o funcionamento complicado das peças do câmbio, o problema gerado pelo excesso de combustão... Ela observava, ouvia e aprendia. Perguntava sempre.

Assim, quando se encontrou pela primeira vez com Valdo, diante da hesitação do vendedor em responder a ele uma questão muito simples sobre troca de embreagem, ela não resistiu e lhe deu uma explicação completa sobre o problema. Dr. Valdomiro Cruz de Vasconcelos se encantou com a vivacidade daquela mocinha sorridente e delicada. Admirado, sentia a conversa fluir sem esforço. Quando ela saiu, surpreendeu-se com a certeza de que precisava voltar a vê-la.

Encontraram-se algumas vezes por acaso no centro daquela cidade em que viviam. Outras vezes, nem tão por acaso. Casaram-se, e Valdo, que era dentista, resolveu levar seu consultório para aquele vilarejo que tinha apenas duas ruas principais, uma praça, uma igreja, um posto de saúde e um punhado de sítios e fazendas ao redor. Até sua chegada, o vilarejo estava carente de médicos e dentistas, e as pessoas o tratavam com especial deferência. Além disso, Miquelina, em suas conversas, deixou transparecer a alegria e satisfação de começar sua vida lá, perto de amigos e da tia Sara. E assim aconteceu, logo após o casamento.

Assim que se livrou das investidas da galinha Petúnia, Valdo chegou ao consultório, que ficava a duas quadras do posto de saúde, e Marcelina já o esperava, olhos lacrimejantes e bochecha inchada. "Mais uma emergência", pensou, em seguida começou a preparar os instrumentos.

Nesse mesmo instante, a buzina da Rural Willys verde e branca anunciava ao vilarejo sua chegada com os pães. Já passava das seis e meia, e a rua se movimentava com o vaivém das pessoas que chegavam, faziam seus pedidos, aproveitavam para conversar sobre as novidades com o Hercílio. Muitos berravam de suas janelas se ele tinha trazido certa trança doce, um ou outro tipo de pão, ou ainda aquele sequilho amanteigado tão gostoso. Ele confirmava, negava e fazia promessas de atender aos pedidos na próxima vez.

Hercílio era um craque de fato. Com seus trinta e poucos anos, dentes alvos, sorria bonito para as mulheres que cercavam a sua perua, cada uma exigindo atenção, dando sugestão, reclamando, marcando encomendas. Quando a pressão e a demanda eram fortes demais, dizia "Atendo você num minuto, querida", e voltava a atenção para quem tivesse chegado primeiro. Falava de futebol com os homens, trocava ideia sobre o estado da estrada, sobre política. Perguntava às mulheres como estava o filho que adoecera, se aquela parente que não aparecia havia tanto tempo tinha se mudado, ou quem era a moça charmosa que tinha vindo junto com a freguesa em tal e tal dia. Dava troco, pedia que trouxessem o dinheiro fácil na próxima vez, marcava na caderneta, que ficava com o próprio comprador, os produtos adquiridos naquele dia e que seriam pagos no final do mês. Aceitava trazer outras mercadorias, mas deixava claro que ficaria um pouco mais caro, porque teria que cobrar isso e aquilo, e todos iriam reclamar.

Nem precisava percorrer a rua toda. Preferia parar ao lado da pracinha, na frente da casa de dona Carmela ou de Miquelina. As pessoas vinham apressadas, de outras quadras, desejando ser as primeiras a comprar, a escolher os pães e outras novidades que o Hercílio sempre trazia. Aparecia o Chaim, sempre descabelado e pouco banho, a baiana atraente, Maria do Carmo, mulher de Josias, o capeta do Matias, que atazanava a vida do Hercílio, e a Turcona[2], uma matrona libanesa que ganhara o apelido por causa do sotaque.

Dona Carmela, em uma das rodinhas que sempre se formavam às terças, quintas e aos sábados, dias em que o Hercílio aparecia, viu que seu Pedro tinha vindo à procura dos pães também. Já fazia umas duas semanas que não o via. A morte da mulher havia poucos meses, a tristeza e a preocupação com a filha ainda tão pequena deixavam seu rosto, sempre tão sério, com um quê de melancolia pungente.

Pedro olhou para Carmela e, quase com hesitação, perguntou se ela poderia ajudá-lo. Precisava de alguém para tomar conta da casa e da filhinha, tinha que trabalhar e não sabia mais o que fazer com tantas obrigações no trabalho e em casa. Era empreiteiro de obras e ganhava por trabalho realizado. Em casa, a menininha com apenas três anos, acostumada com o carinho e os cuidados da mãe, chorava bastante e precisava de atenção. Não podia pagar muito, mas quem sabe dona Carmela poderia indicar alguém.

Ela respondeu que certamente poderia tentar encontrar alguém. Sabia que a filha do seu Antônio, dono da horta e do maior pomar das redondezas, estava querendo arrumar um emprego de dia para poder estudar à noite. Falaria com ela. Era jovenzinha a Dalva, mas era delicada, sabia cozinhar e estava acostumada com o trabalho doméstico. Além disso, quem não precisava ganhar dinheiro naqueles dias?

Despediram-se e, depois de evitar a intragável da Ruth, dona Carmela dirigiu-se imediatamente à casa do seu Antônio, dono da horta.

---

2   Os imigrantes árabes (sírios, libaneses…), turcos, armênios, entre outros, que chegaram ao Brasil antes do fim da Primeira Guerra eram chamados de "turcos" devido à identidade ou ao passaporte turco-otomano. O uso da palavra (turco/turcona) para alguns imigrantes que não eram turcos acabou se generalizando por conta dessa condição. O desmembramento do Império Otomano se dá entre 1908 e 1922.

Dona Carmela

Aos olhos das crianças que a adoravam, aquela senhora sempre sorridente e amiga de tanta gente parecia mesmo diferente. Com seus sessenta e tantos anos, ruiva, um tanto descabelada para o gosto comum e com um guarda-roupa no mínimo exótico, dona Carmela era uma pessoa excêntrica, incomum.

Tinha o costume de conversar longamente com todos a qualquer hora do dia – para desespero das mulheres que se preocupavam com a rotina da casa –, dava conselhos, benzia bebês, curava erisipela, bucho-virado e males de mau-olhado. Acolhia a todos com alegria, e todos saíam de sua casa carregando – sob os olhares muito suspeitosos das mães – pelo menos um pacotinho de paçoquinha, pé de moleque, bolacha ou sequilhos, que ela não fazia, mas tinha sempre em estoque em casa. (Não se sabia também há quanto tempo; às vezes eles tinham mesmo um sabor estranho).

Cuidava de todos os bichos mal-amados da rua e adjacências, sem preconceito de raça, cor ou doença. Cultivava pés de arruda, alecrim, hortelã, quebra-pedra e poejo, que por sua vez se misturavam às margaridas que ela replantava no fundo de um quintal absolutamente caótico. As folhas verdes de grama se misturavam obsessivamente às ervas daninhas e aos carrapichos, mas era possível também encontrar abobrinhas que se escondiam na folhagem insólita, ovos deixados pelas galinhas que viviam por ali, cacos de porcelana com pequenos frisos dourados que ela colecionava ardorosamente, como se pudessem lembrá-la de um tempo que não vivera, mas de que, paradoxalmente, sentia saudade. Vivia, entretanto, cheio de flores esse jardim, abarrotado de frutas, abelhas e passarinhos. Não doava nada: as pessoas iam, pegavam o que queriam e iam embora. Só não tolerava desperdício e malvadeza: era fiel ao seu mundo.

Não fazia intrigas, mas gostava de bisbilhotar. Perguntava à garotada o que tinham tido para o almoço – para irritação profunda das mães que consideravam sagrada a intimidade da sua cozinha –, se tinham ido fazer compras no armazém da companhia ferroviária para a qual os pais trabalhavam, se tinha sido boa a reza do terço (subentenda-se aqui "os petiscos e licores oferecidos") na casa da Fulana, se o tio namorador ainda estava chegando tarde em casa, se sabiam do último namorado da Gertrudes… E ia por aí afora, indagando. A vida fora dos muros de sua casa a fascinava.

Dona Carmela era única na família e sua casa seguia no rastro de suas excentricidades. Seu marido tinha sido mascate, costumava ir de cidade em cidade, carregando malas, vendendo os tecidos de porta em porta.

Em casa, depois que ele falecera, mantinha ainda nas cadeiras da sala peças de pano amontoadas que, à vista de um provável freguês, iam sendo caprichosamente desdobradas, espalhando um cheiro bom de roupa nova, de momentos alegres, de festas por vir... Falava da cor mais favorável, de um possível modelo, da qualidade de um tecido que já não se fabricava mais. As mães refletiam, faziam as contas. Nem sempre levavam, mas o tratamento na hora da saída continuava a ser o mesmo: beijo no rosto – que as crianças rapidamente esfregavam com as costas da mão –, embrulhinho com doces e ervas para curar isso ou aquilo.

Um dia as filhas de dona Robertina resolveram arrumar a casa de dona Carmela. Na verdade, sua sala de visitas, porque ninguém tinha acesso aos outros cômodos da casa. Tudo estava coberto de pó; enfeites muito bonitos estavam guardados em uma cristaleira que havia muito tempo não via limpeza; toalhas de linho ricamente bordadas e envoltas em papel de seda eram mantidas no fundo de um baú de madeira – extremamente misterioso para elas – em um dos cantos da sala.

Ficaram a manhã toda, varrendo, limpando, tirando o pó, enfeitando. Quando terminaram, ela sorriu satisfeita e as abraçou muito. Disse-lhes que eram "especiali". Uma semana depois, quando voltaram, tudo estava exatamente igual ao que fora antes.

Dona Carmela não tinha inimigos, gostava de todos e todos gostavam dela. Mas, como nem tudo é perfeito, havia altos e baixos nessa convivência e, naturalmente, vez por outra, surgiam comentários nem sempre elogiosos e implicâncias nem sempre honestas. Em um ambiente notoriamente pacífico – pelo menos na opinião de seus moradores –, um único ser a tirava do sério. Incompatibilidade de gênios, pode-se dizer. Essa, porém, é outra história, para outra ocasião.

Tirando isso, a vida corria solta, e cada minuto era vivido com paixão, nada era banal. Às vezes, tocava seu acordeão, e as canções da longínqua Itália marcavam o cair da tarde. A melancolia, então, tomava conta de seu coração. Nesses instantes, não gostava de conversar, e todos sabiam que dona Carmela estava em um daqueles dias de tristeza e queria ficar sozinha.

Na manhã seguinte, outra vez, era a dona Carmela de sempre: corria a vizinhança em busca de novidade, filosofava com o dono da quitanda, que ainda usava a balança de dois pratos para pesar as frutas e os legumes, fazia cola de farinha para os meninos e as meninas (era a favor da igualdade de gênero) que queriam fazer suas pipas, saía à cata de esterco para suas plantas, que os cavalos do Chaim "produziam", punha suas ervas para secar ao sol, manipulava seus remédios caseiros que, corria à boca solta, se não curavam, mal algum faziam.

No minúsculo vilarejo a vida fluía, e dona Carmela se deixava levar, seguindo seu ritmo suave e maduro. Havia dias longos, dias curtos, noites que surgiam com suas estrelas, tempos de bonança de céus claros, e de tempestades também, de desejos mal resolvidos, de expectativas e de esperanças de um devir que, preguiçosamente, demorava a se realizar.

Dona Carmela observava os sinais quase insuspeitos de cada novo dia, o pulsar da vida acontecendo de repente, de maneira inexplicável, contrariando a lógica, enterrando razões, desnudando a intuição, alegrando e fazendo sofrer os corações. Sofisma!

"Que belo sofisma a vida realmente é!", pensava.

Domingo

A filha da Turcona era linda de verdade. Morena, alta, corpo bem-feito, cabelos castanhos, olhos grandes e brilhantes. Era um pedaço de mau caminho! Fazia os homens se virarem sempre que saía à rua. Chaim era um deles. A Turcona ficava de olho. Afinal, não tinha criado a filha com tanto capricho para nada.

Chaim tinha dinheiro, todos sabiam. Era dono de várias casas que alugava e de uma chácara enorme com cabras, porcos e cavalos. Era trabalhador e cuidava da mãe já idosa que não falava nem entendia uma palavra em português.

Adorava festas e, no Carnaval, ia sempre à praça, alegre, rindo e batucando em uma frigideira com dois tomates e uma salsicha, um arremedo pornográfico que mostrava e oferecia a todos. Era personagem tradicional nos festejos, participava de tudo, mas não era muito chegado a banho ou roupa limpa. Jovem ainda, esbelto e desengonçado, era bom negociante e dizia, para arrepios de quem ouvisse, que tinha planos de abrir uma padaria no vilarejo.

Olhava com olhos cobiçosos para Isabela. Moravam na mesma rua, sua chácara era muito próxima da casa dela. Ela, porém, se recusava a ter qualquer aproximação com ele, fato que absolutamente não o incomodava. Era prático. E tocava a vida com bom humor.

Passava regularmente pela casa de dona Carmela e Miquelina, com muita satisfação. A primeira ouvia suas histórias e ria muito, fazia perguntas e o tratava com gentileza. Quando não estava bem ou algum bicho seu adoecia, dona Carmela benzia, sugeria e dava os remédios que fazia com as ervas do quintal. Gostava mesmo dela, que o tratava como filho.

Gostava também de Miquelina, a vizinha rechonchuda de dona Carmela. Em dia com um pouco mais de folga, puxava prosa com ela, perguntava se precisava de alguma coisa e ajudava com prazer quando a cerca caía, quando era necessário podar a parreira de uva do seu quintal, ou arrancar a tiririca do jardim de que ela cuidava com tanto gosto. Ela, então, sempre lhe oferecia um pedaço de bolo ou torta, ou um pacotinho de balas de coco, que ele adorava.

No domingo, dia em que geralmente as pessoas se encontravam na praça ou a caminho da igreja, Chaim usava sua camisa listrada de vermelho, e todos sabiam que havia tomado banho, penteado o cabelo e limpado os sapatos já meio rotos.

Dona Carmela sorria-lhe, convidava para um café e conversavam. Conversavam muito. Foi assim que, nesse domingo, soube pelo Chaim que o casarão dos Vieiras ia ser reformado. Uma surpresa e tanto!

Os Vieiras eram donos da fazenda Estrela d'Alva, famosa pelo cultivo de café e criação de gado leiteiro. Quando os velhos proprietários morreram, seus filhos Miguel e Jovita herdaram a fazenda. Miguel continuou a administrar os negócios como fazia na época em que o pai estava vivo. Jovita havia se casado, tinha duas filhas, agora já moças, e uma imensa conta bancária. Frequentava pouco a fazenda, o contato com o irmão era raso e, por isso, a notícia de sua vinda para o vilarejo pegou dona Carmela de surpresa. "Que estranho! Muito estranho!"

Queria contar a notícia para Miquelina, mas, com certeza, ela e o marido já deviam estar a caminho da fazenda de tia Sara. Tinha ouvido todas as reclamações e imprecações que Valdo proferira ao carregar o carro.

Na casa com tia Sara

De tempos em tempos, Miquelina ia até a casa da tia na fazenda, e Valdo a acompanhava... de má vontade.

Dona Sara não era, exatamente, um ser humano fácil. Intransigente, mal-humorada, reclamona e exigente. Aos oitenta e dois anos tinha perdido a paciência e a delicadeza que, porventura, algum dia tivera. Valdo, com temperamento nada paciente, acabava cedendo aos pedidos da mulher e se aborrecia com isso. Miquelina, sempre tão doce, havia dito que dona Sara estava com problema sério de saúde, e ele não queria bancar o insensível. Mas que a velha era chata, era mesmo, pode crer!

Assim que chegavam, ela tinha o hábito de lhe pedir que desse "uma olhadinha" em algumas coisas da casa. Em pouco mais de dez minutos, apresentava rádio que já não funcionava por causa do cordão elétrico, dobradiças que estavam quebradas, cadeiras com pernas bambas, lâmpadas que precisavam ser trocadas etc., etc., etc. A "visita" então se arrastava por horas, e acabavam saindo de lá ao anoitecer. Não era o caso de ela não poder pagar alguém. Era rica a danada. E isso irritava Valdo profundamente.

Miquelina já conhecia as manias da tia e dizia que era carência pura, necessidade de afeto e atenção. Tinha dois filhos, um era prefeito da cidade e estava envolvido demais com as coisas da política, o outro morava fora do Brasil e não havia muitas notícias sobre ele. Vez por outra a sobrinha até arriscava perguntar sobre esse primo que só vira quando ainda era bem pequena, e tia Sara dizia, então, que ele tinha mandado uma carta, enviado um presente, ou que tinha se mudado para outro país por conta do trabalho.

Já habituada à rotina de tais visitas, e querendo fazer um agrado à tia, Miquelina sempre levava comida para o almoço, o lanche da tarde e mais alguma coisa, porque dona Sara não gostava de cozinhar e comia o que Josefina, a faz-tudo da casa, lhe preparava. No domingo, entretanto, não podia contar com ela. "Não tem nenhum problema", dizia com um certo ar sofredor. "Como tão pouco!".

Mas não era verdade, tinha um apetite feroz. Ao menor sinal de comida na mesa, atacava com gosto. Nada lhe escapava. Entre reclamações sobre a atuação de Josefina no fogão e lamúrias sobre a sua "pobre condição", empanturrava-se com as empadas, os bolos e os pudins que a sobrinha levava.

Na despedida, sempre pedia a Valdo alguma gentileza: um remédio de que estava precisando, uma encomenda que havia chegado e estava à disposição nos Correios, enfim, qualquer coisa que desse na cachola da velha. Não era lá muito generosa. Apesar das laranjeiras, mangueiras, limoeiros e pés de tangerinas estarem carregados; apesar da grande quantidade de leite e ovos de que a fazenda dispunha à vontade; e apesar (ainda!) do mel de eucalipto abundante que era sempre elogiado, ela nunca oferecia nada.

Miquelina e Valdo voltavam contentes para casa, entretanto, por motivos diferentes: Miquelina com o sentimento de ter dado um pouco de atenção àquela pobre criatura, e Valdo com a sensação plena de missão cumprida e o alento de ter que repetir a visita apenas em dois ou três meses à frente.

Valdo fazia o que fazia por causa de Miquelina. Adorava ficar em casa nos fins de semana, aguando as plantas, conversando, fazendo seus trabalhos em crochê – sim, porque Valdo fazia peças lindíssimas em crochê! "É muito relaxante", costumava dizer. "E exige paciência e criatividade!". Estavam casados havia oito anos e ele admirava a esposa. Com inteligência e delicadeza, ela sempre conduzira suas vidas, aplainando arestas, sugerindo caminhos, incentivando-o a olhar as novas oportunidades que a vida oferecia. Era excelente cozinheira, e ele adorava voltar para casa e sentir o aroma que vinha da cozinha: cheiro do pão que estava assando, do bolo com calda de chocolate que ela fazia como ninguém, da torta ao mesmo tempo crocante e macia.

"Bem, uma visita ou outra daquelas não vai me matar", pensava.

Uma notícia e tanto!

A notícia era de fato verdadeira, e logo de manhã, naquela segunda-feira, caminhões de terraplenagem, chefes de obras com equipes de pedreiros, marceneiros e pintores chegaram ao vilarejo para a reforma do casarão.

Mais do que qualquer elegância de detalhes ou sofisticação, o casarão se impunha pela solidez e simplicidade. De frente para a praça, a meio caminho entre a igreja e a estação ferroviária, era parte de um cenário inacreditavelmente permanente, quase imutável. Ocupava uma quadra inteira com suas árvores antigas, suas bicas de água, seu telhado de tijolos vermelhos, blocos de barro secados ao sol, ainda nos tempos das grandes colheitas e dos grandes fazendeiros. Tinha mais de cem anos e havia sobrevivido à crise do café como poucos outros. Nessa época, o velho Antônio Augusto Vieira, homem enérgico, austero, que não jogava dinheiro fora e controlava tudo com mãos de ferro, conseguiu se desvencilhar da crise sem grandes danos e pôde ainda amealhar um punhado de outras propriedades que sucumbiram e foram à falência.

O velho casarão fazia parte desse espólio e, por muitos anos, testemunhou a vida nada pacífica de uma família sem grandes laços de afeto: Antônio, um pai e marido autoritário; Magda, uma esposa receosa e depressiva; Miguel, um filho ressentido e de comportamento intempestivo; e Jovita, uma filha propositalmente alienada de tudo e de todos.

Após o falecimento da esposa e com os filhos já adultos estudando fora, o velho Vieira voltou a morar na antiga casa da fazenda, e o casarão ficou fechado desde então.

Miguel, o filho mais novo, sempre tinha ajudado na administração dos negócios. Com a morte do pai, pôde finalmente pôr em prática uma série de projetos. "Maluquice!", diria o velho.

Apesar de sua formação na área de engenharia civil, Miguel trouxe técnicas modernas para o cultivo e a colheita do café, implementou a rotatividade de culturas para diminuir a exaustão do solo e pôs em prática o melhoramento do gado leiteiro com a utilização de novas técnicas de inseminação artificial e reprodução. Os negócios prosperavam.

Jovita se casou e se mudou para os Estados Unidos, depois para a Itália – lugares onde o marido tinha negócios. Isso fazia mais ou menos uns quinze, dezesseis anos. Miguel também se casou, mas acabou se desquitando muito cedo, apenas cinco meses depois. Não abandonava a fazenda e sua mulher não se habituara nem à vida que considerava rústica demais, nem ao temperamento brusco e até irascível do marido.

A reforma e o restauro do velho casarão trouxeram, assim, à baila um número muito grande de indagações. Com a notícia de que Jovita anunciara uma visita ao vilarejo e de que o casarão estava sendo preparado para recebê-la, todos se perguntavam se valeria a pena os dois irmãos refazerem um caminho que nunca fora percorrido e retomarem algo que, na verdade, nunca existira ou nunca fora devidamente valorizado.

O vilarejo se alvoroçava com a novidade. Dia após dia, olhavam com curiosidade as gentes estranhas com seus uniformes escuros e suas ferramentas.

O Dr. Miguel aparecia logo de manhã e conversava com o engenheiro encarregado do trabalho. Trocavam ideias, analisavam o plano de execução para o projeto e consultavam os encarregados, que diziam que tudo corria bem, de acordo com o cronograma. Máquinas barulhentas começaram a aplainar o terreno com um som ensurdecedor; homens derrubavam paredes, limpavam a quantidade de material que já se acumulava, traziam cimento, areia, mediam e voltavam a medir o que restava da estrutura quase disforme do casarão.

Matias e Lagartixa eram figuras constantes por lá. Depois das aulas na escola, mal engoliam o almoço e saíam de bicicleta em desabalada, o Doutor correndo na frente, já sabendo aonde ir.

Conversavam com os pedreiros, faziam perguntas, ouviam histórias, riam das brincadeiras que eram feitas, davam informações sobre as mocinhas graciosas do lugar – e também sobre as nem tão graciosas e as nem tão mocinhas.

Tinham a mesma idade, doze anos com apenas uns meses de diferença. Matias, inquieto, sorriso sempre aberto, era (em suas próprias palavras) "marrom provocante". Lagartixa, loiro com cabelo encaracolado, lembrava a carinha de um anjo barroco, mas de anjo não tinha nada. Os dois se entendiam às mil maravilhas, para loucura dos pais e de todos.

Faziam a tarefa de casa sempre correndo. Um dia, iam empinar papagaio no alto da caixa d'água, porque lá ventava mais, em outro, secavam bolinhos de terra para depois jogar com força nos meninos da escola, que revidavam com um ataque de mamonas ainda verdes. "Ah, meu Deus, que dor!". Riam muito ao espantar os cabritos do Chaim para fora do cercado e, principalmente, ao estourar bombinhas perto do tanque quando Gertrudes estava lavando roupa.

Dona Olga, mãe de Matias, culpava Lagartixa pelo comportamento do filho; dona Beatriz, mãe de César Augusto (ou Lagartixa, como era conhecido por todos), não achava Matias uma boa companhia. Os dois, entretanto, não se largavam e, com Doutor – porque o cão sempre estava onde os dois estavam –, perambulavam pelas ruas, iam nadar no rio e bater loca[3], caçavam passarinhos com estilingue, derrubavam a caixa de marimbondos da casa da esquina e davam um jeito de "conversar" com dona Carmela, que sempre tinha alguma coisa para lhes dar.

A mãe de Matias preocupava-se com a saúde do filho que sofria de epilepsia. Apesar dos remédios fortes, vez por outra ele passava por crises. Lagartixa já conhecia os sinais e, quando sozinhos, não se assustava mais. Tirava qualquer coisa do chão que pudesse machucá-lo, esperava até que os tremores e contorções acabassem e ele se restabelecesse. Doutor observava, ganindo baixinho, e ensaiava um toque delicado com a pata; sabia reconhecer a dor do outro, e aguardava. Acompanhava depois os companheiros de volta para casa.

Dona Olga via os três chegando, pegava a mão do filho, limpava seu rosto, os braços, as pernas esfoladas. Levava até o quarto e fazia com que se deitasse. "Meu menino! Tão empolgado com tudo". Só então Lagartixa entregava as coisas do amigo que estava segurando, se despedia e ia embora. Doutor ficava. Ninguém conseguiria tirá-lo de lá.

---

3   Bater loca = tentar pegar peixes cascudos que estão em tocas/buracos (locas) nas paredes das margens dos rios.

Dalva

Dona Carmela olhava para a mocinha à sua frente e se admirava. Dalva tinha trazido Sissi para benzer e explicava que a menina não estava dormindo direito e tinha um pouco de febre.

Ervas e benzimentos ocupavam a maior parte do tempo de dona Carmela. Sua avó materna lhe passara as palavras das orações que fazia com galhinhos de arruda para quebrantos em crianças, alecrim para dores de cabeça e faca afiada para erisipela. Quando alguém lhe pedia que rezasse e benzesse ou porque não se sentia bem, ou estava com medo de alguma situação problemática, ou ainda porque havia sonhado um sonho feio, Dona Carmela usava a oração do prato com água e óleo. Três gotinhas vertidas na água podiam lhe indicar muita coisa: três pingos de óleo que se misturavam à água significavam malefício, energia ruim por causa de inveja, ciúme ou mau agouro; no caso de três pingos inteiros, o problema era apenas físico e a pessoa precisava se cuidar, tirar bobagem da cabeça ou parar de pensar em doença; pingos mal diluídos não era bom sinal mesmo. Melhor ficar atento e se precaver!

Depois de benzer a criança – era quebranto, com certeza –, olhou para Dalva com carinho e disse:

– Não se preocupe! Amanhã ela estará bem de novo.

Como Lagartixa, Dalva tinha o mesmo tom perolado de pele. O cabelo agora mais comprido era a moldura de um rosto muito suave e gracioso. "Está com ares de mulherzinha, a nossa menina", disse dona Carmela para si mesma. "E como trabalha!".

Dalva vinha tomando conta da casa de seu Pedro e da menina havia uns quatro meses, e sempre agradecia a indicação feita para o emprego. Ele agora estava com serviço contratado – era empreiteiro de obras –, mas tinha ficado à mercê de pequenos trabalhos durante algum tempo, logo depois da morte da mulher. Nessa época, em que não sobrava dinheiro para quase nada, tinha empregado Dalva para ajudá-lo, e ele nunca teve ideia dos malabarismos que ela realizava para manter o equilíbrio da casa. Fazia o que podia (e não podia) com o dinheiro escasso que ele lhe dava.

Dona Carmela acompanhava tudo de perto e tinha visto Dalva muitas vezes levar legumes e hortaliças da horta dos pais para preparar o almoço. Muitas vezes a própria italiana contribuía com as frutas de seu quintal, os pacotinhos de biscoitos que Miquelina lhe dava e a massa de macarrão que volta e meia fazia.

A menininha adorava Dalva, que, por sua vez, se entregava a esse afeto novo e caro. Brincava de esconde-esconde, de estátua; ensinava a escovar os dentes, a comportar-se à mesa, a guardar os poucos brinquedinhos que tinha e a rezar. "A garota vai sempre sentir muito a sua falta", dona Carmela lhe dizia.

À noite, ia para as aulas na escola. Estava no último ano do curso normal e queria ser professora no pré-primário. Preparava as aulas do estágio em casa e estudava para as provas, e quando tinha alguma dúvida mais séria recorria ao professor Raimundo.

Professor Raimundo tinha uma biblioteca fantástica e conhecimento profundo. Tinha sido professor universitário na cidade e sempre recebia a visita de amigos, antigos colegas e ex-alunos. Discutiam filosofia, os avanços tecnocientíficos e os impactos provocados na cultura contemporânea. Ouviam música – o professor tinha uma coleção impecável de LPs e fazia questão de mantê-los em caixas catalogadas e devidamente registradas em sua biblioteca – e digladiavam sobre óperas, preferências musicais e compositores clássicos. Falava italiano muito bem e era apaixonado por dona Carmela. "Mulher de grande cultura e sensibilidade", dizia. "Uma dama! Uma dama de verdade!"

Obsessivamente ansioso, tinha medos e manias que se repetiam e repetiam: contava sempre os quatro cantos da mesa em que estudava, olhava se os livros da estante estavam simetricamente organizados, verificava se os objetos da casa estavam no lugar que deveriam estar, e, na hora de sair, checava inúmeras vezes se as luzes estavam acesas, se não tinha esquecido alguma coisa, como o fogão ligado, se a porta estava fechada[4]. Ter consciência de todo o processo e de toda essa ansiedade, entretanto, não facilitava a sua vida, e muitas vezes esse comportamento compulsivo chegava a atrapalhar de fato a realização de tarefas e o contato com outras pessoas.

Dalva conversava sempre com ele e respeitava sua opinião e seu jeito de ser. Pedia ajuda e orientação e fazia uso dos livros que ele lhe emprestava com inúmeras recomendações. Assim, ela avançava em seus estudos, inovava em seus trabalhos e, mais do que nunca, se certificava de que queria realmente seguir o caminho que escolhera.

Seu Pedro observava em silêncio todas as transformações que aconteciam em sua casa. No início, quase nem conversavam, mas havia qualquer coisa tão natural em Dalva que fazia com que as pessoas se aproximassem, contassem seus sonhos e fizessem confidências. O almoço diário passou,

---

4 A partir dos anos 1970, esses rituais obsessivos passariam a ser denominados Transtorno Obsessivo Compulsivo (TOC).

então, a ser um momento sempre bom, e a conversa fluía. Ele contava sobre os problemas da obra que estava fazendo, Sissi fazia gracinhas para os dois e Dalva contava o que a menina fazia – falava e ria das travessuras. O pedreiro era educado e ordeiro, e ela se sentia à vontade para fazer e organizar as coisas da forma que quisesse.

Um dia, inesperadamente, ele se irritou com ela. Era sábado, dia em que servia o almoço e ia embora. Sissi começou a chorar e pedia que não fosse, que ficasse com ela. Dalva tentou dizer para não chorar, que ia voltar logo, e quando foi pegar a menininha, o pai pediu que não fizesse isso e fosse embora. Sissi tinha que se acostumar com a situação. Afinal, Dalva não era nada deles.

Dalva percorreu toda a distância até sua casa chorando. Seus pais conheciam Pedro e sabiam que era um bom homem. Provavelmente estava tendo problemas no trabalho e, ao enfrentar mais um com a filha em casa, não aguentou e explodiu. Tudo ia passar e ele se arrependeria, com certeza.

O domingo chegou e a tristeza não passava. Foi ajudar o pai na horta, colheu algumas frutas no pomar, conversou com o irmão sobre as coisas da escola e preparou o almoço com a mãe.

À tarde, dona Carmela apareceu com grandes novidades: uma torta de morangos que tinha pedido a Miquelina que fizesse, o livro que o professor Raimundo havia prometido a Dalva e uma margarida que Sissi tinha pedido que lhe entregasse.

Na verdade, Pedro e a filha tinham aparecido na casa de dona Carmela logo de manhã, o que a surpreendeu de fato. Ele estava arrasado com o que tinha acontecido e dava explicações e mais explicações. Sabia o quanto Dalva gostava de dona Carmela, e talvez ela pudesse explicar, pedir desculpas em seu nome. Ele não pensava em si, mas na menina. E discorria sobre as qualidades da moça: como era delicada, paciente, generosa, trabalhadora, inteligente. Sabia que um dia ela deixaria de trabalhar para eles. Era bonita, também, e tinha planos; não ia ficar lá para sempre.

Dona Carmela ouviu tudo com olhar compreensivo. Gostava de Pedro, do seu caráter tenaz e firme e de seu medo de fraquejar, de perder o controle das coisas. Perguntou quantos anos tinha, e ele lhe respondeu: quarenta. Ela foi até o armário da cozinha, pegou um punhado de ervas e lhe disse para ir para casa. Conversaria com Dalva e, com certeza, ela entenderia tudo. O chá era para ele tomar sempre no café da manhã; isso iria acalmá-lo e ele passaria a se sentir melhor.

Sissi pediu uma margarida a Dalva – era a flor favorita das duas. O pai sorriu mais animado e se foi com a filha.

Dona Carmela pensava: "*Ah, questo mondo! Un' altra volta, un altro giro!*"

...

Dalva não dormiu direito aquela noite. Estava feliz, repassava as informações de dona Carmela, cheirava a flor e voltava a se virar na cama. "Eles gostam de mim, afinal!"

O dia amanheceu lindo. Ao chegar, seu Pedro quis conversar e ela se sensibilizou com o esforço que ele fazia para se explicar e lhe pedir desculpas. Admirava o homem à sua frente. Era íntegro, firme, afetuoso e jovem ainda. Dona Carmela tinha razão quando dizia que muitas mulheres do vilarejo dariam tudo para ficar com ele. Ela mesma conhecia umas duas ou três. Tinha coisa pior que mulher assanhada?

Ele lhe disse sobre o chá e ela prontamente pôs a água para ferver. Serviu com o pão que a mãe lhe dera e com a manteiga e a geleia de goiaba que tinha feito. Ele elogiou, meio encabulado. Percebeu, então, que já estava atrasado e pediu que levasse Sissi até o posto de saúde para tomar a vacina Sabin. Saiu apressado, mas antes de fechar a porta olhou para ela e disse: "Obrigado".

E ela ficou realmente sem palavras… Que bobagem ficar emocionada com um simples obrigado!

Uma reunião de amigas

"O tempo está passando rápido demais", comentava dona Carmela com as amigas na frente da casa da Josefa. Vó Ângela, a matriarca do vilarejo, Josefa, Miquelina e dona Eiko eram suas amigas de longa data, e quando coincidia de se encontrarem, jamais faltava assunto. Naquele dia, conversa vai, conversa vem, todas concordavam em um ponto: tudo estava mudando, e em uma velocidade incrível. "Uma loucura!", diziam.

Não era possível negar que o ritmo de vida no vilarejo era outro. Tinha novidade em cima de novidade, mudança em cima de mudança. Havia um número grande de pessoas que vinha de fora, não só para trabalhar no restauro do casarão, mas também na construção de uma padaria e confeitaria que havia tempos o Hercílio vinha planejando e que só agora tivera condições de pôr em execução. Além disso, o Dr. Miguel e outros fazendeiros da região estavam criando uma cooperativa agropecuária. Ao que tudo indicava, o vilarejo parecia oferecer boas condições para isso e, em consequência, os encontros com pequenos e grandes produtores da região passaram a acontecer lá. Era gente nova, e muita gente!

Josefa estava empolgada com a chegada do novo médico para o posto de saúde. Trabalhava lá havia dezoito anos, firme e forte, apesar do horroroso, intragável, abominável Dr. Augusto Barroso da Silva. Ele falecera "sem aviso prévio", e ela se lembrou quase com ironia do que os pobres pacientes do vilarejo sempre diziam a respeito dele: "Não desejo mal, mas bom fim não há de ter".

O Dr. Barroso era taciturno, grosseiro, e nem olhava direito para ninguém. Mal cumprimentava as pessoas, encurtava cada vez mais o tempo de consulta e uma pergunta a mais que fizessem, uma dor a mais de que reclamassem, já gritava, despachava logo a "criatura chorona" à sua frente. "Bem, Deus que o abençoe!", dizia ela, sem um pingo de remorso.

Enfermeira com curso superior, Josefa era a encarregada-chefe dos serviços de saúde. Cabia a ela o controle das ações de medicina preventiva e o atendimento a pacientes em estado de emergência que precisavam ser levados até o hospital da cidade.

Esperava que o novo médico chegasse a qualquer momento porque havia reclamado o atraso com a Secretaria Municipal de Saúde. Já fazia um mês que o posto estava a ver navios. A resposta veio logo, apenas transtornos burocráticos tinham dificultado o processo de contratação, mas tudo estava acertado e o profissional, encaminhado.

Dona Eiko, geralmente tão comedida, pontuou com seu sotaque carregado: "Dr. Barroso era uma peste! Muito mau!". Novamente, todas concordaram.

Josefa tinha acompanhado a passagem dele pelo posto de saúde e sabia muito bem que não era só a descortesia o motivo para o descontentamento e a crítica dura. Havia também erros de diagnóstico, indicação inadequada de remédios, falta de esclarecimento sobre os procedimentos a serem adotados, realização de cirurgias desnecessárias, demora no atendimento às pacientes grávidas... A lista era enorme.

Não havia médicos nem farmacêuticos no lugar e a assistência em saúde girava ao redor do atendimento no posto, o que complicava tudo para todos. Ela rezava para que o novo médico morasse lá e ajudasse as pessoas do lugar de outra forma.

No meio da conversa, de repente, um barulhão chamou a atenção de todas e elas pararam de falar, ouvindo o que vinha lá pelos lados da chácara do Chaim. Um número grande de cabras e cabritos corria desenfreadamente rua abaixo, com o Chaim berrando como louco atrás. Elas já conheciam a cena, e não tardou muito para verem o Doutor pular o muro da casa de dona Beatriz e atacar sem dó nem piedade os pobres bichos que fugiam assustados. Matias e Lagartixa apareceram em seguida, dona Beatriz berrava e desconjurava o cachorro que tinha atração fatal por cabritos. E gritava:

– Outra vez o Chaim e os benditos cabritos!

Chaim tentava reunir os animais, que pareciam ter vontade própria, correndo em direções diferentes. Ameaçava Doutor com um galho seco sempre que o cão atacava e pulava de cá pra lá, de lá pra cá, em uma ginástica insana de saltos e corridas, tentando levar os cabritos de volta para a chácara.

Quando, por fim, conseguiu, viu que um deles tinha ficado para trás; ergueu as mãos para o céu e em altos brados proferiu todas as pragas antigas que conhecia e outras tantas de sua própria lavra. Praguejou a sorte na vida, o cachorro que perseguia seus bichos, os malditos cabritos que tinham fogo no rabo e não sossegavam no cercado, a mãe rabugenta que não dava sossego porque queria que ele se casasse com uma "batrícia", as malditas "batrícias" que não aparecem...

Como a cobra precisa trocar de pele para se libertar daquilo que a sufoca e a restringe, da mesma forma Chaim desfiava sua raiva, suas lamúrias e frustações em um ritual de expurgo quase dramático.

As mulheres nessa hora já tinham se despedido e ido para casa.

Chaim recolheu-se, mais calmo, e pouco a pouco foi recuperando o Chaim de que gostava: de bem com a vida, com humanos e não humanos, e consigo mesmo. Já em casa, ouviu a mãe lhe dizendo qualquer coisa. Como sempre fazia, não deu muita atenção. Foi até a horta conversar com seu Antônio e ver a muda da abóbora gigante que ele tinha conseguido e que agora estava começando a dar brotos. Quem sabe poderia encontrar alguma amiga da Dalva. E, ulalá! Chaim seria feliz, muito feliz!

A nova médica chegou!

No dia seguinte, bem cedo, Josefa estava no posto de atendimento e conversava com os técnicos de enfermagem sobre o calendário de vacinação quando uma figurinha de uns vinte e poucos anos apareceu e se apresentou:

– Olá! Eu sou Alice Augusta Maria di Giorgio, a nova médica do posto.

Uma Josefa desconcertada fez a recepção à jovem. "Uma médica?! E tão jovem!", pensou consigo mesma. Tentou administrar a surpresa e analisou atentamente cada gesto, cada palavra. Fez a apresentação costumeira aos funcionários do posto, em seguida, discorreu a respeito do trabalho que desenvolviam e as principais questões que tinham de enfrentar no dia a dia.

A médica fez perguntas sobre o processo de cadastramento das famílias, a frequência das visitas domiciliares e a equipe multifuncional de que o posto dispunha. "A medicina de família e comunidade envolve tantos aspectos", disse ela, "que gostaria de examinar os cadastros, os casos mais corriqueiros no atendimento e as possíveis intercorrências". Falava com uma musicalidade diferente na voz, com uma entonação estrangeira, própria de quem tinha passado um longo tempo no exterior.

Josefa, estupefata, perguntou se já ia começar a trabalhar. "Sim", foi a resposta, e complementou: "Sinto que vocês têm feito verdadeiros milagres aqui. Sem farmácia, nem farmacêutico na comunidade. Espero ajudar!". Olhou ao redor por algum tempo, arrastou sua mala enorme para dentro do consultório médico e passou a examinar cuidadosamente os registros, relatórios de casos, quadro de funcionários e tudo o mais que lhe foi dado. "Vamos lá!", parecia dizer a si mesma. E mergulhou no trabalho.

O posto estava cheio, como sempre, e funcionou normalmente. Os casos foram os corriqueiros. Depois do almoço, por volta das duas e meia, Josefa, até então envolvida com os casos das pessoas que chegavam ao posto, se lembrou da médica. E admirada viu que ela continuava lendo, fazendo anotações e organizando quadros.

A médica olhou para ela, sorriu e disse que estava morrendo de fome. Josefa se desculpou por nem ter se lembrado de oferecer um café ou chá e a convidou para sair e comer alguma coisa. "Que descuido, meu Deus!", pensava.

• • •

A chegada de uma médica jovem e elegante ocupou o curso das conversas femininas e masculinas na comunidade. Durante algum tempo (uns vinte dias, para dizer o mínimo), comentou-se sobre quem já tinha ido à consulta, se tinha gostado ou não, se a médica era "boa gente" mesmo, se tinha acertado no diagnóstico, no remédio, se era casada... Na verdade, Josefa via o número de pessoas aumentando e uma energia diferente acontecendo.

Em um período relativamente curto, Dra. Alice parecia estar familiarizada com o ritmo do posto, o jeito das pessoas e, principalmente, com a tranquilidade do lugar. Josefa conversava sempre com ela, passava informações e acompanhava de perto tudo o que ela pretendia pôr em execução ou aperfeiçoar. Ficava no posto o dia inteiro, não se furtava a atender casos de emergência e estava sempre estudando. Trabalhava em um projeto de pesquisa para sua tese de doutorado, financiado por uma fundação americana em parceria com uma universidade brasileira. O principal foco do estudo era a aplicação e o desenvolvimento de novas ações preventivas em saúde e atendimento básico.

Josefa tinha aprendido a admirar a moça à medida que os dias, as semanas e os meses passavam. Era alegre, resoluta, tinha garra, energia e seu trabalho ia além da correção profissional. Interessava-se pelas pessoas, providenciava com antecedência recursos indispensáveis para aquela população, ia até a cidade tentar conseguir mais instrumentos, suprimentos ou vacinas. "É preciso reivindicar e ir atrás das coisas sempre, senão as coisas não andam", afirmava em tom austero, que a jovialidade e a leveza do rosto suavizavam.

Alice resolvera morar no vilarejo, em uma casinha quase ao lado do consultório do Dr. Valdo. Sem telefone disponível, ela se perguntava como seria em um caso de emergência. Josefa a acalmou dizendo que quase ninguém dispunha de telefone no vilarejo. "Não se preocupe, o lugar é pequeno e as pessoas vão ao posto ou pedem atendimento domiciliar".

A casa era nova, de cores claras, com um arremedo de jardim e um bonito pinheiro na frente. Ficava perto da escola, e ela gostava do barulho que as crianças faziam logo de manhã. Quando passava em direção ao posto, eles a reconheciam e gritavam seu nome. Algumas meninas seguravam sua mão e caminhavam com ela até a esquina; os meninos se retraíam, envergonhados.

Um dia, percebeu que uma das meninas estava chorando muito – lágrimas grossas – no portão da escola, e não entrava. Em pé, rígida contra a parede do muro, apertava a bolsa à sua frente com as duas mãos e não se movia. Soluçava e soluçava, como se não soubesse o que fazer. Um menino um pouco mais velho se aproximou, pegou cadernos, livros e lanche que haviam caído e, falando baixinho, disse que todos já tinham entrado e ela podia sair tranquila agora.

Alice se aproximou e o menino explicou que Maria tinha sujado a roupa e estava com vergonha. A médica pegou a bolsa, olhou para a saia que ela escondia e viu uma mancha de sangue que marcava a parte de trás. Era menstruação, com certeza. Quantos anos podia ter a menina? Dez? Onze?

"Não conta nada pra ninguém, Lagartixa", ela implorava, e o menino jurava que não, nunca faria isso.

A médica pegou sua mãozinha, deu-lhe um beijo no rosto, ajeitou sua saia, escondendo a mancha. Com a ajuda de Lagartixa, encaminharam-se para a casa da menina. Sim, com certeza, muita coisa ainda estava por fazer. E precisava ser feita.

Nada a comemorar

Turcona tinha decidido não ir à festa que seu irmão dava todo ano em comemoração ao aniversário dos filhos gêmeos. Deu desculpas, fez rodeios, inventou histórias, mas achou melhor não revelar a verdade. Um dia ele saberia de tudo.

A notícia da gravidez da filha pegou a mãe de surpresa, e saber quem era o pai da criança foi um verdadeiro choque.

Tinha tantos planos para a filha. Ela era especial, com boa educação e tocava piano como um anjo. Os primos libaneses ricos da cidade se interessavam por ela, mandavam sempre presentes e queriam ter compromisso. Ela não se decidia, queria casar por amor.

— Agora, nem amor, nem casamento — dizia a mãe para dona Carmela.

— Mas a menina quase nem saía de casa — ponderou dona Carmela. — As amiguinhas vinham até sua casa, conversavam, iam embora. Não há muitos lugares para ir. Não há muitas festas para se encontrar com alguém. Quando aconteciam, íamos todos e ficávamos juntos. Como, então, pôde acontecer?

— Ela começou a comprar pão, dona Carmela — respondeu a mãe chorosa.

Dona Carmela começou a retrucar:

— *Ah, ma chesto non è veramente...* — e parou, olhos arregalados, boca aberta.

A Turcona fez que sim com a cabeça e a italiana só pôde dizer:

— *Dio mio*. O Hercílio?! *Ma come?*

— Ela começou a sair à tarde para fazer um pouco de exercício, o que é bom para a saúde. E eu acreditei, porque ela estava ficando meio pálida mesmo. Mas nunca pensei que fosse isso — explicava a Turcona, chorando.

— *Ma questo* se resolve, Turcona. O Hercílio é um bom rapaz, trabalhador, honesto...

— E casado, dona Carmela — interrompeu a outra.

A italiana se calou, pensando. Sempre via a possibilidade de luz em qualquer problema. Entendia o drama da amiga em uma comunidade fechada como a delas. Ser mãe solteira significava muita coisa, só que nenhuma coisa boa. Além disso, o rapaz em questão, depois de inaugurar a padaria, iria se mudar para o vilarejo; o próprio Hercílio havia lhe dito. E isso significava muito a administrar!

— *Le prime cose per prime*⁵, Turcona. Primeiramente, precisa saber o que sua filha quer fazer e depois tomar providências a respeito. Quer que eu converse com ela também?

A amiga aquiesceu, e foram as duas falar com Isabela. Certamente, decisões importantes precisariam ser tomadas. E dona Carmela acreditava, com todo seu coração, que nada acontecia por acaso, e tudo tinha um propósito nessa vida.

•••

> *"Tempo não foi feito para ficar,*
> *ao contrário, foi feito para passar.*
> *E é bom que passe."*
> *Padre Fábio de Mello*⁶

O tempo realmente passava célere, e a vida ganhava uma efervescência diferente, muito bem-vinda para alguns, não tão desejável para outros. O número de trabalhadores e moradores aumentava, algumas filiais das lojas comerciais da cidade abriam suas portas no local, o cineminha da igreja voltava a funcionar nos fins de semana, e, finalmente, o Hercílio realizara seu sonho e inaugurara sua padaria e confeitaria, que já funcionava havia meses como um ponto *chic* de encontro para todos.

A rotina dos dias longos e iguais se alternava com a presença de novos rostos e uma forma de viver e conviver que de certa maneira escapava do estreito contrato de afeto e solidariedade a que seus antigos moradores estavam acostumados. Sabiam, entretanto, esses velhos amigos, manter suas tradições e velhos costumes.

Havia as datas comemorativas, as festividades socialmente definidas, as tradições de cada família, mas havia também os rituais — um número grande de atos comuns, banais até, que se repetiam e que, despercebidamente talvez, referendavam os vínculos que os uniam.

Nem tudo eram flores, porém. Como nenhum ser humano tem condições de ser perfeito e muitas vezes não pode escolher suas emoções, alguns fatos "inusitados" acabavam acontecendo.

---

5   *Le prime cose per prime* (it.) = as primeiras coisas em primeiro lugar.
6   MELO, Fábio de. *Tempo de esperas*: o itinerário de um florescer humano. São Paulo: Planeta do Brasil, 2011. p. 51.

Pães, biscoitos e uma epifania

Ruth irrompeu no quintal de dona Carmela, que estava à cata de ovos junto com Vó Ângela e Miquelina. Havia muitos ovos no meio das ramas de abóbora, das ervas e dos tufos de mato que se misturavam no chão. Até Petúnia, a galinha tresloucada da Josefa, tinha começado a botar ovos lá. "Era só questão de ter paciência e procurar", diziam. Faziam isso sempre antes do tão esperado dia em que se reuniam com outras mulheres para assar os pães e os biscoitos.

O cesto já estava quase cheio, faltando poucos ovos para completar a quantidade de que precisavam, quando Ruth apareceu, assim sem mais nem menos. E Ruth era desse jeito mesmo, aparecia de repente, quando menos se esperava, via tudo, observava tudo e comentava tudo – geralmente de forma não muito caridosa.

Vó Ângela, ao notar sua presença, olhou a contragosto em sua direção, cumprimentou e, virando-se para dona Carmela, disse baixinho:

– *Che bella giornata! E devo portare questa croce!*[7]

Todo mundo sabia – e ela não fazia questão de esconder – que tinha muitos motivos para não gostar de Ruth.

Dona Carmela – que também tinha os seus motivos – fez as honras da casa à vizinha do outro lado da rua. Perguntou como estava, se precisava de alguma coisa e pediu notícias do filho que sempre aparece no fim do ano. A resposta veio sucinta:

– Está tudo bem, meu filho não pode vir para o Natal, mas não estou precisando de nada. Só passei para dar um alô às amigas. E, para falar a verdade, porque estou assustada com o que aconteceu na casa da Maria do Carmo. Fiquei chocada com tudo, tive sérios pressentimentos!

As três mulheres já sabiam da história que iriam ouvir e ficaram em silêncio. Dona Carmela pegou cuidadosamente algumas folhas de erva-cidreira no canteiro de trás e recomendou que ela tomasse um chá à noite.

– É pra dormir e relaxar, Ruth. Você vai se sentir bem melhor – emendou.

E a conversa terminou por aí mesmo.

...

---

7 *Che bella giornata! E devo portare questa croce!* (it.) = Um dia tão lindo! E tenho que carregar esta cruz!

O caso todo, na verdade, vinha se desenrolando havia algum tempo. Maria do Carmo era casada com Josias, administrador de uma das fazendas do dr. Miguel. Homem atarracado, de baixa estatura, tinha postura enérgica, quase arrogante. Falava forte, cheio de argumentos, apontando erros, dando exemplos e mais exemplos de como as coisas precisavam funcionar.

O tom ligeiramente paternalista, entretanto, desaparecia quando estava ao lado do Dr. Miguel. Com atitude subserviente, nunca discordava de nada, aplaudia tudo e elogiava muito.

Maria do Carmo era morena vistosa. Baiana alta, sorriso largo e bonito, cativava a todos pela maneira educada e a elegância nos modos. Admirava o marido, apesar de todos os "defeitinhos" que pudesse ter. Era trabalhador, honesto e tinha o maior orgulho dos três filhos que tinham.

Os "defeitinhos", porém, com o tempo, se acentuaram no conteúdo e na forma, e o que era um simples cacoete transformou-se em hábito áspero e grosseiro.

Em casa, apesar da gentileza da esposa, não admitia que ela retrucasse qualquer coisa, enfurecia-se por banalidades e, em altos brados, deixava claro a "burrice" da mulher.

Todos sabiam que a vida com uma criatura assim não podia ser nada fácil. Até o professor Raimundo, vizinho da casa ao lado, comentava sempre com dona Carmela como ficava penalizado pela forma como o marido tratava a mulher. É terrível e, depois que toma uns aperitivos no bar com os amigos, fica até agressivo, comentava.

Foi assim que dona Carmela tomou uma decisão pouco convencional quando Maria do Carmo foi pedir que a benzesse. Ela sentia muita dor no peito e estava sempre triste, sem ânimo para nada. E nunca havia se sentido dessa maneira.

Dona Carmela benzeu Maria do Carmo pingando na água do prato as três gotinhas de óleo. Quando terminou de rezar, olhou com cuidado e mostrou que as três gotas não tinham se dissolvido na água. Olhou para ela e disse com delicadeza:

– Não há em você nenhum problema de natureza espiritual, nem obra de malefício de alguém. Isso eu vejo e sinto com clareza, *caríssima*. Mas se não é espiritual ou malefício provocado, então temos que procurar o que está causando em você tanta tristeza e dor. Vou pedir que faça a oração das três rosas brancas. Serão três semanas, uma para cada rosa.

Dizendo isso, dona Carmela levantou-se e foi até onde estavam suas roseiras, na parte lateral da casa. Escolheu um botão de rosa branca que estava se abrindo e, juntando um raminho de alecrim a ele, entrou e o entregou a Maria do Carmo. Explicou que ela receberia um novo botão em sete dias e outro depois, a sete dias daquele.

— A primeira semana com o primeiro botão de rosa é o tempo de orar e pedir que Deus a ajude a alcançar a paz que tanto deseja. Olhe e veja tudo com olhos de bondade, perceba o que existe de bom em sua vida e guarde em seu coração. Ouça e escute tudo com atenção, sem julgar, sem criticar. Não reclame de nada, simplesmente registre em sua cabeça o que acontece ao seu redor. Você não estará sozinha, porque Deus estará com você o tempo todo. Depois de uma semana volte aqui, e receberá a segunda rosa.

Uma semana depois, Maria do Carmo voltou, disse que estava rezando muito e que, de maneira estranha, via a si mesma como espectadora de tudo. Um ser separado de si mesmo, observando, analisando.

Recebeu, então, de dona Carmela a segunda rosa branca com a seguinte recomendação:

— Ore e peça a Deus que a ajude a encontrar o caminho para a paz que tanto deseja. Nesta semana, pense em você, como você é, as qualidades que possui, a forma como disponibiliza seu afeto, a consideração com que trata a todos, a delicadeza e a generosidade que tem sempre presentes em seus atos. Não pense nos defeitos; muita gente já faz isso por nós.

No terceiro encontro com dona Carmela, Maria do Carmo disse que a semana tinha sido muito boa e que já estava começando a se sentir um pouco melhor. Estava pensando, disse com ar sério, como a gente tem qualidades e nem se apercebe disso. Seu semblante, de fato, havia mudado e as marcas de amargura eram quase imperceptíveis.

Dona Carmela lhe entregou, então, a terceira rosa, dizendo:

— Peça a Deus para aclarar seu caminho em direção ao que é justo e certo e corrigir o que é errado e injusto. Reze, reze muito e confie. Vá com Deus, minha filha.

...

O que aconteceu em seguida é realmente digno de nota.

O professor Raimundo contou à Gertrudes, que contou à Miquelina, que contou à dona Carmela que, na sexta-feira ao anoitecer, ele estava aguando os gerânios do seu jardim quando, na casa ao lado (casa da Maria do Carmo), ouviu os costumeiros impropérios e gritos do Josias. Ele agitava os braços furiosamente e investia contra Maria do Carmo. Os filhos menores começaram a chorar, e o menino mais velho, assustado, pedia ao pai que não fizesse nada com a mãe. Josias se irritou e correu atrás do menino com a fúria de sete leões e de sete cachaças tomadas no bar antes de ir para casa.

Foi, então, que algo extraordinário teve lugar. A mãe, uma alma doce e submissa, vendo o filho em perigo, transmutou-se em leoa feroz e começou a arremessar contra o marido tudo o que tinha à mão. De início, voaram xícaras, pratos, panelas, potes com mantimentos, pau de macarrão... Em seguida, pegou o cabo da vassoura e, extravasando a fúria reprimida durante tanto tempo, deu uma surra bem dada no marido atônito, subitamente sóbrio e "aberto ao diálogo".

Maria do Carmo era forte, robusta, e demonstrou toda essa capacidade com categoria.

– Nunca mais você vai fazer o que sempre fez comigo e com as crianças – ela gritou. – Nunca mais! Você é mau, arrogante, grosseiro, não vale o feijão que come, nem a esposa e os filhos que tem.

O silêncio se fez na casa, e logo em seguida Raimundo pode ver Maria do Carmo no quintal, varrendo, recolhendo cacos, conversando com os filhos com voz firme e poderosa. Não havia sinais da presença de Josias.

No dia seguinte, um Josias muito amável cumprimentou o professor Raimundo. Ao chegar à fazenda onde trabalhava, perguntaram o que tinha acontecido com ele, por que tinha manchas roxas no rosto, nos braços, no corpo todo. "Caí do barrancão", era a resposta que dava.

E foi assim que um novo dito foi introduzido no vernáculo do vilarejo. Quando alguém se dava mal em qualquer coisa, mudava repentinamente de atitude por "pressões externas", dizia como gracejo: "Caí feio do barrancão com minha mulher, minha sogra, meu patrão..."

Josias mudou. Às vezes, ameaçava uma recaída. Maria do Carmo olhava e não dizia nada. Não era preciso.

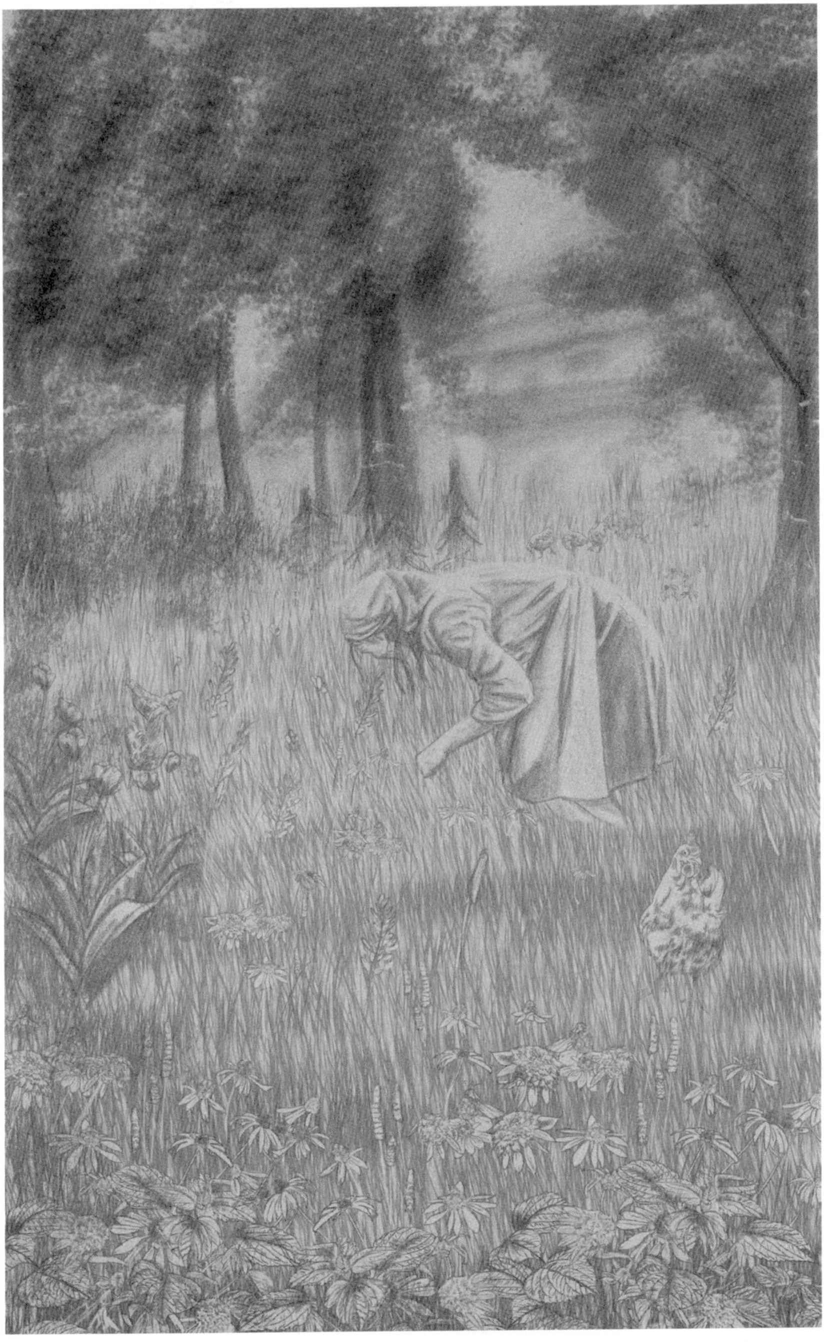

Antes de o Natal chegar

Pão doce e afeto

Os primeiros sinais de que o ano terminava começavam a surgir, e uma energia nova, diferente, aos poucos tomava conta do lugar.

O período antes da festa do Natal, em particular, era sempre muito aguardado por todos. E começava bem antes, já no fim de novembro, com o encontro das senhoras na casa de Vó Ângela, depois o enfeite da árvore de Natal no jardim do professor Raimundo, a apresentação do coral da cidade na pracinha e, finalmente, a distribuição de presentes, dados na Missa do Galo pelos fazendeiros do lugar para as crianças do vilarejo.

As crianças mal podiam esperar pelo início das férias escolares. As meninas se encontravam na frente das casas brincando de roda, de lenço atrás, jogavam bola queimada, pulavam a amarelinha, falavam alto, corriam. Matias e Lagartixa comandavam as brincadeiras dos meninos, que não tinham muita paciência com as meninas. Seus divertimentos preferidos eram futebol, pião, bola de gude e jogo de bets[8]. Subiam nas árvores, nadavam no rio e, quando chovia, iam chapinhar nas poças da chuva, enlameando os pés, molhando os cabelos, sorrindo demais para um dia cinzento como aquele.

De forma geral, não era muito comum meninas e meninos estarem juntos para brincar, eram de mundos com vida própria e interesses um tanto diferentes. A reunião de senhoras, entretanto, acenava com a possibilidade de um encontro alegre entre os dois grupos na casa da matriarca, e todos adoravam estar ali, falando ao mesmo tempo, experimentando o pão doce e os biscoitos.

Toda vez que iam era uma festa. E festa que começava bem antes do pão e dos biscoitos saírem do forno alto, feito de tijolo e barro, que ficava no fundo de um quintal cheio de mangueiras, pés de laranja, de limão, de mexerica, de romã e parreira de uva.

Com seu avental branco, guardado especialmente para a ocasião, Vó Ângela seguia sua velha receita italiana, trabalhava a massa, fazia as tranças doces e, quando já estavam quase prontas, assadas, indicava que era hora de passar a calda de açúcar e água em cima do pão dourado. As senhoras ajudavam, e sempre havia muita conversa e alegria.

---

8   Jogo de bets, jogo de taco ou tacobol é praticado em duas duplas, com lançadores de bola (defesa) e rebatedores com tacos (ataque). O objetivo dos rebatedores é impedir que a casinha seja derrubada pelos lançadores e, assim, marcar pontos.

Depois, para aproveitar o forno quente, branquinho com o calor da lenha que tinha queimado dentro dele, vinham as bolachas feitas com manteiga, ovos e açúcar cristal. Ainda quentes, derretiam na boca, e um sabor de felicidade invadia os corações.

Às vezes, depois de comerem, havia um início de confusão. Os meninos se entusiasmavam com a presença das meninas e começavam a saltar do galho baixo da mangueira com os calções arriados, mostrando a bunda. As meninas gritavam e riam numa falsa demonstração de pudor. Cabia, então, a Josefa o papel de disciplinadora, e em pouco tempo a turma se acalmava. Os meninos davam risadinhas dos "feitos" realizados e as meninas cochichavam entre si sobre o ocorrido.

O dia sempre terminava com a partilha, mas antes todas as mulheres ofereciam o que tinham trazido para o fim do dia. Assim, havia tortas, salgadinhos, bolos, balas e confeitos. Dalva tinha vindo com Sissi, substituindo a mãe, dona Beatriz, que estava com gripe. Levou bombons. Um sucesso!

Mães e filhos se despediram e partiram. Lagartixa ainda ficou, estava brincando com Sissi, construindo casas, igrejas e pontes com os blocos de madeira que havia ganhado da irmã. A garotinha ajudava, batia palmas e perguntava se ele queria que ela cantasse uma música pelo seu "desaniversário".

Dalva tinha contado a história de *Alice Através do Espelho* e ela tinha adorado a ideia do desaniversário. "É todo dia que não é seu aniversário. Não é maravilhoso, Lagartixa?", ela lhe perguntava. Ele gargalhava e pedia a ela que cantasse suas musiquinhas que invariavelmente vinham com letra atrapalhada e melodia enrolada.

Dalva também ficou um pouco mais conversando com Vó Ângela, Josefa e dona Carmela sobre a sua formatura. Tinha estudado muito, e tudo indicava que haviam gostado do trabalho que apresentara. Dizia, com orgulho, que era sobre a importância dos jogos sinestésicos (foco multissensorial, enfatizava) na aprendizagem, o que a levou a criar figuras, imagens, peças coloridas, tabelas móveis, objetos sem forma definida e uma infinidade de cartazes. Até seu Pedro tinha ajudado... e muito!

Contou entusiasmada sobre o trabalho enorme que ele teve na confecção das peças, dando ideias, sugerindo cores, pontos, arcos... até pediu a um marceneiro da equipe dele que colaborasse. Ela nem imaginava que ele soubesse tanto sobre sinestesia. Seu Pedro havia comentado que tinha feito até o quarto ano de engenharia, mas depois, quando seu pai morreu, não teve como continuar estudando. Tinha uma irmã mais nova e a mãe que dependiam dele. Uma pena que não pudesse continuar... de verdade. Era tão inteligente!

Nesse instante, Pedro apareceu na entrada da casa e Sissi saiu correndo ao seu encontro. Vim ver minha menininha, disse, e pegou a filha no colo e a beijou. Dalva olhou surpresa e sorriu, radiante. Ele também olhou para ela e sorriu. E foi como se houvesse um mundo particular só para os dois, um momento de delicadeza e de carinho.

Depois, ele cumprimentou a todos, confiante, alegre. "Pedro está bem", pensaram as senhoras. E, de fato, ele parecia bem... até bonito! Conversou com Vó Ângela e dona Carmela, falou um pouco em italiano – um dialeto meio rústico para as duas, o que acabou provocando risadas – e, vendo a montagem dos blocos das crianças, ajudou Lagartixa a arrumar os suportes das pontes, porque sem apoio elas iam cair.

Vó Ângela embalou alguns biscoitos e um pão doce dourado e pediu a Dalva que desse para ele levar. Sissi mostrou um pacotinho de biscoitos que ela mesma tinha feito com a ajuda de Miquelina. "É para o Natal", disse. "Pra mim, pra você e pra Dalva". Ele olhou para a criança de um jeito especial, sorriu e agradeceu.

Josefa estava indo embora e perguntou se Dalva estava indo também, junto com ela. E disse em voz alta e brincalhona:

— Vamos lá, garota linda. Quero só ver o que Otávio vai falar quando chegar aqui e encontrar você.

Dalva ficou vermelha e sorriu desconcertada.

Sissi começou a chorar quando viu que Dalva ia embora, e só depois de algum tempo ela conseguiu consolar a menina e pôde acompanhar Josefa em sua volta para casa. Chorava também.

Durante esse tempo, Pedro não disse nada, olhando fixo para a menina e a moça. Alguma coisa parecia surgir e crescer diante de seus olhos, dentro dele. E ele não sabia o que fazer com o que sentia. Ia embora também.

Vó Ângela olhou para dona Carmela, que também se despedia, balançou a cabeça e resmungou entredentes:

— *Questo ragazzo è veramente un pazzo!*[9] *Ciao, Carmela.*

E depois, acenando para pai e filha que saíam, disse em voz alta:

— *Ciao, bambina mia. Dio ti benedica*[10]. *Ciao, Pedro.*

Tirou seu avental e entrou em casa. Outra reunião de Natal *era finita*.

---

9   *Questo ragazzo è veramente un pazzo!* (it.) = Este rapaz é mesmo um tonto!
10 *Ciao, bambina mia. Dio ti benedica* (it.) = Tchau, minha menina. Deus te abençoe!

Veramente un pazzo!

Dalva chegou, no dia seguinte, às sete e meia naquela manhã de sábado, embora seu Pedro não trabalhasse para a cooperativa aos sábados. Tinha se acostumado a todo dia chegar nesse horário porque Sissi acordava cedo, seu Pedro tinha que cuidar dela e ia para o trabalho às oito sem comer nada. Não custava nada chegar um pouco antes, preparar o leite da criança e o café da manhã para ele (o chá de dona Carmela era parte importante no processo).

Sábado era sempre um dia diferente, e sentiu vontade de se fazer bonita. Pôs o vestido azul e rosa de que tanto gostava, escovou o cabelo loiro cacheado e passou um brilho leve nos lábios. Adorava sair de casa em dia de sol como esse, depois passar pela casa de dona Carmela, pegar umas flores e enfeitar a mesa. Miquelina tinha lhe dado um bule de prata antigo e furado; seu Pedro então lhe fez uma surpresa: mandou restaurar o bule e ele ficou como novo, brilhando. Ela punha as flores nele, e a mesa ficava rica com os pães e o bolo que sempre fazia. E era muito bom comer juntos, ouvir a tagarelice de Sissi, os planos e as ideias de seu Pedro sobre o trabalho e falar sobre o que ela pretendia fazer depois de formada.

Quando chegou, Seu Pedro já estava à mesa trabalhando. Havia alguns dias consultava livros, fazia cálculos e desenhava estruturas.

Ela entrou e o cumprimentou. Ele a cumprimentou de volta, sem o sorriso habitual e quase sem olhar para ela. "Talvez ele esteja preocupado com alguma coisa", pensou ela.

Sissi ainda dormia. Dalva preparou o café, pôs as flores na mesa e perguntou se estava tudo bem. Ele respondeu simplesmente que sim, com semblante fechado. E nada mais. Ela tentou conversar um pouco, fez outras perguntas, mas outros monossílabos se seguiram.

O silêncio continuava e ela não sabia o que fazer. "Será que não quer que eu continue aqui? Arrumou outra pessoa? Arrumou uma namorada? E ciumenta? Deve ser por isso que ele parece estar tão feliz ultimamente", pensava já com tristeza.

Serviu o café. O silêncio se mantinha e ela mal conseguia engolir o que estava à sua frente. Passado um tempo, sentiu que ele a estava olhando, analisando, e tentava falar alguma coisa.

Finalmente, ainda sério, perguntou em voz baixa:

– Você vai a algum lugar mais tarde?

– Não. Por que você pensou isso?

Ele, olhando nos olhos dela, disse timidamente:
— Você está muito bonita. Vai sair com o namorado?
— Eu não tenho namorado — respondeu espantada.
Com a voz baixa ainda, ele perguntou novamente:
— Mas, e o Otávio?
Com a garganta apertada, a resposta de Dalva veio engasgada:
— O Otávio era apenas um colega meu de classe. Nunca foi meu namorado. Na verdade, nunca tive um namorado.

Dalva saiu da mesa, levando xícaras e pratos, já com olhos insistentes de lágrimas por ter tido que fazer tal confissão.

Pedro foi para a pia onde ela estava e, ao seu lado, falou já sorrindo, com carinho:
— Professorinha (era assim que ele a chamava havia algum tempo), sabia que seu rosto está sujo de farinha?

Ela se virou, mais calma, sorrindo também, e ele viu as covinhas que tanto adorava no rosto da mocinha linda e doce. Abaixou-se para limpar as marcas, ela olhou para ele e ele não mais resistiu e a beijou. Um beijo delicado, tão longamente desejado. Ela se abriu para ele e todo seu amor; esse amor era seu lar, um lugar sempre ansiado e onde sempre quis estar.

E quem pode impedir que a água corra, o vento passe, ou o amor se revele?

Conversaram longamente os dois, porque havia muito a ser dito. Ele tinha receios: a diferença de idade, a existência de uma filha, a falta de uma condição financeira mais sólida, as expectativas de vida que ela acalentava... Ela tinha inseguranças também: que não estivesse à altura dele, um homem tão inteligente e seguro e que poderia ter a mulher que quisesse a qualquer hora.

Ele riu e disse, feliz, com ela em seus braços:
— Eu amo você. Muito, demais! Sissi ama você. Muito, muito, muito! Quer se casar comigo, professorinha?
— Sim — respondeu sem hesitar, e ele a beijou como nunca havia beijado uma mulher.

Depois, com certa veemência, pediu:
— Diz pra besta da dona Josefa parar de falar bobagem e fique longe do Otávio quando ele vier. E me chame de Pedro, por favor.

Notícias e mais notícias

Dona Ruth

Há um pensamento atribuído a Leon Tolstói muito curioso: "Falar mal dos outros agrada tanto às pessoas que é muito difícil deixar de condenar um homem para comprazer nossos interlocutores". E, como bem dizia o professor Raimundo, "embora os comentários maldosos e as fofocas tenham funcionado como uma espécie de amálgama social desde os primeiros grupos de seres humanos, sempre se deu um ar de dignidade, seriedade ou mesmo moralidade a algo que no fundo é simplesmente inveja, maledicência ou maldade pura".

O vilarejo parecia comprovar à risca a veracidade desse pensamento. As conversas corriam, os boatos se espalhavam rapidamente e as reputações eram postas à prova sem dó nem piedade.

Os últimos meses do ano era um tempo normalmente marcado por novidades e notícias; as últimas semanas de novembro e o início de dezembro, porém, trariam literalmente uma explosão de eventos incomuns, e pode-se afirmar que a participação de dona Ruth serviu como o grande catalisador na propagação de tais notícias.

Primeiro, houve a revelação de que a filha da Turcona, a Isabela, engravidou em maio quando foi "fazer faculdade na cidade" (Uma vergonha! E só se soube disso agora! – exclamava para quem quisesse ouvir). Depois, veio à tona o escândalo que o dr. Miguel fez com a dra. Alice no posto de saúde (Gratuitamente, na verdade!). Depois, ainda, aconteceu a chegada de dona Jovita com as duas filhas (Extremamente antipáticas!); houve o incêndio na festa da árvore de Natal no jardim do professor Raimundo (Um descuido daquele velho, com certeza!). Por último, espalhou-se a notícia da vinda definitiva do filho "estrangeiro" de dona Sara ao lugar (Deve ter se dado mal lá onde estava!).

Ruth de Magalhães e Freitas morava perto do posto de saúde, era vizinha, do outro lado da rua, de dona Carmela, que, por sua vez, era vizinha imediata de Josefa e Miquelina.

Era dona do supermercado e de uma das maiores chácaras perto do vilarejo, a Toca do Sabiá. Durante muitos anos tinha vivido lá com seu filho Narciso, mas a expansão dos negócios e talvez o isolamento social fizeram com que se decidisse a mudar e vir para aquele lugar. Levava com garra os negócios e era uma das pessoas mais ricas da região, graças ao dinheiro que herdara do marido. Vivia ajudando as comunidades mais carentes e sempre falava com orgulho "da grande quantia de dinheiro" que fazia questão de gastar com os pobres, "mesmo que a maioria deles não se esforçasse pra nada". Autoproclamava-se uma pessoa simples, humilde e de atitudes e sentimentos delicados.

Na verdade, dona Ruth tinha um jeito de ser muito peculiar. Falava manso, demonstrava compaixão por todos e tudo, mas o ar condescendente que assumia falava por si mesmo. Não fazia crítica direta, mas dava exemplos "negativos" semelhantes com voz compungida, punha na boca dos outros comentários duros, muitas vezes difamatórios, e, numa incrível ginástica verbal, supostamente "defendia" todos os que criticava.

Morava sozinha em um casarão que tomava grande parte da quadra. Tivera três filhos: o mais velho morava com a mulher e os filhos no Sul; o segundo havia se casado também, mas as brigas constantes abalaram a vida do casal que logo acabou se separando – ele permaneceu na casa com a mãe, ela foi embora com outro (antes de partir, entretanto, a nora lhe rogou uma praga tão feia que ela se recusava a repetir). O filho mais novo morreu em um acidente, e ela frequentemente se referia a ele com saudade comovente. E… assim sendo, revestia-se de um manto de sofrimento tão grande que dificilmente poderia haver no mundo um ser que se lhe igualasse em dor e abnegação.

No vilarejo já havia dez anos, ninguém conseguia entender como ela podia saber de quase tudo "on time", na mesma hora em que tudo acontecia. Dava detalhes, esmiuçava as circunstâncias, levantava suposições, o que acabava por lhe angariar um número grande de interlocutores ávidos por qualquer coisa que alterasse a linha monótona de suas vidas. O caso do incidente no posto de saúde foi emblemático.

Dr. Miguel

O dr. Miguel Alexandre Steiner Vieira presidia o conselho administrativo da cooperativa agropecuária e fazia questão de acompanhar de perto a construção da sede no vilarejo. O engenheiro responsável pelo projeto tinha garantido que tanto a sede quanto o anexo administrativo para exposições e leilões estariam concluídos bem antes do Natal. O ritmo das obras, entretanto, emperrou por causa de alguns problemas, como chuva excessiva, demora na entrega de material e falta de operários especializados e até mesmo não especializados.

O fazendeiro fazia o possível e o impossível para acelerar a realização do trabalho, e muitas vezes ia até a cidade com alguns operários e trazia o que estava faltando, como blocos de cimento, madeira, telhas, caixas-d'água, peças de revestimento para o piso. Ou seja, fazia o que fosse necessário para ajudar no processo.

Em um desses dias, alguns homens ajudavam a empilhar no terreno da sede as telhas que faltavam para concluir a cobertura, enquanto outros cuidavam dos sacos de cimento e das tábuas de madeira que seriam usados em breve no anexo.

Nesse vaivém de material, um dos operários não aguentou o peso das tábuas que carregava e deixou cair justamente no momento em que Dr. Miguel passava, atingindo sua perna e provocando uma queda séria. A perna começou a sangrar e ele não conseguia movimentar o braço porque havia caído sobre ele no momento do tombo.

Miguel começou a falar palavrões, gritando de dor, exigindo que o levassem até o posto de saúde. Quando chegaram, a enfermaria estava ocupada com um paciente e pediram que aguardasse um minuto, a médica logo falaria com ele. Ele se recusou a esperar; estava com muita dor e tinha direito a atendimento imediato.

Josefa tentou dizer a ele que a pessoa que estava sendo assistida era também caso de emergência, mas ele não aceitou e ameaçava entrar na enfermaria para que a médica o atendesse de qualquer jeito. Não aguentava a dor!

A dra. Alice apareceu, de repente, no meio de toda aquela vociferação e permaneceu parada à porta, em silêncio, olhando firme para ele. A reação foi imediata e, em meio a imprecações, ele berrava exasperado que precisava de um médico e não de uma menina metida a besta usando avental.

Para espanto de Josefa e de todos, a médica virou as costas e disse à Josefa de forma clara, perfeitamente audível:

— Quando ele se acalmar, diga para ir falar comigo em meu consultório.

Irado, ameaçou ir atrás da médica, mas Josefa pediu a ele que se controlasse. A médica era competentíssima e estava acostumada a atender pessoas que haviam sofrido esse tipo de acidente. Ele se sentou, tomou a xícara de chá que lhe foi oferecida e depois de alguns minutos resolveu falar com "aquela criatura horrorosa e arrogante".

Quando finalmente entrou no consultório, ela o atendeu com delicadeza e fez perguntas sobre o que tinha acontecido. Solicitou uma radiografia e, quando ficou pronta, pediu que ele se deitasse de bruços sobre a maca.

— Você não vai me dar anestésico? — perguntou ele.

— Não é caso para anestesia.

Ele então obedeceu e se deitou de barriga para baixo, com o braço pendendo para fora da maca.

Ela se aproximou, pegou seu braço e, com um movimento rápido e preciso, colocou no lugar o cotovelo que havia se deslocado. Ouviu-se, então, um urro profundo que repercutiu durante alguns segundos. "Graças a Deus, tudo terminou", pensaram todos.

A saída foi menos grandiloquente. O curativo feito na perna e o braço na tipoia faziam com que se lembrasse da dor que havia sentido. Afinal, em pouco tempo tudo estaria bem e ele ficaria livre daquela mulher irritante.

Era irritante, sem dúvida. Mas competente, tinha que admitir.

Humanos e não humanos

"A noite não foi boa, muito pesada", refletia dona Eiko, quando ainda preparava o *asagohan*[11] para ela e o marido. Preparou a água para o costumeiro chá verde, o *sunomono*[12], o arroz branco com a folha de alga seca, o *missoshiru*[13] e o atum grelhado com shoyu. O filho preferia o café da manhã brasileiro e geralmente comia pão com manteiga, uma fruta, queijo e tomava café ou chá. Precisava comer melhor, ela sempre lhe dizia.

– Oiê fez muito barulho essa noite – reclamou para o marido quando ele entrou na cozinha. – Não sei o que deu nele!

Oiê era uma criatura intrigante e seguia um certo tipo de protocolo papagaístico que escapava a todos – humanos e não humanos. Democrático, saudava as pessoas, gente da casa ou não, com um entusiasmado oiêêê, um alvoroçado bater de asas e uma dança frenética que durava alguns segundos.

Tinha dias em que ficava mudo, sem articular um som. Em outros, principalmente quando havia sinais de chuva ou tempestade, gritava histericamente de alegria e se movimentava de um lado para outro em seu poleiro. Era do tipo "musical" e se amarrava nos Beatles, nos Rolling Stones e em jazz, que o filho de dona Eiko ouvia com frequência em alto volume. Enlouquecia, literalmente! Outras vezes, mais calmo, cantarolava a música da Dona Aranha (influência de Sissi, sua vizinha, que sempre cantava para ele), ou arremedava o final da oração budista que dona Eiko fazia todo dia. Às vezes, tomava banho na vasilha de água e falava palavras em japonês, cujo sentido dona Eiko se recusava a traduzir. Coisas de homem, repetia com um sorrisinho maroto.

Seu marido trabalhava com a comercialização de hortifrutigranjeiros na cidade, sempre atento a tudo o que acontecia em seu sítio, lugar de onde obtinham praticamente a maior parte de seus produtos. Saía cedo com o filho, que trabalhava em suas próprias obras, e ela agradecia sempre à vida que tinham conseguido amealhar não apenas materialmente, mas também afetivamente.

Dona Eiko tinha parentes ainda vivos no Japão, mas não pensava em voltar para lá. Já tinha ido visitá-los, matado a saudade, e chegara à conclusão de que o Brasil era onde queria ficar. Construíra uma família, tinha amigos queridos e as raízes fundadas pertenciam agora a este lugar.

---

11 *Asagohan* = café tradicional japonês.
12 *Sunomono* = salada de pepino agridoce.
13 *Missoshiru* = sopa de missô, geralmente feita com *hondashi*, tofu, cebolinha, missô (um tipo de massa), algas e tofu frito.

Uma comoção lá fora chamou sua atenção. Ouviu o "maluquinho" do Chaim chamar seu nome e foi até o portão. Para sua surpresa, havia um número grande de pessoas na praça, falando e apontando para a ambulância e os carros da polícia que chegavam.

Chaim estava branco, apavorado, e mal conseguia explicar o que tinha acontecido.

– O engenheiro da cooperativa morreu. Mataram ele, dona Eiko! Cortaram o pescoço dele. Assim, zás! E pertinho da sua casa. Está a maior confusão!

Dona Eiko olhou perplexa para ele, tentando processar o que tinha ouvido, sem conseguir falar. Como era possível uma coisa dessas? O engenheiro era pessoa conhecida, responsável pelo restauro do casarão e da construção da cooperativa. Sempre estava em um lugar ou outro, examinando, conversando com Dr. Miguel e os mestres de obra. Por que alguém ia querer que ele morresse?

Não quis ir até a praça. Conversou um pouco com Chaim, acalmando-o. Ele tremia de medo. Entrou em casa, também assustada. A noite passada não tinha sido uma noite normal, e ela pressentia que muitas tempestades ainda estavam por vir.

...

A vida nesse dia tornou-se tensa com a rotina dramaticamente alterada. Tudo parou. Uma letargia estranha invadia o ambiente das casas e imobilizava as pessoas, acostumadas que estavam com a possível serenidade dos pequenos acontecimentos.

A polícia fazia inquisições. Ninguém tinha visto nada ou sabia de alguma coisa incomum. O engenheiro era um homem de comportamento normal, discreto, e não dado a fazer confidências. Não morava na cidade e viajava todo fim de semana para se encontrar com a família.

Cortaram a garganta. Um corte simples, bruto. Um pesar profundo passou a emaranhar-se no espírito das pessoas com uma inquietante sensação de insegurança.

Mesmo depois de todos os procedimentos protocolares, a praça continuou vazia por um bom tempo. À noite, principalmente, não se via vivalma. As histórias de crimes, assombrações e obras do diabo prosperaram, e a igreja lotou com fiéis fervorosos e apavorados.

Matias, Lagartixa e (acredite!) Chaim recusaram-se a sair de casa durante dois dias, pelo menos. Ir ao quintal quando estava escuro, NEM PENSAR! Assustavam-se por qualquer coisa, e toda a bravata outrora demonstrada parecia ter-se evaporado como em um passe de mágica.

Até que enfim a alegria voltou!

Os dias passaram, e pouco a pouco as comemorações de fim de ano, a chegada de parentes e amigos, a festa do Natal voltaram a ocupar a mente de todos.

A formatura na escola deu início a esse movimento de celebrações. Dalva se emocionou ao receber seu diploma. Seus pais, Pedro, Sissi e todos os amigos queridos estavam lá. Eram as pessoas que mais amava no mundo. Ia se casar logo depois da formatura e estava ansiosa, fazendo os preparativos para a cerimônia e para o almoço que ela e Pedro ofereceriam aos amigos mais próximos.

A festa de formatura também propiciou o encontro do Dr. Miguel com a Dra. Alice, convidados a integrar a mesa de honra como autoridades locais. Os cumprimentos de lado a lado foram protocolares. Ele já tinha ido duas vezes à enfermaria do posto para a troca de curativo e retirada da tipoia, mas não haviam se encontrado. E ele não fazia questão alguma, diga-se a bem da verdade.

Na saída, entretanto, ela se aproximou e perguntou se poderia marcar um horário com ele. Ele olhou intrigado para a mulher à sua frente. "Que diabos ela quer comigo?"

Procurou ser cortês, uma atitude a ser altamente louvada, levando-se em conta o caráter intempestivo e até carrancudo que geralmente imprimia aos seus contatos sociais.

– Não tenho agenda marcada – disse com certo azedume. – Não gosto dessas frescuras. Você pode me ver na obra qualquer dia depois das nove da manhã ou posso ir ao posto depois do meio-dia.

Ela olhou fixamente para ele, olhos azuis nos olhos negros, e só depois de alguns segundos respondeu:

– Aguardo então o senhor no posto, segunda feira, depois do meio-dia. Agradeço.

"Mulherzinha irritante", pensou ele. "Odeio quando fica olhando e não diz nada. O que será que quer falar comigo?"

Uma surpresa e tanto na festa da árvore de Natal

A festa da árvore de Natal na casa do professor Raimundo era comemorada havia alguns anos, logo no início de dezembro, e todos participavam dela. Os homens ficavam responsáveis pela instalação das luzes, sob a supervisão das mulheres, que davam orientações, reclamavam, mudavam de ideia e sugeriam novas posições. Os meninos e as meninas dispunham os enfeites (minuciosamente numerados pelo professor Raimundo – 30 azuis, 40 vermelhos, 22 dourados e 36 avulsos), os fios em prata e em ouro, os biscoitos glaceados e os chocolates em forma de Papai Noel. Havia, também, os pratos que eram trazidos de casa, os picolés da dona Eiko e o refrescante ponche de frutas da Maria do Carmo.

Uma caixa-surpresa enorme ao lado da árvore era uma das sensações da noite. Todo ano dona Ruth e seu filho Narciso enchiam a caixa com brinquedos e doces, que eram distribuídos tão logo a árvore fosse iluminada. E todo ano dona Ruth insistia para ficar a cargo da organização da festa; tinha gente demais, e muitos não colaboravam com nada. O professor Raimundo respondia que, enquanto estivesse vivo, e sem esposa para cuidar de tudo (a esposa morrera havia mais de vinte anos), ele pessoalmente seria responsável pela organização e convidaria quem ele quisesse, sem pensar naquilo que pudessem trazer.

E a festa era um sucesso. Às oito horas da noite, as luzes da árvore eram acesas e os brinquedos, distribuídos, a alegria reinava e todos se divertiam. Por volta das nove horas, tinha início a música. Os violeiros vinham primeiro, depois o conjunto de serestas e, por fim, os cantores românticos, encantando, tocando o coração de cada um.

Nos intervalos, as pessoas conversavam, trocavam ideias sobre vários assuntos e, naturalmente, a morte do engenheiro foi trazida à tona. "Há muitas perguntas não respondidas", dizia o professor aos seus amigos, "mas a polícia afirma que é apenas uma questão de tempo". Ao mencionar o nome do engenheiro, Cássio, um de seus colegas da cidade, disse que havia conhecido um engenheiro com o mesmo nome quando estava fora do país, há uns dez anos. "Deve ser coincidência, ele não pretendia voltar ao Brasil", afirmou.

A conversa continuou com outros assuntos mais amenos e logo as risadas e brincadeiras tomaram conta do ambiente novamente. Por volta das vinte e três horas as crianças começaram a ficar sonolentas, o cansaço batia forte, e só então as pessoas começaram a sair, despedindo-se do professor e elogiando a festa.

O grupo de antigos colegas da universidade permaneceu um pouco mais para ver um exemplar de Goethe, primeira edição, que o professor tinha comprado em um leilão e já recebido. Saíram os cinco do jardim e estavam entrando na biblioteca quando ouviram um barulho seco e uma pequena explosão. Voltaram correndo para o jardim e viram que a árvore de Natal estava em chamas, com os enfeites queimando, as bolas de vidro estourando e, pior de tudo, um cheiro de fio derretendo e soltando faíscas. Eles tinham escapado do fogo por pouco, tinham acabado de sair de lá.

Foram até a caixa de força e desligaram tudo. Conseguiram tirar os fios das tomadas e arrancaram com dificuldade os enfeites que estavam queimando. Quando o professor Raimundo apareceu com o extintor, já estava tudo sob controle.

"Ainda bem que não havia mais ninguém por perto", comentavam preocupados. "Tivemos sorte, porque em um minuto estaríamos com queimaduras sérias no rosto e no corpo."

Josias ouviu o barulho e foi até lá. Examinou tudo e viu que havia ocorrido um curto-circuito, talvez por sobrecarga nas tomadas, talvez pelo uso de benjamim ou de fio desencapado.

– Não é possível, tomo muito cuidado com isso – dizia o professor.

Valdo, Miquelina e dona Carmela também apareceram. E não se chegava a um consenso de como tudo havia começado.

– Uma pena, realmente! Uma festa tão boa – lamentava dona Carmela.

...

Ruth, naturalmente, nunca perdia a chance de fazer seus comentários. Dessa vez, porém, o foco não se voltaria para os presentes à festa das luzes de Natal; logo no café da manhã, comentava com o filho sobre a ausência da Turcona e da filha.

Narciso nunca dizia nada. Já tinha se acostumado a perceber nas palavras doces da mãe a quase impiedade com que tratava o problema dos outros.

Ele não era feliz e acreditava nunca ter sido. E essa certeza crescia, se fortificava, sempre batendo com força, apertando seu coração de forma cruel e lancinante. Amava a mãe, mas havia muito tempo percebera o outro lado de uma personalidade nem tão amável, nem tão altruísta, tampouco generosa.

A consciência de que ela o mantinha preso a si mesma com garras firmes, controlando e manipulando sua vida, foi, com o passar dos anos, despertando uma raiva tão intensa que ele mal conseguia disfarçar.

Amor e desamor, cuidado e repulsa, independência financeira e controle, eis os ingredientes sempre presentes na vida de uma família em que harmonia, afeto e todo tipo de apoio vinham em um longíssimo segundo lugar. Tinha sido assim quando seu pai era vivo, quando seu irmão estava em casa, quando encontrou a única mulher que amou e pediu que se casasse com ele.

O irmão já tinha se mudado para longe, o pai ficou muito doente e dona Ruth continuou a ser dona Ruth. A vida com a mulher se transformou em uma grande rede de intrigas, críticas recorrentes, brigas e um hábito perverso de vitimização. Ela não aguentou e se foi. Ele ficou. Talvez por inércia, ou covardia, tinha escolhido seguir um caminho supostamente mais fácil. Um grande erro! A vida desde então passaria a ser sempre terrivelmente descolorida, insípida.

Levantou-se da mesa, olhou para a mãe como se ela fosse um espectro de si mesmo e saiu para o campo, o único lugar em que podia respirar de fato.

Tinha dó da Isabela e da Turcona. Sabia bem o gosto da frustração, da censura, do olhar que categoriza e exclui.

– Somos todos seres humanos, meu Deus! – soltou em voz alta, caminhando com raiva.

Segunda-feira, outra vez!

Segunda-feira era um dia conturbado. Dr. Miguel observava o trabalho dos operários que se movimentavam nos dois pontos da sede da cooperativa. O casarão já estava pronto, e ele aguardava a chegada da irmã com ansiedade. "Tomara que goste", pensou. A morte do marido tinha deixado a família sem rumo.

Olhou novamente para a obra à sua frente. Ainda bem que tinha mestres de obra competentes, porque, depois da morte do engenheiro, o controle do cronograma quase tinha ficado à deriva.

Pedro veio falar com ele. Precisava conversar a respeito do cálculo das estruturas do anexo. O projeto original propunha o aproveitamento do antigo armazém que havia no terreno e essas estruturas substituiriam a grande viga do armazém. Segundo os cálculos que havia feito, Pedro afirmava com convicção que essas estruturas não estavam adequadas para suportar a nova construção, ou seja, não estavam dimensionadas para suportar a nova carga solicitada que era, na verdade, o dobro da carga da construção antiga.

O dr. Miguel olhou surpreso para o rapaz. Depois de alguns segundos, perguntou sério:

– Como você chegou a essa conclusão?

Pedro apresentou os cálculos, a dinâmica de forças necessária e a origem do erro no cálculo apresentado. Também disse que sempre tinha a preocupação de conferir os cálculos do projeto quando, conforme sua experiência e estudos, percebia alguma irregularidade.

Diante do olhar incrédulo do fazendeiro, esclareceu que tinha feito engenharia até o quarto ano e que pretendia ser engenheiro calculista[14]. Na graduação, tinha desenvolvido alguns projetos com um dos professores e esperava um dia poder terminar o curso e se formar.

Dr. Miguel era engenheiro civil e, prático, sabia reconhecer muito bem quando as coisas eram feitas com competência. Pediu um tempo para analisar tudo e disse que voltariam a conversar. Por ora, pediria que trabalhassem em outro trecho da construção.

---

14 A denominação técnica para Calculista Estrutural é Engenheiro Estrutural (um profissional da engenharia civil, da engenharia naval, da engenharia aeronáutica ou da engenharia mecânica). É responsável pelos cálculos de estruturas não apenas em construções/corpos imóveis/estáticos como também nos dinâmicos/em movimento.

Olhou para o relógio: uma e meia! Estava com fome e não queria deixar de almoçar mais uma vez. Foi até o depósito para verificar o fluxo do material e, na saída, quase derrubou a Dra. Alice, que estava à sua espera do lado de fora.

Não estava de avental. Usava jeans apertados, uma camiseta branca, tênis, e tinha o cabelo escuro preso em um rabo de cavalo, o que deixava à mostra um rosto pequeno, de pele perolada, e olhos azul-violeta.

— Boa tarde! — disse a contragosto. — Não está trabalhando hoje, doutora? — perguntou com um sorriso irônico.

Ela o olhou com o distanciamento de sempre.

— Achei melhor vir até aqui. Imaginei que estivesse muito ocupado para ir até o posto, conforme combinamos.

— Vou almoçar. Venha comigo — ele comandou ríspido. E novamente recebeu o olhar de estranhamento que a médica lhe dirigia.

Durante o almoço dele (ela não quis comer nada), ela discorreu a respeito de um projeto de apoio comunitário para jovens e crianças sobre o qual estava trabalhando e indagou qual seria a possibilidade de esse projeto ter o apoio e o suporte financeiro da cooperativa.

— Há comunidades realmente carentes nas cercanias do vilarejo que sofrem com falta de informação sobre hábitos de saúde, sem nenhuma noção a respeito da necessidade de prevenção no combate às doenças mais corriqueiras e até às mais graves.

Ele parou de comer por um instante, olhou bem para ela e não disse absolutamente nada. Ela ficou parada, aguardando e olhando para aquele homem de olhos muito escuros e cenho levemente franzido. Tinha feições regulares, firmes, cabelo cortado bem curto, óculos com aros redondos dourados, o que lhe conferia um ar de elegância à antiga. Era autoritário, grosseiro na maior parte das vezes, mas, tinha que admitir, possuía enorme capacidade de liderança e de trabalho. "Muito bem, se ele quer ficar calado até o fim do dia, pode ficar", pensava. Ela não ia desistir de nada.

O fazendeiro, como se lesse os pensamentos dela, disse com sorrisinho torto zombeteiro:

— Você não desiste de nada, não é? E sei que vai continuar me azucrinando até eu dar uma resposta. Mas vai ter que esperar, mocinha. Não é só questão de querer e pronto: seja feita a minha vontade!

A "mocinha" ficou vermelha e disse num rompante:

— Por que o senhor tem que ser tão rude o tempo todo? É empreendedor, reconhecidamente um líder, mas é um homem carrancudo, mal-educado e até mesmo tosco. Se fosse um cavalheiro de verdade, ia se dirigir a mim com mais respeito e consideração. Reduzir o projeto ao mero desejo da "minha vontade" é ignorar a necessidade de uma comunidade inteira de pessoas que precisa de orientação, de educação. Além disso, eu não sou "mocinha" para o senhor. Sou a doutora Alice e mereço um tratamento melhor do que aquele com que o senhor me "agraciou". Considere a minha proposta, leia com atenção e depois – e só depois – me diga se é ou não possível. Deixo as folhas aqui. Se jogar fora, não se preocupe. Tenho cópias e, com certeza, baterei em outras portas, nem que sejam estrangeiras. O senhor tem razão em um ponto: eu não vou desistir. Muito obrigada.

Dr. Miguel ficou pasmo. Viu a moça sair da mesa furiosa, pisando duro em direção à porta. "Ô dia, meu Deus! Primeiro a notícia de que a estrutura do anexo pode cair, depois vem o caso com essa menina. E a semana está só começando", reclamou baixinho. Saiu do bar e voltou para a fazenda. Não estava bem, e isso o aborrecia demais.

Resolveu analisar os cálculos que Pedro havia feito, mas não conseguiu. Pensou naquela moça tão cheia de vida, de planos, de determinação. O posto de saúde tinha mudado para melhor e o alcance da prestação de serviços era realmente elogiável.

Alice era amável, meiga, de verdade. Ficou brava com ele. Muito, mesmo! Ninguém jamais havia falado com ele daquela forma. Sabia, entretanto, que isso não o incomodava. O que realmente martelava em sua cabeça era aquele seu olhar. Havia raiva sim, mas, mais do que tudo, havia também uma tristeza e uma mágoa tão profundas que os olhos dela se recusavam a chorar. "Fui cruel", admitiu para si mesmo. "Uma toupeira, mesmo!"

...

Josefa, Miquelina e dona Carmela olhavam para Alice e tinham certeza de que havia alguma coisa errada.

Havia algum tempo Josefa tinha praticamente "adotado" a médica e cuidava dela como se fosse sua filha. Miquelina e dona Carmela acabaram convivendo com ela e, como as duas diziam, "foi muito fácil gostar daquela menina tão gentil, sempre pronta a atender todo mundo".

Era uma moça muito graciosa, educada e com grandes planos de vida. Seu pai não tinha vindo ainda ao vilarejo, mas ela estava sempre se comunicando com ele. Pelo que sabiam, seu Armando viajava muito a negócios, mas não se esquecia da filha e providenciava até muito mais do que lhe pedia, dando motivo, aliás, para ela sempre reclamar do exagero.

Alice tinha se acostumado com o chá das segundas-feiras na casa de Miquelina. Adorava aquelas senhoras tão simpáticas que faziam de tudo para ela se sentir tão bem acolhida. Sua mãe tinha morrido quando ainda era menininha e era maravilhoso ser tratada por elas com tanto carinho maternal.

Hoje, porém, não estava bem. Falou da conversa com o Dr. Miguel com discrição, mas as três mulheres conheciam o temperamento "daquela criatura" bem o suficiente para entender o que ela estava sentindo.

Dona Carmela tinha convivido com a família Vieira no tempo em que moravam no casarão. Eram pessoas boas, de caráter, mas a família funcionava como um arquipélago em que cada um se voltava para si mesmo, sem nenhuma conexão com o outro. "Ilhas isoladas, tremendamente solitárias", ela disse com tristeza.

Dra. Alice resolveu ir para casa. Era seu dia de folga e queria ler um livro que havia recebido. Na verdade, queria ficar sozinha e pôr em ordem os pensamentos. Afinal, valeria a pena ter tantos sonhos? Trabalhar tanto? Qual era seu verdadeiro papel naquele vilarejo? Ficava por vocação? Por vaidade, como o Dr. Miguel havia falado?

Precisava pensar e, talvez, dormir. Estava cansada e muito desanimada com tudo.

Favos de mel

O posto de saúde estava lotado na terça-feira. Havia um surto de gripe na região, e um número grande de pessoas dirigia-se à enfermaria.

Dra. Alice atendia um casal de idosos que eram assíduos frequentadores do seu consultório. Reclamavam um pouco das dores, falavam dos filhos e dos netos, ouviam as orientações que ela lhes dava e iam embora felizes.

Josefa entrou na sala antes do próximo paciente e falou afobada:

– O dr. Miguel está aí e pediu só um minutinho com você. Não está enlouquecido como sempre.

A médica olhou desanimada para ela.

– Tem certeza?

Nem precisou esperar pela resposta porque ele já estava à sua porta pedindo licença para entrar. Ela aquiesceu e ele entrou. Tinha um pacote meio desajeitado em uma das mãos e as folhas do seu projeto na outra.

Meio sem jeito, começou a dizer que havia lido o projeto e que tinha algumas perguntas. De repente, porém, parou de falar, olhou firme em seus olhos e disse de forma um pouco brusca:

– Olha, na verdade eu vim aqui pedir desculpas a você. Ontem, e acho que até em outras ocasiões, eu não fui muito educado, não tratei você com a consideração que merecia. Depois, em casa, me senti muito mal. Peço que me perdoe a falta de jeito.

E depois, dando a ela o pacote que trazia, completou:

– Trouxe um pouco do mel de abelha que produzimos na fazenda. São favos com mel de laranjeira. Espero que goste. E, mais uma vez, me desculpe.

Ela olhou para ele sem saber o que fazer. Pegou o pacote e ele saiu imediatamente, antes que ela pudesse dizer qualquer coisa.

Josefa entrou e perguntou, em choque:

– O que foi aquilo?

– Eu não sei – respondeu a médica, sorrindo desconcertada, com os favos de mel na mão.

"Olhos azul-violeta", considerou Josefa, olhando pensativamente para os olhos da mulher com jeito de menina. Não disse nada. Tinha muita coisa a fazer.

Um rio e nada a reclamar

Os dias em dezembro estavam muito quentes, sem qualquer brisa ou chuva. Não era fácil andar pelas ruas descalço ou mesmo com chinelos e, por isso mesmo, a ideia que Matias e Lagartixa tiveram foi considerada "genial" pelos dois outros colegas de classe.

Um rio não muito largo passava nos fundos da chácara do Chaim. Matias e Lagartixa, sempre que podiam ir até lá, mergulhavam nas águas próximas das margens e se secavam ao sol, contando casos, dando risadas. Chaim liberava a entrada lateral da chácara para eles. O portão principal levava direto ao cercado dos animais, e quando eles se aproximavam, a mãe de Chaim pegava uma vassoura e corria atrás deles distribuindo vassouradas, esbravejando – e com certeza xingando – numa língua incompreensível para os meninos que viviam aprontando confusão.

Às vezes, Chaim ia até lá para pescar; conversava com eles, mas nunca nadava. Tinha medo de água. Sua mãe contava que, quando sua família chegou ao porto de Santos, eles saíram do navio e, junto com outros passageiros, tiveram que pegar um barco para a terra firme. Um menino, que não devia ter mais do que seis ou sete anos, no tumulto, com muita gente que queria desembarcar, caiu no mar. A família se desesperou. Um dos marinheiros ainda tentou resgatar a criança, mas não conseguiu salvá-la. Quando finalmente a encontrou, já era tarde demais.

Sempre que sua mãe falava de sua chegada ao Brasil, relembrava esse caso com um sentimento de profunda tristeza. Chaim não dizia nada, mas a história o deixava muito assustado.

Nesse dia, os meninos levaram suas varas de pescar, os calções para nadar e um grande embrulho com sanduíches e frutas. Doutor, naturalmente, fazia parte do grupo.

A primeira coisa a fazer era cair no rio e sair do calorão. Matias tinha trazido as cordas que seu tio caminhoneiro guardava na carroceria do caminhão. (É claro que o tio não sabia de nada, e a mãe muito menos). No local em que as margens eram mais próximas, os meninos amarraram uma das pontas na árvore que pendia sobre o barranco, atravessaram o rio e prenderam a outra ponta em um tronco seco caído na água na margem oposta. A ideia era disputar quem conseguiria atravessar o rio andando em cima da corda, sem cair.

Depois de quedas fenomenais, gritos de dor e muitas risadas, resolveram sair e comer o lanche que haviam trazido. Foi nesse momento que perceberam, a certa distância de onde estavam, um barco não muito grande preso a uma mureta de pedras.

Alguns homens da obra costumavam ir até lá para pescar nos fins de semana. Havia muitos bagres nessa época do ano e eles sempre contavam histórias sobre quanto tinham pegado, o que iam fazer na próxima vez que pescassem um bagre grande e até o que um deles tinha encontrado na barriga de um quando foi prepará-lo para comer. Eram histórias exageradas, muitas delas inventadas na hora para uma plateia ávida em ouvi-las. Histórias de pescador, enfim, que Matias e Lagartixa adoravam acompanhar com toda atenção.

Podiam pegar o barco e ir pescar eles mesmos, Matias sugeriu. Não ficariam longe da margem e enquanto pescavam podiam ir comendo o que quisessem, naturalmente sem conversar, porque, todo mundo sabe, conversa espanta peixe.

O céu estava escurecendo e Matias observou que tempo de chuva era ideal para pescar bagres. Diante da observação feita com tanta sapiência, os quatro foram até o barco, subiram nele e o levaram em direção ao meio do rio. Doutor, que havia acompanhado o grupo, ficou alerta, postado nas patas traseiras, observando, orelhas em pé.

Estavam lá havia alguns minutos quando perceberam que o volume da água do rio tinha aumentado. E, de repente, uma tempestade desabou sobre eles. A chuva começou a cair em grande quantidade, o vento executava uma dança louca com os galhos das árvores e o mato ao redor e os raios e trovões faziam um barulho ensurdecedor. Doutor começou a latir, já em pé. A correnteza ia se tornando cada vez mais forte e os meninos, com pouca ou nenhuma experiência com remos, compreenderam que controlar o barco seria muito difícil, se não impossível.

Não podiam abandonar o barco e nadar até a margem. Tinham medo da correnteza e – o mais grave de tudo – um deles não sabia nadar. Começaram a gritar e a chamar pelo Chaim enquanto o barco se movimentava mais e mais rápido, balançando sem parar na correnteza. E a chuva forte caía.

Doutor começou a latir sem parar, a correr de um lado para outro na margem, até que disparou em direção à casa de Chaim, que ouviu os latidos e depois os gritos. A princípio não sabia de onde vinham, mas ao reconhecer as vozes dos meninos, saiu em desabalada carreira, gritando como louco para que o ajudassem. Maria do Carmo veio correndo, a mãe de Matias já entrava na chácara desesperada, seu Antônio largou tudo e foi, passagem abaixo, na direção do rio.

Debaixo da chuva, mais pessoas aos poucos se juntaram ao grupo que corria ao longo do rio gritando, tentando orientar os meninos sobre o que fazer. Dois homens que trabalhavam na obra pularam na água em um ponto abaixo daquele em que o barco se movimentava. Com cordas amarradas ao corpo e seguras pelo pessoal em terra, tentaram segurar o barco que descia. Conseguiram pelo menos diminuir a velocidade em que vinha e, depois de muitos esforços, um deles conseguiu entrar no barco. Amarrou, então, a ponta da sua corda na proa enquanto o outro ficava na água e tentava ajudar o redirecionamento para a terra.

Com dificuldade, o barco foi puxado contra a correnteza até a margem. Os meninos saíram, olhos arregalados, tremendo. Doutor latia, inquieto, acompanhando cada movimento. As mães abraçavam seus filhos, as pessoas ajudavam os homens a sair da água, comentavam como tinha sido difícil controlar tudo com uma chuva daquelas.

A chuva finalmente parou quando todos já estavam seguros em suas casas. Um capítulo se fechava definitivamente para os meninos "aventureiros".

Serge chegou!

Um fusca azul novo em folha chegou ao vilarejo logo de manhãzinha e parou na praça. Um rapaz alto e bem-vestido desceu e olhou ao redor. Parecia procurar uma indicação qualquer para prosseguir viagem.

Josias estava saindo de casa nesse instante e prontamente lhe indicou a direção para a fazenda Águas Claras. "Elegância por demais!", pensou.

Serge, na verdade Sérgio de Vasconcelos Andrades, era filho de dona Sara, tia de Miquelina, e, como Josias havia notado, era alguém que jamais passaria despercebido ou seria ignorado.

Elegante, vestia calças jeans apertadas, uma camiseta branca e uma jaqueta preta de couro. Seu cabelo castanho denotava cuidados especiais e, embora curto, caía de forma harmoniosa sobre a testa. Trazia uma espécie de pulseira, também de couro escuro, no braço, e sobre a camiseta uma medalha pequena, de muito bom gosto.

Águas Claras não era exatamente seu lar. Tinha saído cedo de lá, na adolescência, aos quinze anos. Pediu ao pai que o deixasse ir para a Itália, queria estudar artes e fazer arquitetura. Depois de muita discussão e conflitos, o velho concordou, mas lhe disse:

— Você vai ter que trabalhar para ter alguma coisa a mais do que vou lhe mandar, pois não será muito.

De fato, foram anos difíceis. De início, ficou hospedado na casa da irmã de seu pai, tia Matilda. Percebeu logo que todo dinheiro que pudesse dar jamais poderia atender às tantas expectativas que ela nutria com relação à colaboração monetária do irmão… e do sobrinho.

Depois de quatro meses de refeições magras, dormindo no chão frio de um quarto sem lareira ou aquecedor, resolveu falar com o dono da floricultura com quem ocasionalmente conversava. Podia fazer qualquer serviço, desde lavar o chão, varrer a calçada, criar arranjos de flores e até realizar entregas para os fregueses. Precisava apenas ter um lugar para dormir – qualquer lugar.

Giovanni aceitou a proposta, e durante uns três meses, pelo menos, Sérgio fez tudo o que havia prometido fazer, e um pouco mais.

Quando o período letivo começou na Itália, no fim de setembro, conseguiu, pela interferência da mãe e do irmão, que o pai concordasse em pagar um curso que lhe desse a preparação necessária para ser admitido na

Accademia di Belle Arti[15], em Florença. Não seria fácil com seu italiano precário, a falta de técnica para sketches e desenhos e as imensas lacunas de conhecimento a respeito de arte e história da arte.

Foi um ano pesado em que trabalho e estudo pareciam não ter fim. Emagreceu, não tinha lazer, dormia pouco e muito mal. Devorava livros, ia aos museus, conversava com outros estudantes, ouvia seus planos e suas sugestões.

Os exames chegaram e ele finalmente conseguiu ser admitido. A escola se dividia em quatro departamentos distintos, mas complementares: escultura, pintura, decoração e cenografia. Pretendia fazer decoração, mas acabou mudando de ideia pelo brilho das aulas de um dos professores, Karl Gorther, especialista em pintura com técnicas antigas.

Sérgio, que passou a ser chamado de Serge pelos seus colegas, tinha inteligência e sensibilidade acima da média. Após o segundo ano, já era convidado a prestar assistência para os alunos do primeiro ano – uma honra, levando-se em consideração o grau de dificuldade do curso.

Formou-se com distinção e louvor. Seu pai havia morrido no ano anterior, e ele esperava que a mãe e o irmão pudessem comparecer e comemorar com ele sua vitória. Não puderam. Fazia oito anos que não se viam.

Os convites para trabalho chegaram e ele decidiu que iria para os Estados Unidos, onde teria um campo mais amplo nessa área. Não queria ser professor universitário.

Nos Estados Unidos, de fato, teve a oportunidade de trabalhar em dois grandes museus, de conhecer de perto as obras que estavam ainda por ser restauradas e, por isso, fora dos olhos das outras pessoas. Era realmente um trabalho fascinante, que exigia muita competência e cuidado. Havia pressão e prazos a serem cumpridos, mas ele adorava o que fazia. E mais, agora tinha amigos, dinheiro e respeito. Era uma autoridade recomendada em restauração de peças renascentistas.

Após quatro anos morando nos Estados Unidos, entretanto, começou a sentir grande cansaço físico e mental, dores de cabeça constantes e palpitações, e a insônia, que de ligeira passou a se tornar mais e mais crônica. Esse estado de estresse o levou a uma tensão emocional de caráter notadamente depressivo, marcada por pessimismo, negatividade e insegurança.

---

15 A *Accademia di Belle Arti di Firenze*, na Universidade de Florença, na Toscana, parte central da Itália, é uma das mais renomadas academias voltadas ao ensino de artes. Foi fundada em 1563 por Cosimo I de Medici, e teve a colaboração de artistas notáveis como Vasari, Michelangelo, Cellini entre outros.

Exaustão extrema, profundo esgotamento profissional, o médico diagnosticou prontamente assim que ouviu a descrição de tudo o que ele sentia. Recomendou tratamento com psicoterapeuta e alguns antidepressivos, afirmando:

— De forma geral, o tratamento pode estar concluído em pouco tempo – até três meses, depende. Há um ponto fundamental nesse caso: a necessidade de mudança nas condições de trabalho e, principalmente, mudança na forma de levar a vida, ou seja, na rotina, nos hábitos e nos costumes.

O médico enfatizou fortemente que ele tirasse férias, passasse mais tempo ao ar livre, andando, fazendo exercícios, relaxando, conversando e se dedicando a atividades de lazer com pessoas de que gostasse ou que lhe dessem prazer. E finalizou com um fatídico, mas verdadeiro, conselho:

— Siga o tratamento com perseverança. O descaso em segui-lo levará ao agravamento dos sintomas e outras perdas poderão ocorrer.

A obtenção de uma licença foi fácil de conseguir. Achava, no entanto, difícil voltar para casa. Uma casa que havia muito não considerava mais sua.

A mãe sempre acompanhava a sua trajetória. Dava notícias do irmão e da família. Pedia fotos e dizia que ele estava bonito, para não trabalhar demais e que estava com saudades ... A volta para casa podia representar, então, uma espécie de resgate, uma tentativa de recuperar uma parte de si mesmo que, em algum momento, havia se perdido.

• • •

"*Quite a place!*"[16], pensou Serge, passeando os olhos pela paisagem à sua frente. E esse era um enigma que não conseguia entender. A fazenda continuava praticamente a mesma de quando partira, doze anos atrás.

Da varanda podia ver o jardim, os caramanchões emoldurados pelas trepadeiras e seus bancos de madeira sólida, os anõezinhos de cerâmica e a gruta com a imagem de Nossa Senhora de Fátima, santa de devoção da mãe.

Os portões fortes de metal bronzeado a distância separavam o espaço residencial do restante da fazenda. Podia-se ver o caminho com seus antigos bambuzais curvados sobre a estrada, criando um mundo paralelo, quase secreto. Havia o grande pomar, os currais imensos, as plantações e as casas dos colonos que, de tão antigas, tinham uma cor verde-musgo desesperadora.

---

16   *Quite a place!* (ing.) = Um lugar e tanto!

Era tudo lindo, e tudo estava feio, decadente! A mãe estava magra, velha e desiludida, o irmão cumpria sua obrigação de visitas rotineiras e administrava os negócios familiares. Uma sensação de afastamento consciente parecia permear o contato da mãe com o irmão, e eles pareciam não fazer nada para quebrar o gelo de relações mal resolvidas.

Serge teve certeza de que havia muita coisa a ser feita. E a pergunta crucial era: "O que fazer quando há inércia, desinteresse e debilidade para mudar?" E ele, desgraçadamente, se incluía nesse cenário.

Hercílio

Hercílio, pensativo, acompanhava o movimento da mosca dentro da vitrina de doces. Expulsou a intrusa, e a matou sem muita convicção. Odiava aquela pasmaceira, o balcão, as moscas e os doces, e ainda os ratos que vez por outra apareciam e iriam sempre aparecer.

A filha de dona Isildinha surgiu à porta e abriu seu sorriso convidativo. Como por mágica, seu bom humor voltou. Perguntou sobre os pais dela, as festas de fim de ano, falou sobre o pão especial e as rabanadas tão deliciosas. Depois da compra realizada, em um gesto de prodigalidade, fez um pacote especial com doces e biscoitos e ofereceu "à sua freguesa favorita" como "prenda de boas festas". A menina sorriu, pegou o presente e saiu faceira. E a vida novamente ganhou aquela luz de que tanto gostava.

Homem bonito, Hercílio não se preocupava tanto com o dinheiro que pudesse ou não ganhar; fascinava-o a conquista, o apoderar-se "da alma", a expectativa do encontro e do entregar-se à paixão. Amava as mulheres, a beleza, a sutileza oculta de cada uma delas, o palpitar, a loucura.

Hercílio era sedutor e sabia disso. Não se preocupava com as consequências, porque tudo, afinal, acabava se resolvendo. Hoje, mais do que nunca, reconhecia essa verdade, e novamente a imagem tão improvável de sua mulher com outro passou diante de seus olhos.

Não gostava tanto da mulher, e a sensação era estranha. Um dia já estivera apaixonado por ela, mas agora não. E novamente a cena que por acaso tinha flagrado naquele dia de chuva veio-lhe à cabeça, sem dor, sem mágoa. Há tempos suspeitava. Esse, entretanto, não era o caso de um marido ciumento à espreita de evidências; era, antes, o de um espectador curioso diante de um fato até bizarro.

Marta era uma boa mulher. Atraente, firme como uma rocha, sabia o que queria, trabalhava muito e era exigente consigo mesma e com os outros. Não admitia indolência ou acomodação; tinha objetivos claros e era ambiciosa. O pai era dono de três padarias na cidade e, graças ao dinheiro dele e às poucas economias que Hercílio e ela tinham, puderam construir a padaria no vilarejo. A menção ao dinheiro do pai resvalava com frequência em suas conversas, e o final nem sempre era bom. Tudo ponderado na relação com ela, entretanto, podia-se dizer que Hercílio não era infeliz – mas tampouco feliz!

Deixava que a vida o levasse. Aceitava o lado bom da mesma forma que aceitava o ruim, sem nada questionar. Era como se planasse alto, observando o mundo, fluindo em sua correnteza. Marta não gostava desse seu jeito e insistia para que se envolvesse mais, se esforçasse mais e reagisse, "pelo amor de Deus". Ele apenas sorria, perdendo-se no fluxo, na admiração pelo infinito devir da vida.

Como usualmente fazia às sextas-feiras à noite, tinha combinado jogar pôquer com amigos na cidade. Geralmente ia, bebia um pouco com eles e ficavam jogando até tarde. Dormia na casa do sogro e no sábado voltava para casa mais animado. Marta não se importava e até o encorajava a se divertir. Nesse dia, porém, houve um acidente na estrada entre o vilarejo e a cidade e, depois de meia hora esperando que liberassem o trânsito, Hercílio se cansou, pegou um desvio e voltou para casa. Chegou por volta das dez horas e viu que as luzes do quarto estavam acesas. Foi direto para lá. Precisava mesmo de um bom descanso.

Viu, então, Marta no quarto deles com outro, rindo, feliz, dando pedacinhos de bolo na boca do amante. "Açucarada demais", riu com ironia e uma ponta de amargura. Queria saber quem era o homem, mas só conseguiu ver, pela fresta da porta descuidadamente entreaberta, as costas brancas que se debruçavam sobre ela. Desistiu. Não se importava em saber quem era.

Foi dormir na casa de um amigo e, logo pela manhã, avisou a ela que "tinha visto o que tinha visto" na noite anterior. Ela arregalou os olhos e se irritou com a atitude do marido. A culpa, no final das contas, era só dele. Demonstrando pelo tom de voz que estava ofendida, anunciou categoricamente:

— Vou embora daqui. Você nunca mereceu de fato a mulher que tem. É um frouxo!

Outra mosca apareceu voando sobre os doces. "De novo esse marasmo!", pensou enfastiado, cobrindo os éclairs com o tule protetor. Fazia mais de um mês que estavam separados. Marta havia saído naquele mesmo dia e ido para a casa do pai.

Mulher decidida, tinha vindo conversar com ele cinco dias depois do "evento", já com tudo planejado. Sem cerimônia nenhuma! Ele podia ficar com a padaria, desde que pagasse um tanto por mês. Afinal, o pai havia investido dinheiro naquilo e era mais do que justo. Ela ficaria com a casa deles na cidade. Poderiam discutir depois sobre a pequena chácara que tinham, o pouco dinheiro no banco e o carro – uma perua Belina novinha.

Marta tinha planos de ajudar o pai nos negócios na cidade. Não gostava mesmo da vida no vilarejo, e queria começar vida nova. Achava que a decisão era boa para os dois e desejava que ele fosse feliz. Os papéis para o desquite estariam prontos logo, talvez até antes do Natal.

Ele concordava, olhando para ela maravilhado. Marta adquirira mais vida, mais cor, mais tudo. Como era possível ser a mesma Marta de sempre e, no entanto, tão diferente?!

A lembrança de Isabela surgiu de repente. Ela também, um dia, havia trazido nos olhos aquela luz especial e misteriosa por ele. Não estava mais no vilarejo. Decidira ir para a casa dos tios; queria fazer faculdade e encontrar emprego na cidade em que moravam. Tinha se despedido dele com ternura e ele se emocionara. Linda Isabela! A mãe não queria vê-lo nem pintado de ouro. Tinha até parado de ir à padaria e não comprava mais seus pães. Ele não lhe tirava a razão. A vida é assim mesmo, quer você queira, quer não.

Não estava certo se queria continuar com os negócios ali no vilarejo. Gostava mais quando ia de lugar em lugar e vendia seus pães, conversava com as pessoas, sabia das novidades, ria, saboreando cada dia com alegria. "Vamos ver", pensava, e correu a atender seu Manequinho que tinha acabado de entrar na padaria.

Um pacote nada especial

Os dias se sucediam, e estavam agora a dez dias do Natal. Gertrudes comentava com dona Carmela como o tempo tinha passado rápido aquele ano, um ritmo de vida verdadeiramente maluco, com mudanças e mais mudanças acontecendo e todos tendo que "correr atrás do prejuízo". Sem falar no cansaço que sentia por conta do aumento de trabalho nas casas, do salário baixo, da carestia de tudo. Desfiava também suas agruras de natureza sentimental, tinha uma queda pelo romance desbragado.

Gertrudes tinha trinta e poucos anos, não era uma beldade, mas seu corpo forte e roliço atraía a atenção dos homens, o que provocava nela um sorriso amplo, receptivo e convidativo. Muitas das senhoras do vilarejo consideravam Gertrudes "uma biscate de marca maior" e quando precisavam de seus serviços mantinham uma distância "virtuosa", para evitar maiores intimidades.

Trabalhava em algumas casas como faxineira e seu trabalho era considerado excelente. Professor Raimundo, Miquelina, dona Eiko e Maria do Carmo tinham dias marcados com ela. O caso de dona Carmela era especial: ia quando queria e quando achasse que a casa estava precisando de uns "toques". Nunca recebia dinheiro dela, recusava firmemente. Segundo ela, o professor Raimundo tinha razão: dona Carmela era uma senhora e tanto, não poderia dizer quantas vezes recebeu a ajuda dela com dinheiro, remédios, indicação de trabalho, aconselhamento. Ela nunca disse nada a ninguém nem quis retribuição de nada. Queria muito que se casasse com professor Raimundo, mas, como ele dizia, era um amor "plantônico" (versão "gertrudesiana" para "platônico", tão usual na fala do professor).

O tom de suas conversas era sempre melodramático. Os casos mais banais adquiriam uma textura de dramaticidade, uma qualidade de extraordinário e de urgência premente que as pessoas se arrepiavam e corriam a fazer qualquer coisa que evitasse o "desastre" que estava por vir. E isso podia se referir tanto à falta de material para limpeza em determinada casa quanto às conversas que mantivera na praça com amigos, ou ainda à notícia sobre a morte de alguém querido.

Hoje estava um pouco inquieta, dizia à dona Carmela. Alguma coisa muito estranha estava acontecendo e ela não sabia dizer o que exatamente.

Na semana anterior, precisamente na quarta-feira, tinha ouvido um barulho em sua porta da frente. Pensou que fosse o gato da vizinha, que gostava de rondar pelo seu quintal. De manhã, porém, viu que sua porta estava toda emporcalhada. Alguém havia atirado com força (provavelmente da rua) um embrulhinho cheio de fezes humanas em sua porta, provocando uma sujeira e tanto. E continuou:

– Na terça-feira a Turcona pediu que ajudasse na faxina, e lá estava o mesmo estrago feito por um idêntico pacotinho na porta dela. Hoje jogaram merda na porta do professor Raimundo. Quem será que está fazendo isso, dona Carmela?

Dona Carmela olhou pensativa para ela e depois a convidou para um chá e biscoitos de polvilho que havia comprado na padaria do Hercílio. Gertrudes não estava exagerando dessa vez, e ela tinha suspeitas – sérias suspeitas – de quem pudesse ser o autor de um "presente" tão cheio de raiva e ódio.

"O amor quando se revela, não se sabe revelar..."[17]

A Dra. Alice gostava de ir caminhando até o posto de saúde. Saiu de casa logo às sete horas porque queria trabalhar em algumas culturas no laboratório; depois das oito, o número de pessoas aumentava bastante e não tinha condições de fazer quase nada.

Cumprimentou o dr. Valdo, que chegava ao consultório naquele instante, com um sorriso. Passou pela escola, já com os primeiros alunos para as aulas, e ia atravessar a rua quando uma picape parou a seu lado. Era o dr. Miguel.

Ele a cumprimentou sorrindo e ofereceu carona.

– Você vai até o posto, não? Por favor, entre.

Ela aceitou o convite. Estava começando a chover e ia se molhar, com certeza.

Olhou para aquele homem. "Estão mais suaves esses olhos", pensou. Ele, voltando o olhar para a rua, comentou um pouco bruscamente:

– Dra. Alice, às vezes, quando olha para mim, é como se pudesse ver dentro de mim, tudo o que sou e o que não sou. – E sorriu novamente.

Ela se surpreendeu, mas nada disse. Estava chovendo forte e, ao chegarem ao posto, ele lhe disse com aquele seu jeito autoritário que ficasse um pouco no carro. Perguntou sobre sua família, descobriu que conhecia seu pai, soube de seu projeto iniciado quando ainda estudava nos Estados Unidos, razão principal para sua tese de doutorado, acompanhou com atenção seus planos para o futuro, e a ouviu dizer sobre a grande motivação que a impulsionava para tudo o que fazia: a preocupação com as comunidades mais carentes.

Ele estava mesmo planejando conversar com ela a respeito de seu projeto.

– Podemos conversar hoje no almoço? Prometo ser mais educado que da última vez – disse com um sorrisinho.

Ela ignorou o sorriso e disse "sim". Marcaram, então, para às treze horas.

---

17 Trecho do poema "Presságio" de Fernando Pessoa. A citação faz parte da primeira estrofe:
O amor quando se revela,
Não se sabe revelar.
Sabe bem olhar p'ra ela,
mas não lhe sabe falar.

Antes de sair do carro, ela agradeceu muito os favos de mel que havia recebido e, ao fazê-lo, o seu rosto bonito se iluminou. Ele olhou bem em seus olhos e disse:

– Que raios de olhos azuis você tem, doutora! – E não disse mais nada. Partiu em direção à obra.

...

Josefa olhou para a médica quando ela entrou. Estava mais graciosa do que nunca, brilho nos olhos, uma cor rósea que lhe ficava muito bem. "Não são apenas os nossos ares", pensou.

Ela lhe contou sobre o almoço com o dr. Miguel e Josefa falou em poucas palavras o que significava ser filho de Antônio Augusto Vieira, um pai exigente, ganancioso e sem grandes afetos por ninguém. Carinho, aliás, não era, definitivamente, moeda corrente na família, ponderou.

Alice ouviu, guardou a informação e foi trabalhar. Realmente ela tinha tido muita sorte na vida!

...

Treze horas: dessa vez Alice almoçou com Miguel no bar. Falaram sobre o projeto que ela havia desenvolvido, seus pontos fortes e os que precisavam ser melhorados, a apresentação que ele havia feito ao conselho da cooperativa e o empenho para que fosse aprovado. A decisão ainda estava por vir, mas ele acreditava que seria aprovado e posto em execução logo.

Ela exultou com a notícia. Acompanhava o que ele dizia e sentia a força daquele homem. Era firme, controlador até a última gota de sangue, mas ela sabia que era correto, decente e afetuoso. Afetuoso, sim, embora camuflasse qualquer possível afeição com um comportamento ríspido e uma reserva que não dava espaço a qualquer aproximação ou intimidade.

Ele, olhos nos olhos dela, falou sobre sua vida, sua família, seus sonhos, e ela pôde seguir seus passos, saber de suas conquistas, rir de suas gafes, sem prestar atenção quando contava uma bravata ou ria dela por ter ficado brava com ele. Ele tinha um grande senso de humor e sabia contar histórias como ninguém.

Eram quinze e trinta quando perceberam que os dois estavam atrasados para tudo.

– Esqueci que tinha de conversar com o chefe do laboratório – disse ela, levantando-se da mesa.

– Levo você até o posto. Espere aqui.

Ainda estava chovendo.

Ele foi até a picape e estacionou bem próximo da porta. Foram em silêncio até o posto de saúde. A chuva caía ainda mais forte. Quando chegaram, não deixou que ela saísse porque ia se molhar demais. Buzinou na entrada do posto e começou a chamar pelo Benê, um dos assistentes de enfermagem, que logo apareceu ofegante. Ela insistia que podia entrar, mas ele a ignorou e pediu ao enfermeiro que trouxesse um guarda-chuva. Diante da resposta de que não havia guarda-chuvas no posto, berrou, então, para abrir "a porra do portão das ambulâncias" para ele entrar. Dito e feito. O portão foi aberto.

A Dra. Alice, antes de sair, olhou para ele, vermelha de raiva e vergonha. Ia dizer qualquer coisa, mas ele se antecipou:

– Você não vai ficar brava comigo outra vez, vai?

– Você é um tremendo louco de boca-suja.

Ele olhou candidamente de volta para ela e, de repente, começaram a rir muito, com gosto.

Ao se despedirem, esperou que ela saísse da picape e disse:

– Uma pena que você vai embora logo. Vou sentir muito.

Ela olhou para ele. "Eu também vou sentir sua falta", ela pensou, mas não falou. E ele, então, sorriu feliz e foi embora. Viu que os olhos azul-violeta podiam também revelar muito sobre ela.

...

Pedro foi para casa mais cedo. Adorava chegar e encontrar as duas meninas da sua vida: Dalva e Sissi. E hoje, mais do que nunca.

Dalva viu que ele havia entrado e foi correndo ao seu encontro, como sempre fazia. Ele estava feliz. Dois dias atrás, tinha tomado coragem e conseguido falar com o Dr. Miguel sobre os cálculos que havia feito a respeito da substituição da viga no anexo. Tinha trabalhado muito, consultado todos os livros de que dispunha, analisado todas as possibilidades de erro com critério até chegar à conclusão de que a obra não poderia ser realizada seguindo o projeto do antigo engenheiro. Continuar seria condenar a estrutura ao desmoronamento, sem falar na possibilidade de alguém morrer com o possível acidente. Foi uma decisão muito difícil a tomar.

O Dr. Miguel tinha lhe dado toda atenção quando foi falar com ele.

— Eu estava bastante nervoso — contava à Dalva. Imagine só você falar que o cálculo que o engenheiro havia feito não estava correto. E com a obra já iniciada e o engenheiro morto. Fiquei pensando um tempão antes de decidir conversar com ele. E ele me ouviu com cuidado, não questionou nada em nenhum momento. Ele é mesmo inteligente esse homem. Disse que analisaria tudo com o outro engenheiro, e então voltaríamos a conversar. Hoje ele me chamou e disse que eu estava corretíssimo em meus cálculos.

"Você é homem de fibra, Pedro, e demonstrou ter competência admirável", disse ele. "Por que não conclui seu curso? Há aulas à noite na cidade, e a cooperativa poderia ajustar uma bolsa de estudos para você até que se formasse. Só a tragédia que você evitou que provocássemos já valeria isso e muito mais. Naturalmente, você precisaria trabalhar remunerado um ou dois anos para nós, e depois ficaria livre do compromisso. O que acha?"

Dalva vibrou! Já sabia a resposta dada. Formar-se era sem dúvida a realização de um grande sonho para ele. E isso acontecia a poucos dias do casamento. Tantas esperanças e tantos planos que tinham, e agora, como num passe de mágica, tudo parecia possível.

Foi para a cozinha preparar um jantar especial enquanto ele tomava banho. Ficaria com ele e Sissi aquela noite, decidiu. Não era uma noite qualquer.

Jovita Manoela Vieira de Alcântara
è arrivata, carissimi![18]

O Dr. Miguel estava aguardando a chegada da irmã para a semana anterior ao Natal. Ela e as duas filhas, porém, chegaram bem antes. Com pompa e circunstância.

Preferiram ficar em um hotel na cidade, e iriam para o casarão assim que tudo estivesse pronto e elas pudessem se acomodar sem grandes transtornos. O irmão entendeu e se pôs à disposição para levá-las até lá a hora que quisessem.

Jovita pediu, então, que levasse os dois empregados que a acompanhavam, para deixar tudo em ordem. Deu-lhes carta branca para os arranjos necessários e eles sabiam muito bem que ela esperava passar o Natal lá, em família apenas.

O ar *blasé*[19] da irmã sempre o incomodara, mas agora vinha carregado de um ar de superioridade que o irritava profundamente. As filhas também não foram muito corteses nem fizeram qualquer esforço para serem agradáveis. A qualquer menção ao Brasil ou ao vilarejo torciam o nariz, faziam caras e bocas para falar de suas vidas no exterior e diziam esperar que a experiência de estar neste país fosse boa. Há quinze anos viviam fora. Tinham outros planos, não queriam ficar aqui por muito tempo. *"Actually we don't belong here!"*[20], diziam.

— Mas por que vocês vieram para cá, então? — foi a pergunta que o tio, já irritado, lhes propôs.

— Mamãe quis assim, e não pudemos dizer não — foi a resposta.

Dr. Miguel tratou de sair logo, não tinha paciência suficiente para tolerar essas "esquisitices". Amava a terra em que nascera, o seu país, a gente simples do vilarejo, e se certificou, agora mais do que nunca, de que definitivamente não gostava da irmã nem da figura pálida de vida em que ela se transformara.

---

18 Jovita Manoela Vieira de Alcântara *è arrivata, carissimi* (it.) = Jovita Manoela Vieira de Alcântara chegou, queridos!
19 Ar *blasé* (fr.) = ar de indiferença e até de distanciamento superior.
20 *Actually we don't belong here* (ing.) = Na verdade, este lugar não tem nada a ver conosco.

Investigações

Segunda-feira, oito horas da manhã. Não era muito tranquilizador o fato de ter a polícia sempre por perto, inquirindo, procurando informações, pedindo detalhes, analisando, questionando.

O crime envolvendo o engenheiro continuava um mistério, e quase todas as pessoas que já haviam tido contato com ele tinham sido chamadas para o inquérito policial.

O engenheiro sempre fora visto como uma pessoa "normal", ou seja, com hábitos regulares, disciplina professional e modos educados. Não era dado a muita conversa; examinava o desenvolvimento dos trabalhos de perto, explicava, dava orientações, sempre com muita competência e discrição. Dificilmente se exaltava. Ficava todo o período de trabalho nas obras e dificilmente se afastava do lugar. Às vezes, saía para almoçar com o Dr. Miguel, mas eram raras essas ocasiões. Preferia comer alguma coisa rápida e leve. "Hábito da vida nos Estados Unidos", dizia.

Tinha vivido a maior parte de seus quarenta e nove anos fora do país, no Chile e nos Estados Unidos. Sua contratação no Brasil fora recomendada pela empresa americana responsável pela construção do Complexo Comercial e Empresarial da cidade – um colosso estrutural de grande funcionalidade e beleza. O convite, feito a ele quando ainda estava nos Estados Unidos, era muito vantajoso em termos de salário e benefícios extras. Ao chegar, porém, recusou a oferta para morar na cidade próxima ao vilarejo, alegando que ele e a esposa tinham decidido voltar a residir em sua antiga casa aqui no Brasil, à beira-mar.

As últimas notícias recebidas de outra comarca eram de que realmente haviam encontrado a esposa do engenheiro em uma pequenina cidade litorânea a trezentos e vinte e dois quilômetros do vilarejo. Estava muito doente, internada em um dos hospitais do lugar.

"Não se admira que ele, nos últimos tempos, nem ficava mais no trabalho às sextas-feiras", comentavam os operários da cooperativa. Tinham ouvido o engenheiro dizer que precisava viajar porque a mulher não estava bem. Em três fins de semana seguidos, notaram que voltava mais e mais preocupado, mas não dava nenhum tipo de informação.

– Na verdade, ela está com câncer no pulmão em estágio bem avançado – o delegado informou ao dr. Miguel. – Quase não consegue falar, por causa dos acessos de tosse e falta de ar constantes. De acordo com os médicos que a atendem, sofre com uma pneumonia recorrente que vai e volta em intervalos agora bem curtos. Por isso tudo, nem conseguimos falar com ela. Sente cansaço e fraqueza tão grandes que a impedem até mesmo de manter os olhos abertos. É uma tristeza! Agora, doutor, estamos seguindo outra linha de investigação e, provavelmente, precisaremos da cooperação de todos mais uma vez.

    O dr. Miguel anuiu e disse:

    – Faça o que for preciso. Estaremos à sua disposição.

    – Vamos precisar mesmo. Essa história está ficando cada vez mais complicada.

Quantos pontos você tem?

Depois da entrevista com o delegado, o Dr. Miguel resolveu "dar uma volta" pelo vilarejo. "A quem estou enganando?", pensava, olhando para as poucas ruas em que transitava com o carro. "Faz dois dias que não a vejo, e só penso nisso! Que diabo!"

De repente, perto da escola, viu a "mocinha" às voltas com um carrinho de feira completamente abarrotado de coisas. Parou o carro e disse com aquele seu sorrisinho torto:

– Bom dia, doutora! Precisa de ajuda?

A Dra. Alice parou, toda elegante de tailleur rosa e salto alto, com um sorriso que o deixou sem fôlego. "Como é linda!"

– Meu Deus! – disse ela, com aquela musicalidade na voz que o encantava. – Que bom encontrar você! Estou mesmo precisando de ajuda.

– Ah! – ele respondeu jocoso. – Como é bom ser do tipo utilitário. Ninguém se preocupa em perguntar como você está, ou em dizer que sentiram sua falta, que você está mais bonito do que nunca e outras banalidades desse tipo.

Ela riu com gosto e disse simplesmente:

– Se você me ajudar, depois eu digo e pergunto tudo isso.

E olhou para ele – olhos azul-violeta – com muito carinho. Ele emudeceu, emocionado, sorrindo de volta.

A distância até o posto era curta, logo avistaram a fila enorme na frente do prédio, com crianças gritando e pulando ansiosas, e pré-adolescentes irrequietos, implicando uns com os outros, distribuindo tapas e gargalhando por nada.

– O que acontece? – Miguel perguntou intrigado.

E a Dra. Alice explicou a grande novidade. O dr. Valdo, Josefa e ela tinham organizado um boletim em que marcavam todos os cuidados que as crianças tinham tido esse ano com relação a hábitos de saúde.

O dentista fazia sua visita habitual à escola e analisava a higiene bucal de cada um. Dentes bem escovados ganhavam dez pontos, os nem tão bem escovados, cinco, e os que não tinham cuidado nenhum, zero. Da mesma forma, a pontuação valia para quem se preocupava em tratar os problemas que surgiam, como cáries, gengivite e inflamações.

Josefa analisava se havia limpeza pessoal, se as unhas se mantinham aparadas e limpas e se as roupas e os calçados estavam em ordem. Além disso, considerava se a periodicidade de vacinação havia sido cumprida.

A dra. Alice verificava, no caso de doenças corriqueiras, se a criança tinha tomado os remédios, se tinha ficado em repouso, se estava, como hábito geral, comendo legumes e frutas, se tinha diminuído o consumo de açúcar, se cuidava dos machucados etc., etc., etc.

Tudo era marcado e explicado com cuidado no boletim de saúde. Os pontos eram importantíssimos, porque, no fim do ano, no início das férias escolares, as crianças podiam trocar os pontos adquiridos por algo com valor correspondente no bazar da saúde no posto. Esse "algo" podia ser um brinquedo, um passeio de carro até a cidade, um lanche completo na padaria do Hercílio, um livro de aventuras, uma camiseta nova, um bolo para o Ano-Novo, um pão de frutas, e várias outras coisas que elas adoravam.

O dr. Miguel olhou para a médica e disse com admiração:

– Doutora, você é um gênio. Pensei que só fosse bonita, mas vejam só! É inteligente também... – E ao ver sua cara de censura explícita, apressou-se a dizer – ... e encantadora, muito encantadora!

Saíram do carro e ele, com aquele tom autoritário de sempre, pediu ao Benê que ajudasse a descarregar as coisas. Josefa e Miquelina, que já havia chegado com suas tortas e salgadinhos, olharam para ele sem entender nada. "O que o Dr. Miguel estava fazendo aqui?", pensaram.

Nesse ínterim, a dra. Alice tinha ido até o pátio das ambulâncias onde o bazar havia sido instalado e encaixava nas prateleiras os itens que trouxera. Ele entrou e disse:

– Posso colaborar com alguma coisa também?

– Claro! Com certeza eles vão gostar muito.

– Bem, pode ser um chicotinho de couro trançado, um par de botas, mel do apiário, uma caixa de laranjas, um piquenique na fazenda com todos. Eu ofereço o lanche. O que acha?

Ela olhou para ele, e o azul novamente apareceu e o envolveu em um mundo à parte onde só havia delicadeza e paz. Inesperadamente, ela veio e o abraçou, feliz; e ele pôde sentir seu perfume, seu rosto tão próximo ao seu, o corpo macio e envolvente em seus braços. E lá estava aquele sentimento outra vez: um carinho enorme que tomava conta de seu coração, de seus pensamentos e de tudo ao seu redor, deixando-o tonto, impossibilitado de raciocinar.

– Você é louco, mal-educado, prepotente e boca-suja, mas eu adoro você! Não queria, mas adoro você!

E dito isso, desvencilhou-se do abraço e foi até Miquelina que estava à sua procura no vestíbulo do posto.

Ele ficou parado, atônito, apavorado. Como era possível ela gostar dele? Ninguém gostava dele. Era ríspido, grosseiro e nem sempre tolerante. Tudo precisava ser preto no branco, e nada mais. Nada de conversinhas bobas, nada de falsidades. Tinham medo dele, e ele fazia com que o temessem e o respeitassem. Mas ela tinha dito "Adoro você. Não queria, mas adoro você". E afirmar isso de forma clara, transparente, sem subterfúgios soou tão natural, tão perfeitamente verdadeiro que ele sentia um nó no estômago de tanto prazer.

Josefa veio conversar com ele, então ele perguntou o que devia fazer para validar o oferecimento que havia feito. Ela o ajudou a marcar as etiquetas nas caixinhas com os presentes que seriam recebidos depois, e providenciaram os comprovantes para o piquenique no dia vinte e oito em sua fazenda. "Para todos", enfatizou ele, ainda atordoado, e saiu.

O bazar foi um sucesso. Todos foram à procura de seus prêmios, negociavam, faziam ofertas, trocavam, e havia um ar de felicidade e de alegrias que precisavam ser compartilhadas. Era hora, então, de ir para casa, de contar sobre tudo e mostrar o que tinham ganhado. "Eu ganhei, é mérito somente meu", queriam esclarecer para os pais e os irmãos pequeninos.

O posto ficou vazio. Apenas Benê e a Dra. Alice ficaram fazendo os últimos arranjos para o funcionamento do posto no dia seguinte.

"Ninguém mais aqui", pensou ela com tristeza, olhando ao redor. Despediu-se de Benê e foi para casa. Estava exausta. E um pouco deprimida – por que negar? "Ainda bem que o Jorge vem me buscar às nove", sussurrou com pretensa alegria.

O casarão finalmente ganha vida

A equipe contratada por dona Jovita fez um trabalho excelente na limpeza, decoração e ornamentação para o Natal.

O casarão, com a reforma, readquirira suas cores sóbrias, mas não era mais o mesmo; a estrutura, antes tão seca e desgraciosa, ostentava agora detalhes ricos e de muito bom gosto. A porta de entrada toda de madeira maciça exibia um trabalho fino de marchetaria italiana, as portas venezianas do andar superior davam para pequenas varandas com plantas e flores artisticamente arranjadas, na saleta pequena, fazendo as vezes de um vestíbulo, um lustre majestoso cintilava, espalhando uma luz suave e agradável. Os jardins ganharam pérgolas, árvores e plantas desconhecidas, as duas fontes laterais se embelezaram com tanques cheios de peixes coloridos, com torneiras incrustadas em painéis de ladrilhos de um azul e branco impecáveis.

À noite, o casarão passou a ficar totalmente iluminado, compondo um quadro elegante com toques de tradicionalidade. As pessoas passavam e admiravam, porque era uma experiência diferente, depois de tantos anos, vê-lo ressurgir quase das cinzas. Além disso, havia a enorme árvore de Natal que encantava a todos com suas bolas de um vermelho vivo, seus bonecos de gengibre, seus pequenos papais noéis, seus laços e festões.

Dona Jovita e as filhas instalaram-se na casa no domingo antes do Natal. Chegaram discretamente à noite, os dois empregados na entrada para recebê-las, e a casa toda iluminada. Uma distinção elegante e fria pairava nos movimentos dessas personagens que não trocavam palavras, gestos, nem sequer olhares.

O mordomo guiara-as aos seus quartos, e elas não demonstraram interesse algum em visitar (ou revisitar, no caso de Jovita) as dependências de um lugar tão cuidadosamente preparado para recebê-las.

What a bore! [21] Espero que Auguste chegue antes do Natal para me resgatar de tudo isso, dizia Nika, filha mais velha de Jovita, para o mordomo. Ele, calado, fiel e inabalável como um típico mordomo inglês (sem o ser – era francês), participava com toda a dignidade possível da *mise en scène*[22] em um casarão tradicional, pertencente a uma família pretensamente aristocrática e com uma educação pretensamente refinada e sofisticada (sem a ter).

---

21 *What a bore!* (ing.) = Que tédio!
22 *Mise em scène* = expressão usada para caracterizar qualquer tipo de situação em que uma cena é "construída" dentro de um cenário ou a partir de outros elementos.

Na verdade, Jovita, o marido e as filhas, nos quinze anos em que estiveram fora, desfrutaram das vantagens e dos privilégios que uma situação abastada poderia lhes proporcionar. Primeiramente, os negócios levaram a família a fixar residência nos Estados Unidos da América, no início em Nova York e depois em Boston. Na Itália – em Milão e em Roma, em especial –, entenderam que a época em que viviam exigia investir em relacionamentos, já que, de uma forma ou de outra, esses sempre poderiam lhes trazer algum tipo de benefício, quer de caráter financeiro, quer de natureza pessoal, principalmente depois que o pai de Jovita falecera. Contentar-se com menos seria uma grande tolice.

Nika e Gabrielle, a filha mais nova, tinham frequentado as melhores escolas de educação superior na Itália. Não tinham sido estudantes exemplares, mas na universidade tiveram a oportunidade de conhecer pessoas interessantes que frequentavam as altas rodas da capital italiana. Foi em um desses encontros que Auguste Antoine de Beauvoir, filho de Marcus Antoine de Beauvoir, grande vinicultor francês, passou a ser companhia constante de Nika.

Nika tinha porte esbelto, elegante, e não era muito propensa à leitura, informação ou ao trabalho. Frequentava os melhores ateliês de alta-costura, participava de festas famosas, passava alegremente pelos salões de beleza, sabia tudo sobre moda e as fofocas da realeza e das personas consideradas *top* no *set* da *high society*[23]. Ignorava o restante. Auguste era advogado com uma longa lista de clientes importantes. Astuto e habilidoso, tratava a filha do rico negociante brasileiro como uma criança que precisava ser mimada e, de preferência, mantida ao seu lado. "Nada a perder, tudo a ganhar" era, a rigor, o mote recorrente em sua vida.

Gabrielle era diferente. Gostava também de grandes centros, mas adorava ir ao teatro, a concertos, a vernissages. Estudava bastante, participava de discussões políticas e filosóficas em centros de estudo e tinha orgulho de dizer que estava engajada em atividades em prol de causas comunitárias e sociais. Havia se formado em Direito, trabalhava em um escritório grande e famoso de advogados. Tinha pretensões de ter o próprio negócio e uma carteira de clientes igualmente importantes. Trabalhava muito e não tinha tempo para o que considerava as "futilidades" da irmã. A vinda para o Brasil constituía um retrocesso em sua carreira e sua vida, e ela se enfurecia com a exigência da mãe e a necessidade de ficar em um lugar que não lhe dizia respeito algum.

---

23 *Set* da *high society* = grupo da alta sociedade.

Havia pedido licença de um mês para as festas de fim de ano e, decididamente, não podia, nem queria, ficar um dia a mais.

    Jovita também não pretendia ficar. O fim do ano no Brasil seria apenas um necessário, e talvez amargo, ritual de passagem para uma nova vida.

O valor de face[24]

Hercílio apareceu com sua Belina "Motor Tudo" (como costumava dizer) e estacionou na frente da casa do professor Raimundo.

Havia sido convidado pelo advogado de Marta para discutir a respeito das pendências restantes: assinatura do contrato de venda da padaria/confeitaria, assinatura dos papéis do desquite e a divisão dos bens: a casa, a chácara, o dinheiro no banco e a Belina. Havia conversado com Marta por telefone e ficara bastante surpreso com o que ela lhe dissera. Não sabia a quem recorrer; tinha certeza de que o professor poderia ajudá-lo a pelo menos entender o que ela pretendia.

Reuniram-se na confeitaria, a portas fechadas.

Sob o olhar hostil da mulher, o advogado explicitou a Hercílio as reivindicações de dona Marta:

— Primeiramente, minha cliente solicita que o dinheiro da venda da padaria seja dividido em três partes: uma para ela, outra para o senhor Hercílio e outra para o pai dela, tendo em vista que ele também gastara uma quantia considerável na construção desse estabelecimento. A Sra. Marta reivindica ainda a casa na cidade, já que se mudará para lá, e a chácara. Com relação ao saldo bancário, ela abre mão do dinheiro e todo valor pode ficar para o senhor, Seu Hercílio.

— Mas não sobrou muito dinheiro no banco depois que fizemos a padaria — disse Hercílio, meio hesitante.

Nessa altura, o professor Raimundo interrompeu dizendo:

— Desculpe, mas não está claro o critério que está sendo usado aqui para a divisão. Acredito que tenham ficado de fora alguns pontos importantes. Qual foi o valor aplicado pelo pai de dona Marta? Esse dinheiro foi empréstimo ou doação? Apenas um dos cônjuges trabalhou ou os dois construíram juntos o patrimônio que possuem? Quem dirigia os negócios? Quem realizava as compras? Quem ficava na linha de produção, de atendimento ao público? Quanto há de saldo no banco? E, por fim, ficar ou não ficar no vilarejo deve ser critério para a divisão?

Marta se mostrava impaciente. O advogado fez-lhe um sinal e ia responder quando Hercílio tomou a iniciativa para falar:

---

24 Valor de face — também denominado valor de resgate ou valor nominal — é o valor que será resgatado no fim de um investimento, indicado diretamente no título.

— Na verdade, não vejo problema em incluir o pai de Marta na divisão do valor da venda da padaria. Também, como ela vai morar na cidade, pode ficar com a casa. Eu não tenho planos de morar lá.

— E a chácara? — perguntou Marta.

— Proponho vendê-la, juntar esse valor com o saldo que temos no banco e dividir o total entre nós dois. A única coisa que eu quero é a Belina.

— Nem pense nisso! — gritou Marta. — Não vou vender a chácara, e vou precisar do carro na cidade. Você sempre se virou com a Rural Willys. Fique com ela.

O advogado sobressaltado olhou para ela: queria demais. Ele próprio não podia negar.

Hercílio apenas disse:

— As coisas não precisam ser assim, Marta. Podemos conversar. Você sabe que eu preciso trabalhar e preciso da Belina. A Rural Willys está muito velha.

— Não abro mão da Belina, não — respondeu rispidamente. — Eu praticamente sempre fiz tudo, Hercílio. Eu carreguei nas costas você, seu temperamento fraco, sua falta de iniciativa, de coragem. Você é um homem frouxo e nunca teve "culhões" para nada. Não suporto isso.

Um silêncio pesado se fez, então. Como em um movimento único, sincronizado, o advogado, o professor Raimundo e a mulher olharam para Hercílio, e puderam ver a rigidez de seus traços, a indignação refletida no corpo retesado e firme.

Hercílio apenas fechou bruscamente a caderneta em que fazia suas anotações e disse, sem alterar a voz:

— Muito bem, se é assim que você quer, assim será. Você já tem advogado, eu vou procurar o meu. Daqui para a frente, vamos nos entender nos tribunais, demore o tempo que for. Não aceito suas condições. Tudo será resolvido apenas na frente do juiz.

Muito pálido, ele caminhou como um autômato até as portas de ferro que estavam abaixadas e, com um movimento rápido, as levantou, deixando entrar a claridade do sol.

Tomada de surpresa com a decisão do ex-marido, Marta demorou alguns segundos para reagir. O advogado tentava articular palavras de conciliação, mas nem teve muito tempo. A reação da mulher aconteceu de forma espetacular, e ela começou a esbravejar. Hercílio, de costas para ela, encarava a luz que vinha da rua, como em um transe, sem dizer nada.

— Seu desgraçado, quem você pensa que é? Um merda. Sem eira nem beira. Um nada!

Em um acesso de fúria, começou a jogar contra ele qualquer coisa que encontrasse pela frente. Foi-se o cinzeiro, depois o açucareiro, derrubou as cadeiras das duas mesinhas que atrapalhavam seu caminho, e, aos berros, partiu para cima de Hercílio.

O advogado impediu que o agredisse, e ela tentava se desvencilhar dele com força incomum, motivada pela fúria. Hercílio deixou o lugar e ela continuou a gritar e a chorar durante algum tempo ainda.

Lá fora, algumas pessoas já haviam parado para acompanhar a cena, outras que tinham ouvido o barulho se aproximavam, querendo saber o que estava acontecendo, e um burburinho se espalhava pela calçada, pelos arredores.

Mais calma, Marta começou a ouvir as ponderações do advogado e as palavras de um professor Raimundo constrangido e ressabiado. Naturalmente, a lógica monetária acabou prevalecendo: gastos com advogado, demora judicial, impossibilidade de realizar a venda da padaria, dinheiro parado... Noves fora, nada, achou por bem, então, reconsiderar e se recusou terminantemente a fazê-lo. Concordaram, então, que o professor atuaria oficialmente como representante de Hercílio. A proposta por ele apresentada após algum tempo de negociações foi a seguinte:

— Do dinheiro da venda da padaria, 20% serão devolvidos ao pai de Marta, correspondentes ao montante investido por ele; os 80% restantes serão divididos entre os dois; a casa fica com ela; o dinheiro no banco e o que for auferido com a venda da chácara também será dividido entre eles; e a Belina e a Rural ficam com o Hercílio. É isso ou uma disputa litigiosa — o professor Raimundo enfatizou, fechando a questão.

O advogado chamou Marta em um canto e sussurrou com firmeza:

— Aceite, dona Marta. — Ela tentou argumentar, mas ele insistiu ainda mais veemente. — Aceite!

Muito a contragosto de Marta, o acordo acabou sendo fechado.

— Nunca mais quero ver esse satanás na minha frente! — Hercílio disse baixinho para o professor, que respondeu também baixinho:

— Nem eu!

Deram risada com muito gosto.

• • •

De alma nova depois de tudo, Hercílio apenas queria comer alguma coisa e conversar com os amigos.

Era pessoa benquista. Com seu jeito conciliador, sorriso fácil, bonachão mesmo, tinha angariado a simpatia e a amizade de todos no vilarejo. E assim, as pessoas foram chegando, abraçavam o amigo, lamentavam o ocorrido. Perguntavam sobre o caso, e ele resumia a história dizendo que encontrara a mulher com outro e esse tinha sido o motivo da separação. Não podia falar nada sobre o amante porque não tinha visto seu rosto, apenas suas costas. E, finalmente, jamais reclamaria da mulher com quem convivera e que tanto o ajudara. Agora tinham acertado tudo e ele planejava arrumar a vida.

"O que vai fazer agora? Não vai mais vender pão?", perguntavam. E ele respondia com um sorriso maroto:

– Agora, vou novamente cair na estrada. Cada semana quero voltar a visitar cidades pequenas, vilarejos como este aqui, fazendas. Vou começar a vender panelas, canecões, chaleiras e todas as miudezas de cozinha, roupa de cama e banho também. E quero encontrar as moças bonitas da terra, namorar bastante e ter sempre uma me esperando em qualquer lugar a que eu vá.

Hercílio ria com alegria, fazendo graça. Era bom vê-lo animado novamente. E todos riam junto com o rapaz.

Que surpresa, Josias!

"Quero chegar antes das cinco", confabulava Josias consigo mesmo. "Preciso falar com o Dr. Miguel antes que ele saia. O homem parece meio aéreo ultimamente, com a cabeça na lua. Só por Deus! A gente fala e ele não escuta o que foi falado!"

Estava escuro ainda. Eram quatro horas da manhã. Josias normalmente saía às cinco e apenas em ocasiões especiais ia antes ou depois desse horário. Esse era um daqueles dias em que precisava "pegar o touro à unha" e resolver a questão da vacinação obrigatória contra aftosa. O prazo para a segunda dose anual estava quase expirando.

Tomou seu café da manhã em casa. Tinha falado para Maria do Carmo não se preocupar com ele, comeria na fazenda quando chegasse. Mas Maria do Carmo era uma mulher de ouro: boa esposa, boa mãe, trabalhadora e doce como o mel. Não podia reclamar.

Ah, só uma vez na vida – uma vezinha – havia se irritado com ele. Mas isso são águas passadas e o afeto continua mais forte do que nunca.

Um barulho chamou sua atenção quando foi pegar o *jeep*. Um carro estava estacionado na frente da casa de dona Josefa com o motor ligado. Parou para ver se havia algum problema quando viu um vulto sair e arremessar qualquer coisa na varanda da vizinha; ouviu, então, um ruído abafado. Quieto ainda, observou a entrada do vulto no carro e sua disparada pela rua deserta. Sabia bem o que isso podia significar.

"Tem que ser alguém daqui", pensava rápido, enquanto acompanhava o movimento do carro, que virou na esquina, deu a volta ao redor de todo o quadrado da praça, passou novamente sem parar na frente da casa de dona Josefa e estacionou na quadra seguinte em uma garagem que ele – e toda a gente do vilarejo – conhecia muito bem.

– Não é possível, meu Deus! – exclamava em voz alta. – Mas por quê?

Resolveu ir embora. Contaria tudo para Maria do Carmo depois. Ela não ia acreditar. Nem ele acreditava, oras!

Você de novo!

Josefa estava no posto de saúde e conversava com Benê sobre as últimas remessas de medicamentos que a Secretaria do Estado havia enviado.

– Que bom, estarmos com um estoque grande de vacinas para o verãozão que vamos ter – dizia para o cândido Benê.

Ele não dizia nada. Tinha aprendido havia muito tempo que calar era o melhor negócio para quem lida com muita gente – particularmente, mulheres.

A semana que precedia o Natal geralmente era calma, com uma ou outra ocorrência. Eram já dez e tanto da manhã e a enfermaria estava vazia, o consultório trancado, e um ar de tranquilidade pairava nos corredores e demais dependências do posto.

O barulho rouco de uma picape se fez ouvir lá fora. "É a terceira vez que ele passa na frente do posto hoje", falou Josefa consigo mesma. "Na próxima, com certeza, vai entrar."

Josefa acertou na suposição, mas se enganou na precisão da ocorrência. Era realmente a terceira vez que o Dr. Miguel passava por lá, só que dessa vez estacionou o carro e entrou. Foi direto falar com ela. Estava em dúvida a respeito de quando entregar os prêmios que havia prometido para as crianças. Precisava ter mais informações.

Josefa agradeceu e disse que ia mesmo entrar em contato com ele. O dia marcado para a entrega seria 28 de dezembro, quando fariam o piquenique.

– Como todas as crianças vão até a sua fazenda, pensamos que valeria a pena dar um ar de festa à entrega. A Dra. Alice pediu que eu visse com o senhor se poderíamos fazer dessa forma.

Ele olhou firme para Josefa, e o que se seguiu foi um diálogo claramente esperado por ela, apenas com pequenas variações:

– A doutora Alice não está aqui?

– Ela está de folga esta semana. Disse que ia ver o pai e que o Jorge viria buscá-la.

– Quem é Jorge?

– Não sei. Deve ser algum conhecido dela.

– O pai dela está na cidade?

– Sim, com certeza.

– Ela vai ficar lá a semana toda?

– Realmente não sei, Dr. Miguel.

O Dr. Miguel olhou para ela com cara de poucos amigos, agradeceu e saiu. Josefa voltou para seus afazeres, cantarolando.

Benê olhou curiosamente para ela. "Mulheres – um universo à parte!", pensou.

– Gosta de cantar, dona Josefa? – perguntou, mas não obteve resposta.

Um encontro feliz

O restaurante da esquina era o lugar favorito de seu pai, e lá decidiram ir almoçar. Era um ambiente informal e muito agradável, e recebiam um tratamento especial – de grandes amigos.

Alice estava feliz. Contava as novidades com entusiasmo, falava sobre seus planos, ria das peripécias do lugar e comentava sobre os amigos que conquistara nesse tempo todo.

O trabalho no posto de saúde mereceu uma descrição ainda mais detalhada e ele pôde acompanhar o que tinha sido feito, os objetivos que ela tinha em mente e o possível alcance de uma atuação sistematicamente bem estruturada para atender às populações mais carentes de qualquer comunidade.

Seu Armando ouvia atentamente e com admiração. Sua filha se transformara. A mocinha acanhada e tímida acabou por se revelar uma profissional entusiasmada e uma pessoa de grande sensibilidade.

– Como a vida é surpreendente! – disse à filha. Ao ouvir você falar com tanta emoção e com tanto envolvimento sobre tudo o que faz, não deixo de me lembrar de sua mãe. Ela foi, sem dúvida alguma, uma das pessoas mais apaixonadas pela vida que eu já conheci. E vejo isso também em você. O trabalho que você realiza, Lili, tem um valor enorme, e não é apenas por ser uma ação concreta, que luta contra obstáculos e restrições financeiras. Tem grande importância pelo exemplo da sua intenção e do seu gesto, porque envolve outras pessoas, outras organizações e entidades em um mundo tão individualista quanto este em que vivemos. Estou impressionado!

Alice, ou Lili, para o pai, disse simplesmente:

– Amo você, *Dad*[25]. Você sempre será meu porto seguro, minha referência maior. Sinto sua falta, especialmente agora. Às vezes, tenho dúvidas, receios.

– Filha, todos nós sempre teremos dúvidas. Mas guarde isso que vou lhe dizer: é irrelevante se eu reconheço ou não a importância daquilo que faço ou o poder que tenho para provocar mudanças a meu redor. O processo de viver nunca se dá em linha reta, e revelará a cada um de nós as escolhas que podemos e, certamente, devemos fazer. Tenha certeza disso, minha querida.

Uma voz grave, quase ríspida, chamou a atenção de Alice. Na entrada, um dos *maitres* cumprimentava efusivamente um cliente, sinal claro de que era bem conhecido no lugar. Ele olhou para ela e sorriu.

---

25   *Dad* (ing.) = pai.

– Dr. Miguel! – ela disse num fio de voz.

Seu rosto se iluminou de tal forma, com um sorriso tão terno, que seu Armando se virou para ver quem era. Surpreso, reconheceu o fazendeiro e o cumprimentou.

Seu Armando trabalhava com importação e exportação de implementos agrícolas em uma época extremamente difícil[26], em que faltava crédito e sobrava burocracia, mas, graças ao seu relacionamento, sua experiência e capacidade empreendedora tornara-se bem-sucedido em suas atividades. O Dr. Miguel tinha feito alguns negócios com ele quando estava iniciando o processo de rotatividade de culturas em duas de suas fazendas. E muitas vezes o pai de Alice o havia ajudado a solucionar intrincados problemas de importação de equipamentos.

Admirava seu trabalho. Sabia da correção de seu caráter e do seu papel de líder na condução dos negócios da região. Era, porém, homem áspero, sem muito verniz de polidez, e sincero até os limites possíveis e impossíveis do que isso pudesse significar.

Almoçaram juntos, conversando sobre amenidades, trocando informações de negócios, falando sobre o vilarejo e o posto de saúde. E havia no ar qualquer coisa de especial, feita de sorrisos francos e de palavras não pronunciadas, apenas sentidas.

No final, o Dr. Miguel convidou Alice para voltar com ele para o vilarejo. Ela aceitou e pediu ao pai que avisasse Jorge sobre a mudança de planos.

Despediu-se do pai, emocionada. Lembrou a ele o trato que haviam feito sobre o Natal. Seu Armando abraçou a filha e prometeu estar no vilarejo no dia vinte e quatro pela manhã. Queria conhecer todos os seus amigos. E esperava se encontrar com o Dr. Miguel também.

Partiram, e o velho pai pensava como a vida podia ser uma caixinha de grandes surpresas. "Minha menina cresceu", pensava, e não tinha muita certeza se o fato o alegrava ou entristecia.

---

26 As empresas brasileiras, especialmente as de pequeno e médio porte, tinham certa dificuldade para importar equipamentos devido à falta de crédito e excesso de burocracia. Na outra mão, segundo o Ipea (Instituto de Pesquisa Econômica Aplicada), no fim dos anos 1950 e início da década seguinte, 85% das exportações brasileiras eram de *commodities* minerais e agrícolas. As empresas brasileiras encontravam dificuldade para exportar seus produtos por causa do protecionismo imposto por grande parte dos países. Somente no fim dos anos 1960 e princípio dos anos 1970 é que o país estabeleceu planos para diversificar e ampliar suas exportações. [Plano Decenal de Desenvolvimento Econômico e Social].

Eu só queria saber

Havia um certo constrangimento entre eles: ele, abrindo a porta da picape e tirando as coisas do banco para ela se sentar; ela, tentando disfarçar os olhos cheios d'água e acenando para o pai em despedida.

Depois de alguns minutos, já nas bordas da cidade, o Dr. Miguel inesperadamente, e olhando fixo a estrada à sua frente, perguntou:

– Quem é o Jorge?

– O motorista do meu pai. Ele sempre me traz para a cidade ou me leva de volta quando meu pai está no Brasil.

– Sei – ele respondeu meio descontente. Depois silenciou.

Ela tentou encontrar um assunto para discutirem, mas ele parecia distante e fechado em si mesmo. De repente, perguntou se ela gostaria de ir até a fazenda em que ele morava. Ficava no caminho, e ele queria mostrar a queda d'água que havia lá.

– Será muito bom conhecer o lugar – respondeu ela.

Ele sorriu, feliz.

Voltaram a conversar. Ele era rápido, certeiro nas perguntas, na argumentação dos fatos – uma mistura quase explosiva de seriedade e humor. Ela, no entanto, podia ver por trás de suas palavras, e olhava para ele com a quietude de uma paz que ele desconhecia e desesperadamente amava.

O sol estava começando a se pôr quando chegaram à fazenda. Saíram do carro, ele pegou a sua mão e a arrastou para cima da colina a uns cem metros de onde estavam. Ela tirou os sapatos e se pôs a correr com ele, cabelos soltos, quase sem fôlego, alegre como nunca. Lá em cima, ainda de mãos dadas, pôde ver o espetáculo à sua frente.

Uma cascata se desmanchava nos degraus de rochas agarradas às encostas da colina; e havia branco e verde, vapores, cheiro de mato e um arco-íris que teimava em ficar sobre o musgo criado, as árvores debruçadas em direção à água, e as plantas agrestes com os diversos matizes de uma paleta de cores.

Ao longe, do outro lado, o sol se punha silenciosamente, e o vermelho brasa que ostentava se espalhava por todo o céu, refletindo em seu azul e no branco de suas nuvens.

Havia silêncio, e ele não podia ser quebrado, pois daria fim à magia daquele momento. Miguel apenas olhou para ela, passou o braço ao redor de seu ombro, a puxou para perto de si e a beijou com paixão, com loucura, porque esse era seu jeito de ser e de amar. E ela o amou ainda mais do que antes, porque ele era forte, mas também frágil, homem e também menino, e ela podia ver tudo isso de forma clara e perfeita.

Voltaram para o lugar em que haviam deixado a picape. Eram agora simplesmente Miguel e Lili.

– Eu só queria entender uma equação meio complicada para o meu cérebro – ele disse gracejando. – Você disse que me adora; não queria, mas me adora. Pode explicar?

– Naturalmente! – ela respondeu com ar zombeteiro. – Não é fácil gostar de um rabugento boca-suja que é um amor de criatura, adorável e muito inteligente. Você reluta até chegar à conclusão de que a batalha está perdida mesmo. E aí não tem mais jeito.

Ele gargalhou, e ela complementou:

– Agora, eu pergunto a você: Foi coincidência mesmo o encontro no restaurante ou você estava me procurando?

– Já ouviu falar em sincronicidade?[27] – respondeu ele, dando risada.

A resposta que recebeu foi:

– *Bullshit!*[28]

---

[27] Sincronicidade = No conceito de sincronicidade, Carl Gustav Jung propõe uma espécie de conexão mental ampla e harmônica entre as coisas, as pessoas e as situações. Assim, haveria acontecimentos que se relacionariam não por uma relação de causa e efeito, mas por uma relação de significado.

[28] *Bullshit* (ing.) = No uso popular, a expressão é sinônimo de mentira, besteira. No entanto, para muitas pessoas mais velhas ou conservadoras, o termo pode ainda ser considerado palavrão.

Doutor

Matias e Lagartixa não entendiam muito bem o que estava acontecendo com Doutor. Às vezes, o animal desaparecia e ninguém conseguia encontrá-lo. Na praça, ficava inquieto, orelhas em pé o tempo todo e, vez por outra, começava a latir e não parava – coisa que normalmente não fazia.

Brincava com os meninos como de costume, mas, de repente, parava e sumia. E não adiantava chamar.

Um dia, enquanto estavam passando na frente do casarão para ir até a chácara do Chaim, viram que do outro lado do portão estava um husky siberiano. Doutor foi imediatamente até lá e começou a ganir baixinho.

O husky era lindo: todo branco, com manchas caramelo que se espalhavam pelo seu dorso e patas, e lindos olhos azuis. Cheiraram-se através das grades do portão e Doutor começou a latir.

Um homem saiu dos fundos da casa e veio rápido até lá. Tinha ares de estrangeiro, todo loiro, rosto quadrado e com jeito de bravo. Os meninos tentavam tirar o cachorro dali, mas não conseguiam. E o husky começou também a ganir e a raspar as grades com as patas.

O homem fazia gestos e esbravejava em uma língua que não conseguiam entender, mas podiam ver que certamente alguma coisa séria tinha acontecido e que ele estava furioso.

Uma mulher também apareceu no jardim e se aproximou deles. Explicou, então, que o senhor Louis tinha descoberto que sua cachorra husky estava grávida – sua primeira gestação – e ele esperava fazer o cruzamento dela com outro husky, e não com um pastor-alemão meio vira-lata, disse sorrindo.

O homem arrastou a cachorra até chegar à área de serviço da casa e desapareceu. A mulher ficou ainda um tempo conversando com os meninos, e chegaram à conclusão de que o cruzamento de Doutor com a cadela husky só poderia ter ocorrido por ocasião de alguma entrega no casarão. Preocupados com o que estavam recebendo, os empregados se esqueciam do portão aberto. Como o pastor vivia nas redondezas, o cruzamento naturalmente ocorrera. Matias e Lagartixa ficaram muito surpresos. Olhavam o cachorro à frente deles, orelhas em pé, abanando o rabo todo alegrinho. "Doutor! Quem diria?!"

Afastaram-se da casa, e um riso franco e aberto tomou conta dos dois. "Tem bom gosto, esse danado", Lagartixa repetia. E o riso, agora transformado em uma sonora gargalhada, voltava e voltava sempre. E dizia para ele com orgulho:

– Para um pastor-alemão vira-lata, você tem é muito charme e veneno, Doutor.

Sessenta e três dias depois, cinco lindos filhotes nasceram. Os meninos não tiveram coragem de pedir um para eles. Acompanhavam apenas a brincadeira dos bichinhos pelas grades do jardim do casarão. Um deles era o retrato em miniatura de Doutor – apenas com olhos azuis.

Chá de quebra-pedra

Dona Carmela pegou um punhado das ervas que estavam praticamente escondidas no canteiro bem debaixo do bebedouro de pedra, na parede divisória com o quintal de Miquelina.

– Demorou um pouco, mas achei. Nem lembrava mais onde tinha plantado – resmungou enquanto cortava as folhinhas verdes e frescas.

Tinha prometido passar na casa do professor Raimundo e lhe fazer um chá de quebra-pedra como devia ser feito: com as folhas secas. O que estava levando era apenas uma remessa nova para ele secar e ter à mão sempre que precisasse.

O professor sofria com cálculos nos rins, que de tempos em tempos apareciam, provocando dores terríveis. O chá tinha ajudado bastante a aliviar os sintomas das dores e a prevenir o aparecimento das pedras. Por isso, sempre que estava com uma pequena quantidade da erva, pedia à dona Carmela que lhe mandasse um pouco mais, com outras plantas que igualmente usava para fins medicinais.

Era adepto dos tratamentos fitoterápicos e seguia à regra as recomendações que a amiga lhe fazia: boldo para tratar má digestão; erva-cidreira e camomila para relaxar levemente; maracujá (passiflora) para controlar a ansiedade; e valeriana para melhorar a qualidade do sono.

Dona Carmela levou um susto ao chegar à casa do professor e encontrar alguns policiais conversando com ele na biblioteca. A casa tinha sido invadida. Era difícil de acreditar em alguma coisa assim naquele lugar!

Algo muito estranho estava acontecendo no vilarejo: primeiro, o assassinato do engenheiro; depois o inusitado incêndio na noite da árvore de Natal; e agora a entrada clandestina na mesma casa, visando especificamente a biblioteca, completamente revirada agora, com livros e papéis da escrivaninha jogados ao chão. "Quem estaria fazendo uma coisa dessas, afinal? E por quê?", questionava para si mesma.

Para uma pessoa metódica como o professor, a situação era traumática. Depois que os policiais se foram, dona Carmela e Gertrudes não sabiam se punham as coisas em ordem ou cuidavam do velho professor, inconsolável com a desordem e os estragos.

– Carmela, estão acabando com a nossa paz – falou em tom choroso, recolhendo e examinando um por um os livros antes de colocá-los nas estantes.

Depois de tudo arrumado, os dois, sentados à mesa com um bule de chá e bolinhos à sua frente, puderam conversar com um pouco mais de calma.

Dona Carmela e o professor Raimundo eram amigos de longa data, desde que ele era estudante de filosofia em Milão. Embora Giuseppe, seu marido, fosse professor na universidade onde o jovem Raimundo estudava, eles acabaram se conhecendo em uma das manifestações anarquistas que tinham se tornado bastante comuns no início do século 20; comungavam dos mesmos ideais trabalhistas e sociais e participavam de palestras, encontros e estudos sobre o tema.

A amizade de Raimundo com o casal se fortaleceu, mas com o surgimento do fascismo nos anos 1920 e a consequente queda do anarquismo na Itália, com a perseguição e expatriação de italianos e estrangeiros, decidiram abandonar o país e vir para o Brasil.

As liras[29] de ouro que trouxeram ajudaram muito. Raimundo terminou seus estudos e iniciou carreira universitária; Giuseppe não conseguiu emprego no Brasil e começou a comercializar produtos que chegavam principalmente da Inglaterra e da França. Ganhou bastante dinheiro e resolveu viver em um lugar tranquilo, onde pudesse ter o que chamava de "vida normal", sem os atropelos e as perseguições que já havia enfrentado.

O vilarejo veio, assim, a atender plenamente tudo o que ele e dona Carmela pretendiam ter: uma casa confortável, qualidade de vida e uma convivência pacífica e amável com todos.

O professor reuniu-se a eles logo em seguida, comprou igualmente uma casa para passar as férias de fim de ano e mantinha contato constante com os amigos. Quando Giuseppe morreu, trinta e sete anos depois, o professor já estava aposentado e morando definitivamente no lugar. A amizade com dona Carmela era algo precioso que precisava ser mantido, e desde então as conversas mais francas, o abrir do coração para o amigo tão próximo, criaram laços de afeto que apenas um amor entre irmãos poderia se lhes comparar.

Nesse dia, em que a casa do professor havia sido invadida e estavam tomando um chá para acalmar os nervos à flor da pele, outro assunto "peculiar" veio à baila: a descoberta de Josias sobre quem fazia as entregas do "pacotinho especial".

---

29 Lira italiana = moeda corrente na Itália de 1861 a 1 de janeiro de 1999, quando foi substituída pelo euro.

No total, oito pessoas haviam sido "premiadas": professor Raimundo, Gertrudes, Miquelina, Turcona, Maria do Carmo, Eiko, Vó Ângela e Josefa. A notícia, então, correu com uma velocidade espantosa entre todos no vilarejo. Havia revolta, sentimentos de repulsa e certa sede de vingança contra quem havia feito o que foi feito. Indignavam-se, descreviam a cena encontrada em suas portas, o trabalho que deu para fazer a limpeza...

O professor Raimundo, mais uma vez embasbacado nessa manhã, só conseguia murmurar:

— Dona Ruth! Quem imaginaria? Uma mulher orgulhosa, rica, com uma casa bonita, muito dinheiro, poder e uma família bem constituída. Mas por quê?

Dona Carmela refletiu um pouco e depois, com a calma que lhe era característica, respondeu:

— Sempre gostei de observar o que as pessoas dizem e fazem, Raimundo. É curioso ver o que está por trás das palavras, do olhar, do gesto involuntário que escapa.

Olhando para ela com surpresa, ele perguntou:

— Não vai me dizer que já sabia que era a Ruth?

— Não — foi a resposta —, mas suspeitei que fosse ela depois que os novos pacotes começaram a aparecer. Analise comigo o caso e considere duas perguntas que deveriam ser feitas: Primeira, que tipo de sentimento levaria alguém a ofender ou prejudicar outra pessoa? Segunda, que motivos poderia haver por trás desse sentimento?

— Bom, vamos lá, Carmela. Esse é um ótimo exercício de lógica, e eu gosto muito disso, você bem sabe. Para a primeira pergunta, os sentimentos poderiam ser medo, inveja, raiva e vingança.

Dona Carmela continuou:

— Se analisarmos bem, quando temos um convívio próximo e contínuo, desenvolvemos relações de intimidade, em que compartilhamos informações, experiências, afetos e também desafetos. Enquanto isso acontece, nós vamos mudando a forma como convivemos com as outras pessoas: pelo comportamento, pelas ações e reações, pelas intenções individuais... Nessa relação, tudo o que fazemos afeta as outras pessoas e, por isso, o ato de conviver pode ser de natureza pacífica, harmoniosa, ou de natureza conflituosa, competitiva. Ou seja, as emoções são as causas que nos fazem mudar e provocam alterações em nossos juízos de valor.

— Certamente — acrescentou ele —, ninguém vai querer, por exemplo, ofender gratuitamente alguém que não conheça ou com quem não conviva.

— Exato. No caso dos pacotinhos, vamos eliminar as pessoas que sofreram a agressão e que provavelmente não seriam os autores do ato: você, Gertrudes, Miquelina, Turcona, Maria do Carmo, Eiko, dona Ângela e posteriormente Josefa.

"Sobrariam, então, pouquíssimos candidatos à autoria do ato: Eu, Ruth, Narciso, filho de Ruth, Dalva e seus pais, Beatriz e Antônio, Olga, a mãe do Matias, Jenna, a mãe do Chaim, e a Dra. Alice, a médica. Narciso quase nem convive com ninguém; Antônio, sempre ocupado, também não; a mãe do Chaim, nem preciso falar nada; e as outras mulheres, Dalva, Beatriz, Olga e a Dra. Alice não têm nada em seu modo de ser e de agir que pudesse indicar qualquer atitude do gênero. Assim, não foi preciso fazer muita análise para chegar a Ruth, dona de uma personalidade e tanto!"

O professor olhou para ela boquiaberto e deixou escapar:

— Mas é claro! Ruth é rica, tem poder político, faz questão de fazer caridade, não respeita os pobres, mas é respeitada por eles, e aonde quer que vá sempre procura dar a última palavra. Tem necessidade de ser admirada, de ter uma posição de destaque. E nem todo mundo aceita ou gosta desse seu jeito de ser.

— Sim — dona Carmela continuou. — E ela talvez perceba que há pessoas que não fazem nem a metade do que ela faz e são amadas por todos. Talvez também perceba certa rejeição e até certo desdém por parte de algumas delas. Daí a raiva junto com o desejo prazeroso de uma futura vingança.

— Humilhação, vexame, vergonha fariam parte dessa vingança, e a ofensa viria na forma de fazer ou dizer coisas que pudessem trazer sofrimento, não é? — completou ele.

— Agora eu me pergunto, Raimundo: O que fazer para amenizar ou mudar esse sentimento?

— *Lascia perdere*,[30] Carmela? — perguntou o professor Raimundo sorrindo.

— Sim — ponderou dona Carmela. — Creio que a melhor atitude seria dar tempo ao tempo para que Ruth se reconciliasse consigo mesma e com os outros. Mas creio também que poderíamos fazer um movimento de aproximação maior com ela no convívio do dia a dia, nas festas, nos encontros

---

30 *Lascia perdere* (it.) = Esquece! Deixa pra lá!

que surgissem. Quem sabe? Se alguém quer mudança, precisa mudar primeiro, *non è vero*[31]?

O professor Raimundo olhou então para dona Carmela:

– Aristóteles[32] sempre resolve tudo na vida da gente, não é, Carmela?

– Nunca falha, *carissimo*. Nunca! – disse ela com convicção.

---

31 *Non è vero?* (it.) = Não é verdade?
32 Aristóteles (384-322 a.C.) foi um importante filósofo grego cujo pensamento é considerado uma das maiores fontes de influência na cultura ocidental. Foi discípulo do filósofo Platão. A referência teórica aqui é feita a "As emoções em Aristóteles".

Suspeitas

O inquérito policial sobre o assassinato do engenheiro da cooperativa continuou. O delegado pediu ao Dr. Miguel uma nova entrevista. A inquirição, então, se voltou para o erro no cálculo das estruturas do anexo: se ele havia questionado o engenheiro a respeito; quando tinha tido conhecimento do erro; qual o montante do prejuízo; qual tinha sido a sua reação ao saber do fato; como, considerando que ele era engenheiro, nunca tinha suspeitado do erro; se outras pessoas além de Pedro sabiam do ocorrido.

Miguel sentiu que as suspeitas começavam a recair sobre ele, o que considerava uma loucura. Deu todas as informações exigidas mais de uma vez e insistiu veementemente que Pedro desse seu testemunho e relatasse o que tinha ocorrido.

— Vamos fazer isso — disse o delegado. — Mas o senhor há de convir que esse pode ser o único motivo que temos para o assassinato. A ficha dele é limpa, tinha respeito profissional aqui no Brasil e fora, tinha esposa e um relacionamento exemplar. Realmente é tudo muito estranho!

— Não é estranho, é um absurdo! — disse enraivecido o Dr. Miguel. — Estranho é o senhor, que me conhece, ficar com suspeitas a meu respeito. O que eu ganharia fazendo uma merda dessas? Nada! Essa é uma cooperativa, com *board*, conselheiros, auditores e o diabo a quatro. Repito: O que eu teria a ganhar? E quer saber mais? Estou cansado dessa idiotice. Boa tarde e passe bem, Dr. Valadares. Na próxima vez, o senhor vai falar com nossos advogados. Sim, porque a cooperativa também tem advogados.

O delegado se levantou da cadeira e disse áspero:

— Dr. Miguel, o senhor pode chamar os advogados que quiser, mas não vai sair daqui agora. Como é inteligente, sabe que tudo se resolverá se responder às minhas perguntas e ajudar a esclarecer os fatos. Essa sua atitude intempestiva só lhe trará mais problemas e tornará sua vida um inferno.

Diante da firmeza nas palavras do delegado, Miguel acabou mudando o tom e resolveu colaborar. Afinal, o homem só estava fazendo o trabalho dele.

Grandes mudanças

A vida na fazenda e os contatos com as pessoas do vilarejo descortinaram para o famoso restaurador dos museus americanos um cenário completamente inusitado e singular.

O longo tempo em que ficara fora do país e longe dos seus fizera com que uma aura de frieza envolvesse qualquer lembrança, boa ou má, que porventura pudesse ter. Ao chegar, pouco a pouco, seu espírito naturalmente criativo pôde ver diante de si uma massa bruta de beleza, límpida, e ao mesmo tempo oculta aos olhos dos que ali viviam.

Serge era um transgressor por natureza. Adolescente ousado, imigrante praticamente sem dinheiro na Itália – apesar de rico –, homossexual assumido, intelectual intransigente, não pensava duas vezes antes de ir contra aquilo que chamava com ironia "o imponderável poder do *status quo*".

Iniciou, assim, um trabalho que chamou de "revitalização" de dona Sara, sua mãe. Arrumou seus cabelos, reformou seu guarda-roupa, insistiu com os hábitos de higiene e os cuidados com a aparência. A velhinha estava realmente necessitando de atenção e afeto.

A casa da fazenda em si tinha um potencial que precisava ser aproveitado. Para desespero do irmão, contratou ajudantes, mandou pintar a casa, investiu na rede elétrica e na iluminação, comprou eletrodomésticos novos, restaurou peças antigas do mobiliário, mandou limpar a tapeçaria, fez uso das lindas porcelanas e dos inúmeros vasos, porta-doces, poncheiras, floreiras de cristal, que havia muitos anos estavam sujos e encostados em cantos escuros dos armários.

A casa com sua presença ganhou vida, beleza, alegria. O ar sombrio e soturno desaparecia. Havia música, risadas e uma espécie de etiqueta a seguir. Sim, porque Serge achava que havia necessidade de certa formalidade nas relações entre as pessoas.

Conquistou a simpatia e a afeição de Josefina e atribuiu a ela a função de administrar o serviço de limpeza e organização da casa. Contratou uma nova cozinheira – que não era absolutamente uma expert – para atender ao novo cardápio que estava instituindo. Daria trabalho instruí-la, mas ele estava determinado a fazer isso.

Dona Sara continuava rabugenta, mas agora desfilava sua elegância em uma casa que adquirira um novo brilho e a antiga beleza. Estava contente com a atenção do filho, as visitas dos amigos que se sucediam, a atmosfera alegre de tudo. O filho mais velho continuava com seu ritmo de sempre.

Apenas reclamava do dinheiro que estava sendo gasto. Reconhecia, porém, que a casa valorizara muito e que a mãe estava mais bem cuidada do que nunca. Além disso, não queria se indispor com o irmão que tinha trabalhado bastante em todo o processo de restauração da casa e contribuído com o pagamento das despesas também.

A quatro dias do Natal, Serge estava envolvido com os preparativos para a ceia. Não iriam ficar na fazenda. Miquelina, dona Carmela e Vó Ângela insistiram para que ele e a mãe passassem o Natal com elas. E ele gostava demais dessas mulheres incríveis. Eram alegres, generosas e de bem com a vida. O irmão sempre ficava com a família da esposa e, assim, poderiam ficar tranquilamente com os amigos no vilarejo.

Para ele, Miquelina e o marido formavam uma dupla e tanto! Ela, com uma habilidade inigualável para a pâtisserie, melhor até do que muito *maître pâtissier*[33] licenciado na França, primava pela excelência em tudo o que fazia. Era tranquila, gentil e deixava transparecer uma energia contagiante em direção a coisas por fazer, a ideias a compartilhar. Valdo, por outro lado, deixava-se levar com sua lógica racionalista e científica pelo furacão de energia da mulher. Era ótimo dentista, cuidava do jardim com esmero e tinha o hobby que o relaxava e distraía: crochê. Procurava modelos nas revistas belgas e americanas e fazia tapetes, almofadas, colchas e até cortinas. Era mais do tipo calado, bom ouvinte e observador, mas todos gostavam de conversar com ele porque, como diziam, era "boa gente" e "tinha um grande senso de humor".

Embora gostasse de todas as amigas de sua mãe, Serge tinha suas preferidas: Vó Ângela e dona Carmela. A primeira era o exemplo clássico da matrona italiana, afetuosa, aglutinadora, enérgica e direta. Não tinha meias-palavras, mas olhava tudo com olhos de quem já vivera tudo e sabia que, no final das contas, todos nós queremos apenas ser felizes. Dona Carmela era um enigma instigante. Ao primeiro olhar, parecia comum, simples demais. Um contato mais prolongado, porém, deixava à mostra um caráter de fibra, um intelecto privilegiado que ia se revelando aos poucos com uma sensibilidade naturalmente espontânea, sem requintes desnecessários ou sofisticação pomposa. "Uma pitonisa[34] moderna talvez?", Serge se perguntava.

---

33 O *maître pâtissier* é um especialista em massas que teve um longo e exigente processo de treinamento na França.
34 Pitonisa = sacerdotisa do oráculo de Delfos, na antiga Grécia, que tinha o dom da adivinhação. O deus da adivinhação era Apolo, cognominado Pítio.

Bem, o cardápio para a ceia e o almoço de Natal já estava montado. Falaria com Josefina, que tinha demonstrado vontade de ajudar no dia. E ia precisar mesmo, porque a casa de dona Ângela, onde seria a reunião, era enorme e daria para montar uma mesa "dos deuses".

Surpresa antes do Natal

Quinta-feira, antes do Natal, não havia praticamente ninguém no posto de saúde. Alguns assistentes da enfermaria estavam de folga, o laboratório funcionava apenas com um dos analistas e a dra. Alice aproveitava para trabalhar em suas pesquisas e relatórios.

Josefa olhou para fora e viu o Dr. Miguel entrando com um pacote mal-ajambrado de flores e uma sacola com frutas. Foi direto ao consultório médico.

Alice o recebeu com um sorriso e uma alegria contagiante. Estava elegante como sempre, mas havia algo especial em seu jeito de ser, de falar, de olhar, que o encantava. Tinha uma simplicidade natural, era modesta e culta – uma combinação quase impossível de se encontrar.

Beijou-a, disse que estava com saudades e entregou o que havia trazido para ela. Tinha recebido convite da irmã para o almoço e depois voltaria para ver a obra.

– Não deixe de almoçar – insistia. – Acho que você não se alimenta muito bem, envolvida com esses estudos seus.

Saiu, depois de combinar o jantar com ela, e foi direto para o casarão. Não gostava dos ares que a casa assumira agora. Não lembrava em nada o lugar onde havia passado a infância e a adolescência. Por mais problemática que tivesse sido a dinâmica familiar naqueles tempos, era o lar que tiveram com seus pais e onde haviam fincado suas raízes.

Não entendia muito bem a irmã, não sabia o que pensava, o que queria. Nunca soube, e agora menos ainda!

Depois de passar pelo primeiro "obstáculo" – o portão de ferro agora permanentemente trancado –, dirigiu-se até a porta de entrada onde foi recebido por um mordomo empertigado.

Na antessala, olhou ao redor com estranheza e procurou pela irmã que, pensava, estaria à sua espera. Não estava!

O mordomo pediu que esperasse no *living*, ao que Miguel retrucou já meio exaltado:

– Você não vai querer me dizer o que fazer e onde ficar na minha própria casa, vai? Chame a minha irmã e diga que estou esperando.

O mordomo se retirou com altivez, e ele começou a andar pela casa, mal reconhecendo os antigos cômodos.

A irmã foi encontrá-lo no pergolado do quintal, perto das antigas pereiras e do velho limoeiro.

– Parece que de nossa casa só ficaram estas árvores, não é, Jo?

Jovita foi até ele, cumprimentou-o, mas não disse nada. Pediu a ele que fosse até o escritório porque precisava discutir um assunto importante e urgente.

Foram até o escritório, acompanhados de perto pelo mordomo. Chegando lá, ela pediu que ele lhe trouxesse os papéis que tinha deixado no quarto e fechou a porta.

Depois de tanto tempo, Miguel ainda se ressentia da falta de carinho e de afeto que a irmã nunca demonstrara ou tivera por ele. Frieza e uma indiferença quase impenetrável acabaram se tornando uma segunda natureza para ela, e ele relembrava agora com tristeza todos os momentos vazios entre os dois, infeliz pelo vislumbre dos afagos e das confidências fraternas que nunca existiram.

– Bem, Miguel – começou ela tão logo Louis lhe entregou os papéis e saiu. – Desde que o Olavo faleceu venho pensando em me mudar definitivamente para a Europa. Minhas filhas têm uma vida lá e eu também quero reconstruir a minha.

– Imaginei que fosse me dizer isso. Depois de tanto tempo, é natural! – ele disse, tentando adivinhar o que estava por trás de tantas palavras proferidas.

Assim, continuou ela, estou pensando em vender esta casa e, em seguida, a parte da herança que papai nos deixou. Já conversei com alguns empresários amigos nossos que estariam interessados na casa – não me disseram para quê. Quanto aos bens familiares, tenho certeza de que, com seus contatos e seu amplo conhecimento, poderemos fazer um bom negócio.

– Meu Deus! – exasperou-se ele, mal conseguindo falar. – Você acha que de repente um grande negócio como esse pode ser realizado da noite para o dia? Você tem acompanhado tudo e sabe dos investimentos que foram feitos. Como interromper agora esse processo que pode gerar um fluxo de rendimentos apenas a médio prazo? E como vamos fazer isso? Eu tenho metade e você a outra metade. Como dividir tudo?

Ela olhou para ele e disse de forma clara, objetiva:

– Como você sabe, eu tenho 62,5% desta casa, e você, 37,5%. O dinheiro que obtivermos com a venda me dará condições de esperar um tempo mais.

– Mas como você tem 62,5%? – ele perguntou com rispidez. – Que matemática estranha é essa?

– Depois que mamãe morreu, nosso pai, que tinha 50% da casa, passou metade da cota dele para mim, ou seja, mais 25% foram adicionados à minha cota inicial. Quando ele faleceu, a cota remanescente da parte dele, 25% do total, foi dividida entre nós dois, resultando em um acréscimo de 12,5 em nossas respectivas porcentagens. Ele temia que você perdesse tudo com os negócios que fazia e tentou se precaver. Começou pela casa, só que não deu tempo para fazer mais nada.

Olhou de forma significativa para ele e continuou:

— Bem, mas como você pode verificar nesses papéis, tudo está certo e legalizado. Enfim, após todas as contas feitas, você verá que eu tenho 62,5% do valor da casa e você, 37,5%.

— E você sabia disso o tempo todo? – ele perguntou perplexo.

— Sim. E espero que você não crie problemas, porque estou interessada em resolver tudo da maneira mais pacífica possível. Como disse, tenho planos. Orlando me deixou um bom dinheiro, mas não tem sentido ter um patrimônio disponível aqui no Brasil e não fazer uso dele. Agora, com relação às três fazendas e propriedades que temos, você acha que consegue liquidar tudo em um ano?

— Você está louca? – gritou ele. – Tudo o que foi aplicado só vai começar a dar lucro real em dois anos, na melhor das hipóteses. Vender antes disso é loucura e burrice!

— Tenho certeza de que você vai arrumar bons negócios – a irmã respondeu álgida. – Quero estar com esse dinheiro em mãos no fim do próximo ano. Vou me casar e morar na França. Minhas filhas receberam educação e meios para trabalhar ou conseguir um bom casamento. Não estou preocupada. O pai deixou uma fortuna para elas. Quero reconstruir a minha vida, e o momento é agora. Não tenho mais tempo a perder.

— Jovita, um ano é muito pouco! – Dr. Miguel exclamou, exasperado.

A resposta veio em tom monocórdico:

— Venda o que for possível. Compre a minha parte. Faça sociedade com alguém. O Dr. Euzébio Miligane continuará me representando aqui no Brasil. Caso você tenha algum negócio à vista ou alguma proposta a fazer, entre em contato com ele.

Sem olhar para o irmão, começou a recolher os documentos que estavam na mesa e se levantou, dizendo em voz baixa e firme:

— Providencie o que for preciso o mais rápido possível. A casa será vendida logo após o Natal. Com a sua concordância, naturalmente. Dois empresários estão interessados e nós ficaremos com a melhor oferta, a não ser que queira ficar com ela. Nesse caso, podemos conversar. A preferência é sua. De qualquer forma, tenha os papéis prontos. Eu voltarei para a Europa tão logo o negócio esteja concluído. Como eu disse, tenho uma vida lá.

Não havia dúvidas de que a conversa estava terminada. Jovita já estava abrindo a porta do escritório e esperando que ele saísse. Miguel olhou para ela sem condições de dizer uma palavra. Tinha negociado com homens e mulheres frios, calculistas, sinuosos, até desonestos, mas aquela mulher à sua frente era desesperadamente inumana – uma máquina com aparência humana, reproduzindo movimentos, gestos, sentenças, uma leve tonalidade italiana na voz dura, alheia a qualquer tipo de reivindicação, apelo ou até mesmo lágrimas.

Sabia muito bem o que acontecia quando ela tinha um objetivo em vista: não abria mão do que queria e derrubava os obstáculos à sua frente, não enxergando nada ou ninguém. Tinha acontecido quando decidira estudar fora, se casar com um completo desconhecido, ignorar a mãe e o irmão e se aproximar do pai. Ele nunca questionara esse seu jeito de ser – talvez porque ele também estivesse envolvido demais com os próprios objetivos para perceber qualquer coisa. Agora, porém, era dolorido ver que não havia – e talvez nunca tivesse havido – possibilidade alguma de um vínculo qualquer entre os dois.

A conversa estava encerrada. Ele se levantou, desnorteado, e saiu sem dizer uma única palavra. "Um pesadelo", pensava. "Um grande e terrível pesadelo!"

Lá fora, olhou para a casa mais uma vez, e uma sensação de pânico misturado a uma repulsa enorme tomou conta dele. Então chorou como a criança que havia muito tempo deixara de ser.

Pressentimentos

Alguma coisa não estava bem. Como explicar a tristeza, a sensação ruim do que estava por vir?

Alice não conseguia trabalhar. Pressentimento? Não era dada a ter pressentimentos e não conseguia explicar por que se sentia dessa forma. Lembrou-se do que sua mãe lhe dizia quando ainda era pequena: "Nossos pressentimentos são forças extraordinárias. Eles dominam nossos pensamentos, e uma sensação de que alguma coisa está para acontecer toma conta de nós. Estamos sempre caminhando pelo desconhecido e nosso inconsciente nos manda sinais que ainda não conseguimos decifrar. Por isso, não devemos ignorá-los."

As margaridas, os cravos e as dálias que Miguel havia levado traziam um contraste brilhante de cores e delicadeza à atmosfera antisséptica demais do consultório.

"São lindas!" – Um misto de alegria e ternura tomou conta de seu coração. – "Como pode ser tão terno? Um homem notoriamente conhecido como áspero e rude?!"

Novamente seu coração se apertava. Não saberia dizer o que a preocupava, porém tinha certeza de que tinha a ver com Miguel, e isso a entristecia muito.

Olhou a chuva que novamente caía lá fora e se assustou ao ver a picape estacionada do outro lado da rua. "Por que ele não entra?" E novamente sentiu que alguma coisa não estava bem. Pegou um guarda-chuva que estava na sala ao lado da sua e saiu.

Miguel parecia transtornado. Ao ver que ela se aproximava, ele se inclinou sobre o banco do passageiro e abriu a porta da picape.

– Você se molhou! – disse olhando direto para ela, já dentro do carro.

Estava pálido, sem vida nos olhos. Ela não disse nada; apenas voltou-se para ele e acariciou seu rosto com delicadeza.

– Você pode sair um pouco?

Ela sorriu:

– Estou de férias, Dr. Miguel. Posso fazer o que quiser, até ser sequestrada por algum fazendeiro maluco que passe por aqui tentando me seduzir com flores e frutas, sem falar em favos de mel.

Ele riu com gosto, ligou o carro e partiu.

– Vamos até a fazenda – falou com firmeza, segurando a mão dela.

Um sentimento suave e cálido tomava conta de seu corpo, de seu coração. Já não se sentia tão sozinho agora.

Marcos! Onde se meteu o Marcos?!

O Dr. Valadares olhava alucinado a pilha de papéis que o assistente tinha posto em sua mesa.
— Que papelada! — gritou irritado. — E o Marcos sumiu, tomou chá de sumiço. Onde se meteu o Marcos?
Marcos apareceu carregando uma bandeja com o chá que o Dr. Valadares tinha pedido e dois pacotes da confeitaria. Era dia em que faziam pão de linguiça e *éclair* de baunilha, os favoritos do delegado. Pôs tudo sobre o armário junto com a pilha de arquivos, a enorme lista telefônica e a temerária garrafa de café.
— O senhor vai comer agora? — O assistente perguntou, embora já soubesse a resposta.
Dessa vez, entretanto, se surpreendeu. O delegado estava bem preocupado com os dados que recebera de outras comarcas e não queria comer.
Marcos, berrou sem cerimônia para o assistente:
— Que diabo está acontecendo? Ainda não conseguimos nada no caso do engenheiro. Como é possível? O fluxo de informações não acontece.
Marcos respondeu placidamente:
— Temos já algumas informações que corroboram os depoimentos já realizados. O engenheiro estava há pouco mais de um ano no Brasil. Os pais já são falecidos, mas tem um irmão, que mora nos Estados Unidos.
"O irmão informa que o engenheiro sempre se destacava em tudo o que fazia. Ganhou uma bolsa de estudos nos Estados Unidos por mérito, e tão logo se formou recebeu convite de uma empresa americana para trabalhar no Chile e depois nos Estados Unidos. Ao vir de férias para o Brasil, em agosto de 1957, conheceu a esposa, e em pouco mais de seis meses ela foi com ele para os Estados Unidos e se casaram. Esse irmão veio a conhecer a cunhada lá; gostava muito dela. O casal parecia se dar bem e pretendia continuar vivendo no exterior. Antes de retornar ao Brasil, o engenheiro lhe assegurou que só voltaria por causa da doença da mulher. Precisava ganhar dinheiro, e a proposta que recebera era muito boa. Não há evidência de qualquer coisa errada ou mal resolvida além disso.
"No Brasil, começou a trabalhar na cidade, no Complexo Comercial e Empresarial da corporação. Depois, recebeu convite para as obras no vilarejo. Nesse tempo, o casal voltou a morar em sua casa à beira-mar. Não tinham vínculos profundos de amizade com as pessoas do local. Eram discretos e

levavam uma vida com hábitos corriqueiros. Tudo também sem incidentes ou qualquer coisa irregular."

O delegado, um pouco mais calmo com a presença do assistente, retrucou:

– O que temos sobre a mulher do engenheiro? A história está cheia de mulheres puras e cândidas que são verdadeiras *femmes fatales*: Lady Macbeth, Cleópatra, Catarina II...

Marcos interrompeu rapidamente a sequência da bem conhecida lista de *femmes fatales* que o dr. Valadares desfiava sempre que ocorria um assassinato em qualquer lugar, independentemente se a vítima fosse homem ou mulher.

– Estamos trabalhando nesse sentido. Não temos muitos dados. Ninguém pôde nos dar informações na cidade ou no vilarejo. Temos apenas as informações do cunhado, e não vimos possibilidade de qualquer vantagem, lícita ou ilícita. Vamos continuar averiguando em outras comarcas.

– Muito bem, Marcos. Quanto mais soubermos, maiores serão as chances de estabelecermos o motivo para o crime. Motivo, Marcos. Precisamos encontrar o motivo para o assassinato.

Otávio veio para o Natal

Josefa viu o filho chegar logo depois do almoço. Abraçou a mãe com força e, como de costume, rodopiou com ela em seus braços. Josefa ria feliz e fingia reclamar da "loucura desse menino".

Os dois amigos que o acompanhavam foram até eles e abraçaram e beijaram Josefa ruidosamente. Era sempre muito bom estar na companhia daquela senhora firme, sempre amável, e com um ar maternal de aconchego, de lar.

Jonas era amigo de longa data – desde que Otávio começara a trabalhar na empresa como estagiário. Era alegre, divertido e costumava chamar Josefa de Dinda, sua segunda mãe. Sempre que podia, costumava passar o Natal ou o Ano-Novo na casa. Era engenheiro agrônomo, diretor do departamento de pesquisas da multinacional em que ele e mais vinte e três químicos, farmacêuticos e engenheiros (Otávio, inclusive) trabalhavam em um projeto para incrementar o gerenciamento de risco no uso de defensivos agrícolas.

Ana Laura era também uma grande amiga. Otávio a tinha conhecido nos tempos em que estavam na universidade e, desde então, estavam sempre juntos, trocando ideias, fazendo planos, discutindo, brigando, ensaiando projetos de viagens. A amizade com Jonas tinha alargado ainda mais os horizontes da dupla e os três, sempre que podiam, estavam juntos. Eram bons companheiros.

Ana Laura era antropóloga. Seus trabalhos de campo em duas aldeias no Brasil tinham lhe angariado respeito e admiração no mundo acadêmico e internacional. Seu tipo gracioso, franzino, passava normalmente despercebido, mas seu olhar penetrante e suas observações inteligentes sobre tudo faziam com que as pessoas se voltassem para ela e dessem outro valor àquela mocinha de aparência quase transparente. Tinha um jeito despojado de se comportar e ver as coisas – um jeito fácil que atraía as pessoas, deixando-as à vontade.

Josefa gostava muito de Ana Laura, mas já tinha perdido as esperanças de um possível namoro entre seu filho e ela. Comunicavam-se com frequência e a moça quase sempre acompanhava Otávio em suas visitas à mãe. Otávio e Josefa, por outro lado, já haviam passado vários dias de suas férias na fazenda que os pais de Ana Laura tinham no Uruguai, e um forte laço de amizade passou a existir entre eles. Era a primeira vez, no entanto, que ela iria passar o Natal no vilarejo.

Depois de entrarem e acomodarem tudo o que tinham trazido, a conversa animada recaiu sobre Ana Laura. Entre risos e comentários nada edificantes,

Otávio e Jonas pediram a Ana Laura que mostrasse o presente que tinha trazido para Josefa.

— Essa mulher é louca, Dinda, completamente louca! — disse Jonas. — E eu não sei como ela conseguiu trazer isso!

Ana Laura respondeu séria:

— Não seja ridículo! O que você chama de "isso" nada mais é do que uma cópia fiel das flechas quebradas dos xamãs[35] enawenê-nawê[36]. Eles tinham o poder de curar doenças, administrar ervas medicinais, fazer chover e encher os rios e...

— Pelo amor de Deus! — gritou Otávio, gargalhando. — Só falta minha mãe ir com as flechas quebradas[37] para o posto de saúde e começar a benzer todo mundo, Ana.

Josefa interferiu:

— Ana Laura, eles não sabem nada sobre o poder dos feiticeiros. E, para sua informação, meninos: sempre me interessei pelo conhecimento dos povos indígenas. Os velhos xamãs, os sopradores[38], os conhecedores das plantas e os feiticeiros dos venenos poderosos, todos eles têm muito a nos ensinar.

— Ah, meu Deus — disse Otávio, rindo bastante. — Mais uma antropóloga, não! Duas é demais da conta!

— Dona Carmela e eu sempre conversamos sobre o legado deixado pelos conhecimentos medicinais antigos — continuou Josefa. — Ignorar o passado é uma péssima ideia. Tudo o que somos hoje, tudo o que conseguimos em termos de progresso e avanço na medicina se deve a esses conhecimentos e rituais. A forma mudou, as crenças são outras, mas o fundamento foi plantado e ninguém pode negar essa contribuição.

Ana Laura aplaudiu calorosamente a preleção e olhou com fingido desdém para os dois rapazes que sorriam. Eram grandes amigos e gostavam muito

---

35 Xamã = espécie de curandeiro, adivinho, com capacidade para entrar em contato com outras dimensões sobrenaturais (invocação de espíritos, por exemplo) e forças da natureza (contato com animais tomados como aliados.

36 Enawenê-nawê = povo indígena do Brasil que vive no noroeste de Mato Grosso, entre o cerrado e a floresta equatorial.

37 Flechas quebradas = Na cultura xamã, o xamã pode andar pela floresta combatendo forças ou seres malignos munido de arco e flecha. Ao encontrá-los, ele os alveja e depois mostra a flecha quebrada, narrando o ataque para todos da aldeia.

38 Sopradores = aqueles que sopram palavras mágicas que têm o poder de causar o bem ou trazer malefícios às pessoas.

uns dos outros – o que não impedia brincadeiras e até mesmo discussões acaloradas entre eles.

– Adorei as flechas e o que elas representam – Josefa disse com entusiasmo. – Muito obrigada, Ana. Vai ter lugar de destaque em minha sala. E quero conversar bastante com você sobre os charruas[39]. Você caminhou com as pesquisas que estava fazendo?

Nessa altura da conversa, os dois rapazes já tinham ido até a casa de dona Carmela. Uma compoteira repleta de cannariculi[40] e um bule de chá os esperavam.

---

39   Charruas = povos indígenas que ocupavam terras do Uruguai, o nordeste da Argentina e o extremo sul do Brasil; no Uruguai, foram praticamente dizimados por forças oficiais governamentais.
40   Cannariculi = bolinho italiano natalino.

Na fazenda Estrela d'Alva

Esmeralda, mãos na cintura e um sorriso incrivelmente branco na pele preta, recebeu Alice com alegria:
– Que bom ver a senhora aqui, doutora. – Depois, voltando-se para Miguel, disse em tom de recriminação: – Por que não me disse que ia trazer a Dra. Alice para a fazenda? Queria preparar uma das coisas que sei fazer para ela... Mas entre, entre. É um prazer ver a senhora aqui.

Já haviam se encontrado no posto de saúde quando tivera uma gripe forte e suspeita de pneumonia. Estava apavorada, mal conseguia respirar, dormir ou comer. A médica conversou bastante com ela, deu-lhe orientações, remédios e a atendeu prontamente até seu completo restabelecimento. Logo depois, Esmeralda também havia levado seu sobrinho de um ano e meio que estava com tosse comprida[41], e depois de muito trabalho ele se recuperou, sempre com a atenção cuidadosa da doutora. "Essa médica vale ouro!", dizia.

Miguel olhou para ela, balançando a cabeça. Pegou novamente a mão de Alice e a levou para dentro da casa.
– Tem almoço para nós, Mãe Preta? – perguntou para a mulher que os seguia de perto.
– Ô gente, e por que não haveria de ter? Que maluquice! – respondeu, dirigindo-se para a cozinha.

Esmeralda, a Mãe Preta, havia sido ama de leite de Miguel e tinha acompanhado sua criação como se fosse sua mãe de verdade. Tinha já dois filhos crescidos e um recém-nascido quando Miguel veio ao mundo. Dona Magda, a mãe dele, tinha dado à luz um bebê franzino e muito debilitado, e já fragilizada por uma condição de saúde precária, implorou à Esmeralda que o amamentasse e lhe desse os cuidados necessários. E a jovem Esmeralda foi pouco a pouco transferindo todo o seu afeto e devoção também àquela criaturinha tão carente. Era outro filho que Deus havia lhe dado "por linhas tortas".

Magda sofria com as graves crises de depressão e, após o parto, passou a viver em um mundo próprio, particular, em que se libertava de tudo e de todos. O marido sempre ausente, voltado aos negócios e às amantes ocasionais, ignorava-a. Não tinha paciência com o que considerava "mania de doença" e era ríspido, quase brutal, nos contatos que mantinha com a esposa. Quanto aos filhos – e particularmente Miguel –, mantinha-os sob um controle rígido, porque, afinal, "não se cria filho para ser mole".

---

41 Tosse comprida = coqueluche.

O menino crescera, então, na companhia de Esmeralda e sua família – filhos, irmãos, sobrinhos e primos –, todos empregados da fazenda Estrela d'Alva. Era a família que podia ter, e era uma boa família.

Esmeralda acompanhava a vida de Miguel em tudo; dava-lhe conselhos, recriminava suas atitudes intempestivas, insistia para que fosse educado, generoso, atento às necessidades dos outros. Brigou muitas vezes com o velho Antônio Augusto em sua defesa, e não via com bons olhos a irmã, sempre calada, de atitudes sinuosas, adulando o pai. Afirmava com todas as letras para quem quisesse ouvir: "Jovita não é flor que se cheire".

Quando ele foi estudar na cidade, Esmeralda sempre providenciava tudo: roupa limpa, remédios, sapatos engraxados e lanches e mais lanches. Brigava com ele quando via que estava magro, implicava quando não fazia a barba ou andava desleixado. Depois que o pai morreu e a irmã se casou, Miguel pediu a ela que tomasse conta da casa. E assim ela o fez, mantendo tudo sob controle e em ordem.

Esmeralda era vaidosa. Baixa, um tanto gordinha, usava e abusava de turbantes, colares e pulseiras de contas, roupas com cores alegres e absolutamente limpas. Tinha obsessão por limpeza e uma pequena vaidade: o nome Esmeralda. Fazia questão que todos – com exceção de Miguel – a tratassem pelo nome inteiro, sem abreviações ou apelidos. Quando completou sessenta anos, Miguel deu-lhe um par de brincos de esmeralda, que ela nunca mais tirou; aos setenta, presenteou-a com um cordão de ouro e um *pédantif* também de esmeralda. Ela quase enlouqueceu de alegria e, da mesma forma, estava sempre com ele, apesar de todos lhe dizerem que era joia cara e que deveria ser usada apenas em ocasiões especiais.

Miguel estimava Esmeralda de todo o coração. Já velhinha, com seus setenta e tantos anos, tinha adquirido umas manias, que ele fazia questão de ignorar. Ela conhecia bem seu valor: era-lhe fiel e o amava de verdade, sem exigir nada em troca. Tinham passado por tempos difíceis, e ela sempre ao seu lado. Era um débito de honra e afeto que jamais poderia pagar.

Quando Miguel se casou, ela viu claramente que não duraria muito, mas se calou. "Cada um precisa passar pela vida e fazer escolhas. A vida ensina", dizia com convicção. Quando o casamento chegou ao fim, ela também se calou, porque a lição havia sido aprendida.

Ultimamente, notava que Miguel estava diferente, mais calmo e afetuoso. A presença da médica deu-lhe a certeza de que um novo ciclo de vida estava por vir. E ficou contente. Mais do que ninguém, estava na hora de ele ser feliz.

Confidências

Alice acompanhava com atenção o que Miguel falava. Emoção, simpatia e ternura transpareciam naqueles olhos azuis que ele tanto adorava, e tudo era fácil, sem restrições ou constrangimento. Revelava-se a ela, fazendo conhecer seus medos, sua insegurança e sua fragilidade. Não faria isso com ninguém mais, só com ela.

Esmeralda serviu-lhes o almoço, mas eles comeram muito pouco. Ele precisava falar de coisas havia muito tempo guardadas – e não eram lembranças boas, nem afetuosas, nem sequer justas. Faziam parte do que ele era hoje "para o bem e para o mal", costumava pensar.

Contou sobre seus pais, sua infância, a irmã. Falou sobre a relação entre os pais – a fragilidade da mãe, a intemperança e o descaso do pai –, a indiferença proposital da irmã e a sensação sempre presente nele de não pertencimento.

Estudara muito à procura da aprovação do pai exigente e nada afetuoso, e custara a entender que era capaz, tinha inteligência e força de vontade para vencer como poucos.

Administrara tudo depois da morte dele. A irmã, fora do país, recebia – e fazia questão de exigir – o saldo positivo do que era realizado e conseguido. Questionava, analisava, pedia esclarecimento. Não tinha sido fácil lidar com os obstáculos, as dificuldades financeiras e as desconfianças. Cada projeto pressupunha uma batalha a ser vencida, um processo penoso, duro mesmo!

Falou das expectativas frustradas, da ilusão de um casamento fadado a não dar certo, da entrega total ao trabalho, da aridez, enfim, de uma vida apartada de afeto e amor.

E, agora, a exigência da irmã! Sentia-se perdido, sem chão! Tanta luta, tantos sonhos, tudo, absolutamente tudo, estava desmoronando. A luta com os advogados seria interminável, longa e desanimadora. Estava em uma fase da vida em que ansiava por tranquilidade e paz, algo que nunca tivera. Tinha direito, merecia isso!

Alice podia ver como era difícil para ele expor toda a sua vida. Recusava-se a chorar, mas a dor estava lá, visível, transbordando das margens seguras dos olhos. E ela acompanhava o que dizia, presa também à emoção dele, permitindo-se chorar não apenas pelo menino solitário que um dia existira, mas também pelo homem frágil que aprendera a se fazer forte e austero para não sofrer. Deus, como ela o amava!

A noite já tinha chegado e era tarde. Depois da catarse, o silêncio. Com ela em seus braços, pouco a pouco um sentimento de alívio, de libertação mesmo, tomou conta dele. E ele pôde sorrir com leveza quando ela inclinou a cabeça em seu ombro e sussurrou:

— Amo você com todo o meu coração.

Estarrecido com o que sentia, explodindo de alegria e felicidade, ele ergueu o rosto dela junto ao seu e a beijou com paixão.

— Amo você também! — disse, acariciando seu rosto, a voz engasgada na garganta. E repetia trazendo-a para perto de si, abraçando-a mais forte. — Não vá embora. Não me deixe.

Ela, sorrindo, fechou os olhos e adormeceu.

...

Primeiro ouviu os bem-te-vis gritando nas árvores, depois o barulho de crianças brincando, gritando, e a voz de Esmeralda pedindo a elas que se calassem.

Demorou um tempo para entender onde e como estava. Esmeralda entrou no quarto sem cerimônia e cumprimentou:

— Bom dia! Não quer tomar café? Miguel está esperando na sala de almoço.

Lembrava-se apenas de Esmeralda levando-a para o quarto e ajudando com uma camisola improvisada. Levantou-se, foi até o banheiro, tomou banho e encontrou suas roupas passadas e arrumadas em cima de uma *bergère*, junto com a bolsa e os sapatos.

Foi até a sala. Miguel estava lá, andando de um lado para o outro. Quando a viu, foi ao seu encontro e disse timidamente:

— Bom dia. Você está linda! Dormiu bem?

Ela se aproximou mais, e ele a tomou em seus braços. Beijando sua cabeça, ele perguntou baixinho:

— Ainda gosta de mim?

— Sempre!

Estavam felizes. Tomaram o café que Esmeralda havia preparado com todo cuidado. Depois ele a levou para conhecer a fazenda. Adorava aquele lugar, e sabia que uma parte dele iria se perder quando se desfizessem dela.

— Por que vocês precisam vender esta fazenda? Você me disse que são três. Não é possível vender duas e você ficar com esta?

Ele olhou para ela, pensativo:

– Precisaríamos discutir a respeito, e minha irmã é feroz quando se trata de dinheiro.

– Se ela sentir que pode levar vantagem, com certeza vai ceder – argumentou Alice. – Meu pai sempre diz que, muitas vezes, o valor de face é o pior valor.

– Você pode estar certa. E tive uma ideia!

Miguel se animou e pegou a mão dela, e os dois voltaram para a casa principal.

Antevéspera do Natal

Chaim estava passando na frente da casa de Miquelina, quando Otávio e Jonas saíram da casa de dona Carmela. Foi uma alegria geral, com fortes abraços, tapas nas costas e gritos.

Dona Josefa e Ana Laura apareceram na varanda nesse momento e, com humor, presenciavam a cena. A confusão era geral, com todos falando e gesticulando ao mesmo tempo, quase sem respirar. Chaim, bem mais alto que os outros dois, ria, suspendia Otávio do chão, exclamava boas-vindas e reclamava da descortesia de não terem ido até a chácara visitá-lo. Jonas cobrava as bananas e laranjas que ele havia prometido mandar, recebia um empurrão como resposta, enquanto Otávio perguntava da mãe, dona Jenna, do tapete que ela estava fazendo para ele, dos outros amigos e de uma possível namorada.

Por um instante, Chaim viu Ana Laura e parou. Na última vez que a vira, com Otávio e Jonas a seu lado monopolizando a conversa, nem tinham conversado. Ele, entretanto, se lembrava muito bem daquela mocinha delicada e tímida, que fazia muitas perguntas sobre seu país, sua vinda ao Brasil, sua adaptação. Na verdade, tinha sido a única que tinha demonstrado interesse em saber. Era inteligente, a mocinha!

Jonas atacou:

– Escute, Chaim, e o nosso almoço, como fica? Lavash, homus, pilaf, abobrinha recheada, charutinho de folha de uva?... Promessa é dívida!

– Vai tudo para a ceia de Natal na casa de dona Ângela. Mamãe já está preparando tudo. Acho que vai fazer também quibe, esfihas e coalhada seca com pepino. Vocês comem lá. Afinal, tudo amigos, não é?

Os três riram, e Chaim os convidou para ir à chácara ver a mãe, que adorava os dois. Olhou para Ana Laura.

– Você também, moça bonita. E saíram.

...

Dona Jenna era uma senhora e tanto. Sessenta e poucos anos, alta, olhos escuros, tez clara; era figura naturalmente distinta no vilarejo. Falava mal o português, o que dificultava muito sua comunicação com as pessoas. Mantinha os costumes e as tradições de sua terra natal, um hábito que acabou se transformando em verdadeiro ato de louvor e de fé para com a pátria tão atrozmente perseguida e arrasada. Rezava, rezava muito, e de forma condoída por todos – pelos que partiram e pelos que ficaram.

Seus pais decidiram vir para o Brasil no fim de 1920, período em que a guerra com os revolucionários do Movimento Nacional Turco estava em plena força. Havia também os conflitos com os russos, e as mortes aconteciam de forma indiscriminada, atingindo homens, mulheres e crianças. Em meio a fome, desgraças e perseguições, a família resolveu se juntar a alguns amigos de sua pequena comunidade que estavam vindo para o Brasil. Jenna tinha pouco mais de doze anos, e o marido prometido (um de seus vizinhos) ainda não tinha completado vinte. "Era um tempo doloroso demais para se lembrar", ela dizia para Chaim. Famílias inteiras eram dizimadas, e a vida se transformava em um inferno feroz, devorador de corpos e de almas.

Quando chegaram ao Brasil, outros armênios[42] que aqui estavam os ajudaram com informações sobre o país, com hospedagem e até com alimentação. Por terem vocação rural, resolveram comprar – seus pais e o futuro marido, juntos – um pedaço de terra onde poderiam criar animais, cultivar a terra tão boa e praticar sua fé. O vilarejo contava apenas com uma estradinha de terra batida, seis casinhas humildes, a estação ferroviária e uma igrejinha com um arremedo de largo à sua frente. Souberam reconhecer a graça que Deus havia lhes dado e trabalharam muito. Ali, finalmente, puderam viver e se dedicar ao que sabiam fazer em Sua santa paz.

Jenna e Erivan se casaram seis anos depois. Tiveram uma filhinha, que morreu ainda bebê, para tristeza de uma família unida por fortes laços afetivos e pela luta por sobrevivência. Chaim nasceria um tempo depois, quando a terra já dava frutos e os animais aumentavam em número.

Com o tempo, seus pais se foram, o marido também, mas ficara o filho; homem de fibra e trabalhador, de quem se orgulhava muito.

Lenço colorido na cabeça, dona Jenna se recusava a usar roupas que lhe deixassem os braços ou as pernas à mostra. Trazia sempre um avental branco sobre um vestido longo de algodão, geralmente com bordados à moda antiga

---

42 "O período entre 1924 e 1928 corresponde ao da formação de um verdadeiro mercado de trabalho no Brasil, envolvendo uma massa considerável de trabalhadores, com integração produtiva entre os setores urbano e rural. Para a formação desse mercado, houve uma contribuição fundamental dos imigrantes de países estrangeiros, que constituíam uma força de trabalho de nível educacional diferenciado. Entre 1901 e 1920, entraram no país nada menos que 1,5 milhão de estrangeiros, dos quais aproximadamente 60% se fixaram nas áreas urbanas e rurais de São Paulo." – FINKELMAN, Jacob (Org.). *Caminhos da Saúde Pública do Brasil*. Rio de Janeiro: Fio Cruz, 2002. p. 119.

no peito ou nas mangas. Como toda boa mãe armênia, queria que o filho se casasse, de preferência com uma moça armênia. Chaim, entretanto, já com seus trinta e dois anos, não se resolvia, e a preocupação da mãe aumentava dia após dia. "O que acontecerá com esse menino?", perguntava-se sempre.

Dona Carmela, Vó Ângela e dona Jenna eram amigas, se é que se pode chamar de amizade uma relação movida por gestos, esgares e uso de algumas poucas expressões em português, italiano ou armênio, repetidas reiteradamente nos quarenta e tantos anos de contatos mútuos. Parecia mesmo um milagre que as três pudessem cultivar uma amizade tão sólida e íntima mesmo com todas as dificuldades de comunicação. Entendiam-se muito bem, entretanto, e muitas vezes passavam o tempo juntas olhando as fotos da família, trocando receitas, ervas medicinais, fazendo peças de tricô ou bordando toalhas.

Dona Jenna adorava cozinhar, seu maior prazer era receber os amigos de Chaim em casa – o que equivale a dizer, Matias e Lagartixa, Otávio e Jonas. Costumava participar da ceia de Natal comum na casa de Vó Ângela. Levava todos os pratos que sabia fazer e, como uma criança à espera de um *cadeau*[43], ficava observando quem se servia deles, as reações, os elogios espontâneos, e voltava para casa feliz, carregando as vasilhas vazias.

A chegada de Chaim com os amigos alegrou seu coração. Ainda bem que tinha feito charutinho de uva a mais. Otávio e Jonas gostavam muito. Já tinha estendido os *lavash*[44]; precisava apenas cozê-los. Foi até a cozinha, e em poucos minutos tirou o pão quentinho e fresco do *tonir*. Serviria com *homus* e coalhada seca. Só esperava que a mocinha que estava junto gostasse também. Ela precisava mesmo engordar. "Muito magrinha!", pensou em voz alta.

---

43 *Cadeau* (fr.) = presente.
44 *Lavash* = pão feito de trigo, sem levedura, preparado em porções bem finas, as *apas*, que são ajustadas às paredes de um *tonir*, forno tradicional armênio, para cozer.

A ceia de Natal na casa de Vó Ângela

Os amigos e convidados para a ceia de Natal começaram a chegar às oito horas, e olhavam surpresos o pátio agora completamente transformado.

Vó Ângela e seu marido costumavam usar o pátio, ou terreiro, para secar os grãos de café que eram colhidos no sítio e, depois de secos, beneficiados. Após a morte dele, a colheita passou a ser vendida diretamente para a empresa beneficiadora, e a matriarca resolveu dar outra utilidade para o terreiro que ocupava um espaço privilegiado ao longo da lateral da casa e do quintal.

Surgiu, então, a ideia de construir um pergolado que ficasse em harmonia com a estrutura colonial da casa e da varanda. E ela assim o fez: o esqueleto inicial com vigas em madeira e piso de pedra rústica passou em pouco tempo a ganhar vida, formas, cores e beleza. Plantou, ao redor dele, árvores frutíferas, primaveras, orquídeas, jasmins, camélias e margaridas, que de forma lenta e caprichosa acabaram por preencher os espaços laterais vazios, em emaranhados de verde, em tufos de flores e frutas que subiam até o telhado de treliça.

O espaço amplo, cheio de luz e verde, recebeu poltronas confortáveis, bancos de ferro e de madeira com almofadas coloridas, seu lindo e antigo piano, presente do esposo, duas cômodas antigas com trabalhos riquíssimos de marchetaria, abajures, seus livros e vasos – grandes, pequenos, de todos os tamanhos –, com as folhagens e flores de que mais gostava. Na entrada, um relógio de sol aguardava os visitantes e se fazia naturalmente bonito em dias claros e brilhantes.

Assim que Serge viu o pergolado, as ideias apareceram, e ele imediatamente formou um "batalhão de choque" para ajudá-lo. Em menos de uma semana, as árvores estavam iluminadas; os bancos de madeira, envernizados; os de ferro, pintados; e os nichos verdes ganharam mais vasos e flores. Trouxe de sua fazenda uma mesa enorme de pés lindamente torneados e a dispôs no centro. Josefa levou um candelabro de bronze, com vinte e quatro pequenos bocais de cristal, que deu um toque de sofisticação ao ambiente rústico. A árvore de Natal foi montada por último e ganhou lugar de destaque perto do piano; cheia de luzes e bolas de todas as cores, recebeu ainda papais-noéis de chocolate, estrelas douradas e origamis de Tsuru[45].

---

45 Tsuru = Ave sagrada do Japão que é símbolo de saúde, boa sorte, felicidade, longevidade e fortuna. Diz a lenda que, quem fizer mil origamis de tsuru terá seu desejo realizado. Quando é dado como presente, a pessoa recebe juntamente com ele os votos profundos de felicidade, vida longa e prosperidade.

Pronto! Um lindo cenário estava preparado para a ceia de Natal.

· · ·

Nessa noite, muito orgulhosa em seu vestido azul-marinho com gola de renda branca, Vó Ângela recebia a todos com alegria e satisfação. Carmela e o professor Raimundo, Maria do Carmo, Josias e as crianças, dona Olga, seu João e Matias foram os primeiros a chegar. Depois foi a vez de Ruth e Narciso, Miquelina e Valdo. Pedro, Dalva e Sissi vieram a seguir. Dona Eiko, o marido e o filho surgiram logo após, com seu Antônio, dona Beatriz e Lagartixa (Doutor preferiu ficar lá fora).

Um tempo depois, Chaim e dona Jenna apareceram à entrada, e todos os cumprimentaram com entusiasmo, já que tradicionalmente eles comemoram o nascimento de Cristo em outra data.[46] Chaim, com calça e camisa brancas, cabelo cortado e penteado, estava *"veramente elegante"*, como dona Carmela pontuou; dona Jenna, vestindo uma túnica em seda sobre o traje bordado, com pulseiras e brincos de ouro, compunha com o filho um quadro muito agradável.

Outros amigos iam chegando com os filhos, com outros amigos, e todos se cumprimentavam, conversavam, riam das histórias contadas e se divertiam como somente velhos companheiros o sabem fazer.

Serge observava tudo com satisfação: o esmero nas roupas para esse dia de festa, o carinho de todos, os elogios e o reconhecimento do trabalho realizado. Estava feliz como havia muito não conseguia estar. A Dra. Alice chegou com seu pai, um senhor charmoso e de porte aristocrático. Adorava aquela moça, tão linda e tão sofisticada em sua total simplicidade!

Josefa, Otávio, Ana Laura e Jonas apareceram também, carregados de caixas e embrulhos. Tinham preparado pacotinhos de chocolates e docinhos diversos para as crianças. Jonas tinha trazido a roupa de Papai Noel e pretendia fazer uma festa com elas.

Duas surpresas estavam prestes a acontecer. A primeira foi a chegada da Turcona com a filha Isabela, que estava mais linda do que antes. Depois de tanto tempo longe de casa, vivendo e trabalhando em outra cidade, tinha

---

46 A Igreja Apostólica Armênia, da qual Jenna e Chaim são fiéis devotos, é uma das igrejas orientais mais antigas do mundo. Ela mantém a tradição dos primeiros tempos do cristianismo de comemorar o nascimento de Jesus Cristo no dia 06 de janeiro, e não dia 25 de dezembro.

decidido que passaria o Natal no vilarejo, para rever a mãe e os amigos de quem sentia tanta falta.

Não gostava de lembrar do sofrimento pelo qual tinha passado – o segredo envolvendo a gravidez, o derramamento de sangue e a necessidade de curetagem em um hospital na cidade, a permanência em um lugar bem longe do vilarejo, na casa de parentes que não eram tão próximos, e a dificuldade em entender que ela, e apenas ela, precisava escolher o rumo que deveria dar à sua vida. "São águas passadas", ela pensava sobre seu relacionamento com Hercílio, e agora podia compreender melhor o processo, a carência envolvida, o fascínio de uma menina sem experiência e sem grandes esperanças românticas.

Tinha resolvido continuar estudando, prestou vestibular e conseguiu vaga em uma das faculdades de Direito. Começara a trabalhar em um escritório de advogados, e eles a incentivaram a seguir nessa direção. "Era inteligente e determinada", diziam eles. Estava contente, acreditava que esse seria o início de uma longa e promissora caminhada.

Sua chegada provocou certo alvoroço. Todos queriam cumprimentá-la, dizer da sua saudade e do prazer de voltar a encontrá-la. "Você está tão bem!", falavam sorrindo, encantados. Otávio, Jonas e outros rapazes do vilarejo olhavam embasbacados. "Como é possível mudar tanto? E está tão linda!".

Isabela viu dona Carmela e foi ao seu encontro, emocionada. Devia muito a ela. Abraçou-a com carinho e sussurrou em seu ouvido:

– Você... sempre em meu coração!

Dona Carmela deu-lhe um beijo e *molto felice* respondeu:

– *Buon Natale*, cara mia!

Às dez horas, as saladas e os pratos quentes começaram a ser servidos na mesa central. Os grupos se formaram para comer e conversar; sugestões de escolhas eram dadas e os comentários sobre os pratos se sucediam sempre em termos elogiosos.

Josias, que estava sentado próximo à entrada, de repente se levantou, saiu e, depois de um tempo, voltou carregando duas caixas enormes. Tinha ido ajudar o Dr. Miguel, que acabara de chegar.

Vó Ângela foi recepcioná-lo e o abraçou com carinho, dando-lhe as boas-vindas. O professor Raimundo, dona Carmela, seu Armando e Pedro também foram ao seu encontro e o cumprimentaram. Serge, assim que o viu, gritou seu nome, foi até ele e se abraçaram, emocionados. Há tempos não se viam! Na verdade, desde que eram adolescentes e cada um tinha decidido ir para um lugar diferente.

Muitos outros também vieram, quando desejaram Feliz Natal, e Miguel se comoveu, talvez pela primeira vez na vida, com o afeto e a cordialidade que sentia em cada uma daquelas pessoas.

As crianças, ao verem os presentes que chegavam, começaram a bater palmas e a gritar de alegria. Deixaram os pratos e correram até a árvore, onde os pacotes tinham sido colocados. Falavam alto, gesticulavam e queriam saber quando o Papai Noel chegaria. E todos sorriram. "O Dr. Miguel aqui! Quem iria imaginar?". Essa era mesmo uma surpresa e tanto!

Miguel conversava e procurava Alice com os olhos. Ainda não tinha conseguido chegar até ela. Ao vê-la, pediu licença às pessoas que o rodeavam e se dirigiu até onde ela estava, perto do piano, com Ana Laura, dona Jenna e a anfitriã.

Ela sorriu feliz ao vê-lo. Ele a tomou nos braços e a beijou levemente nos lábios. E todos puderam ver e entender melhor por que o Dr. Miguel estava lá.

O Papai Noel finalmente chegou e começou a distribuir os pacotinhos de doces e os brinquedos que Miguel tinha trazido. O contentamento era geral. Sissi, entretanto, achou melhor negociar com ele quando chegou a sua vez:

– Papai Noel, eu já tenho ursinho de pelúcia, boneca e bola. Posso ganhar um aviãozinho? Não tenho nenhum.

Surpreso, o Papai Noel atendeu ao seu pedido, e depois, voltando-se para o pai, disse em voz baixa:

– Queria ter essa menininha em minha equipe na empresa. – E todos riram muito.

À meia-noite, Vó Ângela fez questão de desejar a todos um feliz Natal. Dona Jenna e Chaim iniciaram, então, um cântico que costumavam cantar na Armênia, e Ana Laura os acompanhou ao piano. A música era terna; as vozes, emocionantes. O sino da igreja começou a bater nesse momento, e todos puderam sentir que aquele, afinal, era o toque perfeito para um Natal perfeito.

Seu Armando

Dia 25 de dezembro

Miguel, Alice e Seu Armando tomaram o café da manhã tarde – eram, aproximadamente, onze horas, e o dia estava radiante, com o sol brilhando e iluminando a varanda, as árvores ao redor e o rio que serpenteava no meio dos campos.

Esmeralda fez questão de trazer à mesa frutas, pães caseiros deliciosos e fresquinhos, manteiga feita na fazenda, queijos, geleia, sequilhos com goiabada e uma incrível rabanada dourada coberta com canela. Seu Armando se deliciava com tudo, suspirando de prazer.

Miguel tinha insistido para que pai e filha dormissem na fazenda e ficassem para o almoço de Natal – já estava tudo acertado e pronto para recebê-los. Seu Armando tinha planejado voltar para a cidade com Alice logo depois da ceia e ter o almoço de Natal lá, mas, diante da mal contida ansiedade com que Miguel aguardava sua resposta e a ternura que percebia nos olhos dos dois, resolveu aceitar o convite. Seria também uma ótima oportunidade para conhecer a tão famosa fazenda Estrela d'Alva.

O dia passou rápido. Miguel mostrou-lhes a fazenda, os trabalhos que estavam sendo realizados, trocou ideias com Seu Armando sobre os negócios de importação e exportação e, por fim, acabou falando sobre as exigências da irmã e as dificuldades e frustrações que via pela frente.

Seu Armando tinha experiência e uma boa dose de bom senso. Pediu a ele que considerasse alguns pontos importantes que talvez estivessem sendo deixados de lado. O que realmente o motivava a trabalhar: dinheiro, lucro, empreendimentos, projetos novos, realização profissional? E do que ele estaria disposto a abrir mão sem ter a sensação de que trabalhara tanto e perdera muito? As respostas a essas perguntas lhe indicariam o caminho a seguir e lhe dariam condições de ter controle sobre o ponto de ruptura em potencial que via na negociação, ou seja, controle sobre o valor mínimo que alguém estaria disposto a aceitar e o valor máximo que a outra parte estaria disposta a pagar. Só assim ele teria condições de ser o agente que passaria a ditar as regras e a estipular como o jogo deveria ser jogado.

Miguel ouviu atentamente. Certamente Seu Armando tinha razão. Tinha pouco tempo antes que a irmã fosse embora. As condições para que chegassem a um acordo estavam lá, existiam. Havia, entretanto, fatores determinantes que precisariam ser considerados e que ela fazia questão de ignorar. A única saída, assim, seria revelar a ela o que ele considerava um acordo bom e justo nesse jogo a dois.

Seu Armando partiu à noitinha. Agradeceu a Miguel pelo dia e perguntou a Lili se ela não gostaria de ir com ele e ficar na cidade descansando em sua última semana de férias. "Jorge pode trazê-la de volta a hora que quiser", ele disse.

— Nem pensar! — O grito de Miguel saiu de forma brusca; depois, recompondo-se, voltou a falar com voz mais calma.

— Bem, eu vou até a cidade quase todo dia. Se Lili quiser, ela pode ir e voltar comigo.

Lili olhou para ele e sorriu; o pai sorriu também. Na despedida, enquanto Lili ia pegar o pacote de coisas que Esmeralda vinha trazendo para ele, seu Armando olhou francamente para Miguel e falou com voz clara e firme:

— Miguel, cuide bem de minha filha, por favor. Gosto de você, mas, se fizer ela sofrer, vai ter que se haver comigo. E falo sério.

Esmeralda e Lili chegaram. Houve apertos de mãos, beijinhos e lágrimas. "Uma família de verdade", Miguel pensava, contente, segurando a mão da mocinha que amava.

Um casamento

"O correr da vida embrulha tudo; a vida é assim..."[47]

A notícia chegou aos ouvidos de todos quando a cozinheira disse para seu Antônio da horta – e foi "involuntariamente" ouvida por dona Beatriz e por Gertrudes, que estava trabalhando em casa – que o casarão estava se preparando para um casamento no dia trinta e um, véspera do Ano-Novo.

Um casamento? Ora, ora, qual das duas filhas vai se casar? Gertrudes ansiava por saber, e especulava: seria a bonita, sempre chique e arrumada (Nika), que ela não conhecia? Ou seria a de nariz empinado, com cara de enjoo (Gabrielle), que ela também não conhecia?

Na verdade, ninguém conhecia nem via com frequência Nika ou Gabrielle. De forma geral, os mais inquiridores do povoado sentiam uma espécie de frustração com "a gente do casarão". Sabiam dos movimentos da cozinheira em direção à horta, acompanhavam as saídas frequentes de um ou outro carro da família (havia três à disposição), e viam o tal do mordomo comandando tudo, dando ordens aos prestadores de serviço e entregadores de mercadorias. Até dona Jovita, a dona da casa, era raramente vista; só vez por outra, quando entrava ou saía do carro para ir à cidade! Mesmo dona Ruth, com toda a sua bisbilhotice, não conseguia arrancar qualquer tipo de informação quanto ao que acontecia lá. E agora ia ter casamento?! Isso é que era novidade! E tudo continuava quieto, sem alarde de nada!

Também Miguel, na fazenda, em conversa com Lili e Esmeralda, no entardecer do dia 25, foi tomado de surpresa ao receber por um emissário uma carta de Jovita; na verdade, um convite de casamento. E ficou realmente admirado ao constatar que não se tratava, afinal, do enlace de uma das sobrinhas, e sim da irmã – com Louis, o mordomo.

– O mordomo francês! – Miguel repetia, com dificuldade para entender. Ela sempre procurou se aproximar daqueles que pudessem ser *la crème de la crème*[48] da sociedade, e agora decide se casar com o mordomo? É realmente uma surpresa.

---

47 Trecho da edição de *Grande Sertão: Veredas*, de Guimarães Rosa, página 334, Nova Fronteira, 2001.
48 *La crème de la crème* (fr.) = expressão usada para designar que alguém ou alguma coisa é o que há de melhor em sua espécie; o(s) melhor(es) dos melhores.

— Mas você esteve com ela esses dias! Ela não disse nada? — perguntou Alice atônita.

— Esse é o jeito de ser da minha irmã: cerebral.

— Que ela seja feliz! — resmungou Esmeralda. — Gente feliz não atrapalha ninguém.

— Casar com um mordomo no vilarejo, longe dos olhos da sociedade europeia, até que é uma decisão mais do que conveniente, Esmeralda — ponderou ele.

Parou um instante, relendo com mais cuidado a carta em suas mãos.

— O casamento vai ser no dia trinta e um agora, às dez da manhã. Ela diz que vai ser uma reunião íntima, bem pequena, e que faz questão da minha presença. — Fez uma pausa e, depois, voltou-se para Lili. — Gostaria que você fosse comigo. Queria que conhecesse minha irmã e as filhas dela. E, é claro... o marido também.

Depois de nova pausa, voltou-se para Esmeralda, dizendo:

— Dia trinta e um é dia da festa de fim de ano aqui, com o pessoal da fazenda. Não quero deixar de comparecer. O casamento é às dez horas e, se eu conheço bem aquele pessoal, estaremos de volta ao meio-dia, uma hora. Então, vai dar certo não?

Esmeralda fez que sim com a cabeça, foi até ele e afirmou:

— Faz muito bem, Miguel. Ela é sua irmã e, mesmo do jeito esquisito dela, deve gostar muito de você.

— É maluca, você quer dizer, não é, Mãe Preta? — arrematou ele, e voltando-se para Lili: — Vai comigo, *ma chérie*? *L'amour* está no ar — disse em tom de brincadeira.

— *La Dame accepte enchantée*[49], e sei o que podemos dar de presente, respondeu ela no mesmo tom.

— E precisa? — perguntou Miguel, indignado. — Ela já vai levar muita coisa embora.

---

49 *La Dame accepte enchantée* (fr.) = A Senhora aceita encantada/com prazer.

A luz que brilha em seus olhos

Verão. O período que se seguiu ao Natal foi marcado por uma série de novidades, algumas surpreendentes, outras nem tanto, sinais apenas de um tempo que se recusava a parar.

Para início de conversa, Lagartixa e Matias, com os hormônios já começando a entrar em ebulição, descobriram-se apaixonados. Lagartixa encantou-se por Maria, a menina da escola que ele e a Dra. Alice tinham acompanhado até em casa naquele dia fatídico. No Natal, olharam-se, e ele, com ar protetor e gentil, ajudou com o refrigerante que ela não conseguia abrir. A menina sorriu de volta, e desde então a vida se transformou em um incrível arco-íris de cores mirabolantes. Já Matias viu em Isabela o grande amor de sua vida, apesar da diferença de idade entre os dois – fato que absolutamente não significava nada para ele. Na ceia, ela o tinha cumprimentado de forma muito carinhosa, com um beijinho no rosto. Ele sentiu que isso era especial. "Ele" era especial! E ela era linda!

Logo depois do Natal, Maria saiu de férias e foi até a casa dos avós na praia, para desespero de um Lagartixa sonhador e um tanto melodramático. Isabela voltou ao trabalho, e Matias sentiu pela primeira vez que sem ela a vida nunca mais seria a mesma. Passou a maquinar planos e mais planos para conseguir trazê-la de volta ao vilarejo.

Entretanto, como Longfellow tão bem expressa em seus versos:
"A boy's will is the wind's will,
And the thoughts of youth are long, long thoughts."[50]

Em outras palavras, assim como o vento está sempre mudando, da mesma forma os sonhos e os desejos ardentemente acalentados pelos dois meninos arrefeceram. Voltaram-se também para outras personagens, novos cenários, e outros devaneios e novas paixões aconteceram. Era verão, e o sol brilhava demais – não havia lugar para a tristeza.

---

50 *A boy's will is the wind's will, And the thoughts of youth are long, long thoughts* (ing.) = A vontade de um menino é a vontade do vento, E os pensamentos da juventude são pensamentos que vão longe, longe. (Versos do poema "My Lost Youth", de Henry Wadsworth Longfellow)

Oh vida!

A conversa entre o professor Raimundo e dona Carmela a respeito dos "pacotinhos" que dona Ruth ocasionalmente entregava e a melhor maneira de tratar dessa questão pareceu ter efeitos promissores.

As pessoas que mantinham um contato mais próximo com ela passaram a conversar mais, a incluí-la em suas atividades sociais e – por que não dizer? – a tratá-la melhor, ignorando suas fofocas e malquerenças. A entrega dos "pacotinhos", ao que tudo indicava, estava temporariamente suspensa, mas os comentários e as impressões pessoais sobre fatos e pessoas, nem tanto.

Narciso e dona Ruth tinham participado da ceia de Natal; conversaram bastante com os outros convidados, elogiaram os pratos, a decoração e pareciam bem alegres na companhia de todos.

Narciso tinha decidido comprar a padaria/confeitaria de Hercílio – estava bastante animado. A expansão dos negócios com essa aquisição exigiria um tipo novo de administração, com outros contatos, fornecedores e um diferente controle financeiro, condição pela qual havia muito ansiava. Sua mãe se recusava a mudar, insistindo em procedimentos antiquados, controlando com mão de ferro as finanças, e nunca investindo um centavo na manutenção das instalações e na reestruturação dos negócios. Tinha ficado contra a compra da padaria, mas ele também tinha dinheiro próprio, insistiu e acabou fechando o negócio. Tinha muito a comemorar.

Os dias após o Natal, entretanto, não foram nada fáceis. A mãe, já ressentida com a atitude do filho, não estava inclinada, quer por obrigação, quer por hábito, a ver o lado róseo da vida. Assim, em um tempo relativamente curto, todos os presentes à ceia de Natal acabaram sendo contemplados com severas críticas e sugestões insidiosas.

Alguns o foram pelo que considerava "evidente mau gosto": Josefa com seu vestido "roxo-defunto"; Serge e seus trejeitos femininos (Como pode, meu Deus?! Um homem!); dona Eiko e aqueles ridículos passarinhos de papel (Um horror!); sem falar naquele cachorro sarnento – o Doutor – e os dois moleques intragáveis!

Outros foram lembrados pela falta de decoro: Otávio, Jonas e aquela mocinha esquisita (Uhmm. Sei não!); dona Carmela e o professor Raimundo que nunca se largavam (Quem eles pensam que enganam?); a Turcona e a filha sem-vergonha, que nem deveria aparecer no vilarejo; a Dra. Alice e o Dr. Miguel que ficaram se agarrando na frente de todos…

A ladainha, como Narciso já sabia e costumava dizer, continuaria *per omnia saecula saeculorum*.[51] E, de fato, durante alguns dias, o tom melífluo inicial foi se azedando e não sobrou ninguém, e não ficou "pedra sobre pedra". Hercílio e a mulher mereceram um capítulo especial: ele, um mulherengo de marca maior; ela, uma desclassificada, que se dava ares de grande dama! Na verdade, poucas se salvavam nesse quesito naquele lugar (ou seja, no vilarejo)!

Narciso apenas olhava, sem dizer uma palavra. Havia muito deixara de contra-argumentar, de explicar os fatos, de justificar comportamentos. A mãe, quando tomada por um transe histérico, sempre voltava sua ira contra ele, desfiando um a um, até com certo prazer, os fatos de sua vida que ele queria esquecer. Era um processo insuportável que tocava as raias da loucura.

Ultimamente, tinha começado a se queixar de um mal-estar que não a abandonava. Não podia comer nada diferente ou fora de hora que imediatamente passava mal. Foi assim, então, que o cardápio e os horários das refeições no supermercado, habituais na família, passaram a ser controlados com rigor ascético, para desespero do filho, que tinha nessas refeições um de seus poucos prazeres.

"Deus, um dia ela vai ter que parar com isso tudo!", Narciso pensava com desesperança, apertando os lábios com amargura.

---

51 *Per omnia saecula saeculorum* (locução extraída da liturgia latina; literalmente 'Pelos séculos dos séculos') = Para todo o sempre, para toda a eternidade.

Ana Laura e os armênios

Dia 26 de dezembro

Otávio e Jonas olharam com admiração sincera para Ana Laura, que conversava animadamente com dona Jenna em russo. Primeiro, porque não sabiam que Ana falava russo; segundo, porque tudo que dona Jenna dizia, e Ana Laura traduzia, revelava para eles fatos incríveis sobre sua história na Armênia, a luta desesperada pela sobrevivência, a tristeza de se desfazer de um lar, a chegada ao Brasil e o mundo infinito de esperanças que traziam consigo.

Dona Jenna se afeiçoara a Ana Laura. Desde o dia em que tinha ido à sua casa com os dois rapazes, ficou evidente a grande afinidade e a simpatia que existia entre elas. Na ceia de Natal, por exemplo, Ana, em um impulso, visivelmente emocionada, resolveu acompanhar ao piano o cântico tão tocante que mãe e filho entoavam. E foi como se houvesse um só coração batendo e uma única emoção sentida e compartilhada.

No início, a barreira da língua era um grande obstáculo para a comunicação delas, apesar de todo o interesse que Ana demonstrava. Entretanto, depois de tentar o francês, ao olhar para uma das fotos antigas que dona Jenna mostrava, a moça teve um *insight* e tentou usar umas frases em russo, língua difícil que tinha aprendido com os pais ainda criança.

O pai, judeu, era professor de literatura em Leipzig, onde ele e sua mãe moravam. No início dos anos 1930, porém, os movimentos antissemíticos que se desenhavam no cenário alemão pós-guerra cresceram assustadoramente, e eles decidiram que o melhor a fazer seria deixar o país e se juntar aos irmãos e tios do pai que ocupavam altos cargos no Exército Vermelho em São Petersburgo. Permaneceram na Rússia durante oito anos, mas no fim do oitavo ano, já com os prenúncios de uma nova guerra[52], chegaram à conclusão de que deveriam sair da Europa o quanto antes e procurar um lugar em que pudessem viver em paz. A mãe de Ana Laura estava grávida dela, e a situação da família era de fato delicada.

Muitos judeus estavam indo para os Estados Unidos e para a América Latina. O Uruguai lhes pareceu, então, uma boa escolha, devido principalmente à sua administração antifascista e alegada posição neutra. O dinheiro que traziam lhes permitiu comprar terras e iniciar a criação de ovinos e

---

52 A Segunda Guerra Mundial se estende de 1939 a 1945.

bovinos, um negócio que acabou lhes dando uma boa renda e uma vida mais do que confortável.

Ana não era muito proficiente em russo. Na verdade, acabara aprendendo a língua por mera curiosidade. Seus pais, sempre que precisavam falar de algum problema ou assunto delicado, usavam o russo. Dessa forma, esperavam poupar a filha de qualquer indiscrição ou dissabor. A menina, porém, insistia em querer saber o significado das palavras, das expressões, e eles acabaram cedendo à sua ânsia de aprender.

Enfim, tudo considerado, pode-se dizer que Ana tinha certo domínio de frases simples e um vocabulário razoável que lhe permitia manter uma conversa corriqueira principalmente com pessoas tão interessantes como dona Jenna e Chaim.

Dona Jenna, animada, mostrava fotos da família, do filho ainda criança, dos parentes e amigos que haviam ficado em sua terra. Mostrou o tabuleiro de xadrez e, apontando para Chaim, dizia orgulhosa:

— Campeão, duas vezes na escola. Muito inteligente! Parece meu irmãozinho que veio no navio junto com a família e depois morreu. Irmãozinho enfrentou soldado turco para defender o pai. Não teve medo. E ainda ajudava os homens do povoado a ter informação. Na Armênia, o terreno é muito montanhoso, tem muito rio, muita correnteza. Os homens do povoado precisavam de informação. Ele era pequeno e ninguém conseguia acompanhar seus movimentos. Depois, ele contava para os homens do povoado o que tinha visto. Havia muita morte, muita destruição, e os russos, então, começaram a chegar para ficar.

Em 1920[53], o pai de Chaim, ferido, decidiu ir embora da Armênia junto com outros que vinham para o Brasil. De navio, a viagem foi muito longa e difícil. Ao chegar, começou a negociar a compra de terras, fiel à sua vocação de lidar com a terra e com os animais. Chaim ajudou a aumentar a propriedade com uma área maior de pastagens, e, depois que o pai morreu, negociou contratos para a venda do leite de cabra na região e fortaleceu relações comerciais com patrícios que estavam no ramo de calçados e precisavam de couro legítimo para uma clientela mais exigente. Além disso, começou a contratar colonos para trabalhar em suas terras e ajudar a cuidar das plantações

---

53   O período de 1915 a 1923 (durante e após a Primeira Guerra Mundial) foi marcado por uma campanha de extrema violência pelo governo do Império Turco-Otomano contra os armênios, com assassinatos em massa e deportação de reféns.

e dos animais que passaram a ter. A luta tinha sido grande, mas estavam bem e muito contentes com tudo que tinham.

Ana Laura sorria e olhava para mãe e filho com profundo respeito e solidariedade. E Chaim crescia aos olhos de todos, de corpo e alma. Já não era apenas aquele jovem desengonçado do Carnaval de rua, nem somente o dono das cabras que se enfurecia quando elas saíam do cercado em desabalada. Revelava-se agora também um homem maduro e corajoso, responsável e inteligente. Jonas e Otávio olharam para ele, descobrindo, por fim, a razão de seu afeto. A alma pode ser um tanto infantil, mas que natureza sinceramente amorosa não traz muito da criança que um dia fomos e sempre seremos?

Otávio abraçou dona Jenna e tentou algumas frases em inglês – que ela conhecia muito pouco –, o que era absolutamente desnecessário, porque o carinho dele, afinal, sempre falaria mais alto que todas as palavras do mundo.

Ouviram música, que dona Jenna tocou em seu piano, tomaram chá de maçã e comeram o pão macio e branco com geleia de pêssego. Chaim saiu por alguns instantes e voltou com um lenço de cabeça. Era vermelho[54], delicadamente translúcido, com fios dourados e pequenas flores com pequenos caules e pétalas[55] bordados em sua borda. Era uma linda peça armênia.

Dona Jenna pegou o xale e, olhando para Ana, disse:

– Este é um dia especial para mim e para meu filho. Você nos deu a alegria de olharmos para nós mesmos com saudade, mas também com dignidade e muita emoção. Queria muito que aceitasse esse xale como sinal de nosso afeto por você.

Ana Laura mal conseguia responder. Chaim se aproximou, então, e o pôs sobre a cabeça e ombros dela. Depois, sem cerimônia, tirou seus óculos e, olhando bem nos olhos dela, disse em português:

– Sabia que eram claros!

Jonas, que até aquele momento estava calado, comemorou com alegria e bastante barulho. Otávio também resolveu comemorar, então assobiou e aplaudiu a mocinha delicada que estava encantadora com o lenço vermelho.

---

54 Para os armênios, o vermelho representa vida, sol, fertilidade, e ajuda a proteger contra malefícios, doenças e infertilidade.
55 Nas crenças populares armênias, as flores simbolizam juventude e pureza. Os caules e as pétalas que as acompanham constituem uma referência ao ciclo da vida que é eterno e infinito.

Dona Jenna a beijou no rosto e Chaim apenas olhou para ela, subitamente encabulado.

Eles iriam embora no dia seguinte, mas voltariam para o Ano-Novo. E esperavam revê-los. "É uma promessa!", Otávio dizia todo sorridente, abraçando o amigo Chaim.

Medo

Vinte e sete de dezembro. Dia do famigerado encontro entre Miguel, a irmã e os advogados dela.

Miguel olhou para o posto de saúde logo à frente. Sua vontade era parar e ir conversar com Lili, que certamente estaria lá, trabalhando em suas pesquisas. Naquele dia, entretanto, não podia fazer isso. O encontro no casarão tinha tudo para dar errado, e ele não queria e não podia errar.

Ainda no dia de Natal, depois de deixar Lili em casa, tinha ido à cidade e pernoitara lá. Havia marcado uma reunião com seus advogados às oito da manhã no dia 26 e não queria se atrasar. Precisava pedir informações detalhadas de tudo, ver possibilidades, alternativas. Uma negociação favorável aos dois seria o ideal, mas ele estava consciente de que dificilmente isso ocorreria.

Conhecia o temperamento da irmã. Estava sempre passos à frente, planejando, calculando, e, como em um jogo de xadrez, não teria escrúpulo algum em sacrificar o bispo ou mesmo a rainha para chegar ao xeque-mate. Ele precisava pensar, analisar cuidadosamente o que estava em jogo e o que faria na hora certa e na justa medida.

O casarão impôs-se aos seus olhos quando virou a esquina. Como sempre, não havia sinal de vida interna ou externa, e era um mistério para ele como três seres humanos tão próximos podiam se alienar tão completamente um do outro.

O mordomo abriu a porta e o levou até o escritório onde sua irmã e dois advogados o esperavam. Depois dos cumprimentos habituais, a requisição legal pleiteada pela irmã foi apresentada. Na verdade, fez-se uma repetição mais pomposa daquilo que ela pessoalmente havia lhe dito.

Miguel ouviu em silêncio. Encorajados por esse silêncio, os advogados insistiram em apresentar dados, em dar razões legais para o pedido, em enfatizar a necessidade de urgência nos trâmites e, finalmente, em oferecer os "motivos prementes" que levaram ao pedido de sua cliente.

O silêncio continuou por um breve instante, até que a irmã começou a falar, expondo mais uma vez seus motivos, a certeza de seus direitos sobre tudo o que possuíam, exigindo que a questão se resolvesse o mais rápido possível para que pudesse cuidar de sua vida. Altiva, autoritária, sua voz calma batia nos ouvidos de Miguel, que olhava para a irmã com perplexidade semelhante à de um cientista que avalia e reavalia o espécime singular que tem diante de si.

Enquanto os advogados voltavam a falar, insistindo em prazos, providências a ser tomadas e cronograma possível para as vendas, Jovita olhou para o irmão, que, impassível, parecia estar em um mundo paralelo – parte de outro aqui e agora. Em um instante de súbita lucidez, veio-lhe à memória o incidente ocorrido entre o pai e ele. Ela acompanhara tudo, em uma de suas raras visitas à família quando já estava casada, morando no exterior. E ela soube. Viu tudo claro, cristalino.

Desde sempre, Miguel, dono de um temperamento forte, vivia às turras com o pai, que também não tinha personalidade muito fácil. Era apaixonado pelas coisas da fazenda e em particular pela criação de animais. E, como poucos, se dedicava ao trabalho, dava sugestões, insistia com o pai sobre a necessidade de inovar e transformar o que já tinham.

O pai se irritava e dizia que não mexia em nada que estivesse dando certo. Afirmava e reafirmava que jamais gastaria um centavo com os devaneios do filho. Ele que fizesse o que bem quisesse com o próprio dinheiro.

Nos anos 1950, o interesse pela inseminação artificial de bovinos começou a crescer, e o intercâmbio científico entre estudiosos brasileiros e estrangeiros a respeito do congelamento do sêmen bovino teve início. Miguel mostrou interesse pelo processo desde o princípio, e acompanhava, fascinado, o resultado das experiências realizadas nos Estados Unidos.

Em 1958, o Dr. David E. Bartlett, da American Breeders Service (ABS), veio ao Brasil para um programa de divulgação e treinamento da tecnologia de inseminação artificial e apresentou o método de conservação do sêmen congelado com nitrogênio líquido. A técnica era inovadora. Diferentemente do que se praticava, a aplicação do sêmen na fêmea deixava de ser feita com o auxílio de um espéculo de metal ou vidro; a fixação da cérvice se realizava agora via retal. Afirmava que já havia no país aproximadamente vinte centros coletores de sêmen e que milhares de vacas já estavam sendo inseminadas.

Miguel, já formado e ainda bem jovem, prontamente decidiu participar do treinamento que a empresa americana oferecia e ficou entusiasmadíssimo. Sabendo da resistência que podia enfrentar, foi para casa e fez ao pai uma proposta. Queria a sua permissão para criar, em uma área separada de qualquer pasto que tinham, duas novilhas que ele próprio compraria, criaria e manteria com seu dinheiro. Ele iniciaria o processo de inseminação com esses animais e o pai poderia comprovar se a experiência daria certo ou não.

O pai deu risada, duvidando de possíveis resultados, mas, com a insistência do filho e depois de muitas discussões, acabou concordando e lhe cedeu um terreno afastado dos grandes pastos. As novilhas foram compradas a duras penas com as economias que Miguel havia feito ao longo de muitos anos. Teve início, então, um período de muito trabalho e dedicação.

Primeiramente, o terreno foi limpo e o pasto revitalizado com o auxílio de dois filhos de Esmeralda. Em seguida, veio a necessidade de construir um celeiro ou uma cabana para acomodar os animais e realizar, posteriormente, a inseminação. Miguel ficava trabalhando na obra com os dois rapazes até o escurecer. Sem muito dinheiro, a manutenção dos animais ficava cada vez mais difícil, mas ele cortava despesas, emprestava dinheiro e ia fazendo o que era possível.

Quando as novilhas adquiriram robustez, convidou orgulhoso o pai para ver o trabalho que estava fazendo. Seu Antônio Augusto foi, fez algumas críticas ao celeiro improvisado, analisou as novilhas já bem desenvolvidas, perguntou quantos meses de idade elas tinham e ponderou que, para parir até os dois anos, o ideal seria que ficassem prenhas aos treze, catorze meses. Miguel ouvia, muito satisfeito com a visita, e pela primeira vez sentia que seu trabalho despertara o orgulho do pai.

Dez dias depois, ao voltar de uma visita à cidade e pronto para ir até o pasto de suas novilhas, o pai o chamou e disse com ar de bravata:

– Você vai gostar da notícia que vou dar. Na segunda-feira encontrei o Zé Rodrigues da fazenda Pirapora e falei de suas novilhas. Ele ficou tão entusiasmado que praticamente me obrigou a ir com ele até lá. Aí foi um tal de querer comprar as novilhas e tentar negociar, pondo o preço lá em cima. O homem praticamente enlouqueceu. Para me livrar dele, então, pedi um dinheiro exorbitante. Tenho até vergonha de dizer. E não é que o homem aceitou?! Veja aqui. Foi demais, não?

Miguel olhava incrédulo para as notas de dinheiro que o pai lhe mostrava. Não conseguia falar, nem pensar, ou fazer um gesto sequer. Olhava para o dinheiro e para o pai como se esperasse outro final da história. Atordoado, sentiu uma lágrima caindo e depois mais uma apenas. Com os punhos cerrados, sem dizer uma palavra, abaixou a cabeça, deu as costas ao pai e saiu.

Jovita, também surpresa com o fato inesperado, ouviu o pai esbravejar e dizer imprecações contra o filho enquanto ele se afastava. Foi nesse instante que, de repente e pela primeira vez, ela pôde perceber o medo tomando conta do velho – a súbita consciência de que não haveria volta para o caminho que ele havia tomado. E o medo transpareceu em sua voz, nos olhos que não viam nada, no silêncio que, por fim, acabou calando sua boca.

Miguel nunca mais reclamaria, gritaria, discutiria com o pai. Nunca mais falaria sobre planos ou mudanças. Nunca mais olharia para o pai com afeto ou admiração. Continuou a administração dos negócios como sempre havia feito, mas passou a se ocupar de outros afazeres fora de casa, na cidade, e os encontros que durante tanto tempo a família havia mantido no café da manhã, no almoço e no jantar se tornaram cada vez mais escassos, e até raros. Frieza, impessoalidade, distanciamento era a forma absoluta que o irmão tinha encontrado para não sofrer. Jovita se lembrava de tudo.

Depois que ela retornou para sua casa no exterior, nos poucos contatos que manteve com o pai, esse sempre reclamava da solidão a que estava confinado. O convívio com Miguel era mínimo, se não inexistente. Quando ele morreu, Jovita e o marido vieram ao Brasil e entraram em acordo com Miguel. Ele se encarregaria da administração geral das fazendas e enviaria à irmã um percentual determinado sobre a receita líquida. Desde então, tudo tinha caminhado bem, e Miguel havia se mostrado um administrador mais do que competente. Era ousado, mas fazia as coisas acontecerem. Agora, entretanto, tudo isso não vinha mais ao caso. Jovita tinha planos e não pretendia abrir mão deles.

Após encarar e avaliar a irmã por um bom tempo, Miguel se levantou e, interrompendo sem cerimônia todo o falatório dos advogados, declarou:

– Não posso vender tudo o que temos. Não quero e não devo fazer isso. Minha resposta é NÃO. Estou aberto a discutir qualquer alternativa, e espero realmente que possamos chegar a um acordo. Mas vender tudo… não. Passem bem, senhores. Até mais ver, minha irmã.

Miguel saiu, deixando os advogados sem ação ou palavras.

Jovita olhava agora para o irmão e sabia que ele arriscaria tudo para não entregar mais uma vez o trabalho de sua vida. E ela também teve medo. Medo da obstinação do irmão, do que estava em jogo, da longa luta jurídica e emocional que teria pela frente.

...

Miguel abriu a porta e saiu sem dar tempo ao mordomo que, desavisado, corria para escoltá-lo até a saída.

"Ar fresco!", pensou, e respirou profundamente o aroma dos jasmins-de-madagascar entrelaçados em guirlandas, com suas flores brancas e perfumadas, nos muros do jardim. Olhou emocionado para a praça à sua frente como se a visse pela primeira vez. Tinha brincado tantas vezes lá quando era menino, e depois deixara de ver como era singela, com sua fonte, o chafariz antigo e até o pequeno coreto que os italianos haviam construído.

O sol batia em cheio sobre tudo, esplendoroso. De repente, viu Alice sentada em um dos bancos, mexendo irrequieta nos cabelos castanhos, olhos apertados com a luminosidade do dia. Estava à sua espera.

Atravessou a rua, e sério, ainda controlando a tensão que sentia, acariciou o rosto dela:

– Vem comigo para a fazenda.

Ela olhou para ele e o seguiu até a picape. Não disse nada. Haveria tempo para ele falar e ela ouvir.

Eu vejo você

Dia 27 de dezembro

O caminho até a fazenda foi feito em silêncio. Alice sentia o tremor da mão de Miguel, a respiração entrecortada, o semblante crispado. Raiva, muita raiva transparecia nos olhos, agora mais pretos do que nunca.

Esmeralda serviu-lhes o almoço e se retirou. Conhecia bem o seu menino. Ele comeu ainda em silêncio por algum tempo, depois perguntou se Lili tinha conseguido os últimos dados para o relatório final da pesquisa e se tinha tido notícias dos orientadores. Sabia como o projeto era importante para ela, e queria que soubesse como ele dava valor a isso.

Nesse instante, um filhotinho e depois outros cinco surgiram de repente na sala de almoço seguidos por Bela, uma pastora-alemã, mãe dos cachorrinhos, que ficava de guarda no quintal da casa. Lili tinha adorado brincar com os filhotes. No Natal, quando os viu pela primeira vez, ficou encantada. Eram lindos! Tinham pelagem preta nas costas, que ia se entrelaçando com pelos marrons, dourados e amarelados por todo o restante do corpo. Em alguns filhotes, o preto se acentuava, cobrindo as patas e orelhas; em outros, o marrom dominava e se transformava em dourado nas barriguinhas peludas. Miguel estava sempre junto e acalmava Bela, que no princípio rosnava ao ver a aproximação da moça, mas depois foi se aquietando ao perceber o carinho e o cuidado com os filhotes. Lili passou bastante tempo com eles. Sentava no chão, pegava no colo, jogava bolinhas para brincarem, chamava para comer.

Nesse dia, quando chegou com Miguel, fizeram uma festa e tanto. Foi recebida com latidos festivos, abanar de rabinhos e corridinhas ao seu redor, convidando à brincadeira. A mãe também latiu com alegria umas duas vezes e depois, majestosa, sentou-se nas patas traseiras, observando a folia dos filhotes.

Na hora do almoço, ninguém soube como entraram na sala. Eles ouviram sua voz, olharam e foram direto para onde Lili estava sentada. Esmeralda veio correndo a seguir, o turbante vermelho e verde espetacularmente anunciando sua chegada, e fez um escândalo danado, gritando, enxotando os animais, brandindo uma vassoura com energia e resolução no meio da sala. "Já disse para Dra. Lili não dar comida para eles. Eles se acostumam e dá no que dá", dizia indignada. "Fora, fora, seus pestes!"

Finalmente os cachorros saíram, e os dois namorados, surpreendidos com a cena insólita, começaram a rir, e riram muito.

— Bem-vinda ao mundo doméstico da Esmeralda, Lili — disse Miguel em tom de galhofa. — Você foi considerada digna da crítica e da censura que só os filhos e eu temos o privilégio de usufruir. Pode acreditar: ela simplesmente adora você. De agora em diante, não será mais denominada Dra. Alice, mas sim Dra. Lili.

Lili inesperadamente sentiu um leve roçar no pé. Um dos filhotes, com medo de Esmeralda, tinha corrido para debaixo da mesa e se escondido. "*Dear, dear!*", disse baixinho com carinho, trazendo o cachorrinho para o colo. Era todo preto, e dourado nas extremidades das patas. Tinha também, saindo do pescoço e logo abaixo de cada orelhinha, uma mancha dourada que ladeava a cabeça, e, em cima dos olhos, um pontinho dourado que despontava e conferia a ele uma candura cativante. "*How cute you are, dear!*[56] *Cute! Very cute!*", repetia, beijando o animalzinho em suas mãos.

Esmeralda, na cozinha, preparava-se para servir a sobremesa. A Dra. Lili tinha gostado do pudim de coco, e ela queria fazer uma surpresa. Pegou o prato e tentou levar com todo o cuidado possível até a sala. Tinha ficado um pouco mole, o danado, e ela não queria que quebrasse.

Ao entrar, porém, parou subitamente. Viu Miguel e Lili juntos, sorrindo um para o outro, como que flutuando, envolvidos em um halo que ultrapassava a própria realidade física das coisas. De repente, a percepção do que via ia além, muito além do que estava diante de seus olhos. Ela podia reconhecer, com modéstia e devoção, as imagens que se sucediam, os lugares, as pessoas; e as imagens se completavam com vida própria e espontânea, plenas de uma luz intensa, cálida, envolvente. O mesmo lugar, um outro tempo!

Em instantes, recuperou-se desse estado de quase vigília. Ainda com o prato do pudim na mão, olhou os rostos apreensivos de Miguel e Lili. Miguel já havia presenciado isso acontecer algumas vezes. Não entendia muito bem o que significava, mas acreditava nas intuições de sua Mãe Preta.

"Você está bem?", os dois perguntaram ao mesmo tempo. Ela sorriu, disse que estava ótima e serviu largos pedaços do doce a cada um deles. Depois, foi até Lili, beijou-a e disse:

— Minha filha, você sempre estará em meu coração. Nesta vida e depois dela. Fique com ele — disse, olhando para o cãozinho no colo de Lili. — Ele também escolheu você. Só não o deixe fazer xixi dentro de casa — completou, mudando o tom de voz. E saiu, sem dar tempo a qualquer palavra ou gesto.

---

56 *How cute you are, dear!* (ing.) = Como você é fofo, queridinho!

Miguel e Lili olharam para ela surpresos. "Coisas de Esmeralda", disse Miguel. E mais calmo agora, começou a contar o que tinha se passado na casa da irmã: seus receios, sua raiva, a impossibilidade de se comunicar com ela e, finalmente, a experiência amarga que um dia tivera com o pai e que ainda lhe causava uma estranha dor de abandono.

Lili ouvia, olhos atentos. E ele se sentia amparado, no caminho certo, em um quase momento de paz. "Ele vai conseguir resolver tudo", pensava. Tinha certeza.

...

Lili passou o dia conversando com Miguel, vendo as coisas que lhe eram tão caras: as lembranças da mãe, os livros antigos e raros que ele colecionava, as selas trabalhadas e riquíssimas que exibia com orgulho no estábulo. Depois, como capítulo à parte, percorreu com ele os currais e piquetes adaptados para o processo de inseminação artificial, viu os novilhos, resultado desse processo que implantara na fazenda, e o ouviu falar com empolgação a respeito dos entraves para o crescimento da técnica, apesar de, como dizia, ser muito mais barata do que o aproveitamento do touro no processo reprodutivo natural.

— Muitos dos nossos pecuaristas são bastante conservadores e avessos à mudança — afirmou. — Some-se a isso a falta de informação, e você já pode ter uma ideia dos desafios para fazer essa técnica avançar. Além disso, há a necessidade de se investir em infraestrutura adequada para o processo, e muitos não querem fazer esse tipo de investimento, infelizmente.

Lili ouvia e olhava tudo com admiração. Era um mundo novo, fascinante! Miguel era parte de tudo isso, e de forma plena! Quantos obstáculos, quanta resistência teve e ainda teria que vencer. "Meu Deus, não é justo!", pensava com tristeza.

Voltaram para a casa. Esmeralda esperava com a mesa posta e um sorriso enorme no rosto. Conversaram e riram bastante com os casos que ela contava sobre a gente da colônia, sobre seus parentes e filhos e sobre Miguel. Era um mundo pequeno esse seu mundo, e ela controlava sua harmonia e consistência com unhas e dentes.

Sensação de paz, bem-estar e afeto. Miguel, tomando as duas mãos de Lili, disse:

— Amo você, Dra. Lili. E não canso de me perguntar como é possível gostar tanto de alguém. Acho que vai ser um inferno ter que viver sem você daqui para a frente.

Ela se levantou da mesa e foi até ele. Inclinando-se, acariciou seu rosto e beijou com carinho seus olhos e sua boca. Certa inquietude invadia seu coração. Gostava demais dele, sentia sua falta mais e mais. Percebia a mudança em sua vida, e isso a preocupava. Muito.

Nas alegrias e nas tristezas

Dona Sara, mãe de Serge, faleceu logo depois do Natal, dia vinte e oito de dezembro à noite, e a comoção foi grande. A vida parou, o comércio fechou as portas, o piquenique das crianças foi suspenso e o sino da igreja tocou seu triste e desconsolado lamento anunciando a morte. Afinal, a matriarca, junto com Vó Ângela, era uma das mais antigas moradoras da região e pertencia àquela paisagem e à sua história.

Passados os primeiros momentos de louvação à defunta, lágrimas sentidas, comentários benevolentes e narrativas um tanto bizarras sobre seus hábitos e costumes, dois acontecimentos trouxeram certa agitação ao velório que era realizado na pequena igreja da fazenda.

Serge propôs, para grande surpresa do irmão e de todos, que a mãe fosse cremada. Muitos nem sabiam o que isso poderia ser; outros, juntando-se à opinião do padre, se indignaram com o tratamento "nada cristão" que o filho pretendia dar à mãe, "uma devota católica e fervorosa".

Aristides informou ao irmão que, diferentemente dos Estados Unidos, e de como ele supostamente pensava, no Brasil[57] ainda não havia crematórios. A mãe poderia ficar na própria fazenda, no pequeno cemitério ao redor da igreja. Lá estavam enterrados também o pai deles, os pais dela e alguns colonos que tiveram.

Depois dessa questão resolvida e acertada, a chegada de quatro amigos de Serge à cerimônia do funeral também surpreendeu. Eram os amigos bem próximos que tinha em Nova York: um italiano, dois americanos e um japonês. Músicos de um Quarteto[58] de Cordas clássico, eles haviam morado com Serge no mesmo *loft* no Soho desde que o restaurador se mudara para a cidade e começara a trabalhar para o museu. Diziam que Serge era o único ser humano capaz de dormir durante todos os ensaios que faziam dia sim, outro também. Estimavam-se muito. Riam, brincavam com a solteirice dos quatro, namoravam bastante e trabalhavam muito. Até a exaustão.

Serge se emocionou ao vê-los. Tinham combinado que eles viriam passar o Ano-Novo na fazenda com sua família. Não esperava, entretanto, que desafortunadamente fossem participar da cerimônia de enterro da mãe.

---

57 O primeiro crematório no Brasil surgiu apenas em 1974, em São Paulo, na Vila Alpina. Nos Estados Unidos, o processo de cremação teve início em 1876, em Washington, na Pensilvânia.
58 Os instrumentos tocados em um quarteto de cordas são frequentemente dois violinos, uma viola e um violoncelo.

"*What are friends for?*"[59], os quatro repetiam, abraçando e consolando o amigo de tantos anos.

As orações do Santo Terço tiveram início e, durante a missa que se seguiu, as belas composições de Bach, Haydn, Beethoven e Schubert, tocadas por eles, passaram a ecoar pela capela singela, pelos rios e caminhos, pelos campos cultivados, pelas casas simples dos colonos que nessa terra trabalhavam.

A homenagem feita à mãe do amigo foi tocante, e ele chorou. E com ele choraram os inúmeros amigos de dona Sara – talvez a última remanescente de um tempo que também expirava.

---

59 *What are friends for?* (ing.) = Para que servem os amigos?

"Do outro lado do caminho..."

Manhã de 29 de dezembro

Serge olhava para os amigos a sua frente. Estava claro que se sentiam em casa, fato de certa forma incomum para aqueles rapazes de temperamento reservado.

Vó Ângela, no dia anterior, tinha praticamente arrastado Serge e os quatro amigos para sua casa. Insistira para que dormissem lá. Respeitava sua tristeza, suas lágrimas e, com emoção, o ouvia falar de suas lembranças.

Logo cedo, como em um passe de mágica, dona Carmela, o professor Raimundo, Miquelina e Valdo apareceram para o café da manhã. A mesa foi posta, e todos à sua volta conversavam.

O assunto naturalmente se encaminhou para música, e, em especial, para música brasileira. Os amigos de Serge já conheciam algumas obras de Carlos Gomes, Villa-Lobos, Ernesto Nazareth e Chiquinha de Abreu. Bossa Nova tinha um apelo especial para eles, principalmente na voz de João Gilberto, e consideravam primorosas as composições de Antônio Carlos Jobim e Vinícius de Moraes.

O professor Raimundo, como não podia deixar de ser, incumbiu-se de atualizá-los. Trouxe seus discos, discorreu sobre os novos ritmos, os novos compositores e intérpretes e os festivais de música.

Um dos músicos americanos perguntou a respeito dos festivais, e o professor teve a aguardada oportunidade de falar. E falou sobre o último – aquele que considerava o festival dos festivais – o *III Festival de Música Popular Brasileira*.[60]

– Em 1967, o festival trazia um confronto entre vanguarda e tradição, e naturalmente, à medida que as apresentações se sucediam, as torcidas no vilarejo ganhavam presença marcante nos encontros. Vaias e aplausos se revezavam em disputas alegres. E as pessoas discutiam sobre os intérpretes, as composições já classificadas, comentavam sobre o embate entre cantores e compositores a favor e contra o uso da guitarra elétrica nos arranjos, criticavam a "invasão americana" na música brasileira, a verdadeira adoração pelos novos ídolos ingleses – os Beatles, os Rolling Stones.

"E não importava a idade para tomar partido de um ou outro lado. A ala vanguardista, com seu espírito revolucionário, dizia com veemência que era

---

60 O *III Festival de Música Popular Brasileira*, organizado pela TV Record, ocorreu entre 30 de setembro e 21 de outubro de 1967.

preciso reconhecer o valor da nova musicalidade trazida por compositores e intérpretes como Caetano Veloso e Gilberto Gil.

"Em contraponto, a turma mais conservadora era fiel à tradição, com seus fundamentos de raiz no samba, na bossa nova, nas expressões rítmicas regionais. E os argumentos eram também veementes: não se podia comparar a música de uma Elis Regina e de um Edu Lobo à música dessa turma cabeluda e esquisita.

"E a confusão estava armada!".

Nesse momento, o concertista italiano, curioso, interrompeu e perguntou ao professor Raimundo se o Festival não tinha sofrido algum tipo de pressão por parte dos militares que ocupavam o poder.

O professor simplesmente respondeu:

– A pergunta é muito boa. É importante notar que uma revolução estava em pleno curso no âmbito musical brasileiro – mas não apenas no plano melódico. A música era também uma das formas de protesto contra a ordem de grande tensão política que o Brasil vivia naquele momento.[61] Os festivais, com suas canções e a participação de compositores e intérpretes famosos, eram transmitidos para grande parte do território nacional, sempre conseguindo enorme audiência. Muitas canções de crítica ao ambiente social e político que alcançavam alta popularidade despontavam de maneira criativa e engenhosa.

"Existia, nesse sentido, uma vigilância que podemos considerar severa e um controle sobre a produção artística que começava a ser exercido de forma mais radical e ampla.

"Por todos esses motivos, quando em outubro a grande final do festival iria acontecer, havia um certo frenesi a respeito de quem seria o vencedor, e os grupos se formavam e discutiam as probabilidades, os pontos altos e baixos na apresentação de cada música e o apoio ou o desrespeito da torcida presente no teatro; houve até quebra de violão em plena performance do cantor e compositor Sérgio Ricardo, revoltado com as vaias e os apupos da plateia."

Outro concertista perguntou:

– E quem venceu o Festival?

---

61 Mais tarde, o regime recrudesceria com mecanismos de repressão e censura sobre as mais diversas manifestações culturais. O Ato Institucional número 5 (o AI 5) foi um decreto assinado em 1968 e marcou um dos períodos mais duros no país, com repressão, censura e reforço da autoridade do presidente.

— As canções vencedoras foram: 1º lugar, "Ponteio", com Edu Lobo e Marília Medalha; 2º lugar, "Domingo no parque", com Gilberto Gil e Os Mutantes; 3º lugar "Roda Viva", com Chico Buarque e MPB-4 ;4º lugar: "Alegria, alegria", com Caetano Veloso e Beat Boys; 5º lugar, "Maria, carnaval e cinzas", com Roberto Carlos e O Grupo.

"Posso dizer, entretanto, meus amigos, que todos nós ganhamos – e muito! Após a entrega dos troféus aos vencedores da grande final havia a alegria dos momentos que tínhamos desfrutado juntos e, também, a música que sutilmente se instalava como forma de resistência e que ficaria na memória e nos corações de todos.

"Uma nova era, meus caros. Um novo tempo acontecia para a música brasileira."

Os aplausos aconteceram. O violinista do grupo disse entusiasmado:
— Professor, seu relato foi realmente emocionante. Tive a impressão de estar participando do festival.

Todos riram. Eloquência era o que não faltava – nem para o velho professor, nem para o anarquista de carteirinha.

Serge olhava para os amigos. Tinham vindo de tão longe e mereciam aquele momento de descontração. Como mágica, a angústia que sentia foi se transformando, permitindo que um sentimento de afeto e acolhimento tomasse conta de seu coração.

A dor não iria embora de repente, ele sabia, mas era necessário vivenciá-la para conseguir seguir adiante. Lembrou-se da passagem que a mãe sempre repetia, como oração, quando seu pai falecera:

O amor não morre jamais!
A morte não é nada. Eu, somente, passei para o outro lado do Caminho.
O que era para vocês, eu continuarei sendo...
Deem-me o nome que vocês sempre me deram; falem comigo como vocês sempre fizeram...
Não utilizem um tom solene ou triste, continuem a rir daquilo que nos fazia rir juntos.
A vida significa tudo o que ela sempre significou, o fio não foi cortado.
Por que eu estaria fora de seus pensamentos agora que estou apenas fora de suas vistas?
Eu não estou longe, apenas estou do outro lado do Caminho... [62].

---

62 Esse texto, frequentemente atribuído a Santo Agostinho, é adaptação de uma composição de Henry Scott Holland, escritor britânico (1847-1918).

Reconhecimento de valor

Manhã de 29 de dezembro

No posto de saúde, Alice olhava com satisfação para todo o material que havia organizado e catalogado. "É um trabalho e tanto", pensava com orgulho. Ainda não estava terminado e demandava agora um esforço extra: a compilação rigorosa dos resultados obtidos, a comparação das diversas estratégias aplicadas e uma análise crítica das variáveis nas ações realizadas e/ou em desenvolvimento.

Há duas semanas, a fundação americana, financiadora de seu projeto de pesquisa, tinha apresentado, em carta dirigida ao seu orientador no Brasil e posteriormente encaminhada a ela, proposta para o desenvolvimento de um estudo complementar. Seu artigo publicado na revista *Science* despertara a atenção de especialistas ao apontar a possibilidade de se tratar a questão do atendimento básico em abordagens diferentes e inovadoras em outras regiões.

A inclusão de tal estudo atenderia, em última análise, a uma demanda feita pela OMS (Organização Mundial da Saúde) a respeito de populações carentes. Teria como objetivo primordial relacionar fatores que em determinada região poderiam fomentar ou se aproximar de "um estado de completo bem-estar físico, mental e social e não somente de uma condição de ausência de afecções e enfermidades", princípio fundamental no escopo de atuação da entidade.

Segundo o documento, "a escolha da delimitação das áreas carentes ficaria a cargo da doutoranda; deveria ser feita impreterivelmente dentro de um prazo de quinze dias. A OMS sugeria: (i) dar continuidade aos estudos preliminarmente desenvolvidos nos Estados Unidos para o Master's degree; (ii) ampliar o recorte do tema pesquisado no Brasil para a tese de doutorado, privilegiando também outras populações que vivem paradoxalmente em situação de grande carência em regiões agrícolas de alta produção e renda (Estados Unidos ou Brasil)".

Alice discutiria, assim, não só as ações preventivas e o atendimento básico em saúde praticados em regiões com características marcantes de contraste econômico e social, mas apresentaria também uma espécie de radiografia das condições favoráveis existentes ou que poderiam ser exploradas para o desenvolvimento de um ambiente mais salutar.

A bolsa cobriria de forma integral um período de três anos inicialmente. A publicação de artigos, assim como a apresentação de palestras para algumas entidades em diferentes países, era obrigatória.

Alice tinha exultado: "É um sinal mais do que positivo da importância que a fundação e a OMS atribuem aos estudos que estou realizando!"

Logo enviou sua resposta ao convite. A escolha foi feita rapidamente, sem hesitação. Sempre sonhara um dia ter essa condição de realizar seu trabalho de forma plena, com entusiasmo e, naturalmente, com o aval de uma instituição de respeito.

O desafio que via agora pela frente era conciliar o tempo de trabalho em fim de julho e início de agosto no posto de saúde com os *appointments*[63] que a universidade americana, ligada à fundação, tinha agendado em sua grade de eventos.

No mínimo, seriam necessários sete dias nos Estados Unidos para que pudesse dar conta de tudo: a apresentação oral de seu trabalho à banca examinadora de projetos; o encontro com seus dois orientadores – o brasileiro e o norte-americano; a participação em um fórum de debates com colegas da área; e, finalmente, a sua presença em um congresso sobre os desafios da saúde na contemporaneidade, já com a matrícula realizada e presença confirmada.

Um vozerio bem alto na ala de atendimento do posto chamou sua atenção. "O que será?", pensou. Em poucos minutos Josefa irrompeu em seu consultório e, muito pálida, anunciou:

– A mulher do Hercílio foi assassinada.

Alice olhou assustada para Josefa. De repente, um sentimento de insegurança e um medo enorme se tornaram concretos, palpáveis. Outra morte! E no vilarejo! Como era possível?!

---

63 *Appointments* (ing.) = compromissos.

A mulher do Hercílio?

Manhã de 29 de dezembro

Ninguém notou ou sentiu o cheiro de qualquer coisa queimando naquela manhã, mas a fumaça começou a sair por todos os cantos da casa, e as labaredas subitamente se tornaram visíveis. Por sorte, dona Ruth tinha ido até a casa de dona Carmela à procura de ervas. Foi apenas um minuto para ela sair e... zás. O fogo começou e se alastrou rapidamente. "Foi milagre!" todos diziam. "Milagre!".

Dona Ruth tinha decidido não ir ao supermercado, como sempre fazia. O supermercado estaria lotado por causa das festividades do Ano-Novo, mas ela sabia que Narciso podia cuidar de tudo, minucioso como era. Não estava muito bem e as dores no estômago tinham aumentado. A Dra. Alice havia recomendado exames de imagem na cidade, mas como sempre o mal-estar passava, ela resolveu conversar com dona Carmela e tomar algum chá. Odiava ter que ir a médicos.

Narciso apareceu correndo, preocupado com a mãe. Ao ver que ela estava bem, junto de dona Carmela, suspirou aliviado.

– Esqueça os estragos que o fogo fez – disse ele. – Na verdade, tudo podia ter sido bem pior. Os bombeiros disseram que foi curto-circuito. A tomada do abajur de chão do seu quarto praticamente derreteu, as cortinas pegaram fogo e acabaram queimando a mesinha e a *bergère*. Graças a Deus o fogo não se alastrou para o restante da casa; só as paredes do seu quarto ficaram escurecidas. Fique calma! Vamos dar um jeito em tudo.

Depois de alguns segundos de silêncio, olhou hesitante para as duas mulheres e disse em um fio de voz:

– Mataram a mulher do Hercílio. Está uma loucura, com todo mundo apavorado. Primeiro o engenheiro, agora a mulher do Hercílio. O que mais vai acontecer aqui?

Dona Carmela, olhos arregalados, murmurou incrédula:

– *Dio mio! Ma questa signora non viveva più qui. E come è morta qui?*[64]

– Ninguém sabe – respondeu Narciso. – Cortaram a garganta dela também, e mais uma vez ninguém viu nem ouviu nada. Encontraram o corpo dela na praça, igual ao caso do engenheiro. A polícia está lá, fazendo perguntas, examinando tudo.

---

64 *Dio mio! Ma questa signora non viveva più qui. E come è morta qui?* (it.) = Mas essa senhora não morava mais aqui. E como foi morrer aqui?

Não havia mais nada a comentar; espanto e temor diante de algo terrível não combinavam com uma conversa longa ou amena. Dona Ruth e Hercílio foram para casa, e dona Carmela, ainda em estado de choque, decidiu conversar com Miquelina ou qualquer outra pessoa que pudesse lhe dar maiores informações sobre esse caso tão trágico.

Uma aglomeração já começava a se formar na praça. E novamente a polícia estava presente, procurando pistas, fazendo perguntas.

...

Naquele dia, Josias, como de praxe, acordou cedo, às cinco da manhã. Cinco e meia em ponto ia pegar o *jeep* quando ouviu o grito. Era seu João, o marido de dona Olga, que sempre esperava o caminhão nesse horário para ir até a fazenda Uchôa, onde dirigia os grupos de boias-frias que trabalhavam na propriedade.

Seu João, homem calado por natureza, morava perto da praça, mas do outro lado, e Josias, atentando para a urgência do grito, saiu correndo em sua direção. Ao se aproximar, viu prontamente o corpo estendido no chão, e seu João abobalhado, em estado de choque, sem saber o que fazer.

O caminhão nesse instante chegou, e a confusão foi geral, com todos estarrecidos em um primeiro momento e, depois, curiosos, descendo para ver a cena mais de perto.

Outras pessoas que também saíam para o trabalho ouviram o burburinho e viram o emaranhado de pessoas que ia se formando na praça. E, naturalmente, quiseram saber do que se tratava.

Josias resolveu, então, que o melhor a fazer era ir até a delegacia, a apenas uns duzentos metros dali. Não foi preciso, porém, porque logo surgiu um carro do posto policial e depois mais um. Os policiais pediram que se afastassem. E o vilarejo mais uma vez entrou em ressaca emocional.

PARTE II
Um enredo de luz e sombras

A história é acontecer, um tipo particular de acontecer e o redemoinho que gera.

Erich Kahler

Outro caso muito estranho

Dia 29 de dezembro de manhã/tarde

O clima na delegacia estava um tanto quanto quente, e não era apenas porque o sol que brilhava lá fora trouxesse o hálito abafado dos dias sem chuva. Os crimes acontecidos não deixavam de expor as dificuldades e a falta de recursos que as delegacias nas localidades menores enfrentavam. Como em uma visão surreal de mundo, predominava talvez a concepção de que comunidades pequenas teriam necessariamente problemas pequenos.

– A questão essencial – dizia o Dr. Valadares amargurado –, é que, quando se trata de seres humanos, nada é banal, lógico ou definitivo, e a realidade vivenciada sempre vai nos garantir essa certeza. Dessa forma, Marcos, tudo o que temos pela frente é trabalho em dobro, muita logística e grande perseverança na execução de qualquer procedimento. Mas vamos lá! – falava, exortando o companheiro à "luta".

Miquelina chegou. Ia prestar depoimento e estava muito nervosa. Tremia como vara verde. O Dr. Valadares a cumprimentou com amabilidade, insistiu para que se acalmasse e contasse com detalhes o que havia visto na noite anterior. Não havia nada a temer, repetia.

Quando dona Carmela apareceu, apavorada, em sua casa e lhe contou o que estava acontecendo, Miquelina imediatamente percebeu que, sem querer, podia ter presenciado os momentos que precederam a cena do crime. Só de pensar nessa possibilidade quase desmaiou – sentia um pavor enorme. O marido e a amiga, entretanto, insistiram para que fosse à delegacia e contasse ao delegado o que tinha visto. E agora estava lá, mal lembrando o que tinha visto e mal sabendo o que ia dizer.

O Dr. Valdo lhe ofereceu um copo de água gelada, o que pareceu acalmá-la, e ela pôde, por fim, começar a contar o que tinha visto.

– Passava da meia da noite e eu já estava terminando o último prato de docinhos, uma encomenda de dona Olga, mãe do Matias. Valdo já estava dormindo, e eu queria terminar tudo e ir para cama também. Faltava ainda o prato de camafeus, mas não queria deixar para o dia seguinte. Então, pela vidraça larga da sala, vi duas pessoas conversando na praça, na parte de baixo, perto do chafariz: um homem e uma mulher. De início pensei que fosse Gertrudes e um novo namorado – fato que vez por outra acontecia. Mas era tarde, o que não era muito comum, mesmo para os padrões da Gertrudes.

"Curiosa pelo inusitado da hora e do encontro, fiquei observando o casal. A distância, o caramanchão bem próximo de onde estavam e a luz fraca da praça não permitiam que eu distinguisse com clareza quem pudessem ser, mas vi quando o homem começou de repente a gesticular e se afastou da mulher a passos largos, como se estivesse muito bravo. Ela correu atrás dele, tentando alcançá-lo. Vinham na direção da minha casa, mas ainda assim não consegui ver direito quem eram por causa do arvoredo que ladeava o passeio. Houve, então, um momento em que os dois pararam. Ela claramente tentava tocá-lo e ele se desvencilhava e procurava se afastar. Depois de algum tempo em que permaneceram lá, provavelmente conversando, consegui acompanhar apenas os dois vultos que começaram a se afastar, indo na direção de um carro parado no outro lado da praça, na frente do casarão.

"Pensei: Quem será? Fiquei intrigada, mas continuei trabalhando. Quando não pude mais aguentar de cansaço, apaguei as luzes e fui dormir. A última coisa de que me lembro, antes de cair no sono, foi que pensei: devem estar se acertando, com certeza, já que não ouvi nenhum barulho de carro saindo."

— Muito bem, disse o Dr Valadares. A mulher foi ferida com faca. Cortaram-lhe a garganta, o que é sinal de ataque súbito e violento. A senhora conseguiria me dizer algum detalhe que tenha chamado sua atenção, alguma coisa diferente? A altura, o peso do homem, o jeito de andar. Deu para ouvir alguma coisa?

— Não, não ouvi nada e não notei nada de diferente. Ele parecia ter a mesma altura que ela, era forte, e andava um pouco curvado. Só isso.

— Ok. Nós encontramos uma correntinha de ouro no passeio e uma medalhinha com Nossa Senhora Aparecida na grama perto desse mesmo passeio. Parece que a correntinha foi arrebentada e a medalhinha caiu. É claro que um detalhe nunca vai nos dar a resposta para um crime. Mas pode ajudar. A senhora viu alguma coisa nesse sentido?

— Não. Como eu disse, só vi a mulher tentando impedir que o homem fosse embora. E depois vi os dois indo na direção do carro. Só isso.

— Obrigado, dona Miquelina. A senhora nos ajudou bastante.

Enquanto ela se afastava, o dr. Valadares se voltou para o assistente e em voz baixa comentou:

— O carro era da vítima, não? E o que essa mulher veio fazer aqui? Outro caso muito estranho. O que temos, afinal, Marcos? Faça um resumo, pelo amor de Deus. Às vezes você se empolga.

Marcos tentou resumir:

— Marta Rodrigues Martins, mulher branca, trinta e sete anos, empresária, desquitada[65] de Hercílio de Souza Silva, branco, trinta e nove anos, empresário. Eram antigos proprietários da confeitaria local que foi vendida para Narciso Geraldo de Magalhães e Freitas. O casal morava desde o casamento na cidade onde o pai da vítima é proprietário de três padarias-confeitarias. Este ano inauguraram a padaria local e passaram a morar no vilarejo. Aparentemente, viviam bem e em harmonia na cidade, mas desde que chegaram ao vilarejo as coisas desandaram. A separação judicial foi feita rapidamente, em pouquíssimo tempo, na verdade. Marta voltou a residir com o pai, na cidade, e Hercílio continuou seu trabalho ambulante de vendas de produtos em diversos lugares do estado. Nem Marta, nem Hercílio foram vistos no vilarejo desde o desquite. O pai da vítima acha que o ex-marido matou a filha por causa da separação. Fez um barulho enorme.

— E vamos nós outra vez — disse o delegado com ar aborrecido. — Alguma evidência na praça?

Ao ver que Marcos balançava a cabeça negativamente, berrou:

— Peça ajuda à Central. Eles precisam nos ajudar com a assistência técnica. E vamos conversar com esse pessoal maluco. Ô lugarzinho danado! A propósito, como anda o caso do engenheiro? Temos novidade?

— Sim. Temos algumas. A mulher do engenheiro acabou falecendo e os investigadores não puderam falar com ela. Não foi possível obter muita informação na cidadezinha em que viviam, porque, como já sabíamos, eles passaram cerca de dez anos fora, nos Estados Unidos. A casa em que moravam era deles e tinha sido comprada pouco tempo antes de partirem para o exterior. Ao retornarem ao Brasil, voltaram para aquela mesma cidadezinha, fato que aconteceu há pouco mais de um ano. Com a mulher gravemente doente e o marido trabalhando fora, levavam uma vida quase reclusa.

— Mas não tinha ninguém ajudando a mulher, nenhuma empregada? Ela estava doente! — vociferou o delegado.

— Sim. Uma senhora de nome Sebastiana ia três vezes por semana fazer a faxina da casa, no início. Depois, com o agravamento da doença, passou a ir todos os dias, para fazer a limpeza e cozinhar. E ela nos deu uma infor-

---

65 O termo *desquite* foi introduzido no Código Civil brasileiro em 1916 e regulava o término da sociedade conjugal: estabelecia a separação de corpos e bens, mas o vínculo matrimonial permanecia (= separação judicial). Com a instituição oficial do divórcio, em 1977, dissolvia-se o próprio vínculo matrimonial.

mação interessante: a patroa lhe disse que já tinha sido casada. Aquele era seu segundo casamento.

— Se for verdade — argumentou o delegado —, ela, então, era desquitada e não pôde se casar com o engenheiro aqui no Brasil.

— Bem, verificamos o passaporte, e consta apenas nome dela com o sobrenome Macfaden, nome do padrasto, já falecido, que a criou. Entramos em contato com outras delegacias e pedimos ajuda. Os ofícios para as necessárias diligências já foram emitidos. Estamos aguardando as averiguações com os cartórios de registro civil naquela cidadezinha litorânea e em outras duas com grande número de descendentes americanos. A partir da referência que temos, as investigações vão cobrir um período de, pelo menos, cinco anos antes da partida do casal para os Estados Unidos.

— Puta que pariu! — berrou o delegado. — Isso vai dar um trabalho dos infernos. E ninguém sabe nada dessa mulher? Dez anos não é um tempo tão grande assim!

— Ninguém! Pode acreditar — respondeu o assistente. — Até agora, não temos o nome do primeiro marido. Aqui no vilarejo o engenheiro não se abria com ninguém. Na cidade também não. Sempre foi muito discreto e profissional na época em que trabalhava lá. E, como fazia aqui, viajava todo fim de semana para onde a mulher estava.

— Bem, vamos continuar, e ver que pistas o laudo dos investigadores pode nos dar. E agora essa outra bomba! — disse Valadares rangendo os dentes.

E desfiou um repertório grande de pragas e xingamentos sob o olhar nada surpreso do assistente.

Muito mais a temer

Manhã de 29 de dezembro

Na fazenda, Miguel aguardava a chegada de Josias, que nunca se atrasava. Estranhou o fato, mas acabou prestando atenção no trabalho de pós-ordenha que o ajudante novo e meio inexperiente realizava. Falaria com Josias; o rapaz precisava de orientação.

Quando Josias chegou, Miguel dava as ordens do dia para os dois filhos de Esmeralda, que o ajudavam na administração das fazendas, e para seu Osmar, o auxiliar operacional de Josias.

Ao ouvir a notícia, todos se assustaram. Era o segundo assassinato em tão pouco tempo!

Miguel, pálido, demonstrando grande preocupação, perguntou a Josias se tinha visto a Dra. Alice. Ao ouvir a resposta negativa, Esmeralda, que estava próxima, disse para Miguel:

– E a Dra. Lili, sozinha naquela casa, com esse maluco matando gente a torto e a direito! Que Deus a proteja. E proteja a gente também.

O fazendeiro emudeceu. Inesperadamente, foi até o escritório, pegou as chaves da picape e falou:

– Josias, veja com o Osmar o que precisa ser feito. Já passei as coordenadas para ele. Qualquer coisa, vamos conversar. Não vou demorar.

Ele pisou fundo no acelerador, e a picape voou pela estrada de terra. Em menos de vinte minutos, passou pela praça, ainda com algumas pessoas, e parou na frente do posto de saúde, onde esperava encontrar Lili. Se não estivesse lá, iria até sua casa.

Ao chegar, com semblante crispado, cumprimentou Benê e perguntou:

– A Dra. Alice está aqui?

Ao receber uma tímida resposta afirmativa, foi direto para o consultório. Parou à porta; Lili conversava com Josefa e parecia assustada.

– Miguel! Graças a Deus você está bem! – disse, e começou a chorar.

Ele a tomou nos braços e acariciou seus cabelos, sem dizer nada. Depois, voltando-se para Josefa, perguntou:

– As férias dela vão até o fim da semana que vem, não é? – Josefa fez que sim com a cabeça. Então, com firmeza na voz, ele continuou: – Lili, você não pode ficar sozinha naquela casa, sem ninguém. É melhor você ficar esse tempo lá na fazenda, depois vemos o que acontece.

Lili ergueu a cabeça e começou a dizer:

– Mas eu não...

Miguel olhou para ela sério, olhos negros já de intemperança, e, tentando moderar o tom de voz, falou:

— Alice, pelo amor de Deus, faça o que estou dizendo. Não me faça ficar bravo com a sua teimosia. A situação é de perigo agora, entendeu?

Josefa arrematou:

— O Dr. Miguel tem razão. Fique um tempo na fazenda até tudo estar mais calmo. São suas férias, e temos tudo sob controle. E a senhora também está com a pesquisa em ordem: o relatório, as entrevistas, os resultados. Se precisar de alguma coisa, posso mandar pra lá.

— O Josias pode levar; é só avisar — acrescentou Miguel. — Vamos, Lili.

— Está bem. Só preciso pegar algumas coisas em casa.

E saíram.

No caminho para a fazenda, ele quebrou o silêncio e resmungou em voz abafada, como se não quisesse que ela ouvisse:

— Quase morri de tanta preocupação com você. Nunca! NUNCA mais você vai ficar sozinha naquela casa!

Simplesmente, ela foi para mais perto dele. O tempo corria calmo e tépido, e ela se deixou embalar por aquela ternura e pelo amor que sentia por ele.

Nem tudo que reluz é ouro

Dia 29 de dezembro, à tardezinha

Alice se divertia muito com Esmeralda. Dotada de senso crítico apurado e observadora contumaz, a Mãe Preta de Miguel transformava as cenas da vida em imagens alegres, cheias de cores, com o viés inegável de uma brandura e um afeto por todas as coisas e por todas as pessoas.

Miguel precisou ficar fora praticamente o dia todo e só voltou à tardezinha. Ao sair, tinha se despedido dela e claramente manteve um distanciamento difícil de entender. Quando chegou, Alice estava na cozinha, usando avental e um turbante na cabeça; ajudava Esmeralda com os bolinhos de nó. Ele não conseguiu conter o riso:

— O que está acontecendo aqui, meninas? Cozinheira nova?

— E ela tem jeito mesmo — respondeu Esmeralda, gargalhando. — Já pode casar.

— Miguel olhou firme para Alice e perguntou:

— E você pretende se casar, Dra. Lili?

— Só com o homem que eu amo — respondeu ela, e deu-lhe um beijinho na bochecha.

Miguel tirou-lhe o avental e o turbante, e, com semblante sério, pediu a ela que fosse até o escritório com ele.

Alice não sabia o que pensar. Miguel tinha estado estranho desde o momento em que aparecera no posto de saúde. Talvez estivesse arrependido de tê-la trazido, ou talvez pensasse que o relacionamento dos dois não fosse uma boa ideia. Olhou para ele, preocupada.

Miguel começou a falar de forma clara, direta, como sempre fazia. Mencionou as expectativas que tinha com relação à vida. Falou sobre a frustração que sentira com o seu casamento e a incapacidade de sonhar em viver um grande amor depois disso. Referiu-se ao encontro com ela, ao despertar de um amor e uma paixão que jamais tivera ou experimentara. E apontou a existência da difícil encruzilhada que agora ele via pela frente.

— Você não me ama mais? — perguntou Alice, hesitante.

— Que loucura é essa, Lili? — disse em voz alta. E continuou, ainda alterado: — De onde você tirou essa ideia?! Não consigo mais pensar em viver sem você, e isso está me enlouquecendo. Quando soube do acontecido no vilarejo, quase morri de preocupação.

Alice olhou para ele, mais calma, e perguntou:

— Mas por que a encruzilhada? Eu amo você também.

— Eu acredito nisso, de verdade — respondeu mais calmo. — Mas você tem um projeto de trabalho importante, e logo vai embora. E eu não consigo imaginar o que vai acontecer depois disso. Vai ser um inferno.

Alice pegou a bolsa, tirou dela a carta que havia recebido do orientador brasileiro e entregou a ele. Depois, pediu que lesse a resposta que havia enviado à fundação e a seus orientadores.

Assim que leu, Miguel voltou-se para ela.

— Você decidiu ficar e trabalhar no Brasil?

— Sim.

— Mas você sempre planejou estudar e trabalhar nos Estados Unidos. Sempre me pareceu o plano de vida que você tinha traçado, porque era feliz lá.

— Miguel — disse ela, olhando para ele com seus olhos claros, límpidos —, minha mãe morreu quando eu ainda era criança e meu pai resolveu que a melhor forma de dar segurança à minha vida seria investir em minha educação. Por causa disso, e também pelos negócios que ele sempre manteve nos Estados Unidos, decidiu que a trabalhar.

"Acontece que o trabalho dele no Brasil começou a exigir cada vez mais sua presença. Assim, aos catorze anos, tive de me acostumar a ficar sozinha em nosso apartamento, a cuidar de minha alimentação, da roupa, da manutenção de tudo, e a tomar providências necessárias com as questões de bancos, da escola.

"Embora eu me relacionasse bem com outras pessoas, como era um pouco retraída, minha vida social se restringia praticamente a algumas festas em casa de amigas da escola e a passeios e viagens que fazia com meu pai quando ele ia para lá. Estudei muito, e o meu GPA[66] era bem alto. Entrei para a escola de medicina que queria, e depois obtive meu Master's Degree[67] e uma bolsa da fundação. Pesquisei e trabalhei bastante no projeto de medicina preventiva. E sentia imensamente a falta do meu pai... e de um lar.

"Conheci meu orientador brasileiro em uma das conferências que ele realizou na escola de medicina há três anos. Ele se interessou muito pelo meu projeto e disse que, no Brasil, eu teria um campo fértil para a pesquisa. A minha tese de doutorado ganhou, então, corpo e força, e os meus dois orien-

---

[66] A GPA (*grade point average*) é a média resultante da soma total de todas as notas finais obtidas na *High School* dividida pelo respectivo número de notas. É calculada dentro de uma escala de 0 a 4 e considerada de grande importância para a seleção e admissão nos cursos superiores.

[67] *Master's degree* (ing.) = grau de Mestre.

tadores resolveram trabalhar em conjunto para atender tanto aos objetivos de atuação social da fundação quanto à necessidade de uma pesquisa consistente a respeito de atendimento básico em áreas carentes.

"Meu pai sugeriu que eu viesse para cá; estaríamos perto um do outro e eu poderia colher dados em um posto de saúde estruturado segundo as normas oficiais e em uma região propícia à coleta de dados e a esse tipo específico de análise. O vilarejo foi uma surpresa em todos os sentidos. Nele encontrei carinho, amabilidade e um respeito afetuoso pelo meu trabalho. Eu reconhecia os problemas que havia, mas a vida ia acontecendo suavemente, e eu me sentia alegre como nunca, perto do meu pai e de amigos que acabei fazendo.

"O encontro com você foi um choque! O amor que inesperadamente tomou conta de mim, outro, maior ainda! É claro que estranhei a "troglodice" do início, a aspereza. Mas, de repente, eu comecei a pensar em você, queria me encontrar com você, ficar ouvindo suas histórias e rir com seu humor inteligente. Senti que a vida podia ser mesmo incrível!

"Assim, posso lhe dizer com todo o meu coração: tenho muito a agradecer pelo tempo que passei nos Estados Unidos. Felicidade, porém, é outra coisa! É o que sinto quando você está ao meu lado e diz que me ama."

Miguel olhou para ela com olhos úmidos. Levantou-se, tomou-a nos braços, e ficaram assim abraçados por um longo tempo.

– Meu lar é onde você está – sussurrou ele. – Seja o meu lar; eu serei o seu.

A voz de Esmeralda, junto com o som de seu indefectível sininho, fez-se ouvir na sala de almoço:

– *Pause café*[68], meninos.

Miguel, olhando para Lili, perguntou rindo:

– O que é isso agora?

– E ela respondeu simplesmente, também sorrindo:

– É a nova fase francesa da Esmeralda. *Très elegante et très chic!*[69]

---

68   *Pause café* (fr.) = Pausa para o café.
69   *Très elegante et très chic!* (fr.) = Muito elegante e muito chique!

Alguma notícia, doutor?

Dia 30 de dezembro, de manhã

O assunto sobre os assassinatos do engenheiro e da ex-mulher do Hercílio no vilarejo continuava, naturalmente, na pauta das conversas. A atração que o mistério e a não explicação do fato despertavam eram ingredientes mais do que incitantes para alimentar hipóteses, explicações mirabolantes e ligações esdrúxulas.

O Dr. Valadares e seu assistente Marcos passaram a ser autoridades corriqueiras na paisagem local, e as perguntas sempre acabavam acontecendo: Alguma notícia, doutor? O delegado, não muito paciencioso, repisava que as investigações continuavam e que, em função de outros dados conseguidos, tinham tomado um novo rumo. Não, não podia dizer o que era. Era preciso aguardar o término do procedimento.

Ao encontrar o Dr. Miguel perto da estação ferroviária, cumprimentou-o e começaram a conversar.

— Desculpe-me pelo "mau jeito" no último interrogatório. Quando não se tem qualquer luz sobre um caso, qualquer informação precisa ser explorada a fundo. Mas já temos uma direção a seguir, e acredito que logo solucionaremos o caso.

Dr. Miguel ficou surpreso com a revelação, mas tentou disfarçar.

— Ótima notícia! É um mistério e tanto, não?

E o delegado, ansioso para mostrar serviço, confidenciou:

— Definitivamente, sim. O senhor conhece com certeza a expressão "pegar o fio da meada", pois não? Surgiu na época em que os operários trabalhavam nas primeiras máquinas de tecelagem. Eles tinham que pegar a ponta dos rolos de fios, o fio da meada, e encaixá-la em um pequeno orifício para que a máquina pudesse puxá-la e produzir o tecido. À medida que esses rolos, um a um, se sucediam em certa velocidade, o operário muitas vezes deixava de ter a concentração necessária e perdia o fio da meada. Muito bem, Dr. Miguel, admito que, durante algum tempo, ficamos perdidos em um verdadeiro emaranhado de fatos, mas agora, finalmente, conseguimos pegar o fio da meada desses casos. Permita-me apenas não dizer nada. O senhor sabe que é preciso respeitar o sigilo profissional.

"Ah, Deus meu! Ele é do tipo filosófico!", refletia o fazendeiro enquanto concordava e rapidamente se despedia.

— Preciso buscar uma encomenda na estação de trem. Até mais!

Ao vê-lo se afastar, o Dr. Valadares pensou com seus botões: "O fio da meada! Como não conseguimos enxergar logo no início?!". Foi para a delegacia, resoluto; Marcos com certeza lhe traria novidades.

Have a nice day![70]

No dia 30, bem de manhãzinha, Alice olhava para as mães à sua frente e tentava acalmá-las. Era sarampo, com certeza.

Examinou as três criancinhas com cuidado: a temperatura estava realmente alta, havia coriza e tosse, e uma delas já tinha vomitado. Algumas feridinhas apareciam dentro da boca e pequenas manchas vermelhas começavam também a surgir na nuca e algumas, nos braços e nas pernas.

Conversou com as mães e explicou todo o processo infeccioso. Prescreveu o medicamento que deveriam dar e falou sobre os cuidados necessários. E insistiu:

— Repouso, hidratação, compressas frias e umidificação do ar vão ajudar a aliviar esses sintomas. E isolamento, para não contaminar outras pessoas.

Depois que as mães saíram, olhou para o relógio: faltava pouco para as seis horas, e ela estava morrendo de sono ainda.

Esmeralda entrou na sala em que Alice havia atendido as mães.

— Está mais do que na hora de desenvolver uma ampla campanha de vacinação. Mas antes será preciso conscientizar a população sobre os perigos do sarampo. Só a vacina poderá proteger as crianças.

— Tem razão, Dra. Lili. A situação está cada vez pior. Sarampo é muito perigoso. Mata mesmo! Mas agora venha tomar café. Miguel saiu bem cedo; parece que está tendo algum problema com a água da represa e precisou ir buscar os técnicos agrônomos na cidade. Josias já chegou e disse que o Jorge vai trazer uma encomenda de seu pai agora de manhã.

Alice se animou. Seu pai tinha voltado da viagem e iam ficar juntos na passagem do ano.

Sentada à mesa, ouviu Esmeralda comentar entusiasmada:

— Hoje vai ser um dia bem agitado. Os colonos começam a arrumar tudo para o churrasco, e a alegria é grande. Adoro as comemorações do Ano-Novo! Fica todo mundo feliz.

De fato, lá fora já se ouviam os primeiros sinais de homens falando alto, tirando coisas de um caminhão, desdobrando um toldo, rindo. Havia barulho, movimentação e um ânimo particular em todos.

Jorge chegou às nove da manhã e entregou alguns pacotes e uma caixa bem grande. Um dos pacotes era para ela, outro para Miguel e mais um para

---

70 *Have a nice day!* (ing.) = Um bom dia para você! Cumprimento usual, muito comum nas relações comerciais.

Esmeralda. A caixa grande não tinha indicação alguma. Lili resolveu esperar o pai. Segundo o bilhete que tinha enviado, viria para a passagem do ano (convite do Miguel, ele enfatizara).

Esmeralda quase morreu de tanta alegria com o xale de seda (de Sevilha!) e os chinelos de veludo (bordados em Portugal!). Era generosa de uma forma tão espontânea que nem se dava conta de como as pessoas lhe eram agradecidas.

Embalada pela felicidade de Esmeralda, Lili abriu seu pacote e encontrou duas caixas brancas, uma grande e outra pequena – um nome apenas se destacava. Imediatamente ela se lembrou do que sua mãe costumava dizer, e sorriu: Valentino é Valentino[71]. Era um vestido e uma bolsa tecida em seda e bordada com pedrarias. O bilhete do pai dizia simplesmente: "Com amor, Papai."

– Meu Deus! – suspirou Lili. – Como são lindos!

Esmeralda olhava maravilhada para tudo e batia palmas. Nesse instante ouviram um barulho estrondoso no pátio – um escarcéu, na verdade. Os homens berravam na tentativa de amparar alguma coisa, ouviam-se gritos de dor, interpelações e imprecações, ganidos e latidos de cachorros. Com larga experiência no desenrolar do "evento", Esmeralda acalmou a Dra. Lili, que estava muito assustada.

– Não se preocupe. É sempre assim. Acontece todo ano.

Saíram, então, as duas para ver o que estava acontecendo.

Os homens, provavelmente, estavam armando a tenda para o churrasco no pátio de secar café, perto do pomar, quando uma das estacas caiu, provocando a queda em série das outras três que sustentavam o toldo. Jorge (acredite!) estava ajudando, mas não aguentando o peso da estaca e do toldo, tombou e estatelou a cabeça no chão – teria um galo para ostentar no Ano-Novo.

Além disso, o toldo, ao despencar, acabou atingindo a escada de madeira que estava embaixo do velho pé de tamarindo, árvore frondosa com galhos fortes e grossos, bem ao lado do pátio. A escada bateu com força na árvore e, fortuitamente, acabou abalando o cacho de abelhas amarelas em um dos galhos inferiores; logo um enxame raivoso surgia, atacando democraticamente a todos, sem restrições. Sim, porque lá estavam também, acompanhando a grande maratona da montagem do toldo, os três cachorros da fazenda e dois filhotes de Bela, Dear e Nina.

---

71 Valentino = Estilista italiano, que acabou construindo uma das marcas mais famosas no império da alta-costura.

Quando Alice e Esmeralda chegaram perto, viram que o estrago tinha sido grande, mas estava tudo sob controle, com pequenas "baixas". Os homens haviam recomeçado a tarefa, conversando, trocando ideias, fincando as estacas com mais cuidado no chão duro – uma ou outra picada de abelha jamais poderiam incomodá-los, acostumados que estavam com as benditas abelhas amarelas. Jorge saíra machucado, mas podiam ver que estava tendo o atendimento "solícito" de uma das moçinhas da colônia. O pior de tudo era a dor que os filhotes sentiam por causa das picadas. Dear chegou choroso para Alice; Nina ficou no chão e não se movia. Foi preciso remover todos os ferrões, lavar as picadas com água e sabão e aplicar muitas compressas com gelo para que melhorassem.

Por fim, o ritmo de trabalho progrediu e o toldo foi gloriosamente montado. Já passava das onze da manhã.

Alice decidiu que deveria ir até o vilarejo; precisava trazer sua maleta médica, já que mais alguém poderia necessitar de seus cuidados.

Esmeralda comentou:

– Você não consegue descansar nem em dias de folga.

– Isso não me incomoda, Esmeralda. Pelo contrário, além de ajudar, eu consigo aprender um pouco mais sobre a vida de cada uma dessas pessoas.

Pediu que Jorge a levasse até lá, e em menos de uma hora estavam de volta.

Ao chegar, notou que, no pátio, mulheres e crianças se misturavam aos grupos de homens. Era hora do almoço, e faziam uma espécie de lanche comunitário. Ao vê-la chegar, Esmeralda acenou para que ela e Jorge se juntassem a eles.

E todos vieram cumprimentá-la.

Os homens vieram primeiro. Perguntavam como estava e a convidavam para o almoço. As mulheres se aproximaram depois, com suas crianças, sorrindo, oferecendo os pratos que tinham trazido, o suco de laranja, Ki-Suco e refresco de groselha. As crianças a rodeavam, ensaiavam um beijinho – reconheciam a médica gentil que sempre lhes oferecia um pirulito depois da consulta. Todos a conheciam. Muitos deles já tinham estado no posto de saúde para um ou outro tratamento e para a vacinação dos filhos.

Alice conversava com todos, fazendo perguntas, rindo das histórias engraçadas e ouvindo algumas fofocas que ocasionalmente escorregavam no meio da conversa.

A tarde passava rápido, e as mulheres começaram a trabalhar na disposição das mesas e cadeiras para a festa do dia seguinte. Toalhas, pratos, copos e talheres foram trazidos da sede da fazenda. Dr. Miguel detestava descartável e fazia questão de fornecer tudo.

Alice sugeriu duas mesas grandes no centro: uma para acomodar pratos e talheres; outra para dispor as saladas, os pães e os demais acompanhamentos do churrasco. As mesinhas ficariam livres, só com as toalhas e um arranjinho de flores, sempre abundantes na fazenda. A aceitação foi imediata. As mulheres se entusiasmaram e fizeram arranjos de flores até para as estacas do toldo.

Jorge foi convidado também, e começou a ajudar, sob as risadas e comentários jocosos dos colonos que tinham acompanhado sua "peripécia" logo de manhã. Prepararam a churrasqueira, a caixa para o gelo e a chopeira.

Às quatro da tarde, tudo estava organizado. Os colonos se despediram e foram para suas casas. Alice e Esmeralda retornaram à casa.

"*A really nice day!*",[72] pensava Alice. Ela tomou banho e foi direto para a cama. Precisava dormir!

Miguel chegou às seis e meia, cansado e com fome. Ao saber que Lili já estava dormindo e ouvir todo o percurso do dia, riu bastante e disse:

– Eu vou comer, tomar banho e ninguém vai me tirar da cama também. Amanhã vai ser um dia e tanto!

---

72   *A really nice day!* (ing.) = Um dia realmente bom!

Ora, ora, quem diria?!

Dia 31 de dezembro, nove e dez da manhã.

Miguel e Lili estavam no Bel Air[73] em direção ao vilarejo. Ele olhava com admiração e orgulho para a mulher ao seu lado.

—Você está linda! – dizia e repetia. – O vestido é maravilhoso, e você está incrível, Lili. É areia demais pra meu caminhãozinho!

Os dois riram com a brincadeira que ele sempre fazia com ela.

Esmeralda havia aconselhado Alice a ir "bem preparada" para o casamento, porque "aquela gente é bem arrogante e olha todo mundo de cima pra baixo". Ela decidiu, então, usar o vestido que o pai lhe dera.

O lindo vestido rosa, com múltiplas camadas de tecido fino e transparente, deixava à mostra uma parte do colo para depois se insinuar em trama delicadíssima, com inúmeros bordados e pequenas pérolas, na linha perfeita dos seios, na cintura justa e graciosa. A trama tornava-se, então, mais e mais espessa, cobrindo toda a saia, e deixava transparecer uma rede inefável de beleza, harmonia e bom gosto. Um casquete, também rosa, prendia-se ao cabelo em um dos lados da cabeça, e um véu diáfano salpicado de branco criava uma espécie de halo irresistível para seu rosto bonito.

Chegaram ao casarão em pouco tempo, e Lili sabia que, apesar do tom brincalhão, Miguel estava bastante preocupado com os rumos que as condições exigidas pela irmã poderiam ter.

Dessa vez, a cozinheira veio abrir a porta e os conduziu até o jardim externo próximo à sala de estar, onde algumas pessoas estavam reunidas. O tom era de elegância e certa sofisticação.

Nika e Gabrielle vieram cumprimentá-lo e foram apresentadas à Alice. Dois outros jovens, evidentemente estrangeiros, se aproximaram, e Nika fez as apresentações em francês, sem se preocupar com o fato de Miguel ou Alice falarem a língua ou não. Um deles era Auguste, seu namorado, e o outro, Marcel, um amigo que tinha contatos comerciais "muito interessantes" aqui no Brasil.

Ao notar a indelicadeza de Nika, Marcel começou a se desculpar por não falar português e disse que poderiam conversar em inglês, se fosse o caso.

---

73 O Chevrolet Bel Air Impala Sport Coupé foi um carro lançado pela Chevrolet/General Motors a partir de 1958. Pertence à primeira geração de Impala.

— *Ne vous inquiétez pas*[74] —, respondeu Alice em bom francês. — *Ce sera un plaisir de parler en français*[75]. — E continuou a conversa, dirigindo-se a todos em francês. Marcel olhou para ela com admiração e sorriu.

Os dois advogados que atendiam a irmã também foram até eles e, com fortes apertos de mão, ensaiaram uma conversa social protocolarmente descontraída.

Louis, o noivo, surgiu nesse momento, cumprimentou a todos e anunciou que só estavam aguardando o juiz de paz para darem início à cerimônia.

Os convidados conversavam agora mais animadamente. Nika e Auguste tomavam o café que era oferecido aos convidados. Os dois advogados permaneciam ao lado de Miguel e, com animação, falavam da região e do vilarejo; Gabrielle, ao saber do projeto comunitário que Alice desenvolvia com apoio das duas universidades e da OMS, mostrou-se muito interessada e falou da sua participação em causas sociais na Itália, para grande surpresa de sua interlocutora.

Marcel olhava para Alice com insistência. Aproximou-se dela e de Gabrielle, e a ouviu falar de seus projetos, da ação comunitária e do centro de apoio. Quis saber mais, pediu detalhes e fez inúmeras observações, principalmente sobre o caráter inovador da pesquisa e a potencialidade de seu alcance. Fazia comentários elogiosos, e sorria, sedutor.

O juiz de paz chegou e todos se encaminharam para o jardim externo, onde seria cerimônia. Marcel tentou caminhar ao lado de Alice, mas Miguel, de forma nada amistosa, pediu licença a ele e, passando o braço ao redor de Lili, fez com que ele se afastasse.

Finalmente, Jovita surgiu. Estava muito elegante e olhava para todos com visível contentamento.

A cerimônia foi singela e rápida. Após cumprimentar a irmã e o marido, Miguel ouviu-a dizer:

— Obrigada por ter vindo, Miguel. Lembre-se sempre de que você é tudo que eu tenho, e só o que eu quero é ser um pouco feliz.

Ele a beijou e apertou calorosamente a mão de Louis, agora seu cunhado. Desculpou-se, então, por ter que sair tão cedo devido ao compromisso na fazenda, e ele e Alice começaram a se despedir de todos.

---

74   *Ne vous inquiétez pas* (fr.) = Não se preocupe.
75   *Ce sera un plaisir de parler en français* (fr.) = Será um prazer falar em francês.

Nika, saindo de sua bolha de indiferença, beijou o tio e elogiou a elegância de *"votre fiancée*[76]*"*; Auguste, concordando, ressaltou também a qualidade do francês que ela falava. "Tudo no melhor estilo *raffiné*[77]", pensava Miguel.

Gabrielle disse (quase com carinho) que tinha sido muito bom voltar a encontrá-lo e que tinha gostado muito da sua "Lili". Em breve entraria em contato para ter mais informações sobre o centro comunitário. Talvez ela pudesse contribuir de alguma forma.

Marcel tentou se aproximar, mas Miguel acenou de longe para ele em despedida e evitou maior aproximação.

— Este merda é muito folgado! Babaca! — murmurava entre dentes.

Já na porta, voltaram a apertar as mãos dos advogados que enfatizaram "o imenso prazer em conversar com um líder da envergadura do Dr. Miguel". Mesuras feitas e sorrisos dados, os dois finalmente saíram.

— Que Deus me ajude com esses abutres! — falou à meia-voz para Lili.

A caminho da fazenda, depois de um breve momento de silêncio, declarou com suavidade:

— Sabe de uma coisa, Lili? Gostei de ter vindo, gostei do que minha irmã me disse e de como nos trataram. Foi bom, não? Ela estava feliz!

— Eu também gostei muito. Deu para conversar um pouco com cada um, ver o jeito, a forma de ser. Muito interessante!

— Sim, e minha garota fez um tremendo sucesso. Nika veio me perguntar se você sempre usava *haute couture*[78], Louis e Auguste elogiaram seu francês, e o filho da puta do Marcel ficou olhando e assediando você o tempo todo. Faltou pouco não dar um soco naquela cara de francês esnobe. — Fez uma pausa. — Mas que você está linda, eu não posso negar. Além disso, é minha garota. — E riu, satisfeito consigo mesmo, como se tivesse tirado um fardo pesado das costas.

Passava das treze horas quando chegaram à fazenda, e o cheiro da carne que assava estava no ar.

---

76 *Votre fiancée* (fr.) = sua noiva.
77 *Raffiné* (fr.) = refinado.
78 *Haute couture* (fr.) = alta-costura.

Os colonos: mais um ano termina

A alegria era contagiante no almoço dos colonos. Riam, conversavam, falavam alto, faziam brincadeiras. Ao verem o carro do Dr. Miguel se aproximar, começaram a acenar para que fosse até eles – sua passagem era tradicional e sempre aguardada como sinal de consideração.

Miguel e Alice se aproximaram, e eles aplaudiam com entusiasmo, gritavam "Viva" e assobiavam! As mulheres sorriam e olhavam com admiração para Alice. Umas meninas tentavam segurar a mão dela, outras seguravam seu braço, um menininho mostrava o joelho machucado. Bela e seus filhotes apareceram; Bela correu em direção a Miguel, Dear e Nina latiam e pulavam ao redor de Alice, fazendo uma algazarra divertida.

Cumprimentaram a todos, e Miguel agradeceu o trabalho e a dedicação do grupo que havia levado a fazenda a ser a primeira na produção de leite no estado. Tinha certeza de que, nos anos vindouros, alcançariam os mesmos resultados com os outros produtos que a fazenda estava implementando.

Por fim, apontando para Josias, disse com entusiasmo:

– O Josias tem uma surpresa para vocês. Feliz Ano-Novo a todos!

– Feliz Ano-Novo – gritaram. – E para a Dra. Alice também!

– Obrigado! – respondeu Miguel.

E, pegando a mão de Lili, foram para casa. Esmeralda, Dear e Nina os seguiram.

A festa na casa do professor Raimundo

Como acontecia todo ano, no dia 31, o professor Raimundo reunia os amigos em sua casa, e isso significava boa comida, boa bebida e boa música. Não precisava convidar nem marcar: eles apareciam, trazendo pratos, garrafas de vinho, instrumentos musicais, discos. O prazer que sentiam de estar uns na companhia dos outros era realmente contagiante, e o número de amigos crescia a cada encontro.

A festa geralmente começava às seis da tarde e, nesse ano, Serge, Tatsuo, o filho de dona Eiko, Otávio, Jonas e Ana Laura apareceram também, com outros amigos dos amigos do professor, que fazia a apresentação de todos com satisfação.

A conversa passou a girar ao redor de vários assuntos – o ano que acabava, o momento político, os casos anedóticos da profissão, os lançamentos de novos livros e discos no mercado... Entretanto, o que mais provocou interesse – e até impacto – foi o tipo de trabalho de muitos deles.

Todos se admiraram, por exemplo, quando Serge disse que era restaurador de obras de arte em museus americanos, e pediram maiores detalhes e informações sobre a riqueza do seu trabalho. Da mesma forma, a presença de um dos médicos que participava da equipe brasileira dos primeiros implantes renais no Brasil despertou o interesse geral sobre o tema e sobre o avanço brasileiro na área. Ana Laura também prendeu a atenção dos presentes falando dos xamãs, das flechas quebradas, dos sopradores e dos charruas, e Otávio e Jonas, como sempre, improvisaram tiradas espirituosas sobre o que faziam, arrancando gargalhadas de todos.

Coube, entretanto, a Tatsuo, de modos e atitudes sempre discretos, revelar uma novidade e tanto. Não, embora fosse engenheiro agrônomo, não trabalhava com hortifrutigranjeiros como o pai. Nascera no Japão, e a família veio para o Brasil quando ele ainda era bebê. Cresceu no vilarejo, fez faculdade de agronomia, porque pensava em contribuir e continuar com os negócios da família. Depois de formado, resolveu passar três anos na cidade natal dos pais, pelo interesse que tinha sobre as primeiras tentativas que cientistas japoneses faziam de uma técnica de cultivo de legumes fora do solo, ou seja, sem o uso de terra firme.

Ao chegar, porém, o encontro com o avô materno e os tios foi marcante. Dedicavam-se à prática do *kintsugi* (ou *kintsukuroi*), a técnica centenária japonesa de reparar peças de cerâmica quebradas, trabalhando com ligas preciosas – prata, ouro ou platina –, transformando-as em novas peças, e com seu valor intrínseco, único.

Passou a acompanhar o trabalho minucioso, rico na precisão de anexar partes, de restaurar fissuras com a mínima sobreposição de material em finíssimos traços dourados, brilhantes, de realizar o preenchimento de fragmentos perdidos com um composto de ouro ou ouro em laca. Uma mesma peça, agregada com a valorização das marcas de seu desgaste e da sua imperfeição, transformava-se em suas mãos em obra de arte até mais valiosa.

Aprendeu com os cientistas a nova técnica de cultivo – devia isso aos pais, tão dedicados –, mas foi com o avô e os tios que descobriu algo verdadeiramente essencial: a beleza que pode ser encontrada no imperfeito, a aceitação da transitoriedade, a possibilidade do aprendizado com os erros e as falhas, e a chance de uma transformação em algo melhor e mais profundamente significativo[79].

No Japão, uma das peças em que trabalhara fora incluída, juntamente com as de seus parentes, em um livro de honra. A valorização do trabalho artístico no Japão é alta, o que acabou lhe trazendo uma segurança maior para exercer a técnica e retornar ao Brasil, onde essa arte ainda não era praticada e, talvez, nem mesmo conhecida.

Montou seu ateliê no sítio, recolheu peças, e se pôs a trabalhar. Os contatos com o *bureau* artístico japonês continuaram, e ele podia dizer nesse momento que duas peças de seu acervo, com o registro, a aceitação e a catalogação do *bureau*, já podiam ser vistas em revistas e em alguns livros de arte.

Tatsuo recebeu aplausos, apertos de mão e abraços, e sorriu, mais uma vez recolhendo-se em seu silêncio. Muitos pediram para ver suas obras. O professor confessou que não tinha a mínima ideia do que ele fazia – sua mãe nunca comentara nada. Serge se emocionou com a humildade do rapaz, a filosofia de vida, o jeito sábio de ser.

Como não podia deixar de acontecer, a conversa acabou resvalando para o outro assassinato cometido no vilarejo. A referência e a comparação com os dois crimes, o do engenheiro e o de Marta, seguiram um curso natural na discussão, e a menção às circunstâncias e aos detalhes envolvendo os dois casos acabaram acontecendo.

O professor Raimundo comentava que eles tinham a sorte de poder contar no vilarejo com um profissional qualificado e competente como

---

79 Essas são algumas diretrizes da filosofia *kintsugi*.

o Dr. Valadares. Com certeza, ele conseguiria encontrar uma solução para esse mistério. Aficionado à leitura de livros policiais, afirmava com convicção que sempre havia motivo por trás de um crime cometido. E questionava: Qual teria sido a motivação para aqueles assassinatos? E todos concordavam com ele.

Ao ouvir o nome do engenheiro e da esposa, Cássio, um dos colegas do professor Raimundo, disse:

– Meu Deus! Lembram-se do que eu disse quando vocês me falaram do primeiro assassinato? Que eu havia conhecido um engenheiro com esse nome quando estava nos Estados Unidos, há dez anos? Com certeza é ele mesmo. O nome da esposa era Sofia também, e pareciam muito bem casados. Uma vez perguntei se tinham planos de voltar ao Brasil, e a resposta que ouvi foi: "Não, nunca mais". Estranhei a resposta, e ele, talvez percebendo que tivesse sido um pouco ríspido, acrescentou: "Tivemos uns problemas sérios lá – Sofia, principalmente". E não disse mais nada. Nosso contato era profissional. O homem não falava muito de si, e só em uns três ou quatro jantares promovidos pela empresa é que tivemos oportunidade de conversar. É muita coincidência!

Minucioso como era, o professor Raimundo começou a levantar hipóteses, mas a entrada de mais três convidados fez com que parasse e fosse recebê-los. Eram dona Ruth, Narciso e sua nova namorada, Valéria.

Simpática e falante, Valéria fez questão de conversar com todos, e sorria de forma magnânima, segurando no braço do namorado, deixando escorrer entre cada palavra que proferia um tom incerto de ternura ao "Na", ou seja "Narciso", ou seja, o filho de dona Ruth.

Dona Ruth, investida de seu melhor estilo "grande dama", olhava para ela com um quê de depreciação e altivez – "Definitivamente, falta-lhe *finesse*". Estava a ponto de adentrar a biblioteca, mas viu dona Carmela e Josefa no jardim conversando animadamente com Jonas e Serge e decidiu ir até eles. Jonas falava abraçado a Josefa. Serge segurava a mão de dona Carmela com afeto.

As duas senhoras, surpresas com a novidade, não deixaram de fazer elogios a Valéria, "moça comunicativa e bastante simpática". Sim, dona Ruth concordou com as amigas, é uma gracinha. Tem saído com Narciso quase todo dia, mas isso não me preocupa. Homem é homem, vocês sabem.

Os dois rapazes riram muito, e antes que falassem alguma coisa, Josefa disse:

— Mas Narciso está feliz, não está, Ruth? Ele viveu tanto tempo sozinho, e me parecia tão triste. Agora está sorrindo e conversando animado com todos.

— É verdade, coitadinho. Sofremos tanto com o casamento tresloucado dele que tenho até medo que possa se enganar outra vez. Ela é advogada, e vocês sabem o que eu penso de advogados, de forma geral. Mas ela parece ser uma boa moça.

— O que a senhora tem contra advogados? Eu sou advogado, e dos bons! — Jonas arrematou sorrindo. Dona Ruth olhou para ele com um ausente ar aristocrático e respondeu:

— Não é nada pessoal, querido. Apenas a minha experiência com eles.

Serge falou de supetão, com ironia:

— "Homem é homem" também faz parte dessas experiências? Ela empalideceu e, no mesmo tom, respondeu:

— Com certeza. Fica um pouco difícil para você entender, eu sei. Mas as coisas são do jeito que são, meu filho, e ninguém pode mudar.

— Não sei não, dona Ruth — ele respondeu áspero. — Às vezes, as coisas já mudaram e a gente finge que não vê, faz vista grossa ao que está bem na nossa frente.

Dona Carmela segurou o braço de Serge e o interrompeu.

— É quase meia-noite. Vamos pegar nossa taça de champanhe? Por falar nisso, Serge, que vinho maravilhoso você me deu no Natal. De que região da Itália é mesmo?

Ele se voltou para ela e sorriu com carinho.

— Da Toscana, dona Carmela. *Un vino speciale per una donna speciale*[80] — ele lhe sussurrou ao ouvido.

Em seguida, começaram a andar até a sala onde os amigos estavam já se reunindo.

À meia-noite, as taças foram erguidas e os votos de um Feliz Ano-Novo se misturaram aos abraços e apertos de mão. A música teve, então, seu lugar e hora. Os músicos se revezavam, e o repertório também. Novamente, os violeiros e seresteiros começaram, depois foi a vez dos cantores de samba, de música popular brasileira. Foram ouvidos trechos de música clássica, jazz e até paródias musicais. Entre tantos "artistas", Ana Laura tocou algumas peças ao piano com o acompanhamento de Cássio ao violino; Chaim cantou a

---

80 *Un vino speciale per una donna speciale* (it.) = Um vinho especial para uma senhora especial.

canção do Natal e fez o maior sucesso; Jonas e Otávio cantaram "Nervos de Aço[81]" com tanto sentimento que os presentes pediram bis.

Valéria, como quem não quisesse nada, falou de uma habilidade inesperada: dança flamenca com castanholas. Praticava desde mocinha. Ruan, um senhor já idoso, colega da universidade do professor Raimundo, aplaudiu na hora. Era da região de Andaluzia e seria um prazer enorme ver sua apresentação.

– Não vai me dizer que você canta? – perguntou.

– Sim, aprendi a cantar antes de dançar. Meus pais também são espanhóis e sempre me incentivaram ao canto e à dança flamenca. Quando eram jovens, chegaram a ganhar um concurso regional. Essa mistura da cultura cigana e mourisca sempre os atraiu.

– Expressão da cultura cigana e mourisca, com a importante contribuição árabe e judaica. É uma maravilha! – enfatizou Ruan.

– Também acho, professor Ruan. Se quiserem, na próxima vez, trago as castanholas. – Todos acolheram a ideia com aplausos, gritos e assobios.

Dona Ruth acompanhava tudo de longe, e disse para Ana Laura, que estava ao seu lado junto com Josefa e Chaim:

– A Valéria é ótima moça. Sem malícia, talvez, mas boa moça.

– Mas por que "sem malícia"? – perguntou Ana, olhando espantada para ela.

– Ora, olhe os sorrisos que dá, como faz questão de requebrar os quadris... podem pensar que está se insinuando para os homens. E aqueles olhos tão juntos que ela tem, as maçãs do rosto tão marcadas... Realmente Cesare Lombroso[82] diria muita coisa sobre isso.

Josefa resolveu interferir:

– Ruth, pelo amor de Deus, não vá me dizer que está querendo usar a teoria do Lombroso para justificar aquilo que você realmente pensa! Você

---

81 "Nervos de Aço" = Composição de Lupicínio Rodrigues, lançada em disco em 1947. Típica música dor de cotovelo, fala de uma história de traição, desilusão e abandono.

82 Cesare Lombroso (1835-1909) foi um psiquiatra, criminologista e cientista italiano famoso por suas pesquisas na área de caracterologia. Seus estudos defendiam que o crime era um fenômeno biológico: a natureza física e psicológica de um indivíduo poderia ser identificada a partir da análise das características físicas do corpo; essas seriam determinantes para a existência de um comportamento violento (estigmas da criminalidade). É fundador da denominada antropologia criminal. Lombroso baseou seus estudos na teoria de Franz Joseph Gall (Frenologia), século 19.

sabe muito bem que já foi contestada há muito tempo, e é considerada pelos cientistas uma pseudociência.

– Não, coitadinha. É que eu fico preocupada com o que poderiam pensar dela. Você, melhor que ninguém, sabe que a primeira impressão é a que fica.

Josefa desistiu de contra-argumentar; não valia a pena. Foi até a sala se servir de mais um pedaço da torta que dona Jenna tinha feito. Ana Laura e Chaim a acompanharam. A festa estava ótima!

Um dia quase perfeito

O primeiro dia do ano transcorreu em paz, e a vida parecia renovar-se com outras cores, outras esperanças, outros sonhos, só porque anunciaram que o ano era novo.

Seu Armando chegou à fazenda por volta das dez da manhã. Esmeralda aguardava sua chegada e foi correndo recebê-lo. Miguel e Alice ainda dormiam. Esmeralda estranhou o fato, mas não disse nada. Tanto Miguel quanto a Dra. Lili tinham ido dormir cedo, mas logo de manhã ela tinha encontrado duas xícaras de chá e um pratinho com seus biscoitos em cima da mesa, sinal claro de que os dois tinham acordado e se encontrado na cozinha.

Serviu um café farto a seu Armando, e conversaram bastante até a chegada de Miguel, que apareceu meia hora depois. Miguel estava feliz e recebeu seu Armando com um grande abraço.

– Lili já está vindo. Estávamos aguardando a sua chegada; desde o Natal ela só fala nisso. E obrigado pelo vinho italiano. Foi muita gentileza.

Lili apareceu logo depois. Estava linda em um vestido de fundo branco com pequenas flores vermelhas e folhas verdes. Preso ao pescoço, o vestido deixava suas costas livres e acentuava a linha da cintura delicada, revelando, de forma despretensiosa, toda a sua graciosidade. E havia uma luz particular no olhar e no rosto dela. Foi correndo abraçar o pai e o beijou bastante, dizendo:

– *Love you, love you, Dad!*

Seu Armando sorria.

Depois do café, Mãe Preta ainda acompanhava a forma como Miguel olhava para Lili, passava o braço ao redor de seu ombro, fazendo carinho, trazendo-a mais para perto de si, sempre. E ela prontamente deixava-se ficar, como se não existisse nenhum outro lugar em que mais desejasse estar. Esmeralda, deixando escapar um sorriso largo, insistia em sua oração: "Louvado seja, Senhor. Aconteceu!"

Às três horas, ela anunciou que serviria o almoço, como era de costume na casa da fazenda no dia de Ano-Novo.

Já à mesa com seu Armando, Lili e Esmeralda, Miguel começou a falar, visivelmente emocionado:

– Este é um momento muito importante para mim. Decisivo, na verdade, para a felicidade que sempre almejei. Ele me traz uma nova esperança; a esperança de uma vida de afeto, de amor, de um lar. Por isso, na sua presença, seu Armando, queria perguntar à mulher que amo: Lili, você aceita ser minha esposa? Quer se casar comigo?

Surpresa com o pedido, chorando, ela mal pôde dizer sim. Ele tirou a aliança de ouro que trazia no bolso e a colocou em seu dedo.

—Você é minha noiva, agora e sempre, Lili.

Seu Armando disfarçava a emoção que sentia, e Esmeralda (em suas próprias palavras) fez "um berreiro daqueles!".

• • •

Serge esteve presente no almoço tradicional com a família de seu irmão. Brincou com os sobrinhos, ajudou a cunhada na cozinha e conversou com Aristides. Contou-lhe que tinha decidido ficar definitivamente no Brasil. Gostava de seu trabalho nos museus, mas tinha descoberto um novo prazer em "ficar em casa", ajudando o irmão na administração da fazenda, cada um com suas habilidades e projetos. Entendiam-se bem, com direito a discussões e brigas ocasionais, mas o fato de ter uma família que o amava e respeitava lhe dava um sentimento de "pertencimento" que nunca tivera condições de experimentar, atormentado como sempre estivera com seus demônios particulares, mesmo na companhia de amigos.

O irmão o abraçou e apenas perguntou se tinha certeza. Ele fez que sim, e não voltaram a falar no assunto.

• • •

Dona Jenna convidou Josefa e sua turma para almoçarem em sua casa. Para alegria geral, e depois de desesperados esforços, planos mirabolantes e tentativas frustradas de Chaim, Ana Laura resolveu que era hora de pedir o "adorável armênio" em namoro. À meia-noite na casa do professor Raimundo, quando todos se cumprimentavam, ele ensaiou um gesto mais carinhoso, porém, tolhido pela timidez, estendeu apenas a mão para ela. A mocinha, então, segurou sua mão, se aproximou e lhe deu um beijo delicado nos lábios. Foi o gesto necessário para que o "leão armênio" despertasse. Ele a abraçou e, para surpresa geral, beijou-a demoradamente na frente de todos. Depois, passearam de mãos dadas pelo jardim, sem dizer nada.

• • •

Dona Carmela foi almoçar com o professor Raimundo, como sempre fazia. Gertrudes já tinha preparado o almoço e deixara tudo "nos conformes". Os dois amigos gostavam muito desses momentos em que ficavam à vontade, jogando conversa fora, falando da vida e de suas recordações. Sem falar no bom vinho que sempre "acontecia". Trazia um brilho sentimental aos olhos, tingindo de saudade a conversa, e desembaraçava os nós da garganta quando esses surgiam, fazendo os dois rirem das tantas veleidades da vida – vida fugaz que tanto se acreditava eterna.

• • •

Gertrudes almoçou em casa com o namorado. Prestimoso, ele se tornara um verdadeiro "faz-tudo": fazia a limpeza regularmente e com capricho, preparava o jantar, escolhendo os pratos de que ela mais gostava, mantinha as roupas limpas e passadas e, diligentemente, realizava todas as compras com o dinheiro que ela deixava. Pela primeira vez na vida, Gertrudes se sentia cuidada. "Ele não tinha um trabalho, mas… ninguém é perfeito", começava a pensar.

• • •

Josias tinha chegado da comemoração na fazenda bem "animado". Contou sobre a festa, riu alto, gesticulou com veemência ao dizer qualquer banalidade e falou da emoção que sentira quando o Dr. Miguel o encarregara de entregar os envelopes aos colonos. Em um laivo de emoção, começou a chorar e soluçar. Maria do Carmo tomou-lhe o braço, levou-o para o quarto e o pôs para dormir. E ele dormiu até as dez horas do dia seguinte. Acordou, porém, ressabiado. Ao ver Maria do Carmo tranquila, se acalmou – sem nuvens! – e foi brincar com os filhos.

• • •

Pedro, Dalva e Sissi foram almoçar com os pais dela e Lagartixa. Sissi já começava a frequentar o jardim de infância na escolinha, e tagarelava sobre tudo o que acontecia: seu uniforme novo, a lancheira amarela, o Marcelinho que ficou de castigo porque mordeu a Marisinha, o pum que escapou e a risada que deram etc. Sua vítima preferida era Lagartixa.

Adorava o menino. Mostrava seus brinquedos, fazia desenhos especialmente para ele (puros rabiscos, na verdade!) e andava de cavalinho em suas costas. Ele penteava seus cachinhos dourados, às vezes puxava suas trancinhas, apertava suas bochechinhas e dizia que, quando ela crescesse, ia se casar com ela. A menininha ficava indignada, dizia que era "muito velho". E ele ria com gosto.

• • •

Matias tinha operado as amígdalas[83] e estava desesperado por não poder comer nada no almoço de Ano-Novo. Na cama, apesar da dor, tomava a sopa que a mãe tinha feito com tomate e macarrãozinho. "Que época mais besta para eu operar!", pensava com amargura e fome. "A Dra. Alice falou para não operar, que as amígdalas são importantes para a defesa do organismo. O médico da cidade falou para operar, porque, além de outras doenças, eu teria sempre dor de garganta com elas. E lá fui eu! Quando eu sarar, vou comer tudo que tiver à minha frente. Pode esperar!"

Com cara de alma penada, ouvia o barulho que chegava da sala de jantar. Era dona Olga servindo o maravilhoso pernil de porco que costumava fazer com farofa e frutas. "Tomara que tenham uma dor de barriga daquelas", resmungou antes de cair no sono.

• • •

Dona Ruth resolveu que o melhor a fazer seria ficar em casa. Seu mal-estar era grande. As dores no estômago tinham voltado com mais força, e ela acabou desistindo de acompanhar Narciso até a casa de Valéria na cidade. Narciso tinha insistido bastante para que fosse; era o almoço de Ano-Novo! Os enjoos, porém, se transformaram em vômitos, e ela mal conseguia sair do banheiro. Sabia que ia acontecer assim. "Bem que eu queria ir", reclamou baixinho. Tentou se levantar da cama mais uma vez, mas não conseguiu. Tudo começou a girar, e ela se viu caindo no chão. Não sentiu o impacto da queda. Uma dor lancinante, pontiaguda e fria explodia em seu peito, espalhando-se pelo tórax todo, alcançando o pescoço e a cabeça. Faltava-lhe o ar, como se

---

83 Operação das amígdalas = Nos anos 1950/1960, a retirada das amígdalas acabou se tornando prática exageradamente comum entre os médicos. Acreditavam que as amígdalas eram indiscutivelmente um foco latente de infecção que, por prevenção, precisaria ser removido.

uma mão pressionasse sua garganta com força, impedindo que respirasse. É o fim? Assim tão de repente?

No chão, no torpor terrível da dor, o céu azul, as folhas do ipê que havia plantado nem se lembrava mais há quanto tempo se aproximaram de seus olhos. "Tão bonito!", tentou dizer, mas uma gosma estranha em sua boca a impediu. Uma lágrima começou a cair lentamente pelo canto de seu olho. "Uma lágrima apenas, por toda uma vida!", pensou com tristeza.

"Não perguntai: Por quem os sinos dobram..." [84]

Há circunstâncias que abalam nossas certezas; há momentos em que tudo ao nosso redor parece se dissolver, deixando-nos à deriva, ao sabor de sentimentos que não gostaríamos de experimentar.

O professor Raimundo sempre dizia que todos nós construímos uma bolha de segurança em um cenário. Cada um tem a sua parte nesse cenário, e ele nos garante, de volta, segurança física e emocional, ajuda-nos a viver um sentimento de fazer parte de uma comunidade, reforça nossa identidade e assegura que somos diferentes (e, muito provavelmente, "melhores que outros"). A saída de qualquer indivíduo desse cenário, entretanto, afeta a todos, esgarçando essa confiança e essa segurança; a perda de uma dessas "peças" evoca a vulnerabilidade e a finitude de nossa condição.

A morte de dona Ruth acabou provocando um sentimento que em muito poderia ser definido como um paradoxo. A poderosa dona do supermercado sempre despertara emoções contraditórias: era autêntica, mas nem tanto; era "suave" no falar, mas contundente na crítica e na ironia; era generosa no oferecer, mas "pesava" tudo quanto dava; dizia-se democrática e liberal, mas valorizava prestígio, poder e a superioridade de alguns sobre outros. Era parte, porém, daquela comunidade, e o vilarejo lamentava a sua partida.

À tardezinha, dona Carmela e Josefa tinham ido até sua casa para ver como estava e a encontraram caída no quarto. Narciso não tinha voltado da cidade ainda. Desesperadas, chamaram o atendimento do posto de saúde, que veio prontamente. A polícia também veio em seguida, para ajudar de alguma maneira. Quando Narciso chegou, ao ver o número de pessoas na frente de casa, ficou desesperado. Tinha tido pressentimento de que alguma coisa ruim iria acontecer... e aconteceu! "E eu nem estava lá!", repetia chorando.

O vilarejo mais uma vez entrava em luto, e a alegria de um ano novo pouco a pouco esvanecia. De volta para casa, entretanto, a alegria benfazeja dos filhos aos poucos acabou por lhes resgatar o ânimo. "De volta à vida! Nossa vida!", pensavam aliviados.

---

84 Excerto de "Meditação XVII", de John Donne (1572-1631), poeta inglês. "Nenhum homem é uma ilha, inteiramente isolado, todo homem é um pedaço de um continente, uma parte de um todo. Se um torrão de terra for levado pelas águas até o mar, a Europa fica diminuída, como se fosse um promontório, como se fosse o solar de teus amigos ou o teu próprio; a morte de qualquer homem me diminui, porque sou parte do gênero humano. E por isso não perguntai: Por quem os sinos dobram; eles dobram por vós".

Mais cor em sua vida

Janeiro

Os dias voltaram a fluir em seu ritmo lento e corriqueiro. Os convidados para as festas de fim de ano se foram; o trabalho e os horários voltaram a ser preocupação constante. As crianças de férias, soltas em casa e nas ruas, duplicavam os cuidados das mães, que procuravam manter o equilíbrio em meio ao caos generalizado, às brigas, aos gritos e aos choros.

A notícia de que Matias e Lagartixa haviam passado no exame de admissão ao ginásio trouxe alegria e grande comemoração às famílias. Dalva, mais do que ninguém, ficou feliz; tivera papel decisivo nesse desempenho, levando-se em conta o caráter das duas criaturas por natureza irrequietas, irreverentes e de comportamento "altamente criativo".

O exame de admissão ao ginásio (que ia da 5ª à 8ª série) era exigência para a entrada dos estudantes nas escolas secundárias ou ginásios. Praticado no Brasil entre 1931 e 1971, tinha um alto grau de dificuldade e caráter seletivo por conta das poucas vagas no ensino público.

Diante de tal condição, tão logo o segundo semestre da 4ª série começou, Matias e Lagartixa se viram instados a se preparar para o exame em casa. Suas famílias, sem condições de pagar o cursinho para o exame de admissão, exigiam dedicação e estudo. E repetiam como se fosse um mantra: Estude! Estude! Sem estudo, você não vai ser nada na vida. Estude!

Os dois amigos, assim, passaram a ficar enclausurados em casa com os livros e cadernos à sua frente, e com os olhos melancólicos constantemente voltados para o dia de sol brilhante e convidativo.

O resultado, como não podia deixar de ser, foi desastroso.

Em um daqueles dias intermináveis, por exemplo, Matias, depois de certo tempo (uns quarenta minutos, talvez) no quarto, decidiu que já era hora de fazer alguma coisa para levantar o ânimo. Foi até a cozinha. A mãe estava lá fora, lavando a calçada e conversando com dona Maria do Carmo. Com certeza ficaria feliz por ver como ele estava se aplicando nos estudos. Abriu a geladeira e ouviu o tilintar das garrafas de água que batiam uma na outra, um prenúncio de que havia pouca coisa (ou nada) para ele comer.

Frustrado, ia voltar para o quarto, quando teve uma ideia salvadora. Brigadeiro! Já tinha visto a mãe fazer tantas vezes que seria muito fácil. Vasculhou a cozinha à procura dos ingredientes e os dispôs cuidadosamente sobre a pia ao lado do fogão: leite condensado, manteiga e Toddy. Agora é só fazer, deliberou.

O doce ficou pronto em poucos minutos. Tinha grudado um pouco na panela, mas não via problema nisso: estava delicioso. Ainda quente, punha na boca as colheradas que ia raspando da panela e comia com prazer. Primeiro, porque ele tinha feito o brigadeiro, e segundo, porque estava bom de verdade.

A mãe entrou na cozinha, viu a cena e perguntou:

—Você comeu tudo? – Ele acenou que sim. – Espere um pouco antes de tomar água.

Esperar, porém, nunca foi qualidade maior das crianças, e muito menos de Matias. Depois de algum tempo – tempo curto, na verdade! –, Matias bebeu toda água que sua garganta, o doce e sua rebeldia exigiam.

Quando a mãe voltou do quintal, viu que o "marrom provocante" no rosto do menino estava mais para "esverdeado galopante". Ele reclamava de enjoo e de dores na barriga. Logo saiu correndo em direção ao banheiro e, não conseguindo chegar em boa hora, teve o constrangimento de se ver evacuando nas calças. Parou, em pé, retesado – não queria se mexer, com medo de que as coisas piorassem –, e começou a chorar. A mãe ouviu o berreiro e o ajudou da melhor forma que encontrou: dando-lhe um banho dos pés à cabeça.

Matias voltou aos estudos. O ânimo agora era outro.

Enquanto isso acontecia, Lagartixa dormia. Não tinha condições de ficar parado, lendo um livro ou escrevendo nos cadernos. Caía no sono. Acordava quando a mãe ou o pai ralhavam com ele, mas depois… voltava a dormir. Um verdadeiro dilema para os pais, que não sabiam o que mais podiam fazer além das reprimendas e de uma ou outra chinelada.

Em face à continuada desordem e desassossego de Matias e da enervante moleza e indiferença de Lagartixa, dona Olga e dona Beatriz, presas no tortuoso labirinto entre o incondicional amor maternal e a vontade imensa de "esganar" seus rebentos, conversaram sobre qual seria a melhor atitude a tomar. Decidiram, então, que a única saída para fazer com que os dois estudassem seria conversar com Dalva e ver se ela poderia dar aulas particulares e "botar alguma coisa na cabeça dos dois moleques".

Dalva concordou, e foi então que a grande odisseia de estudos teve início: das catorze às dezesseis horas. "E sem nenhum atraso!", insistia Dalva. E assim, de fato, aconteceu, com direito a tarefas, bilhetinhos aos pais e recompensa gostosa quando tudo corria bem.

A notícia da aprovação dos dois correu pelo vilarejo, e o número de alunos interessados nas aulas de Dalva aumentou consideravelmente.

Por sua parte, Matias e Lagartixa, orgulhosos pela conquista, reproduziam a mesma fala para quem viesse cumprimentá-los: "É bem difícil, mas tirei de letra!"

Você também?

Meados de janeiro

Dona Carmela correu em disparada para a casa de Miquelina. O dr. Valdo não sabia o que fazer: sua esposa vomitava, tinha tonturas e reclamava que não estava passando bem. Pensou que tivesse sido o susto com o assassinato, mas depois aconteceu de novo. Já fazia três dias que estava assim.

"Miquelina com enjoo e sem vontade de comer?", perguntava-se dona Carmela muito surpresa. Foi até lá levando algumas folhas secas de ginkgo biloba. Pôs as folhas na água fervente por uns oito minutos e depois deixou que ficassem em repouso durante mais algum tempo para que as propriedades da planta se incorporassem ao chá.

— Este chá vai melhorar sua circulação sanguínea, e a vertigem logo passa – disse, e deu o chá para a chorosa Miquelina. Esperou que ela se acalmasse e falou com um brilho especial nos olhos:

— Um bebê é sempre uma notícia maravilhosa, não Miquelina?

...

Miquelina não foi a única a receber a notícia de que iria ter "a visita da cegonha". Parecia que todo o vilarejo vivia uma explosão incomum de fecundidade. Alegria e um certo enlevo passaram a fazer parte do dia a dia de seus habitantes.

Dalva, Maria do Carmo e Gertrudes, entre outras, foram agraciadas com a mesma notícia.

Pedro ficou sem falar e não sabia se chorava ou ria; Josias dirigiu-se ao bar, depois de um longo período de ausência, e deu aos amigos a notícia de que seria pai mais uma vez – com pompa e circunstância; o namorado de Gertrudes, já com seus cinquenta anos, ficou perplexo, questionou sua capacidade de ser um bom pai e, finalmente, decidiu que o melhor a fazer seria morar com ela – uma ideia imediatamente rechaçada por Gertrudes, que adorava sua liberdade e fazia questão de ter uma "produção independente".

Uma nova luz brilhava nos olhos das pessoas; um novo entusiasmo transformava agora o ato banal de viver o dia a dia. Uma criança, um bebezinho! E havia inúmeras providências a tomar.

Valdo decidiu que algumas tarefas eram urgentes. Fez um levantamento minucioso, detalhando: o número de itens para o enxovalzinho; as peças feitas em tricô e/ou arrematadas em crochê que ele mesmo desejava fazer;

as cores preferenciais; os utensílios indispensáveis e/ou necessários; a reforma do quarto de hóspede; os móveis e as cortinas desse quarto; a poltrona para a mamãe... E deixou na lista um vasto espaço para ideias que ainda pudessem surgir.

Miquelina incentivava tudo, mas seus enjoos não passavam, e ela não podia sentir o cheiro de comida. Parou com as encomendas de docinhos e tortas, parou de cozinhar (para desespero de Valdo!) e só comia frutas e verduras.

Vieram, então, algumas manias: cheirar um paninho com álcool de eucalipto; limpar excessivamente a casa e os armários; ter vontade quase incontrolável de comer sabão – desejo que conseguiu refrear. Quando se dispôs a consertar seu velho Fusca, parado na garagem havia algum tempo, Valdo interferiu e proibiu terminantemente: graxa e gasolina seriam prejudiciais ao bebê!

Dalva passou a devorar tigelas e mais tigelas de alface. Às vezes, ia até a horta, pegava os pés diretamente da terra e comia. Achava que o gosto da terra dava um sabor peculiar ao "prato".

Gertrudes não teve seu apetite diminuído exatamente, mas morria de sono no trabalho e seu corpo começou a inchar. As dores nas costas eram intensas e ela ficava irritadiça com frequência. Reclamava com o namorado que lhe fazia massagens, que lhe preparava um jantarzinho e trazia de presente para o bebê camisetinhas do time de futebol. "Com certeza, será um menino!", dizia empolgado.

Dona Carmela sorria e dizia a cada uma delas: *Una nuova vita; una vita nuova, carissima!* [85]

---

85 *Una nuova vita; una vita nuova, carissima!* (it.) = Uma nova vida; uma vida nova, querida.

Um novo cenário, um antigo legado

Serge parou o carro na frente da casa de Miquelina. Queria entregar a ela uma peça que havia encontrado entre as tantas coisas da mãe, guardadas em um dos quartos da casa. Era um berço de balanço antigo, todo em madeira entalhada, que fora usado quando ele e seu irmão eram bebês. Agora completamente restaurado, em laca branca, com um lindo mosquiteiro em *voil* branco, lençóis e travesseirinho combinando em seus babados e bordados, transformara-se em uma peça original, de grande beleza. Miquelina adoraria!

Olhou para a praça e notou a diferença que o casarão agora imprimia à paisagem simples e até mesmo rústica da pequena comunidade. De humilde pousada do final do século 19, havia se transformado sem grandes alardes ou efeitos, até que, no início do século 20, passara a abrigar famílias importantes do ciclo do café. Suas formas e estruturas se ampliaram e adquiriram imponência e sisudez à medida que a renda dos seus donos – grandes proprietários de terra – aumentava.

Serge tinha testemunhado um tempo em que ele ficara esquecido, abandonado. O restauro, porém, tinha trazido de volta e valorizado as linhas arquitetônicas tradicionais dos anos 1920, época da definição de sua estrutura e estilo. A casa sólida, funcional e ao mesmo tempo arrojada, com seu jardim e suas fontes, dava agora um toque de elegância à praça à sua frente e uma distinção inusitada à estação ferroviária tão sisudamente antiga.

"Como tudo isso podia ser diferente, e ficar diferente!", pensava Serge, olhando o cenário carregado de marcas culturais e inteiramente invisíveis aos olhos das pessoas. A pracinha, por exemplo, era uma pequena obra de arte. A estação não deixava de ser uma marca saudosista da "arquitetura ferroviária" na virada do século 19 para o 20, com a expansão das linhas de trem, a ampliação do transporte de mercadorias, as conquistas no campo tecnológico e siderúrgico.

Serge sabia que, desde tempos imemoriais, a praça e a igreja, símbolos do poder do estado e da força religiosa no país, já existiam na minúscula vila, que ia crescendo de forma espontânea de acordo com as condições físicas do lugar.

A chegada dos imigrantes, também na virada do século 19 para o 20, trouxe uma perspectiva nova, troca de informações e um jeito diferente de ser e de viver. Com o país independente e com a riqueza resultante da cultura do café, uma energia vibrante passou a se voltar também para novas práticas sociais e uma nova etiqueta, para o desfrutar da beleza e do lazer. As técnicas do paisagismo alcançaram, assim, a pracinha do vilarejo, de forma simples, mas com esmero e bom gosto.

Antes apenas um terreno sem grandes pretensões, a praça passou a ser enfeitada com árvores, a ter canteiros planejados com plantas e flores, um caramanchão, um chafariz e um coreto.

O chafariz, uma peça robusta em pedra com um pedestal central e uma fonte de água jorrando continuamente, amenizava o calor na época das grandes estiagens e funcionava como bebedouro para pássaros. Era depositário das moedas lançadas pelas moças casadoiras do local, junto com suas confidências e esperanças, mas servia também como porto de águas seguras para os barquinhos de papel das crianças que lá brincavam.

Para além do grande círculo central ao redor do chafariz, a vida social e política girava, principalmente à noite, em torno do coreto, que havia chegado em partes pré-fabricadas e prontamente instalado. Era pequeno, com cúpula e hastes metálicas graciosamente ornamentadas, montadas sobre um painel de alvenaria recoberto em madeira. Tinha vindo como presente de um dos grandes fazendeiros italianos da região, saudoso talvez de sua terra natal, sempre com muita música e dança nas praças e nos coretos.

Footing[86] nos finais de semana, serestas, apresentação da banda militar, festividades religiosas e pronunciamentos políticos – a vida se reinventava e voltava a se reinventar no meio da praça.

> *Baste a quem baste o que lhe basta*
> *O bastante de lhe bastar!*
> *A vida é breve, a alma é vasta (...)*[87]

Serge olhava e refletia. Finalmente, desviou o olhar; estava na hora de entrar e conversar com Miquelina.

---

86 *Footing* (ing./fr.) = Um passeio de ida e volta, em trecho curto, de rapazes e garotas para verem o sexo oposto ou iniciarem um namoro.
87 Trecho do poema de Fernando Pessoa, *Segundo: O das quinas*.

O circo

Uma grande agitação tomou conta de todos com a notícia de que um circo seria montado no terreno baldio em frente à cooperativa.

Os caminhões chegaram com o material para a armação da grande tenda. Trouxeram os rolos de lona, os guindastes, as cordas grossas, as barras de metal e as cadeiras dobráveis. Os homens – cerca de vinte – deram início ao trabalho de montar o circo, e em poucos dias surgia a grande arena com seu picadeiro circular, os assentos ao redor dele e as arquibancadas. As barracas das famílias foram montadas atrás, na parte de fundo do terreno, longe da grande lona e da provável curiosidade das pessoas.

Uma jardineira não muito nova e um *trailer*, provavelmente do proprietário do circo, trouxeram, em seguida, o restante da trupe, o guarda-roupa dos artistas, o material usado nos espetáculos e uma série de outros objetos considerados indispensáveis.

A expectativa era grande. Habitantes do vilarejo e das fazendas vizinhas só falavam sobre a chegada do circo. Quando teve início a propaganda dos espetáculos com o serviço de alto-falante, a ansiedade cresceu e a presença de um bom público para a primeira apresentação estava mais do que garantida.

E, como sempre, os artistas despertavam a atenção. Malabaristas, contorcionistas, bailarinas, mágicos, engolidores de espadas, trapezistas e palhaços enchiam o picadeiro, e a plateia vibrava. A grande atração, entretanto, ficava tradicionalmente com o teatro, e apesar dos escassos recursos cênicos e do tempo apertado, as peças se sucediam: "Paixão de Cristo"; "O mundo não me quis"; "O ébrio"; "... E o céu uniu dois corações". No caso de uma ou outra fala ser esquecida ou trocada, o ponto, em uma caixa-alçapão na extremidade central do palco, assoprava as sentenças esquecidas ou o que deveria ser feito. Às vezes, "assoprava" alto demais, e a plateia se divertia com o mau jeito.

Além das apresentações da companhia, ocasionalmente alguns cantores especialmente convidados se apresentavam. Cantavam música sertaneja, boleros, samba canção e marchinhas de carnaval. O público acompanhava, batendo palmas, cantando junto. O sucesso era certo e demorado.

Todo show começava às oito horas da noite, mas, lá pelas seis, o serviço de alto-falante anunciava a programação e punha no ar sua seleção de músicas tocadas à exaustão: "Encosta a tua cabecinha no meu ombro e chora"; "Quero beijar suas mãos"; "Cachito mio"; "Babalu", entre outras. As pessoas se preparavam animadas, iam para a fila que normalmente se formava e compravam os pacotinhos de pipoca ou amendoim, guloseimas infalíveis em um espetáculo circense.

Matias, Lagartixa e alguns amigos da escola eram fãs incondicionais de circo. Como o dinheiro era curto, só dava mesmo para os meninos comprarem as entradas para um ou outro espetáculo. Resolveram, então, deliberar a respeito do que fazer para resolver a situação e concluíram que só havia uma saída: passar por baixo da lona. Apenas um homem ficava tomando conta do lado de fora, e era questão de tentar.

Dito e feito. Alguns conseguiam driblar a vigilância do homem com o porrete; outros eram pegos em flagrante, e ele lhes puxava as orelhas e dizia que fossem embora. Com o passar do tempo, com a casa cheia, o homem fechava os olhos e eles se aboletavam nas arquibancadas, dando risadas e vibrando com as performances e estripulias dos palhaços. Chegavam às lágrimas com os dramas tristes e antigos.

Diante desse mundo de encantamento, sob as luzes da ribalta, as mulheres em seus maiôs cintilantes eram verdadeiras divas saídas dos anúncios da Valisère; os homens, musculosos e morenos, não deixavam de ser a personificação dos galãs das fotonovelas vendidas nas bancas de jornal; a vida itinerante que levavam, uma aventura romanceada que merecia ser vivida de ponta a ponta.

Sem o glamour das luzes, entretanto, as condições do circo e de sua gente ficavam claras à luz do dia, esbarrando na realidade dura e crua de suas vidas: havia pobreza e muito sacrifício. Persistia, porém, entre alguns, o fascínio misterioso de um viver tão diferente. E o desejo de ousar pelos caminhos de uma suposta liberdade era sedução a que um ou outro jovem se entregava sem medo.

Foi essa razão, entre outras, que levou Tomé, neto de seu Avelino, a deixar o vilarejo e partir com o circo. Apartado dos pais desde criancinha, tinha vivido com o avô, um português com uma gorda conta bancária e muito pouco afeto para dar. Homem rigoroso no seu jeito de ser, talvez até avaro, controlava tudo: quanto cada um comia, a água que era consumida no banho, a energia elétrica desperdiçada... e não permitia que o neto entrasse em seu quarto, com medo de que pudesse roubar o dinheiro escondido na gaveta, ou os doces e as balas guardados no guarda-roupa. Emprestava dinheiro a juros altos, e todos o respeitavam e temiam.

Tomé partiu e só deixou um bilhete para o avô:

Obrigado por ter me dado a chance de descobrir o que eu sempre quis na vida e que não conseguia enxergar.

O velho, perplexo, não entendeu, e chorou de tristeza – tristeza há muito tempo esquecida.

• • •

O tempo passou, e assim como ele desarruma as coisas tidas como certas, também faz brotar aquilo que foi plantado, mesmo com mãos nem sempre generosas.

Com indisfarçável alegria, seu Avelino recebeu notícias do neto algum tempo depois. Tomé estava bem, decidira abandonar o circo e trabalhar no comércio. Descobrira que tinha vocação e talento para lidar com números; planejava até fazer um curso de contabilidade na cidadezinha em que morava.

Na carta, falava de sua preocupação com a saúde do avô e também com os dois crimes no vilarejo. Pedia a ele que tomasse cuidado, porque as pessoas assassinadas tinham boa situação financeira e seu Avelino era notoriamente conhecido como "homem de muito dinheiro". Na verdade, os crimes cometidos na praça davam margem a muitas indagações. O próprio Tomé ficara apavorado; acreditava que tinha escapado por pouco naquela madrugada.

O avô lia e relia a carta; ficara feliz com as palavras do neto. E ele tinha razão: era preciso cuidado, muito cuidado em um lugar que não era mais o mesmo.

Algumas notícias esparsas

Início de fevereiro

A partida do circo deixou saudades. Após cada espetáculo, comentava-se sobre o "louco" do trapezista que fizera o salto mortal sem rede, a bailarina linda demais em cima do cavalo, o palhaço que tinha feito o seu Afonso da lojinha passar por poucas e boas, arrancando risadas de todos. O entusiasmo era contagiante e a alegria ressoava prazerosamente na voz das pessoas do lugar. Sem espetáculos e sem circo, no entanto, a vida daquela ainda pequena comunidade seguia adiante.

Matias quebrou o braço ao tentar imitar o trapezista nos galhos da mangueira no quintal. Seu João estava no trabalho e, assim, dona Olga o levou até o posto de saúde, onde lhe engessaram o braço. Foram depois até a casa de dona Carmela, e a mãe pediu que ela o benzesse. O menino era travesso, mas tinha um coração de ouro. Só podia ser mau-olhado!

Dona Carmela fez suas orações e recomendou chá de camomila para a mãe, não para o menino. E disse:

– Venha falar comigo na semana que vem. Talvez o remédio esteja mais próximo de nós do que imaginamos.

Dona Olga tomou a mão relutante do filho e saiu. Sempre havia esperança nas palavras de dona Carmela.

Precisava avisar o marido sobre o acidente. Ele andava meio bravo com o Matias. O menino resolveu pôr fogo no mato do terreno baldio na frente de casa e quase queimou o barracão de madeira do seu Arlindo, que ficava próximo. Foi um corre-corre terrível!

Já na saída, Matias reclamou com veemência:

– Eu ia pedir à dona Carmela para escrever o nome no gesso, mãe. Por que tinha que sair com tanta pressa?

Dona Olga deu-lhe um piparote na cabeça e resmungou entre dentes:

– Sem noção!

...

Narciso, em face dos últimos acontecimentos, decidiu sair de sua casa e estava morando em outro lugar, perto do supermercado. O irmão pedira que continuasse a administrar os negócios da família; estava estabelecido no Sul e pretendia continuar lá. Naturalmente, estariam sempre em contato, e os negócios seriam decididos de comum acordo, como sempre acontecera com a mãe – e apesar dela.

O rapaz tinha planos de recomeçar a vida em outras bases. Queria se casar, construir uma família, ter um lar. O fato novo que vivenciava – o encontro com Valéria – tinha dado outro sentido à sua existência, e ele prometia a si mesmo que nunca mais perderia a chance de ser feliz.

• • •

Maria do Carmo estava de repouso obrigatório. Em suas arrumações, tinha subido na escada para pegar o caldeirão grande na prateleira de cima do armário da cozinha, desequilibrou-se e caiu. Por pouco não perdeu o bebê.

O professor Raimundo ouviu o barulho e, ato contínuo, a levou ao pronto-socorro.

Quando Josias chegou, ficou quase meia hora falando e fazendo recriminações. Como não deu sinal de que interromperia o discurso, a mulher, ainda com dores, disse apenas: Chega! E foi atendida de imediato. A palavra é de ouro, mas, como ele bem sabia, havia outro bom e velho ditado popular: "Em boca fechada não entra mosquito."

• • •

No posto de saúde, Josefa refletia sobre a falta que a Dra. Alice fazia naquele lugar. Não se referia simplesmente às questões médicas; era sua energia, sua alegria e seu afeto que transformavam tudo. Ainda bem que ela voltaria no dia seguinte, comentava com Benê. E arrematava, quase com raiva:

– Isto é, se o "doutor Furioso" não inventar mais nenhum empecilho.

Benê sorriu em solidariedade. Ele também sentia falta da médica... e do mel, das frutas e dos doces que o Dr. Miguel trazia e ela dividia com eles.

Tudo muda, nada muda[88]

Início de fevereiro

Praticamente um mês se passou sem que Miguel tivesse notícias (ou desse notícias) sobre os negócios com a irmã. Era chegado o momento de um planejamento criterioso para os próximos passos, com dados precisos, consultas legais e providências necessárias. Além disso, ele racionalizava: um choque de realidade sempre trazia uma nova perspectiva, e ela poderia ver que as negociações não seriam tão fáceis como havia imaginado.

Finalmente, foi até o casarão. Jovita queria falar com ele e tinha lhe pedido que fosse até lá. No impasse, Miguel tinha o maior interesse em saber o que ela pretendia fazer.

Logo de manhãzinha, ao vir para o vilarejo junto com Lili, ela o havia aconselhado:

– Vá desarmado e ouça com atenção o que ela tem para lhe dizer. E, se possível, *compromise*[89], querido. Todo mundo acaba ganhando.

– Não quero outra coisa, Lili – disse, com o pensamento longe.

Louis abriu a porta e o cumprimentou com amabilidade. Sua irmã, que parecia também mais "humana", apareceu e o beijou. As filhas já tinham voltado para a Europa, e ela estava esperando apenas resolver os negócios com ele para ir também.

No escritório, e sem mais conversa, Jovita se adiantou:

– Bem, Miguel. Pedi a meus advogados que fizessem uma análise detalhada a respeito das propriedades que o pai nos deixou. Acompanhei também o seu trabalho nesses anos todos, e, é claro, reconheço a importância dele.

Vendo a oportunidade de descrever o cenário em que tanto tinha se empenhado, Miguel acrescentou:

– Jovita, você não tem ideia da ineficiência e da falta de conhecimento que temos nas fazendas. Enquanto o mundo todo corre atrás de estudos sobre o aproveitamento do solo, o uso de novos fertilizantes, rações e nova tecnologia, nós continuamos com métodos arcaicos de tratamento da terra e da criação do gado. Olhe só a loucura: temos uma quantidade enorme

---

[88] "Tudo muda, nada muda" é uma frase que se popularizou a partir da citação de Giuseppe Tomasi di Lampedusa (1896-1957) em sua obra O *Leopardo: Se queremos que tudo continue como está, é preciso que tudo mude.*

[89] *Compromise* (ing.) = Resolver uma disputa por meio de concessão feita mutuamente pelas partes envolvidas.

de terras férteis e escassez de alimentos[90]; podemos exportar mais, mas não temos uma oferta maior de produtos para exportação; o governo se empenha na modernização do panorama produtivo, oferecendo pesquisa e crédito, mas a forma tradicional de produzir persiste com todos os seus limites e receios.

Para Jovita estava claro o envolvimento do irmão com o que fazia; admirava sua persistência e empenho. Entretanto, como sempre dizia, "*Business is business*"[91] e sentia que precisava ser muito clara a respeito.

– De fato, o Brasil precisa caminhar muito ainda para se desenvolver. E é uma pena. Por tudo isso, Miguel, espero que você entenda o meu interesse particular em cortar as amarras e investir o que tenho fora do Brasil. Louis e eu temos planos de ir para o sudeste da França, onde ele tem uma pequena propriedade perto de Aix-en Provence. Pretendemos viver lá.

– Eu não quero vender as propriedades e dividir o dinheiro – Miguel respondeu. – Trabalhei muito para conseguir algum resultado. Não acho justo!

– Você deixou isso claro, Miguel – retrucou ela. – Mas ouça. Fiz um levantamento do capital para as três fazendas. Temos uma fazenda maior, com um valor mais elevado, e duas outras um pouco menores e com preço inferior. Somaríamos o valor total de mercado e dividiríamos por dois. Teríamos, assim, a parte que caberia a cada um como capital de referência para algumas possibilidades de divisão. Com relação à casa, podemos usá-la como complemento de negociação. Concorda?

Miguel olhava para ela e refletia: a minha velha e conhecida irmã está de volta com a lógica fria e o cálculo premeditado dos velhos tempos. Aguardou uns instantes, depois disse, olhando incisivamente para a irmã:

– Quais são as propostas?

– São três opções. Na verdade três blocos que eu gostaria de sugerir para uma possível partilha. Espero que uma dessas propostas seja conveniente para você. E, é claro, vamos discutir a respeito.

"Primeiro bloco: a fazenda maior, a casa e uma quantia em dinheiro para acertar o valor de direito. Segundo bloco: a fazenda maior, uma fazenda menor e uma restituição em dinheiro para a outra parte. Terceiro bloco: duas fazendas menores, a casa e uma restituição em dinheiro."

---

90 Dados em "Trajetória da Agricultura Brasileira", Retrato do Brasil Rural de 1950 e 1960 – Portal Embrapa.
91 "*Business is business*" (ing.) = Negócios são negócios.

Miguel ficou em silêncio; precisava pensar. O fato de a irmã ter trazido a possibilidade da partilha dos bens tinha dado a ele um ânimo novo para lidar com aquela questão tão séria. Levantou-se e disse que daria uma resposta o mais rápido possível; ele também tinha interesse em resolver aquela pendência. Talvez em uma semana.

Dessa vez, Jovita o acompanhou até a porta e se despediram.

– Leve o meu beijo para sua noiva. Ela é simpática e muito bonita.

Ele agradeceu e sorriu. Pensava, com alegria: "É mesmo!"

"Business is business", afinal!

O Dr. Miguel, na verdade, tinha se esquecido de que as férias de Lili acabavam naquele dia e que ela voltaria ao vilarejo no dia seguinte. A questão a ser resolvida com a irmã tinha uma importância crucial, premente. Precisava ser resolvida, e era motivo de grande preocupação. Havia muito em jogo.

Tinha conversado com alguns fazendeiros da região a respeito das terras, mas foi seu Armando quem lhe acenou com uma possível solução: ficar com a fazenda maior, uma das fazendas menores e a casa, e negociar a restituição devida. Jovita estava interessada em amealhar o máximo possível em dinheiro vivo. Miguel era homem previdente e tinha certa quantia reservada. Para o que faltasse, poderia pedir um empréstimo no banco. O governo brasileiro estava implementando um plano de modernização da agricultura, considerado fundamental no modelo de desenvolvimento econômico do país. O incentivo aos produtores rurais tinha por objetivo a implantação de um novo padrão tecnológico, maior produtividade e a exportação integrada com todos os setores de produção. Seu Armando entendia que Miguel já estava dentro desse movimento, e não seria difícil conseguir financiamentos até com juros abaixo do mercado. Tinha alguns contatos que poderiam ajudar em todo o processo.

Miguel gostou muito da ideia. A fazenda grande, embora não fosse lucrativa ainda, tinha elevado potencial de produção devido aos investimentos que já haviam sido realizados. "Valor de face", pensou. "Quando a pessoa quer vender, quer apenas dinheiro na mão."

A fazenda da Colina, a antiga Terra do Tatu do seu Fabrício Duarte, era fazenda boa, bem cuidada. Nela, Miguel tinha tentado a rotatividade de culturas, com a análise do solo e o uso de novos fertilizantes. Os primeiros resultados já começavam a surgir, e ele tinha certeza de que seria possível obter lucros expressivos em um futuro bem próximo.

Quanto à casa, a porcentagem que lhe cabia não era muito grande, mas iria negociar, pechinchar até o último centavo.

Decisão tomada, cálculos feitos, constatou que, de fato, a soma de dinheiro para pagar a irmã não era pequena. O instinto, que sempre o guiara, lhe dizia para ir em frente. Não gostava de empréstimos. "Um homem tem que dar o passo conforme as pernas", costumava falar. Acreditava, entretanto, que chega uma hora em que é preciso tentar e virar o jogo. Esse momento tinha chegado.

Foi ao banco junto com seu Armando, que o apresentou e deu referências. Mostrou ao gerente seu plano de ação, deu garantias para o pagamento das parcelas, negociou tudo o que pôde conseguir e, finalmente, conseguiu o dinheiro de que precisava, com pagamento em longo prazo. Ele mal conseguia acreditar!

Voltou para casa com seu Armando, ansioso para contar a Lili. "Ela lhe trazia sorte, muita sorte!", pensava, feliz da vida.

Transigência: ato ou efeito de transigir

O retorno ao trabalho no posto de saúde provocou um verdadeiro terremoto entre as paredes da casa na fazenda. Como Lili poderia voltar ao vilarejo com aquele louco solto e ela morando sozinha naquela casa, sem nenhum vizinho por perto? Era loucura! E das feias!

Seu Armando olhava a cena sem mover um músculo. Já sabia o que aconteceria. Miguel esbravejou, falou alto, tentou um *approach* mais manso, lançou argumento em cima de argumento e... nada. Apelou, então, para o pai:

— Ela poderia continuar aqui. Em menos de quinze minutos estaria no vilarejo, respeitando o horário e tudo mais. O Sebastião poderia ter esse compromisso fixo logo de manhã e à tarde. Fácil, muito fácil.

A Dra. Alice, com cara muito séria, não dizia nada. Na verdade, ela se recusava a discutir uma questão já decidida e muito delicada. Além do lado profissional, haveria também o fato de estar morando com Miguel sem serem casados, o que para uma comunidade tão pequena como o vilarejo não era nada "respeitável".

Sem resposta, Miguel saiu de forma intempestiva da sala e foi até seu quarto. Voltou rápido, com uma pasta nas mãos. O silêncio na sala continuava. Com voz ríspida, começou a falar:

— Lili, nesses dias em que tenho ido à cidade, pedi a seu pai que me ajudasse com os papéis. Tenho toda a documentação necessária para irmos até o Uruguai[92] e nos casarmos lá. Se você concordar, nós podemos nos casar em dez dias. Você ficaria no vilarejo, na casa de alguém até lá. Depois do casamento, poderíamos morar aqui ou no casarão do vilarejo. O que acha?

Ela correu a abraçá-lo:

— Você se importa realmente, *dearest, dearest!*[93] É claro que concordo. Você sabe como meu trabalho e meus estudos são importantes para mim. Não quero abrir mão desta parte da minha vida. E não quero abrir mão de ter uma vida "respeitada", por mais tacanha que essa mentalidade possa ser.

A resposta foi rápida e certeira:

— Tudo certo, então, birrenta, cabeça-dura, teimosa como uma mula.

Ela continuou ignorando a ofensa:

---

92 O casamento no Uruguai, recurso a que apenas pessoas de maior poder aquisitivo recorriam, era uma forma de amenizar o grande preconceito existente contra os desquitados, impedidos de se casarem no Brasil, e contra os que viviam juntos sem se casar, os amasiados.
93 *Dearest* (ing.) = Querido.

– Não quero morar no casarão. Adoro viver aqui na fazenda. Posso ficar na casa de dona Josefa até o casamento. E depois de nos casarmos, posso ir dirigindo até o posto. Sei dirigir, você sabe.

O silêncio agora era dele. E ele o usou muito bem. Passando o braço ao redor do ombro dela, voltou-se para seu Armando e perguntou com premeditada afetação:

– Vamos jantar, senhor Pai da Noiva?

Kintsugi

Serge olhou admirado para a casa à sua frente. "Que ideia incrível, no meio de um punhado de árvores e mato! Surpreendente!"

O ? de Tatsuo, construído na área além das plantações do sítio, ficava um tanto escondido em meio à vegetação que se tornava mais e mais espessa no declive suave da colina, limite entre as terras do pai e as do vizinho e cenário de fundo ideal para qualquer paisagem.

O rapaz veio recebê-lo com seu costumeiro sorriso e placidez, e o convidou a entrar. Mais uma vez, Serge se surpreendeu com o que via.

– Como você fez tudo isso? – perguntou entusiasmado.

– É uma longa história, meu amigo.

Incrustada em um jardim sem flores, a casa em estilo japonês e toda de madeira tinha uma simplicidade ímpar. Ao seu lado, um enorme salgueiro-chorão pendia seus ramos longos e verdes sobre uma pequena represa improvisada em espelho-d'-água que refluía entre as pedras das cascatas até as samambaias, as avencas, os tufos de bambus, os buxinhos e os pequenos arbustos naturalmente esculpidos. A atmosfera era de harmonia, equilíbrio e tranquilidade, com o barulho da água, o sopro do vento e um tilintar quase distante.

Uma espécie de varanda percorria a extensão externa da casa. Nela, pendurados em pequenas cordas, sinos do vento feitos de vidro, lindamente decorados, produziam um som suave, delicado, balançando com uma tira de papel – *tanzaku* – presa em sua parte inferior, trazendo inscrições de pedidos e poemas.

Passando pela porta, Tatsuo tirou os sapatos e fez uso de um tipo de chinelo.

– Por favor, pode deixar seus sapatos aqui no *genkan*[94] – disse a Serge. – Use o *surippa*. – E apontou para um par de chinelos feito de material macio, bem leve, que estava no degrau para o ambiente espaçoso e comprido acima da entrada.

Painéis deslizantes, com armações quadriculares em madeira e revestidos com papel de arroz nos dois lados, serviam como divisórias para três espaços distintos no longo corredor coberto por um tatame. Uma luz translúcida perpassava todos os ambientes.

Esse era o lugar em que trabalhava, e fez questão de mostrar e explicar o que fazia para Serge: a análise das peças, o processo de criação, os materiais

---

94 *Genkan* = Hall de entrada, onde os sapatos são costumeiramente deixados antes de as pessoas entrarem na casa.

que usava para delinear as ranhuras e reentrâncias, o forno, o lugar de secagem – elemento fundamental em todo o processo.

Serge olhava os objetos transformados, acompanhou seus movimentos sobre uma das peças, e falou também de sua experiência como restaurador, sua história de vida, a corrida por um lugar ao sol, o esgotamento, o reencontro com a paz que sempre desejara ter. Tinham muito em comum.

Depois de servir um chá com *taiyaki*[95], Tatsuo o convidou para ir até o barracão em que tentava cultivar vegetais sem terra, um método aliado à biotecnologia em fase de experiência no Japão. Tinha tido algum sucesso, mas era pouco. Precisava voltar e obter maiores informações sobre os filmes de polímero que armazenavam os nutrientes e eram permeáveis.

Entardecia quando Serge resolveu ir embora. Tatsuo lhe deu uma de suas peças de presente; era toda branca, com ranhuras em dourado.

– Maravilhosa! Muito obrigado – agradeceu, realmente emocionado.

Tinha sido um encontro muito bom, e ele mais uma vez podia sentir a paz cálida no barulho dos sinos, da água entre os bambus, na voz amiga que o acolhera de coração aberto e franco.

---

95 *Tayaki* = Um tipo de bolinho, com formato de peixe, que pode ter diversos recheios; doce de feijão vermelho, creme de baunilha, chocolate, queijo, presunto são bem comuns.

Apenas entre nós

Final de fevereiro

Vó Ângela e o professor Raimundo ficaram mudos, sem saber o que dizer. Era grave, muito grave o que tinham acabado de ouvir. E não podiam fazer nada; precisavam guardar silêncio. Falar de forma inconsequente significaria incorrer em ato de grande injustiça e causar danos à reputação da pessoa.

Essa, aliás, tinha sido a exigência feita por dona Carmela quando os velhos amigos a interpelaram, insistindo para que contasse o que estava acontecendo. Havia algum tempo vinham notando inquietação e até mesmo certo medo em dona Carmela.

Sempre tão alegre e disposta, desde a morte de dona Ruth vivia triste, circunspecta, tocando seu acordeão na varanda. Esquecia-se de cuidar das plantas e vivia sobressaltada com qualquer barulho, fosse pequeno ou grande. Esquivava-se das conversas – nem Miquelina nem Josefa conseguiam falar com ela.

– Você não está bem, Carmela. Qual o problema? – perguntou-lhe Raimundo.

Passado o susto com o que ouvira de dona Carmela, o professor Raimundo, homem metódico e disciplinado, ponderou:

– Muito bem. Não vamos falar nada, mas temos que agir de uma forma ou de outra. Vamos considerar alguns pontos importantes. Precisamos obter o máximo de informação possível sobre a pessoa envolvida, antes e depois do ocorrido, e esmiuçar as circunstâncias anteriores e posteriores ao fato. Vou pessoalmente sondar o delegado, para ver se existe alguma suspeita no ar. O Cássio tem sido chamado para depor no caso do engenheiro, e vem na sexta-feira. Como sempre, vou acompanhá-lo até lá, daí converso com o dr. Valadares ou com o assistente dele. É um caminho a seguir, e sem volta, senhoras.

As duas senhorinhas concordaram. Vó Ângela, assustada, olhava para a amiga, suspirando:

– *Poverina. Tutto ciò è una vera tragedia.*[96]

---

96   *Poverina. Tutto ciò è una vera tragedia.* (it.) = Pobrezinha. Tudo isso é uma verdadeira tragédia.

Uma patrícia no caminho!

Ainda final de fevereiro

Dona Jenna não se conformava com a separação de Chaim e Ana Laura. E, ironicamente, por causa de uma patrícia!

Tudo começou com a visita de Samir, filho de seu irmão mais velho, Joeb. O irmão permanecera na Armênia e morrera durante a guerra. Samir, depois de sua morte, resolveu deixar o país e, ainda bem jovem, veio com a família para o Brasil, incentivado pelas notícias que recebia. O marido de dona Jenna o aconselhara, então, a comprar terras mais ao centro do país – não havia tantos recursos disponíveis por lá na ocasião, mas o preço das terras era muito vantajoso.

Samir aceitou a sugestão, comprou uma grande extensão de terras e, depois de muito trabalho duro com os filhos e a mulher, tornou-se um dos maiores proprietários da região. Tinha uma dívida de gratidão para com a família de dona Jenna, e fazia questão de sempre se lembrar do apoio que havia recebido deles.

Depois de dezessete anos, uma visita foi prometida e cumprida. Samir veio com a mulher e a filha caçula, Fátima. Os três filhos mais velhos ficaram tomando conta dos negócios.

O momento do reencontro com entes queridos nunca é banal, e não poderia ser diferente quando se mata uma grande saudade. Havia risos, lágrimas, abraços apertados, beijos, junto com as lembranças que eram rememoradas a cada instante e que por direito só a eles pertenciam.

Dona Jenna se apressou a pôr a mesa com os inúmeros pratos. Samir serviu-lhes o famoso conhaque armênio especialmente trazido. Sua mulher depositou as geleias coloridas na grande *bombonière* em cima da cristaleira.

Fátima permanecia calada, sorrindo. Tinha os olhos negros e profundos que adquiriam uma beleza incomum na pele alva com suas covinhas e as pequenas sardas provocadas pela exposição ao sol. Era tímida e, ao se aproximar de Chaim para servi-lo com o *lavash* que fizera, corou violentamente.

O tempo passou, trazendo o sabor longínquo da terra natal, a intimidade acolhedora de seus hábitos, as alegrias compartilhadas e jamais esquecidas. Ficaram dez dias – tempo suficiente para Chaim descobrir o amor, e romper o namoro com Ana Laura.

Seu afeto por Ana tinha sido uma espécie de ritual de passagem para a maturidade emocional e sexual. Amor, entretanto, era um sentimento diferente. Era uma delicadeza inesperada, um jeito de ser e de sentir que transformava o dia em um novo melhor dia, o ordinário banal em extraordinário real e concreto. E, ao mesmo tempo, era emoção que doía – doía pela força que tomava conta de seus pensamentos, desejando, querendo estar junto da pessoa amada.

Chaim falou a Fátima de seu amor; nunca estivera tão certo em sua vida. Ela o amava também. Conversou, então, com Samir e pediu seu consentimento para um compromisso com a filha. E esse lhe foi dado.

Fátima voltou para casa com a família, e o dia da confirmação do noivado estava marcado. Tudo simples, fácil e rápido, como era de se esperar de qualquer armênio empreendedor e ousado.

Dona Jenna, entretanto, passava a olhar o mundo de ponta-cabeça. Não entendia mais nada e em lamúrias dizia consigo mesma: "Meu Chaim, até outro dia, era menino que não pensava nessa bobagem de arrumar namorada para ele. De repente, arrumou Ana Laura, bonita, prestimosa, inteligente, que falava russo. Eu podia conversar bem com ela. Mais uma vez de repente, viu priminha, filha do primo Samir, e mexeu a cabeça. Desarrumou com Ana e arrumou com Fátima, também bonita e prestimosa. Fez até compromisso com Samir. Tudo muito rápido. Será que pensou? Noivado é coisa muito séria!"

E assim ia desfiando suas dúvidas enquanto colhia as verduras da horta que ela e o filho cultivavam. Fátima tinha plantado algumas sementes novas que já começavam a brotar. E tinha feito um bom trabalho com o leite que recolhiam das cabras. Era boa menina. Sabia fazer um *gatnabur*[97] como ninguém; sem falar no *pilaf* recheado e nos *sarmás*[98]. Tudo perfeito mesmo! "Vai ser boa esposa! E entende o que falo. Sem russo."

Olhou a seu redor. "Os misteriosos caminhos de Deus!"[99], pensou, e acabou sorrindo para o vento que soprava em seu rosto.

---

97   *Gatnabur* = arroz doce, sobremesa típica.
98   Sarmá = charuto de folha de uva.
99   Eclesiastes 11:5 Os caminhos de Deus são tão misteriosos quanto o caminho do vento; tão difíceis de descobrir como (o é) a maneira pela qual se forma a alma de uma criança enquanto ainda está dentro do ventre da mãe.

Uma mãe emprestada

Pedro já pensava em construir uma casa no terreno que tinha comprado anos atrás. Com a chegada do bebê e os novos alunos haveria a necessidade de providenciarem dois quartos para os filhos e uma edícula com espaço para os alunos de Dalva.

As aulas na faculdade de engenharia tiveram início, e Pedro, conforme o combinado com o dr. Miguel, passou a frequentar o curso noturno na cidade. Sua única preocupação era o fato de Dalva ficar sozinha com Sissi nesse período.

Lagartixa passou a ficar com elas, e a alegria que sua companhia trazia era um verdadeiro presente para todos. Brincava com Sissi até a exaustão. A menininha tinha uma energia enorme e nunca se cansava. "De novo!", repetia, correndo para se esconder no mesmo lugar de sempre, pedindo para montar o castelo da princesa, pôr a roupa em sua boneca descabelada, pentear o cabelo dele, desenhar em seu caderninho, cantar sua música favorita... Ufa! Era um exercício e tanto!

Muitas vezes, o menino caía no sono e Sissi, inconformada, abria o olho dele com o dedinho e perguntava se ele estava dormindo de verdade; queria conversar.

Um dia, Lagartixa começou a reclamar da mãe para Dalva. Tinha ficado de castigo porque ele e o Doutor estavam brincando com bola no quintal e, sem querer, derrubaram o varal. As roupas que estavam secando caíram no chão e sujaram. A mãe ficou muito brava, correu atrás deles com uma vassoura e gritou bastante. Depois, os dois tiveram que ficar no quarto duas horas, sem comer. "E por quê?", ele perguntava bravo. Não queria voltar para casa; não queria saber de conversa com a mãe.

Sissi olhou para ele e perguntou:

— Você não gosta mais da sua mãe?

— É claro que gosto. Mas você ia gostar de ficar de castigo?

— Eu não tenho mãe, respondeu ela. Meu pai disse que minha mãe precisou vir aqui em casa só para eu nascer, depois teve que voltar para o céu porque Deus precisava dela. Ele, então, pediu para Deus que não me levar, porque ele também precisava de mim aqui com ele. E Deus deixou.

Os olhos do menino brilharam úmidos de ternura. Ele pegou na mãozinha dela e começou a falar:

— Sabe, Sissi, é bom ter mãe, mas dá muito trabalho. Todo dia você tem que tomar banho, escovar os dentes, pentear o cabelo. Às vezes você não quer, mas tem que obedecer. E sabe do que elas gostam? De pegar você no colo, dar beijinhos, cantar musiquinha para você dormir. Até choram quando você está doente.

— Eu gosto quando a Dalva me dá banho e conta histórias — disse ela. Adoro histórias. E quando eu bati a cabeça na mesa, ela me deu beijinho e fez brigadeiro para mim. Eu gosto de brigadeiro.

— Ela chorou quando você estava com febre?

— Não sei. Eu estava doente. Mas ela me pegou no colo e me deu suco.

— Sissi, eu acho que você tem mãe e não sabe. Você acha que Deus não ia dar uma mãe para você depois que Ele pegou a sua emprestada?

Ela abaixou a voz:

— Eu gosto de mãe. E eu acho que Ele mandou a Dalva, Lagartixa. Ela é minha mãe favorita.

— E ela vai dar até um irmãozinho para você — considerou ele.

— Verdade. Mas a Dalva não sabe. Preciso falar para ela que ela é minha mamãe.

A menina pegou sua boneca e saiu em direção à cozinha.

Antes de voltar

Início de março

Depois de ter o empréstimo acertado no banco, as negociações com Jovita e seus advogados transcorreram de forma razoavelmente tranquila. Conversaram bastante; houve atenção a alguns detalhes, renomeação de datas e prazos, providências para acelerar o processo e finalmente o encontro para oficializar a partilha e a consumação das vendas envolvidas no ato. Jovita tinha ficado o que ela considerava "um tempo enorme" no vilarejo – muito mais do que havia imaginado.

Embora as fazendas menores tivessem preços diferentes, Miguel concordou em considerá-las equivalentes, mesmo tendo a sua um valor menor. No encontro para a assinatura das escrituras, uma grande surpresa: Jovita havia lhe dado sua parte no casarão como presente de casamento.

Miguel mal conseguia acreditar. A sobra de dinheiro ajudaria bastante, mas havia naquela atitude algo muito além do dinheiro envolvido. Pela primeira vez Jovita lhe pareceu a irmã que nunca tivera na vida. "Devia estar feliz", pensou; o amor sempre traz um jeito novo, diferente, de olhar as coisas.

Despediram-se, talvez pela última vez. Jovita não pretendia voltar ao Brasil, mas insistiu para que fosse visitá-la.

Miguel desejou que fosse feliz com seu Louis. De todo coração.

Comemorações

Meados de março

A inauguração da cooperativa e do anexo, como não podia deixar de ser, acabou se transformando em um importante evento político. Mesmo com as estruturas já em perfeitas condições de funcionamento, a escolha de uma data específica ficou à mercê de agendas, deliberações e conveniências.

Finalmente, o momento tão esperado chegou. E em meio a um grande burburinho, fazendeiros, homens de negócios, políticos, jornalistas, além de amigos próximos e distantes, alinhavam-se diante da cooperativa aguardando a cerimônia da inauguração.

Marcada para as dez horas no sábado, o ato só teve início às dez e meia. O prefeito da cidade fez questão de marcar sua vinda junto com o governador e acabaram se atrasando.

A fita inaugural foi cortada, os discursos foram feitos, as dependências foram visitadas. A perspectiva de uma força unida de esforços e de trabalho animava o grupo ruralista que havia tempo lutava com as dificuldades impostas pela crescente escassez de recursos, pela precariedade de condições estruturais e pelo êxodo dos trabalhadores para as cidades que, agora, inchavam no movimento ao redor de um eixo poderoso de industrialização.

Os fazendeiros se reuniam em grupos que se revezavam à medida que os encontros se sucediam. Se abraçavam com vigor, falando alto, fazendo brincadeiras, provocando risos, acolhendo os companheiros com alegria e até certo estardalhaço.

Miguel estava animado e conversava com todos, fazendo planos, pedindo às autoridades maiores recursos para o agronegócio da região com imenso potencial. Seu desenvolvimento tornava-se imprescindível, com a busca de alternativas para uma diversificação das atividades produtivas, a geração de novos empregos e, com a implantação de novos métodos e processos tecnológicos, o aumento da produtividade e o consequente aumento da rentabilidade do produtor.

O anexo comunitário também teve sua inauguração, e foi com grande orgulho que o fazendeiro mencionou, além da agenda para exposições e leilões dos produtos agropecuários, o projeto de apoio comunitário para jovens e crianças elaborado pela Dra. Alice, sua noiva e futura esposa.

Aplausos, elogios e mais elogios. Havia admiração e até certo orgulho entre as gentes do vilarejo. Uma bela obra de fato!

O útil e o agradável

As inovações na comercialização de alimentos e de artigos domésticos em geral aconteciam em ritmo rápido e preciso graças aos novos modelos de atendimento ao cliente e à aceleração na fabricação de novos produtos industrializados.

Em meados da década de 1950, o modelo americano de autosserviço em mercearias e armazéns tinha ampla expansão nos Estados Unidos. No Brasil, os supermercados Sirva-se e Peg & Pag puseram em marcha as vendas no varejo, com a exposição das mercadorias em corredores abertos e organizados e a livre escolha dos consumidores. O impacto da novidade era grande.

Fato novo nas relações comerciais, causava surpresa e provocava algumas indagações. Muitos perguntavam se precisariam pagar para entrar nos estabelecimentos, outros queriam saber o preço do aluguel dos carrinhos usados para a coleta dos produtos, alguns consideravam as compras em tais lugares um passeio diferente, inovador.

Narciso falava com orgulho da implantação do supermercado no vilarejo em uma época (1961) em que os armazéns de secos e molhados existiam e ainda persistiam: com suas cadernetas e as anotações de vendas para o freguês pagar no fim do mês, o balcão de pedidos com a balança e seus dois pratos, o atendimento pessoa a pessoa, com o cliente escolhendo o produto visualmente, os sacos abertos de arroz, feijão, milho na entrada do estabelecimento, as linguiças, o bacalhau e os queijos pendurados à mostra, o cheiro indelével dos diversos produtos... e tantos outros detalhes que marcaram uma época nem tão abundante, nem tão pródiga em crédito.

A mãe tinha sido contra. A luta que Narciso travara com ela não tinha sido nada fácil. Houve muitas brigas, visitas aos supermercados na cidade, análise do potencial de vendas, do modo diferente de contratar e treinar empregados, de encontrar fornecedores. Era uma nova forma de comerciar, e a mãe muito a contragosto cedeu e concordou.

O vilarejo crescia, e o negócio acabou se tornando um grande empreendimento já na época em que dona Ruth estava à frente da administração. Homem empreendedor por natureza, metódico, de raciocínio lógico e com grande capacidade de liderança, durante muitos anos abafada pela vontade férrea da mãe, Narciso sentia que agora era hora de crescer.

Tinha muitos planos. A grande urgência no momento era contratar alguém capacitado para ajudá-lo na administração dos negócios. O supermercado, a padaria, a Toca do Sabiá e os diversos negócios da família exigiam agora mais do que nunca uma visão ampla e adequada à época de mudanças que estavam experimentando, com as produções em larga escala, a presença de grandes silos, a participação maior de intermediários e as novas relações no trabalho[100]. Era preciso profissionalizar.

Foi então que Valéria, sua namorada, teve uma ideia brilhante para o momento: ela poderia ajudá-lo nessa empreitada. Era advogada, com experiência em direito empresarial e trabalhista. Seu escritório já atendera algumas empresas e intermediado diversos problemas com trabalhadores.

Era uma sugestão realmente tentadora. E havia um benefício extra: ela o amava.

---

100 Nos anos 1960, o Brasil vivenciava inúmeras transformações em todos os setores de atividades, como, por exemplo, as diversas alterações que a Constituição Federal promoveu na CLT (Consolidação das Leis do Trabalho) com a intenção de flexibilizar as relações trabalhistas.

Big mistake![101]

Fim de março, início de abril

Seu Armando olhava para a filha que chorava, segurando a mão dela. E ele esperava. Não era hora de dizer nada.

Tinha imaginado que já estivesse em Montevidéu com Miguel, e inesperadamente naquela manhã ela apareceu em sua casa sozinha, aos prantos.

Pediu à filha que tomasse o chá que Margarida, sua ajudante, tinha preparado. Depois a levou para o quarto e viu que estava com febre alta. "O que poderia ter acontecido, meu Deus?!"

Ficou com ela no quarto até que dormisse. Se a febre persistisse, chamaria o Dr. Alécio. "E Miguel?! Onde estaria aquele maluco?"

Nesse instante, ouviu a campainha da porta, e Miguel apareceu, também transtornado. Seu Armando não sabia o que fazer ou dizer. Deixou que se acalmasse; outro chá foi servido. Ele quis saber de Alice, e quando soube que estava com febre, pôs as mãos na cabeça e começou a chorar.

– Ela não quer mais se casar comigo – começou a dizer. – Eu me comportei como o verdadeiro imbecil que sou e que sempre fui.

– O que aconteceu? – seu Armando perguntou aflito.

E a resposta veio, sincera, sem retoques, como era esperado de um homem como aquele.

– O senhor acompanhou de perto os problemas que tive que enfrentar, com minha irmã, os bancos, a produção nas fazendas, a cooperativa. Não reclamo disso. É o ânimo que dou à minha vida. Só que sou explosivo, reajo mal, xingo, trato mal as pessoas. Depois eu me arrependo, mas já aconteceu. E sei que nada justifica o meu comportamento boçal, grosseiro mesmo.

– Sim, eu entendo. Mas o que aconteceu, Miguel? – foi a pergunta ansiosa de seu Armando.

– Meu relacionamento com Lili sempre foi respeitoso, delicado. Ela vivia me alertando para a forma como tratava Esmeralda, as explosões com os colonos e a grosseria com algumas pessoas que eu considero intragáveis. Conversamos muito sobre isso, mas eu sou burro, arrogante demais para reconhecer as consequências.

"Na semana passada, fui ao posto de saúde para falar com ela sobre a viagem. Estava nervoso com algumas coisas que haviam acontecido pouco

---

101 *Big mistake!* (ing.) = Um grande erro!

antes na cooperativa e perdi a calma. Berrei com ela, e acho que todo mundo ouviu. Não foi nada bonito. Ela se magoou, pedi desculpas, mas, o senhor sabe, sempre fica aquele espinho no coração. Eu odeio quando faço isso e estou tentando modificar esse meu gênio. De verdade!

"Hoje o Jorge foi nos buscar para levar ao aeroporto. Briguei com ela, porque não gosto do Jorge. Acho que ele é apaixonado pela Lili e fica sempre rondando. Não fui muito educado com ele e, quando chegamos, ela se queixou do meu comportamento. Nós estávamos na fila do embarque e eu comecei a brigar. Ela pediu que eu falasse baixo e me enfureci, peguei o braço dela e a arrastei para fora da fila. Ela ficou pálida, olhos assustados, segurando com força a frasqueira que tinha trazido. Só então me dei conta da besteira que tinha feito.

"Fomos para um canto do saguão, eu tentei pedir desculpas, mas ela não respondia. Como se estivesse em um transe, não chorava, apenas olhava para mim de uma forma estranha, distante, como se fosse desmaiar. Depois de tanto chamar seu nome, ela pareceu se reanimar. Tirou, então, a aliança do dedo e me entregou, e disse: "Eu não posso. Não posso!". Eu peguei a aliança e me dei conta de que tudo estava acabado, que ela não me queria mais.

"Ela foi embora, e fiquei lá, parado, uma dor terrível tomando conta de mim. Acabou, eu pensava. Como pude deixar que isso acontecesse? Ela é a única coisa boa que aconteceu em minha vida. Eu a amo e não sei o que vou fazer sem ela."

Seu Amando olhava para o homem à sua frente. Sentia raiva e ao mesmo tempo pena dele. "Como se resolve uma questão tão delicada?", pensava.

Depois de ouvir calado, disse:

– Miguel, você é homem íntegro, mas, se me permite a franqueza, é um casca-grossa de marca maior. E esse será sempre um problema em sua vida, com ou sem a Lili. Mas deixe que eu conte a você um fato que aconteceu e que pode ajudar a explicar a reação que ela teve e o peso das coisas que aconteceram.

"Como você sabe, minha mulher morreu quando Lili tinha apenas cinco anos. Foi uma tragédia. Eu fiquei desesperado, não sabia o que fazer para trabalhar e cuidar da menina. Havia uma senhora, dona Maria, que ia uma vez por semana ajudar na limpeza geral da casa. Era simpática, competente, e, depois que minha esposa se foi, pedi a ela que cuidasse da casa e da garotinha.

"Muito bem, os dias passavam e eu comecei a notar que Lili andava caladinha, triste. Não dizia nada. Um dia, resolvi voltar para casa fora do horário habitual. Vi que dona Maria estava brava, ralhando com a menina. Lili tinha derrubado um copo de leite na sala. Os cacos de vidro se espalharam pelo chão junto com o leite derramado. A mulher, furiosa, dizia: "Que merda! Vou ter que limpar tudo de novo. Merda! Pode ir já para o quarto de castigo. E para de chorar". Foi, então, para cima da menina e, agarrando seu braço, começou a levá-la em direção ao quarto. Aterrorizada, Lili, acostumada com a delicadeza e o carinho da mãe, engolia os soluços e mal conseguia respirar. Nesse momento eu entrei, e quase matei aquela mulher. Peguei Lili em meus braços e prometi que ela nunca mais ficaria sozinha ou desamparada.

"Agora, Miguel, tenho você diante de mim. Não quero ver a semelhança no fato, porque você a ama. Sou testemunha disso, e creio firmemente no que afirmo. Mas é preciso que você defina com clareza e com propósito o que realmente importa para você. Para tudo na vida, meu amigo, é necessário ter disciplina, força para mudar e fazer diferente. Não é preciso se violentar. Você acha que eu fui sempre calmo, bonachão, de bem com a vida? Não. Não fui mesmo. Mas a vida é abençoada porque nos dá escolhas, e se fizermos as escolhas certas, que se dane o resto. Para que precisamos de mais coisas, mais terras, mais prestígio e poder se nossa vida é um lixo? Tenha certeza de que podemos viver bem, com amor, e alcançar a felicidade... com pouco, com paz. E você não tem pouco. Só falta paz."

Miguel, de cabeça baixa, concordava, limpando os olhos com movimentos bruscos.

Seu Armando continuou:

– Então, meu amigo, a escolha é simples: você quer repetir o modelo de seu pai, rude, sem afeto, inúmeras amantes, intransigente, sem abrir mão do jeito torto de levar a vida? Ou quer ser feliz ao lado da pessoa que ama e que o ama, cuidando da relação como se cuida de uma planta que precisa crescer e vingar, negociando todo dia com a felicidade, arrancando o que não é necessário e trazendo para perto de si apenas o que é bom e justo?

"Posso garantir a você que não há nada mais importante na vida do que ter a pessoa amada ao nosso lado. Sem isso, tudo fica pálido e sem sentido. E quando os filhos chegam, a felicidade se completa, e mais uma vez temos que ceder, negociar e mudar. Essa é a mecânica da vida. E vale muito a pena."

– Seu Armando, o senhor acha que ainda há esperança para mim? – perguntou Miguel, visivelmente ansioso.

– Sim, mas será preciso muita sinceridade e delicadeza. Dê um tempo agora e vá você também dormir. É preciso estar bem para uma boa conversa.
– Fez uma pausa. – Gosto muito de você, Miguel. Rezo para que Deus o

ajude como Ele uma vez me ajudou. Mas agora vá. Essa é uma história que vale a pena ouvir em outro momento.

Depois de levar Miguel até o quarto de hóspedes, Margarida voltou e disse encabulada:

– Seu Armando, que coisa triste! Nunca tinha ouvido falar desse caso com a pobrezinha. E olha que estou aqui desde o tempo da falecida.

Seu Armando olhou para ela de forma enigmática.

– Já ouviu falar em parábola, Margarida? Às vezes, as histórias ajudam mais do que os fatos.

Margarida demorou um pouco para entender e, quando o fez, saiu arrastando os chinelos, resmungando:

– Mas que velho "queima campo"!

Ele ouviu e imediatamente corrigiu:

– "Queima campo" não; não sou mentiroso. Sou contador de parábolas.

E sorriu.

...

A tarde de sexta-feira chegou languidamente. Miguel não conseguia dormir e resolveu esperar no quarto até que Lili acordasse de seu sono febril. Como era linda sua menina! Olhava para ela e acompanhava sua respiração, agora mais tranquila. Pôs a mão na sua testa e viu que a temperatura estava normal. "Graças a Deus!", pensou.

Lili abriu os olhos e levou um susto com a presença de Miguel ali na casa de seu pai. Seus olhos se encheram de lágrimas mais uma vez. Ele estava visivelmente abatido, sem aquele brilho e energia tão habituais em seu semblante. Miguel pediu que o ouvisse, que o deixasse falar. E ela o ouviu.

Conversaram muito, com as bênçãos de seu Armando, naturalmente. Houve reconhecimento de culpa, explicações, justificativas, promessas, declarações de amor, e um prazo para ver como tudo caminharia. Seis meses!

Lili olhava com renascida ternura para o rosto de Miguel, agora mais alegre e esperançoso. Ele também tinha sofrido, e muito! Com o rosto dele encostado ao seu, repetia para si mesma, como se fosse uma prece: "Vai dar certo, eu sei que vai!"

Padre Ernesto

Padre Ernesto apareceu ao cair da tarde na sexta-feira com duas garrafas de vinho italiano. Era velho conhecido de seu Armando e os dois costumeiramente se reuniam sempre que um deles recebia um vinho novo ou altamente recomendado.

Seu Armando recebeu as garrafas com a voz carregada em exclamações:

– Um Barolo e um Brunello de Montalcino! Piemonte e Toscana presentes aqui, hoje! Quem você andou assaltando, Padre Ernesto?

– Primeiro, boa noite a todos! – o padre respondeu com uma suave entonação italiana. – Armando, recebi as garrafas do meu amigo que agora é bispo alocado em Roma. O padre Hélio foi para lá, e o bispo pediu que me entregasse os vinhos.

– Bendito seja! – disse seu Armando. – E vem em um momento particularmente importante. Vamos celebrar. O Miguel é também apreciador de um bom vinho, não é, Miguel?

Miguel fez que sim com a cabeça, sorrindo. Todos estavam reunidos para um lanche e, apesar de Lili e Miguel estarem ainda meio abatidos, havia uma ternura explícita nas mãos entrelaçadas, nos olhos e no afeto dos gestos.

A conversa fluiu mansa, alegre, convidativa. Padre Ernesto tinha vindo jovem ao Brasil e não pretendia voltar. Afeiçoara-se ao país, às pessoas, ao velho seminário que administrava havia mais de quinze anos. Seu Armando ouvia, fazia uma ou outra observação e sorria contente, bebericando seu vinho.

Miguel olhava admirado para o velho sacerdote e se perguntava como era possível uma amizade entre as duas criaturas à sua frente: um filósofo agnóstico como seu Armando e um padre católico convicto de sua fé como Ernesto.

Em dado instante, o padre se voltou para Miguel e Alice e disse em tom afetuoso:

– Como é bom ver o carinho que existe entre vocês dois, meus filhos. Este velho sacerdote sabe reconhecer prontamente quando o amor se faz presente. E isso eu vejo aqui, com os olhos do meu coração que nunca mentem. Vocês se casam logo?

– Vamos esperar um pouco – disse Miguel meio hesitante.

– Esperar? Mas por quê? O amor é coisa rara, e são poucos os agraciados com essa benção maior que Deus concede.

Talvez pelas palavras do padre, talvez ainda pela sensibilidade que o vinho sempre desperta, Miguel falou sobre seu amor, um amor que nunca sentira por ninguém, mencionou o fato de ser desquitado, os problemas com seu temperamento e, com isso, o medo de magoar e perder Alice.

O padre silenciou por alguns instantes.

—Viver a vida e procurar ser feliz nunca será um exercício fácil. Se não tivermos a coragem de assumir riscos e determinação na busca do que é de fundamental importância para nós, então não teremos direito a nada nessa vida. Passaremos por ela tranquilos, sem muitos obstáculos, seguros, regrados, refreados e mornos. Ser morno é viver na mediocridade. Lembram-se da passagem do Apocalipse: *Conheço tuas obras: não és frio nem quente. Oxalá fosses frio ou quente! Mas, porque és morno, nem frio nem quente, estou para vomitar-te de minha boca?*

"Meus filhos, só há uma coisa a considerar quando se quer ser feliz: se arriscar. Ir além da superficialidade das certezas fáceis e se apoiar firmemente naquilo que se acredita ser o caminho para a felicidade. Pode não ser fácil, talvez seja necessário mudar. E essa deve ser uma resolução sólida, com consistência. Mudar é sempre bom. Nos dá oportunidade de ver o novo, o que realmente importa para nós e para os que amamos. Só é necessário ter coragem, fugir do banal corriqueiro e escolher o melhor para nossa vida."

Miguel e Lili ficaram boquiabertos. Como negar a verdade dessas palavras? Que estúpidos, incoerentes, medrosos tinham sido!

— Queremos nos casar — Alice arriscou-se a dizer.

— E por que não fazem isso? O Miguel é desquitado, não? Você se casou no civil e na igreja?

— Não — Miguel respondeu. — Só no civil. Ela é judia e eu sou católico. Resolvemos, então, pelo casamento no civil apenas.

— Ótimo! Deixe-me dar a vocês algumas informações para entenderem o que vou falar. Para a igreja católica, diante de Deus o casamento civil é casamento nenhum, porque a pessoa não foi casada sacramentalmente com alguém. Ou seja, não é válido. Ou seja, essa pessoa continua solteira. O valor de um casamento civil para um católico é simplesmente ter o seu casamento sacramentado na igreja reconhecido pela sociedade civil. A única questão que precisa ser levada em conta é se há obrigações naturais que precisariam ser cumpridas: com a primeira companheira ou com os filhos. Apenas isso.

— Não tive filhos. Meu casamento durou pouco. E ela é bastante rica.

— Muito bem — disse o padre. — Posso fazer o casamento de vocês, a qualquer hora que decidirem. Até nesse próximo domingo, se quiserem.

— Nós íamos nos casar hoje — Miguel declarou bem rápido.

— Ora, ora. O que estão esperando, meninos?

Miguel e Lili olharam nos olhos um do outro e sorriram. "Por que não?"

...

Amo-te sem saber como, nem quando, nem onde, amo-te diretamente sem problemas nem orgulho: amo-te assim porque não sei amar de outra maneira, não ser deste modo em que nem eu sou nem tu és, tão perto que a tua mão no meu peito é minha, tão perto que os teus olhos se fecham com meu sono.[102]
Pablo Neruda

Uma onda de felicidade tomou conta de todos. E o que há de mais precioso do que sentir a felicidade tão próxima e tão possível?

O casamento, marcado pelo próprio padre Ernesto, teve mesmo lugar no domingo em uma cerimônia simples, na própria casa de seu Armando e com um número restrito de convidados.

Josefa, Miquelina e o esposo, dona Carmela, Vó Ângela, dona Eiko e família, Esmeralda e filhos, Serge, professor Raimundo e dois fazendeiros amigos de Miguel tinham recebido, com grande surpresa, o convite inesperado no sábado. No domingo, porém, estavam lá e se emocionaram com a singeleza da cerimônia, as palavras do padre Ernesto e a felicidade estampada nos olhos dos noivos.

Alice estava linda em seu vestido azul-celeste – ia usá-lo no Uruguai. Na cabeça trazia a mantilha que dona Carmela lhe dera de presente. Era um véu de Bruxelas, todo bordado a mão, que a velha senhora tinha guardado a sete chaves durante muito tempo em papel de seda e laços de fita. "*Per una giovane donna molto speciale*"[103], disse a Alice ao lhe entregar o presente, com um beijo carinhoso no rosto.

Todos ficaram até o anoitecer; e por que ir embora logo se tudo estava tão bom, tão perfeito?

Miguel e Alice não viajaram para comemorar as núpcias. Depois da cerimônia, foram para a fazenda. Esse agora era o seu lar. O lar com que os dois sempre sonharam ter.

---

102 Soneto XVII, de Pablo Neruda.
103 *Per una giovane donna molto speciale* (it.) = Para uma jovem muito especial.

A carta

Meados de abril

A presença dos dois prédios – cooperativa e anexo – na paisagem do vilarejo levou um tempo para ser assimilada e naturalizada. Trazia a estranheza da novidade, algo que incluía gente diferente, um círculo mais abrangente de trabalho e uma rotina corriqueira ainda não experimentada.

A diretoria da cooperativa recém-empossada já estava com um cronograma montado e reuniões marcadas. Os novos subsídios governamentais e as lideranças que surgiam e se firmavam traziam perspectivas bastante promissoras, e era necessário agir. Esse deveria ser o foco principal de seu trabalho e de sua atuação.

Nas tantas voltas dessa pequena nova engrenagem, um fato estranho teve lugar. O Dr. Valadares recebeu uma carta enviada por Eugênio, filho mais velho de dona Ruth e irmão de Narciso.

Dona Ruth lhe enviara a carta oito dias antes de sua morte. Era hábito receber notícias da mãe, com comentários sobre os negócios e os locais. Nessa última carta, porém, Eugênio sentiu uma nota não usual na mensagem, mas não atentou muito para o fato porque dona Ruth era dada a exagerar o efeito "maligno" de acontecimentos corriqueiros em sua vida ou na vida das outras pessoas do vilarejo.

Na verdade, havia algum tempo ela insistia em falar sobre a natureza humana, que em alguns momentos podia se revelar com crueldade inimaginável. Dava o exemplo da morte da ex-mulher do Hercílio e afirmava que Eugênio não tinha ideia de como esse fato a abalara, deixando-a apavorada.

Na última carta, em especial, o tom alarmista crescia de intensidade: não estava bem de saúde – logo ela, que sempre tivera uma saúde de ferro. "Os ratos, os malditos ratos!", dizia. Pedia ao filho que não falasse nada para Narciso. Ele sempre dizia que ela estava exagerando, imaginando coisas por causa da namorada nova. E brigava com ela.

Passado o choque da morte da mãe, ao reler as cartas que ela lhe enviara, Eugênio sentia que, bizarrices à parte e por questão de consciência, precisava se certificar sobre a natureza, de fato, de sua morte. Afinal, analisando bem, ela nunca tivera mesmo problema mais sério de doença, e as que geralmente anunciava em tom dramático na verdade não passavam de pequenas indisposições comuns a todos.

Entrou em contato com Narciso e falou de suas dúvidas e receios. O irmão achava que tudo já havia sido explicado: era problema de coração, e o infarto tinha sido fulminante. O próprio legista tinha atestado isso.

Eugênio, porém, insistia em afirmar que muitas coisas estranhas estavam acontecendo no lugar e que, provavelmente, em um momento ou outro, a mãe devia ter se sentido ameaçada. Era preciso que se certificassem de que tudo tinha sido normal.

Narciso ficou indeciso, mas, como o irmão fora firme, acabou concordando.

Para grande surpresa sua e de Eugênio, o delegado informou que a exumação do corpo de dona Ruth já havia sido solicitada e que já tinha em mãos a autorização judicial. Poderiam assim providenciar um novo laudo médico.

O legista havia estranhado o vômito meio esverdeado de dona Ruth, então colheu o material e uma amostra de sangue para análise. Quando os resultados chegaram, viram que o infarto ocorreu devido a uma grande quantidade de aldicarb[104], presente em veneno de rato.

O Dr. Valadares tinha a informação de que Dona Ruth diariamente tomava o café da manhã e almoçava no supermercado; não gostava de cozinhar. Entretanto, era o dia de ano-novo e o supermercado estava fechado. Ele acreditava, assim, que na manhã em que morreu ingerira uma dose fulminante em casa. Como o filho estava fora, era preciso rastrear quem mais teria ido até a casa deles naquele dia.

Uma bomba! Choque imenso! O vilarejo mais uma vez entrou em pânico.

---

104 Aldicarb (carbamato Aldicarb) = Agrotóxico altamente letal; raticida, produzido ilegalmente como praguicida.

O retorno do medo

Como um grande incêndio em época de seca, o medo se alastrou mais e mais entre todos, unindo-os, aprisionando-os em um círculo cruel e devastador.

Dizem que o medo nasce inicialmente de uma visão terrível, imaginada e amplificada do que possa acontecer. Essa possibilidade vai se transformando em certeza à medida que é sustentada por argumentos nem sempre lógicos, mas com um fundo emocional impactante. Essa convicção paralisa mais e mais, e a crença, assim, se propaga, transformando o medo em algo concreto e próximo de todos.

Entre as pessoas do vilarejo, a percepção de que muitas vezes não se pode ter controle de tudo, de que o poder de gerar angústia e sofrimento estaria, de certa forma, em uma esfera exterior, à mercê da vontade de um outro, trouxe à superfície o medo da morte e da nossa finitude. E nada é tão sagrado quanto o valor à vida – à nossa vida.

As suspeitas sobre a morte de dona Ruth levaram ao vilarejo dúvidas, temores e a sensação da grande vulnerabilidade de seu viver habitual. Nada era mais o mesmo, e nada podia ser o mesmo.

Na confeitaria, ponto habitual dos encontros da comunidade, as pessoas conversavam aflitas, indo em busca de informações. As reações ao medo que se propagava e crescia eram as mais diversas.

Alguns se diziam surpresos com o fato: "Não posso acreditar que tenha acontecido uma coisa dessas. Não é possível!". Outros davam motivos para justificar o medo que sentiam: "Ninguém pode mais confiar em ninguém. Já são três casos!". Outros ainda diziam não compreender a razão para tanto medo: "Os três casos? É pura coincidência!". Uns poucos relativizavam o impacto do acontecido: "Tudo isso vai acabar logo. Vai passar!". E havia também os que tinham dificuldade para falar sobre o assunto e a respeito do medo que sentiam: "Não gosto nem de pensar nisso! Vamos falar de outra coisa".

E assim o temor se propagava e ia escurecendo uma paisagem outrora tão cheia de sol e harmonia em seu equilíbrio de todas as formas simétricas e não simétricas de ser e estar, de pensar e sentir, de conviver em sua possível paz.

A tulha

O novo laudo médico demorou a sair, e o tempo se arrastava, se desmanchando a conta-gotas.

As crianças entraram mais uma vez no período de férias, mas a ideia de um mal maior as assombrava. Lagartixa e Matias não saíam de casa por nada deste mundo. Até o Doutor estava preso, proibido de ir para a rua. "Nunca se sabe", dizia Lagartixa. "Assassino é assassino!".

Chaim também era covarde confesso e se recusava a sair. Ficava na chácara cuidando dos animais, organizando as tarefas com os homens que o ajudavam e, naturalmente, de olho para ver se nada de "esotérico" acontecia por lá também. (Chaim era doido por palavras difíceis em português).

Os dias foram passando e, depois de uma ou talvez duas semanas, a sensação pesada de outro assassinato foi, aos poucos, se tornando mais pálida, e a estranheza de uma ameaça próxima, um pouco mais distante.

Matias e Lagartixa, em um rasgo de hombridade e coragem, decidiram, então, ir até a chácara do Chaim tão logo o tédio começou a falar mais alto do que a já esmaecida sensação de perigo. Queriam conversar um pouco, dar algumas risadas e saber do namoro dele com a prima. Além disso, era época de carambola, laranja-lima, mexerica e tangerina, e lá havia as melhores da região.

Não encontraram Chaim logo que chegaram. Devia estar na tulha, guardando os sacos de milho, de arroz ou de feijão.

Não gostavam muito da tulha. Era grande, um pouco escura, e já tinham ouvido dizer que ali havia ratos, morcegos e que tais. Além disso, os sacos empilhados junto às paredes laterais muitas vezes deixavam pouca área central para a circulação. Formavam pilhas altas, e a pessoa tinha que ficar andando sem muito espaço, enclausurada naquele mundo com cheiro forte de estopa. Tudo isso sem falar no risco de ter um morcego voando sobre sua cabeça ou de perceber um ou outro rato passando em cima de seus pés. Havia também a parte superior que Chaim usava para guardar sementes e as sobras da safra anterior. Só a escada de madeira que levava até lá tinha tanta teia de aranha que ficava difícil sair ileso sem carregar nos cabelos, no rosto ou nos braços algum traço da seda líquida de seus desenhos.

Chamaram o amigo em voz alta, mas não tiveram resposta. Entraram, devagarinho, ressabiados, vasculhando o lugar com o olhar. Perto da escada, de repente, ouviram um pequeno guincho, e uma sombra negra caiu sobre eles. Gritaram com toda a força de que eram capazes, saindo em louca carreira, atropelando sacas, batendo em retirada, indo para longe daquele mundo sinistro e de maus presságios.

Chaim apareceu finalmente... gargalhando. Tinha lágrimas nos olhos de tanto rir e um pano preto nas mãos. Havia muito tempo esperava uma oportunidade como aquela: os dois moleques já tinham aprontado muito com ele.

Depois de muita risada, os três foram até a casa de Chaim. Dona Jenna estava na cozinha e fazia uma cruz sobre a massa de pão. Os meninos já sabiam: era sinal de que logo teriam pão *lavash* quentinho e macio saindo do forno *tonir*.

A sensação de que tudo, afinal, estava voltando ao normal, porém, foi quebrada com a chegada de Manezinho e Florindo, contratados por Chaim para a capinagem das terras da chácara perto da estrada.

Manezinho, com rosto crispado e ar de bastante preocupação, pediu desculpas por aparecer naquela hora, mas achava que era caso de precisão. Tinham encontrado a uns metros da estrada um embrulho em jornal, pequeno, sujo e mal feito, meio enterrado. Talvez a chuva tivesse levado uma parte da terra que o cobria, deixando à mostra um pedaço dele. No meio do mato que capinavam, logo chamou a atenção dos dois. Florindo, então, pegou o pacote e até brincou:

– Se tiver dinheiro, vai ser meio a meio, Manezinho.

Ao desembrulhar, o rapaz viu que não era dinheiro, mas embalagens de veneno para rato. Duas delas estavam abertas. Manezinho percebeu que aquilo era muito estranho e disse:

– Embrulha de novo tudo isso, Florindo. Vamos mostrar para o Chaim. Tem muita coisa feia acontecendo, e a gente tem que tomar cuidado.

Chaim olhou para o pacote sujo sem muita coragem. Os dois meninos também estavam com medo. Lagartixa disse, então, que o melhor a fazer era ir falar com o delegado e, pelo sim, pelo não, entregar o que havia sido encontrado. Veneno de rato embrulhado e enterrado em um matagal perto da estrada era suspeito, suspeitíssimo.

E assim, se escorando um no medo do outro, os três foram até a delegacia falar com o Dr. Valadares.

Suspeitas de quem, *stupido*?

O caráter espartano de Vó Ângela era bem conhecido. Lúcida, era o que se poderia chamar de uma pessoa "verdadeira". E o que poderia carregar maior ambiguidade que essa palavra, sempre repetida na boca de velhas amizades, de conhecidos ocasionais e de afetos não muito sinceros?

Baixinha, mais do tipo calado, assertivo, essa senhora italiana já perto dos oitenta anos tinha uma energia que extrapolava seu tipo físico e uma força de caráter e uma coerência de vida que marcavam cada um de seus atos e sentimentos. E um exemplo dessa têmpera foi dado muito cedo às almas benfazejas do vilarejo que, por acaso ou não, dormiam em berço esplêndido.

Seu filho mais velho era homem jovem, de boa aparência e galanteador. Amigo do prefeito da cidade e sempre às voltas com a política local, visitava as fazendas e os pequenos vilarejos do município em seu *jeep* verde, levando uma caderneta em que anotava pedidos, reclamações e reivindicações de toda natureza. Usava um terno de linho branco, impecavelmente passado, que fazia questão de amassar, rolando com ele na cama antes de sair. "É para dar um toque natural", explicava.

Simpático, com sorriso fácil, encantava as pessoas com quem conversava, particularmente as mulheres solteiras, casadas, viúvas ou sem estado civil definido, uma condição que nem sempre (e poderíamos até dizer nunca) agradava sua esposa, dona Carmen.

Tudo ia muito bem até que um dia os dois, depois de muitas brigas, idas e vindas, resolveram se separar. Era uma época em que "mulher direita" não se separava. Questionada pelos irmãos, ela desfiou todas as suas reclamações e mágoas a respeito das inúmeras "escapadelas" do marido. E o resultado foi indignação geral e irrestrita.

Os irmãos – eles próprios representantes fidedignos de um estereótipo de masculinidade cultivada por anos a fio, em que homem que é homem é forte, sem fraquezas sentimentais, voltado para o sexo dentro e fora do casamento, e até com uma certa brutalidade no tratar – resolveram que chegara a hora de "acertar as contas" com o Don Juan revisitado. Foram até o bar em que estava e começaram a fazer ameaças.

Quando Vó Ângela soube o que estava acontecendo, pegou a tranca que tinha em uma das portas e partiu para o bar. Lá chegando, olhou direto para os três homens e, brandindo a peça sólida de madeira em suas mãos, avisou:

— Vocês podem tentar bater em meu filho, mas terão que, primeiro, passar por mim.

Nesse momento, não era a senhorinha pequena e frágil que falava. Era alguém de tal fortaleza de caráter e estatura moral que até o próprio filho pedia que se acalmasse, dizendo que nada iria acontecer.

No fim de tudo, marido e mulher se separaram, voltaram, e novamente se separaram, seguindo caminhos diferentes. Quando o filho ainda muito jovem faleceu em um acidente de carro, Vó Ângela o vestiu com o terno branco. Junto com ele foi a tranca da porta. Não precisava mais dela.

Com essa fibra de caráter e a grande capacidade de expressar seus afetos, dá para imaginar a perplexidade e até a indignação que sentiu quando soube da convocação da amiga, dona Carmela, para prestar depoimento no caso de dona Ruth.

A figura portentosa e aparentemente inoperante do Dr. Valadares veio-lhe de imediato à mente. "*Dio mio! Ma perché...? Quello stupido non vede che è un oltraggio per una donna onesta, onorata, andare alla stazione di polizia?!*"[105], dizia, esbravejando em seu quintal. Decidida, passou pela casa do professor Raimundo e, juntos, acompanharam dona Carmela até a delegacia.

"*Poverina! Poverina!*", repetia compungida, enquanto aguardavam na delegacia a saída da amiga. O professor Raimundo tentava acalmá-la e esclarecia que se tratava apenas de dar algumas informações. Nada mais. E ponderava:

— Está na hora de a Carmela esquecer a discrição que, às custas pessoais, tem mantido tão zelosamente, dona Ângela, com medo de ferir injustamente uma pessoa. Não vale a pena se sacrificar. A verdade sempre prevalece.

Vó Ângela não concordava muito com essa tese do professor. Já tinha vivido tempo suficiente para entender que nem sempre a justiça dos homens é justa, nem sempre a verdade proclamada está necessariamente de acordo com a realidade ou as condições inexoráveis.

Carmela surgiu à porta, e parecia em paz.

— *Finito, Carmela? Sì? Andiamo via!*[106] — disse Vó Ângela com energia incontida.

E os três partiram.

---

105 *Dio mio! Ma perché...? Quello stupido non vede che è um oltraggio per uma donna onesta, onorata, andare ala stazione di polizia?* (it.) = Deus meu! Mas por quê...? Aquele estúpido não vê que é ultrajante para uma senhora honesta e honrada ir a uma delegacia de polícia?!
106 *Finito, Carmela? Sì? Andiamo via!* (it.) = Terminado, Carmela? Sim? Vamos embora!

Há mais coisas no mundo, Marcos

Fim de abril

Um silêncio incômodo persistia depois que dona Carmela prestara seu depoimento ao delegado e seu assistente. "Seria possível?", pensava o delegado.

Depois de um tempo, o Dr. Valadares finalmente disse em voz baixa, quase com medo de pronunciar o que estava pensando: "Há mais coisas no céu e na terra, Horácio, do que foram sonhadas pela sua filosofia."[107] E começou a divagar, hábito a que se entregava quando queria marcar a importância de um ponto ou um argumento.

– Marcos, a citação do *Hamlet* de Shakespeare tem tudo a ver com a realidade das nossas investigações. Há muito mais coisas no mundo que estão além de uma filosofia de vida e de uma racionalidade, de que Horácio tanto fala. Existe o lado mais passional, que Hamlet representa: ele traz o imponderável, o incalculável, aquilo que a razão não consegue explicar.

"Vejamos: Primeiro: dona Carmela forneceu chás e sugeriu alguns procedimentos para dona Ruth; havia resquícios de veneno no chá que a mulher tomou. O filho não estava em casa. Pergunta: Quem pôs o veneno? Há a possibilidade de dona Carmela ter posto o veneno? Segundo: de acordo com dona Carmela, dona Ruth confidenciou a ela uma preocupação mais específica que a mencionada na carta ao filho Eugênio. Pergunta: Podemos acreditar em dona Carmela? As implicações de suas declarações são graves, seriíssimas. Terceiro: ela fala em possíveis contradições por parte de dona Ruth; era vizinha próxima e podia acompanhar o que se passava na casa. Pergunta: Caso seja verdade, o que estamos perdendo de vista?"

– Dr. Valadares, não acredito que dona Carmela seja o tipo de pessoa que saia por aí caluniando ou envenenando as pessoas – disse Marcos com convicção.

– Vamos ver – disse o delegado. – Vamos ver se quem ganha nessa sua aposta é Horácio ou Hamlet. – E ficou novamente em silêncio. Uma deixa para Marcos se retirar da sala.

---

107 *There are more things in heaven and earth, Horatio, Than are dreamt of in your philosophy*, em *Hamlet*, de William Shakespeare.

A fonte secou

Início de maio

O chafariz da praça parou de funcionar, a água da fonte que havia tantos anos jorrava secou. Encanamentos velhos e malcuidados acabaram por impedir o funcionamento da fonte, que bravamente perseverara durante mais de cem anos.

Como se todos no vilarejo subitamente acordassem com o silêncio de suas águas, fonte e chafariz tornaram-se, então, visíveis aos olhos. Como era possível acontecer? Eram parte de suas lembranças, da história de cada um no lugar!

Serge, ao ter conhecimento do fato, deixou clara sua intenção de continuar trabalhando para que não apenas o chafariz mas também a praça toda fossem recuperados. "Um amor antigo". Era assim que Serge definia a admiração que sempre tivera pela praça, com suas linhas originais, seu chafariz, seu guarda-corpo de pedra e seu coreto.

Tinha apresentado o projeto de restauração da obra ao Instituto do Patrimônio Histórico e Artístico Nacional (Iphan) que realizava um trabalho importante para a preservação e divulgação do patrimônio histórico-cultural no país. Enfatizara a importância da obra. Verdadeira pequena joia em uma comunidade de brasileiros e imigrantes, seus traços eram marcas de um tempo único, de um estilo simples e de uma elegância que pacientemente se deixava revelar. Precisava ser preservada.

Da mesma forma, antes mesmo da aprovação do Iphan, já vinha movendo céus e terra com as autoridades do município para conseguir autorização para o restauro e a revitalização. E conseguira, muito provavelmente pelo inusitado cabedal político que a região agora em franco movimento de desenvolvimento econômico e tecnológico representava. A cooperativa sem dúvida alguma tinha posto em marcha a convergência de forças que até aquele momento estavam dispersas ou eram subavaliadas, e o vilarejo ganhara visibilidade e importância.

Conseguir autorização tinha sido relativamente fácil; conseguir verba, porém, era outra história. Seria necessário mobilizar toda a comunidade.

Miguel foi o primeiro a ser consultado e o primeiro a dar apoio financeiro à causa. Líder, foi seguido por outros, e o obra pôde, enfim, ter início.

• • •

Serge ficou responsável pela condução dos trabalhos. Ele próprio se encarregaria da restauração do chafariz e do coreto com a ajuda de algumas pessoas do lugar. E, surpresa das surpresas, Tatsuo se ofereceu para ajudá-lo na recuperação do *layout*[108] original dos canteiros e da arborização da praça.

Os trabalhos tiveram início. Antes de tudo, foi imprescindível a troca de toda a instalação hidráulica, com a substituição do encanamento velho e deteriorado, a remodelação do sistema de escoamento e a reposição de cinco dos oito bicos de cobre que jorravam a água para dentro do chafariz e na fonte. Serge conhecia exatamente quem poderia fazer cópias idênticas. Um ponto positivo em tudo é que havia poucas rachaduras no guarda-corpo e no piso, fato que facilitaria a restauração.

As pessoas acompanhavam com curiosidade a obra delicada e minuciosa que estava sendo realizada. No chafariz, em particular, as crostas, acumuladas no fundo do grande círculo de pedra ao longo de tantos anos sem limpeza ou manutenção, exigiam paciência e cuidado redobrado. Limo, um grande número de moedas, tocos de cigarro e até outros objetos não muito costumeiros – como uma dentadura, por exemplo – iam sendo retirados e provocavam certo frenesi entre as pessoas que acompanhavam o serviço.

O aparecimento de uma faca longa, ainda brilhante, chamou a atenção quando Serge a retirou da mistura viscosa, esverdeada, de restos de plantas mortas, água e lodo. Estava presa à única saída para o escoamento da água. Serge logo esclareceu para todos:

– Não é uma faca; é um punhal. E tem um trabalho bem interessante no cabo.

Depois, caindo em si, em um *insight* de puro pavor, disse:

– Bem, não é muito comum encontrar facas ou punhais em fontes ou chafariz. Vamos entregar para o Dr. Valadares. Ele vai saber o que fazer com isso.

Um silêncio pesado então pesou sobre eles. "Seria possível?"

---

108 *Layout* = projeto, esquema.

Tem vida no anexo

Início de maio

Miguel olhava para Magnólia com um misto de espanto e contrariedade. Como era possível, com tanta gente à procura de emprego, contratarem uma moça "estranha" como aquela?

Magnólia, alheia aos efeitos que sua presença causava, sorria com um sorriso maior do mundo para quem quer que entrasse. Era nota colorida e vibrante – dissonante mesmo – no ambiente frio e asséptico do anexo.

– Quem é ela? – Miguel perguntou ao Dr. Maciel, diretor administrativo do complexo cooperativa anexo.

– É a nossa psicóloga e coordenadora de programas assistenciais e de atividades culturais no anexo. Fizemos uma seleção rigorosa dos candidatos e agora já podemos contar com um farmacêutico e um atendente de balcão para a farmácia, uma bibliotecária, um professor para as atividades culturais e de jogos, e a psicóloga na coordenação do departamento de assistência social, naturalmente. Todos com currículos excelentes. Acredito que até o fim do mês tudo estará funcionando normalmente e já com alguns projetos em execução.

Miguel olhou mais uma vez para Magnólia. "Alice vai gostar dela, com certeza". Ele só achava que era diferente demais: saia em algodão rústico, bata indiana com bordados coloridos, flor no cabelo comprido e solto, e pulseiras e mais pulseiras em contas naturais. Nos pés, uma sandália de tiras em couro cru. "Oh, Deus!", pensou com lamento. "Só faltava uma *hippie* por aqui!"

Lá fora, no pátio para as exibições de animais, um grupo de crianças participava de uma competição de atletismo. Divididas em três grupos de idades diferentes, competiam entre si, gritavam umas com as outras e seguiam à risca a orientação de um monitor que controlava a ordem de apresentação das equipes com a prancheta na mão e o apito na boca.

"Monitor?", Miguel se perguntava, olhando para o menino, agora já um rapazinho. Alice o adorava, e sempre elogiava sua inteligência e sua capacidade criativa. "É um líder nato", dizia.

"Matias, sim, acho que o nome é Matias. Quem será que teve a ideia?". Lembrou-se, então, do pedido de dona Carmela para Lili: ela poderia interceder para que o menino ajudasse nas atividades esportivas lá no anexo. Sem remuneração, naturalmente. Ele tinha energia de sobra e podia ser muito útil.

Miguel olhava a atuação do menino, ouvindo o professor, orientando as crianças menores, discutindo com as maiores, corrigindo, exortando à participação e… gargalhando quando alguma coisa saía errada. Todos acompanhavam e riam também. Era a alegria pura do viver.

Assim que percebeu sua presença, Matias foi até o professor, trocou umas palavras com ele e, em seguida, caminhou em direção ao fazendeiro. Educado, cumprimentou e pediu licença para falar com ele sobre um projeto para as crianças que começavam a frequentar as atividades no anexo.

Miguel olhava divertido para o menino. Depois de ouvir, fez uma provocação:

— Um aparelho de televisão? Aqui no anexo? Mas por quê?

Ouviu, então, uma série de argumentos que cobriam desde a necessidade de lazer, o valor educativo da competição esportiva, a importância da Copa do Mundo para o brasileiro, o aumento da frequência das crianças no anexo, o nível de satisfação dos pais – e até a própria presença deles nos dias dos jogos do Brasil, além da vantagem para a cooperativa de ter um centro de integração atuante no campo social, instrucional e cultural, o que permitiria "fidelizar as famílias e evitar a rotatividade do pessoal". Miguel ficou pasmo!

— De onde você tirou essas palavras "fidelizar" e "rotatividade"? – perguntou surpreso.

— Sabe o que é, Dr. Miguel? Por acaso eu ouvi uma conversa do Dr. Jonas com o Dr. Maciel. Nunca tinha ouvido essas palavras. Fiquei curioso e depois perguntei o que queriam dizer, e o Dr. Jonas me explicou. Achei que seriam perfeitas para esse projeto. O senhor não acha?

Miguel perguntou em tom de formalidade quase profissional, tentando disfarçar o sorriso:

— E como faríamos isso funcionar?

— Simples! Quem participa das atividades aqui toda semana faz propaganda sobre a torcida organizada que vamos ter nos dias de jogo do Brasil. Convida para vir. Depois, convida para jogar futebol nos outros dias. Damos qualquer refresco, um docinho. E pronto! Presença garantida não só para os jogos da Copa. Quem não vem, não ganha nada, mas quem não gostaria de frequentar um lugar assim?

— Muito bem. Vou discutir a ideia com o diretor e logo daremos a resposta.

O menino abriu seu sorriso branco e saiu feliz, de volta para o pátio. "De onde veio essa criatura?", pensou Miguel, e sorriu. Era preciso ter coragem para expor qualquer ideia. E isso o menino parecia ter de sobra. "Diabo de menino inteligente! Lili tinha razão. Muito bom! Muito bom mesmo!"

Despediu-se do Dr. Maciel. Magnólia continuava lá, conversando com duas mães que perguntavam sobre as aulas de ioga. Toda "zen", ameaçava fazer duas ou três posições a título de demonstração dos possíveis benefícios da prática. Era um tanto quanto gordinha, e as coisas acabaram não dando muito certo.

Miguel balançou a cabeça, ainda sem entender muito bem o que acontecia no anexo. Saiu rapidamente. Era mudança demais para ele assimilar.

Foi em direção ao posto de saúde para almoçar com Lili. Assunto é que não faltaria!

...

No posto de saúde, a dra. Alice socorria os inúmeros casos de gripe, bronquite alérgica e pneumonia. Estava exausta. Nos últimos quinze dias, tinha assistido a três partos, atendido mais de vinte pacientes com febre alta e tosse, encaminhado dois casos graves para o hospital na cidade e visitado pelo menos quatro idosos que não tinham condições de ir até o posto. Ainda bem que podia contar com Josefa. Era extremamente competente e estava sempre pronta para ajudar!

No fim de julho, ela e Miguel iam para os Estados Unidos. As aulas na universidade teriam início, então, e ela faria a apresentação dos resultados de sua pesquisa para a banca examinadora da pós-graduação e também para a fundação. Miguel estava animado e ansiava por esse período de férias com ela. Aí sim teriam a lua de mel tão merecida.

Estava quase na hora de Miguel vir buscá-la para o almoço; comeriam no bar mesmo. Não tinha tempo para ir até a fazenda e voltar. Sentia falta, entretanto, da comidinha da Esmeralda. Ela continuava administrando a movimentação doméstica na casa-grande, e era muito bom chegar em casa e sentir os aromas que vinham de sua cozinha – cheiro de pão, de galinha assada, de torresmo feito na hora, de uma infinidade de outros aromas que só um lar de verdade poderia ter.

Um caminhão parou na frente do posto, e dois homens trouxeram um boia-fria com um corte feio na perna. Sangrava, e Josefa logo o encaminhou à enfermaria e começou a limpar o ferimento. Alice acompanhava a cena e aguardava para prestar sua assistência quando subitamente viu tudo escurecer e caiu, desfalecendo.

Um grande tumulto teve lugar. Josefa e os enfermeiros paralisaram o que estavam fazendo por alguns segundos, sem entender o que acontecia.

Nesse instante, Miguel apareceu e quase enlouqueceu quando viu Alice desmaiada no chão.

Josefa, recuperando-se da surpresa, pediu com voz firme para que Benê e o outro enfermeiro ficassem com o ferido na enfermaria enquanto ela acudia a médica.

Miguel estava sobre ela, tentando fazê-la recuperar os sentidos. Josefa o afastou com energia e levou Alice para o consultório, deitando-a na mesa de consulta. Pôs sua cabeça de lado para facilitar a respiração e elevou as pernas para que o sangue passasse a fluir com mais facilidade. Viu se estava com alguma coisa que pudesse apertá-la, e nesse instante a médica se recuperou e abriu os olhos.

– Não sei o que aconteceu comigo.

Josefa olhou para ela e observou, sorrindo:

– Às vezes, nem sendo médica a gente desconfia das coisas, não é, doutora? Parabéns, vem vindo um bebezinho por aí.

Miguel e Alice olharam para ela como se não entendessem. Depois, uma alegria incontida foi tomando conta dos dois. Como se não acreditasse, Miguel perguntou:

– É possível?

Lili apenas fez que sim com a cabeça, radiante. E os olhos dele se encheram de lágrimas.

– Graças a Deus! – e a beijou com ternura.

Relatório, Marcos. Relatório!

Sentado à sua mesa, compenetrado, o Dr. Valadares decretou:

— Feche essa porta, Marcos, e não deixe ninguém vir aqui. É um entra e sai que   a. Cambada de gente chata!

Marcos prontamente obedeceu. Saiu da sala, fechou a porta e avisou em alto e bom som que o delegado estava em horário de almoço. Para todos na delegacia, a expressão funcionava como uma espécie de senha para não incorrer em desnecessária desgraça.

Uma hora depois, o delegado abriu a porta e, com um sorriso de plena satisfação, pediu a Marcos que lhe apresentasse o relatório com os últimos dados que havia conseguido a respeito dos três assassinatos.

Impávido, o assistente lhe entregou diversas folhas datilografadas e, ato contínuo, começou a discorrer sobre os resultados das diversas diligências. Paciência não era um dos traços mais marcantes no caráter do delegado. Entretanto, Marcos, há tantos anos trabalhando com ele, aprendera que, por trás do jeito aparentemente inconsistente e às vezes até meio bufão daquele homem, havia uma inteligência arguta, perspicaz e realmente incomum.

Depois de ouvir as novas informações, o Dr. Valadares achou melhor acentuar a importância de alguns fatos.

— Vamos repassar os dados, Marcos. Primeiro: o punhal encontrado na fonte foi, de fato, a arma usada no assassinato do engenheiro e de Marta. A análise dos ferimentos mostra que há perfeita coincidência entre os cortes praticados e o tipo de estrutura da lâmina. Segundo: a arma com punho e calço em osso e com o botão do punho em madrepérola é peça antiga, de família ou de colecionador, e deve pertencer a alguém de posses, pela qualidade do material e trabalho artesanal.

Marcos acrescentou:

— O outro objeto encontrado na praça no dia do assassinato de Marta, ex-mulher do Hercílio, é uma corrente Cartier de 70 centímetros, em ouro amarelo, com uma medalha de Nossa Senhora Aparecida, chapada com bordas em ouro branco. Uma peça tipicamente masculina.

O Dr. Valadares, fazendo uso da informação, ratificou:

— Terceiro: a corrente encontrada e a medalha também são peças caras, aparentemente novas; acredito que não vá ser difícil rastrear a quem pertence. Como estão as investigações a respeito da vítima?

— O marido de Marta é atualmente vendedor itinerante. Verificamos seu álibi. Estava longe daqui, visitando três locais diferentes nos dias anteriores e no próprio dia do assassinato. Segundo ele, havia um amante na história toda. A descoberta provocou a separação do casal. Separação que, diga-se de passagem, já estava fadada a acontecer. Ninguém no vilarejo viu ou suspeitou de nada enquanto ela morava aqui. Na cidade, também não! Temos uma entrevista marcada com uma das amigas dela depois de amanhã, Darlene Costa. Já está acertada. Vamos continuar investigando, doutor.

– Aqui cabem, então, as seguintes perguntas, observou o delegado: O suposto amante era do vilarejo ou de fora? Como foi possível ninguém perceber o caso dela com esse amante em um lugar tão pequeno como este? O amante é necessariamente o assassino? O fato de ela ter sido morta aqui indica que o assassino deve ser daqui?

– Sobre o caso do engenheiro, deu para o senhor ler os resultados das diligências que foram realizadas em outras comarcas? – questionou Marcos.

O Dr. Valadares, tomando as folhas nas mãos, respondeu:

– Sim, e temos também informações interessantes aqui. O nome da mulher do engenheiro que consta no passaporte é Sofia Antônia Macfaden, sobrenome do padrasto adotado em 1958. O nome de nascimento era Sofia Antônia Gimenes. O padrasto se casou com a mãe quando ela tinha quatro anos. A mãe, o padrasto e ela passaram a morar na cidadezinha em que ele morava – uma localidade fundada por imigrantes americanos[109]. A alegação dada para a mudança do sobrenome foi "reconhecimento pelos cuidados de toda uma vida". A troca foi realizada quando tinha 26 anos e antes de partir para os Estados Unidos. E eu me pergunto: Por quê? Não acredito muito na história de reconhecimento filial.

Marcos continuou completando as informações:

– Foi normalista, lecionou durante um tempo naquela cidadezinha, depois ingressou na faculdade de filosofia, ciências e letras na capital do estado e passou a morar lá. Iniciou o curso de sociologia aos 22 anos. Não terminou. A ficha escolar registra "desistência: casamento e mudança de residência". Tem um dado interessante aqui. Sabe quem dava aula nesse curso de sociologia e foi professor dela? O professor Raimundo.

---

109 Depois da guerra entre o Norte e o Sul nos Estados Unidos (Guerra de Secessão ou Guerra Civil Americana, 1861–1865), a insatisfação pela perda de terras, a abolição dos escravos e a humilhação pela derrota levaram alguns sulistas a deixar o país. O Brasil recebeu 2,7 mil americanos até 1867. Nessa época, o governo brasileiro dava incentivo à imigração para substituir a mão de obra existente e estimular o desenvolvimento da agricultura e do país. O estado de São Paulo foi a região que recebeu o maior número desses americanos.

— Ora, ora, ora ... — Uma luz brilhou nos olhos do delegado. — Muito interessante mesmo, Marcos. Isso foi há quanto tempo? Doze, treze anos?

— O ingresso na faculdade foi em 1954. Ela frequentou as aulas do curso durante três anos e, no último ano, no quarto (1957), desistiu logo no início. Não conseguimos muitas informações lá. Ao que tudo indica, era boa aluna, sem ter uma participação brilhante ou notória. O professor Raimundo deu aula para ela no segundo e terceiro anos. Tudo normal e corriqueiro.

— Bem, vale a pena conversar com ele — disse o delegado com uma nota distante na voz baixa. — Ele já nos indicou o amigo que teve contato com o casal nos Estados Unidos. Agora vamos ver se ele pode nos dizer alguma coisa dessa mulher. Tem foto dela, Marcos?

Marcos anuiu com um sorriso. O Dr. Valadares continuou:

— E depois, Marcos, o que temos?

— Nada, absolutamente nada. Apenas o registro de sua saída do país, oito meses depois. Há um vácuo, um verdadeiro enigma. Não sabemos ainda com quem se casou, onde morou depois de casada, o que fez durante esse tempo, e nem como encontrou o engenheiro. O padrasto já havia falecido nessa época.

— Que caso! — exclamou o delegado, com ar pensativo.

Marcos conhecia muito bem aquela reação. O mistério o intrigava e fazia com que acionasse uma rede maluca de sinapses, com inter-relações, possibilidades e até hipóteses que deixavam Marcos literalmente de boca aberta.

— Outra pergunta, Marcos. Já foram feitas averiguações sobre o casamento em outras localidades com o nome de solteira dela?

— Sim, estão sendo feitas. Demora um pouco, mas vamos descobrir.

— Precisamos reunir o maior número de dados possível. Só assim conseguiremos ter a materialidade e os indícios necessários que nos levem à autoria do crime. O que fugir disso é pura balela, e nunca vamos chegar ao assassino.

Marcos interrompeu a lista e disse:

— Será que foi mesmo um assassino, ou uma assassina?

O delegado simplesmente olhou para ele e não disse nada. Tinha um palpite, mas ainda aguardava a confirmação de um dado. "Fundamental", pensava.

Com um tom meio hesitante, o assistente acrescentou:

— E sobre o caso de dona Ruth? A mulher tinha um repertório imenso de inimizades e desafetos. Não foram encontrados traços do raticida nem na casa nem no supermercado.

– Já ouviu falar sobre paixão, não é, Marcos? É claro que sim! Sabe de onde vem? Vem do latim *passio -onis,* q*u*e significa sofrimento, ato de suportar, do grego *pati,* sofrer, aguentar. A paixão é emoção forte, intensa, é desejo que toma conta de nós e nos faz sofrer. Ela nos leva a agir, de uma forma ou de outra, para que o sofrimento acabe ou seja atenuado. Vamos aguardar, Marcos. Há muita paixão por trás dos três casos. Temos que ser pacientes e esperar. Ver com cuidado o que existe por trás da ordem, do correto e do normal. Tudo a seu devido tempo.

Chaim

Maio

Chaim decidiu que ele e dona Jenna iam de avião para o casamento, apesar de todo o choro da mãe – choro, é preciso que se diga, com poucas lágrimas e sem muita convicção.

O encontro com Otávio foi decisivo:

– Você está maluco, Chaim? Ir e voltar de ônibus para o seu casamento? São mais de quinze horas de viagem, fora o percurso até as terras do seu primo. Pelo amor de Deus, pegue o avião na cidade, e em menos de quatro horas estarão lá, sem cansaço e bem apresentáveis. Na volta, faça a mesma coisa.

Jonas, ao seu lado, endossava a fala do amigo, e Chaim resmungava entre dentes:

– É bem caro.

Otávio olhou bravo para ele.

– Larga mão de ser pão-duro, Chaim. Você tem dinheiro de sobra para pagar. Seus parentes vão adorar ir até o aeroporto esperar você e dona Jenna. Fátima, então, vai ficar orgulhosa de ver o noivo chegar em grande estilo.

– Nunca andei de avião – admitiu ele com uma careta. – Acho que tenho medo.

– Todo mundo tem na primeira vez – disse Jonas, tentando animá-lo. – Depois vê que é seguro e não para mais. Além disso, tem comida muito boa, bebida à vontade, sem falar nas aeromoças... uma mais bonita que a outra. E todas querendo agradar, ajeitando os travesseirinhos da cabeça, oferecendo água, perguntando se você precisa de alguma coisa. Vá de avião, Chaim. Faço a reserva para você na cidade. É só me passar as datas.

Chaim pensou, considerou muito, e acabou decidindo ir mesmo de avião. Dona Jenna quase enfartou, reclamou do filho, da distância, da época do ano, dos parentes, da noiva prometida e da roupa nova que precisaria mandar fazer para a viagem de avião[110].

---

[110] As viagens de avião nas décadas de 1960-1970 eram acontecimentos a que poucos tinham acesso porque o preço das passagens era bem alto. As tarifas dos voos eram regulamentadas pelo governo. Dessa forma, a estratégia competitiva entre as empresas era oferecer excelência no serviço. O serviço de bordo da Varig, por exemplo, foi considerado o melhor do mundo em 1979. Com o término do controle governamental no fim da década de 1970, o serviço luxuoso nas atividades aéreas foi cedendo lugar a preços mais acessíveis, agilidade e tecnologia mais avançada.

No dia marcado, estavam os quatro no aeroporto. Sim, porque Otávio e Jonas fizeram questão de acompanhar mãe e filho até lá para ver sua partida. Eles e os outros amigos do vilarejo não poderiam participar do noivado e do casamento do querido Chaim, mas haveria uma festa para quando ele e a noiva chegassem. Uma festa de arromba!

Dona Jenna, toda elegante em seu *tailleur* azul-marinho e colar de pérolas, sorria encantada para tudo. Adorou a viagem, consolou Chaim, que, encolhido na poltrona, se recusava a abrir os olhos, comeu tudo o que lhe fora oferecido e desceu toda orgulhosa a escada do avião, acenando para os "brimos" e "brimas" que foram buscá-los no aeroporto.

Chaim olhava estupefato para a mãe, gloriosa em seu *status* de grande dama e mãe augusta. "Viver para crer", pensou com seus botões.

A figura de Fátima se destacava no grupo de pessoas que veio recepcioná-los; o mundo, então, ficou mais colorido e alegre. E ele sorriu feliz.

...

Ao término de três semanas, Chaim chegou ao vilarejo com a noiva – agora esposa – e a mãe. Faltavam quatro dias para o início da Copa do Mundo, e ele estava todo paramentado com a camiseta do time brasileiro e um boné amarelo. Era torcedor roxo da equipe canarinho.

Tinha preenchido o álbum de figurinhas com os jogadores da Copa junto com Lagartixa e Matias, e faltava uma apenas – uma das difíceis. Lagartixa tinha prometido trocar com ele. Só queria ver!

Quando chegaram, havia um número grande de pessoas à sua espera. Fátima ganhou flores, dona Jenna, abraços. Todos queriam cumprimentar os noivos, a mãe do noivo, a volta deles, dar os presentes e comemorar.

Chaim era chorão e, abraçando a esposa, balbuciava entre lágrimas para os amigos:

– Ela não é linda?!

Futebol, ufanismo e regime militar

Entre maio e junho

A torcida no vilarejo era grande. A banca de jornal, a padaria confeitaria e o supermercado eram centros distribuidores das tabelas de jogos e de vendas de álbuns e de figurinhas.

A praça era o lugar para a troca de figurinhas repetidas, feita geralmente na hora do almoço. As consideradas difíceis tinham muito valor e eram disputadas com avidez por todos.

Os meninos costumavam participar de um jogo que alguns chamavam de "bafo" e outros de "bater figurinha". Uma pilha delas era colocada em uma superfície plana; com a batida da palma da mão, o jogador da vez recolhia as que viravam com a face para cima. Qualquer atitude suspeita de prendê-las com o polegar na hora da batida era motivo para confusão séria.

Lagartixa era considerado o rei do "bafo". E ninguém entendia como aquelas mãos conseguiam virar tantas figurinhas. O rapazinho alardeava seus feitos, e com ar de superioridade divertida, dizia que era simplesmente uma questão de "jeito e técnica". Recebia, então, petelecos na cabeça, ao mesmo tempo que ria e enchia os bolsos com as figurinhas que ganhava.

Quem não tinha dinheiro para comprar figurinha se virava com a folha de uma planta chamada guaxuma, ideal para esse tipo de brincadeira. Todos, no fim, acabavam se divertindo, de um jeito ou de outro.

A Loteria Esportiva[111], recém oficializada, era outra novidade. Concorrer com as apostas era empolgante – e talvez (muito talvez!) bastante lucrativo. Mas havia também os "bolões" feitos informalmente entre amigos ou colegas de trabalho, em um jogo de adivinhação instigante e prazeroso. Essas apostas consideravam os resultados dos jogos e quais jogadores marcariam os gols.

Em dias de jogo do Brasil, as ruas ficavam praticamente vazias. A maioria dos negócios suspendia as atividades, o volume dos radinhos portáteis aumentava uns tantos decibéis e ficava valendo todo um repertório de supers-

---

111 A Loteria Esportiva no Brasil foi regulamentada em 25 de março de 1970. Depois de uma fase experimental, os bolões começaram oficialmente a partir de 7 de junho, antes até da Seleção Brasileira ganhar o tricampeonato mundial. A loteria foi um sucesso, mesmo com venda em apenas seis estados e com filas enormes devido ao pequeno número de casas lotéricas. Em 1972, ela já estava espalhada por todo o Brasil.

tições ligado ao sucesso da equipe brasileira, como, por exemplo, vestir a mesma roupa e se sentar na mesma cadeira durante as partidas.

As mulheres, que geralmente não acompanhavam os campeonatos de futebol, participavam formando uma torcida animada que acendia velas e rezava, comentava sobre as jogadas, a atuação dos juízes e a substituição de um ou outro jogador[112]. Às vezes tinham dúvidas: Mas o que é isso!? Por que impedimento? E não adiantava explicar que era preciso haver dois jogadores adversários à frente no momento do lançamento. Recusavam-se a aceitar e insistiam que tinha sido roubo – e dos grandes!

A confeitaria, e principalmente o anexo, passaram a ser os locais escolhidos para os jogos. Matias conseguira convencer o Dr. Miguel, e a televisão em branco e preto fora instalada, transmitindo as jogadas, levando à loucura os telespectadores presentes, que aumentavam consideravelmente à medida que o time brasileiro seguia invicto, de vitória em vitória. A emoção era contagiante.

O Brasil, por fim, foi campeão em uma partida considerada espetacular. A euforia foi geral. Havia muitas risadas, gritos, alarido por toda parte. Muitos comemoravam soltando rojões, indo até o bar para se encontrar com os amigos ou ficando mesmo em casa, bebendo uma cerveja e discutindo os lances daquele jogo tão emocionante.

O tricampeonato estimulava o patriotismo e o ufanismo nacional. O governo militar forte estava no poder e no controle do país. E o fato de o presidente ter acertado o resultado da final da Copa foi um ingrediente a mais para a sua popularidade.

Segundo alguns historiadores, de forma geral, os jogadores e a maior parte da população ignoravam o que estava acontecendo politicamente. Atos institucionais que reforçavam os poderes do Executivo e um aparato rígido de repressão consolidavam uma fase insólita de paz e prosperidade. Era o período do "milagre econômico" com a realização de importantes obras públicas, grande desenvolvimento econômico, possibilidade de crédito e expansão do consumo.

---

112 Até a Copa de 1966, não era permitido às equipes substituir os jogadores durante o jogo, mesmo que os atletas se machucassem. Se algum deles sofresse lesão durante a partida, teria que sair, desfalcando assim o time, ou permanecer em campo, mesmo machucado. Na Copa de 1970, houve alteração na regra, e passaram a ser permitidas até duas substituições, ainda que por motivos táticos. A partir da Copa de 1998, já podiam ser feitas três substituições.

Diferentes manifestações contrárias ao regime aconteciam em grandes centros, na calada da noite e até como força de resistência armada. O endurecimento do governo, entretanto, atuava de forma drástica e cabal.

Eram os anos de chumbo de um Brasil paradoxalmente "cordial" e "solidário".

"Asno que a Roma vá, de lá asno voltará"

Meados de julho

Vó Ângela, todas as vezes que começavam a fazer considerações a respeito de alguém – a simpatia, o jeito afável, a sabedoria de vida –, dizia com ares de quem sabe o que está falando: "Precisa comer um quilo de sal junto para saber quem (ele ou ela) é de verdade".

Essa máxima popular acompanhava a história de sua família, sempre às voltas com gente nova que chegava. Todos sofriam a necessidade de aceitar e compreender o outro – física, emocional e até espiritualmente. Era preciso levar em conta as semelhanças, e não a completa identidade; as diferenças e controvérsias, sem a anulação recíproca; a entrega afetiva na medida certa, no equilíbrio necessário.

Narciso se empolgara com a possibilidade de ter Valéria trabalhando a seu lado. Era advogada, empenhada em tudo o que fazia, segura nas decisões que tomava e sempre pronta a resolver as questões que surgiam com determinação e firmeza. Era alegre, envolvente, conversava com todos de uma forma agradável, sem perder a necessária distância para que tudo caminhasse obedecendo a uma norma hierárquica que precisava ser mantida.

Seu trabalho, inicialmente circunscrito à administração do supermercado, logo se estendeu também à padaria. E Narciso acompanhava com olhos maravilhados a atuação da moça.

À medida que o tempo passava, a administração dos negócios ganhava um novo impulso, alcançando também a Toca do Sabiá, as transações comerciais e bancárias, as decisões com relação a novos investimentos, a contratação de pessoal. Uma nova dinâmica acontecia com vigor e competência; um centro nevrálgico de poder agora se estabelecia com Valéria à frente.

Poder e dinheiro, entretanto, são forças irresistíveis, partes de uma alquimia que dá ensejo à transmutação de tudo e de todos. Valéria mudava, e Narciso acompanhava atônito as transformações que lentamente aconteciam.

Assíduo leitor de histórias em quadrinhos, lembrava-se particularmente de um episódio de terror narrado em uma dessas revistas. Episódio que o deixara apavorado.

> *Um homem rico e educado tinha uma esposa que, com o passar dos anos, se transformara em um ser vulgar e irascível. Encolerizava-se com facilidade e destempero, era autoritária, crítica ao extremo e não via traço de benevolência ou*

caráter em ninguém, nem mesmo nele. Atormentava sua existência, e o ato de viver em sua companhia passara a ser um verdadeiro inferno sobre a terra.

Desesperado, o homem tomou a decisão drástica de matá-la, e assim o fez com todo cuidado, sem deixar pistas que pudessem comprometê-lo.

Passado algum tempo, ele se apaixonou por uma moça que conhecera em uma das festas do lugar. Ao contrário do monstro feio e ignóbil da esposa, era linda, a personificação da bondade e da gentileza. A vida voltara a lhe sorrir.

Os anos se passaram, e ele percebia que a moça que amava aos poucos ia mudando, tornando-se uma réplica viva da esposa que tivera. A vida mais uma vez voltava a ser um inferno.

Seu fim foi um suicídio calculado e frio, a única saída que via para a roda de um destino perverso e maligno para si.

Mais do que nunca, Narciso começou a revirar essa história na cabeça. Olhava para Valéria com terror. Ela, senhora de si, disputava ferrenhamente com ele em sua autoridade, destemperava-se por qualquer coisa que a contrariasse, gritava com os funcionários, chegando a ser cruel em punições em nome de um resultado mais positivo de atuação. Era desesperadamente crítica e autoritária – a dona do jogo. "Seria possível estar diante de um déjà-vu?", ele se perguntava. Não era justo.

Sentia que as demonstrações de afeto agora aconteciam de forma calculada. Ele sempre as recebera com coração ávido... e, agora, com mãos repletas de presentes "espontaneamente" sugeridos pela dama "espanhola". O encanto e a paixão se esgarçavam à medida que o protagonismo dela em tudo se tornava maior e mais necessário.

Queria romper, desgarrar-se dessa espécie de maldição que sempre o acompanhara. Primeiro a mãe, que atormentara sua existência durante quarenta e tantos anos; agora, essa mulher – cópia rediviva da mãe – em que Valéria se transformara. Precisava dela. Muito. Como suportar, porém, uma pessoa que agora lhe era insuportável?

Mais um dilema! Outra grande ironia em sua vida!

De volta para casa

Fim de julho/Início de agosto

É um mistério intrigante como uma pessoa pode marcar sua presença em uma casa, um lugar qualquer, um vilarejo.

Todos comentavam a ausência do Dr. Miguel e da Dra. Alice. Havia uma sensação imperceptível de algo que faltava. Na cooperativa, as decisões seriam tomadas "só depois que o Dr. Miguel voltasse"; no posto de saúde, a pergunta recorrente era: "A Dra. Alice ainda não chegou?". As consultas com o médico substituto não tinham o mesmo efeito nem o mesmo resultado. Tudo parecia estar em compasso de espera.

Por isso, a chegada do casal foi recebida com alegria. A Dra. Alice conseguira com suas apresentações frente à banca examinadora e à fundação americana uma verba extra para a instalação de um hospital naquela comunidade. E a cooperativa também passara a contar com um escritório nos Estados Unidos para a venda de produtos agropecuários brasileiros. "Uma ajuda e tanto para ampliar as exportações brasileiras", afirmava o Dr. Miguel, todo confiante. "Afinal, estamos investindo em nossas terras, fazendo uso de novos equipamentos, pondo em prática novos conceitos de gestão, de conhecimento e de trabalho. É mais do que certo que os frutos venham".

Na fazenda Estrela D'Alva, Esmeralda ficara à espera deles com uma infinidade de pratos e guloseimas, a casa cheirosa e cheia de flores. "Como a Dra. Lili gosta", dizia para as moças que a ajudavam. E quando eles surgiram na ponta da estrada, seu sorriso branco se abriu para ficar o dia todo, o tempo inteiro.

Seu Armando e Jorge tinham ido buscá-los no aeroporto, e durante o almoço as novidades foram contadas, os casos exagerados, os presentes distribuídos. Uma sensação de bem-estar, de carinho e acolhimento preenchia aquele ambiente.

O que será?

Os dias que se seguiram trouxeram algumas novidades. A Dra. Alice trouxera na bagagem uma quantidade grande de instrumentos para atendimento emergencial e alguns medicamentos novos (*painkillers* ou analgésicos, antibióticos de maior espectro, ansiolíticos... entre outros). Tão logo voltou ao trabalho, pediu a dona Olga e Matias que fossem ao posto de saúde. Antes da viagem, Miguel havia lhe contado que o rapazinho tinha tido uma crise epiléptica durante um jogo no anexo. Depois de muito pesquisar e conversar com colegas da área, tinha encontrado nos Estados Unidos uma droga desenvolvida para a contenção das crises convulsivas.

– O remédio pode ajudar bastante – disse à mãe e ao filho que olhavam para ela expectantes.

Matias e a mãe agradeceram. Nesse instante, Miguel pediu licença para entrar e falar um minuto com os dois. Dona Olga olhou assustada.

– Quero aproveitar sua presença aqui, dona Olga, para agradecer a participação do Matias como monitor no anexo. A ajuda que ele está nos dando como voluntário tem sido muito importante, e ele tem colaborado efetivamente para o desenvolvimento das atividades infantis e juvenis. É educado, alegre, comunicativo e sabe como ninguém se relacionar com todos. Sem falar nas boas ideias que tem, como foi o caso da compra da televisão para a Copa do Mundo. O anexo se encheu de gente. Parabéns!

– Fico feliz – foi a resposta emocionada da mãe. – Gostamos muito quando surgiu a oportunidade de ele ficar no anexo. Não queríamos que continuasse na rua depois da escola, sem fazer nada.

– Muito bem – respondeu Miguel. – O anexo dará a ele uma bolsa de estudos para um curso de inglês. É a nossa forma de agradecer pela sua colaboração.

Matias não se aguentou de felicidade.

– É o sonho da minha vida, acredita, Dr. Miguel? Um dia, quero ir para os Estados Unidos.

– Sonhar é bom, Matias. E com esforço podemos conseguir muito do que sonhamos. Parabéns, mais uma vez. O Dr. Maciel vai falar com você sobre a bolsa. Agora, a Dra. Alice tem alguma coisa para você.

O menino arregalou os olhos quando desembrulhou o pacote que Alice lhe deu. Era um par de tênis Adidas, azul com faixa branca. Ele suspirou fundo e disse dramaticamente:

– Acho que vou morrer. Não preciso de mais nada na vida. – E começou a rir sem parar.

Todos acabaram rindo também.

Os tênis ficaram um pouco grandes. Mas quem se importava com isso?

Baby boom![113]

Meados de setembro

Como se tivesse ocorrido um acordo divino entre os anjos do céu, nasceram os bebês do vilarejo. O ar dos eucaliptos tão costumeiro no local se misturava agora ao aroma dos chás de erva-doce e de camomila e da canja de galinha. Os varais repletos de fraldas, babadores e toquinhas de tecido macio balançavam ao sabor suave do vento cálido e doce que se esgueirava quase sorrateiro por entre as frestas das janelas e portas dos quartos em que as mães acalentavam seus filhinhos recém-nascidos.

Josias mais uma vez proclamava sua virilidade exclamando todo orgulhoso sobre o nascimento de "mais um filho homem". Pedro se enternecia com a delicadeza e a graciosidade da filhinha. Sissi, ao seu lado, insistia que podia perfeitamente segurar a irmãzinha; já estava acostumada a fazer isso com a boneca. Gertrudes usufruía de descanso mais do que merecido ao lado do companheiro. Ele, embevecido, olhava para a criaturinha frágil e indefesa que dormia no berço; praticamente cabia em apenas uma de suas mãos.

Dona Carmela vivia de casa em casa, dando banhos nas criancinhas, alertando sobre icterícia, levando conselhos, benzendo contra mau-olhado. Ela, que nunca fora mãe, era na verdade mãe de todos, sábia e generosa.

---

113 *Baby boom* (ing.) = Em sentido literal "explosão de bebês". No texto, a expressão é usada como referência genérica a um número grande de crianças nascidas durante uma explosão demográfica.

Adiós, mi querida!

A cooperativa passou a ter um calendário cheio, voltado não apenas para as exibições e feiras, mas principalmente para palestras e seminários sobre os novos métodos e técnicas de cultivo, os tipos diferentes de solo e a forma mais produtiva de utilizá-los, a resposta desses solos às aplicações dos diversos fertilizantes e os problemas advindos com práticas inadequadas, de graves consequências ao meio ambiente, como erosão e assoreamento. Era conhecimento necessário para se repensar o processo de produção e os resultados de produtividade até então vigentes no setor agropecuário.

Estava se aproximando a época de plantio dos principais produtos daquela região – algodão, café, feijão, amendoim, cana de açúcar. Jonas, o amigo de Otávio, veio representando a empresa para a qual trabalhava e fez uma apresentação sobre os riscos no uso indiscriminado de defensivos agrícolas para os inúmeros fazendeiros presentes. Falou de forma competente e clara, respondendo a todas as perguntas que lhe foram feitas. Ficava evidente a capacidade que demonstrava na administração de tudo.

Narciso já tinha conversado com ele nas festas do professor Raimundo e ficara muito impressionado. Resolveu sondá-lo sobre a possibilidade de trabalhar em um novo emprego e, ao contrário do que imaginara, Jonas não se mostrou resistente à ideia.

Sob a luz dos modelos importados, uma nova era gerencial se instalava no Brasil com a mão de obra abundante, políticas de baixos salários e a introdução do FGTS com o fim da estabilidade no emprego. Estabelecia-se um novo ciclo nas relações entre empresas e empregados.

Havia agora ênfase em uma hierarquia fortemente marcada e a necessidade da presença de gestores competentes para administrar a grande massa de trabalhadores de baixa qualificação. Jonas pertencia a essa nova categoria de administradores; era engenheiro agrônomo e advogado tributarista, e desde muito cedo tinha iniciado seus estudos nas áreas de administração e economia. Permanecera um ano nos Estados Unidos fazendo estágio em diferentes departamentos da empresa em que trabalhava. Aos vinte e sete anos, já tinha uma experiência profissional invejável.

O convite de Narciso para uma conversa foi uma surpresa. Acompanhava de longe os movimentos existentes no vilarejo e, naturalmente, tinha uma noção, ainda que imprecisa, sobre o montante dos negócios da família, a atuação de Valéria na administração desses negócios e o relacionamento dela com Narciso. Foi com grande assombro, entretanto, que ouviu o relato de Narciso – a explicitação de um problema que, no mínimo, fugia à alçada pessoal.

Narciso era homem de clareza lógica, racional. Metódico, mantinha sob seu escrutínio todas as operações que eram realizadas, guardava documentos, conferia dados, analisava. Seguia à risca a recomendação do pai: "É preciso confiar, desconfiando."

A empolgação com Valéria não o fez abandonar esses hábitos. De forma lúcida, acompanhou todo o processo de ruptura de um caráter e as sequelas morais e éticas decorrentes disso. Sabia que poder é algo inebriante, que entorpece e cria uma sensação de controle sobre tudo. Valéria se sentiu tão segura e confiante que acabou por agir arbitrariamente, negligenciou em suas ações e deixou rastros evidentes de atitudes nem tão claras, nem tão honestas. Por isso, quando Jonas lhe perguntou o que ele pretendia fazer a respeito, a resposta foi precisa:

– Ela vai deixar a administração de tudo. Justa causa.

Jonas não disse nada, apenas olhou para ele. Aprendera a duras penas que qualquer ação de gestão para ser realmente efetiva deveria se sustentar em escolhas estratégicas, negociação eficiente, avaliação de custos de cada transação e a legitimação de cada ação aos olhos de todos. Estava acostumado a lidar com os conflitos entre empregados e empresa, percorrendo os diversos níveis de jurisdição criados para enfrentar os problemas existentes de negociação e demissão. Perguntou, então:

– Você tem como provar?

E a resposta foi incisiva:

– Vantagem ilícita por meio fraudulento, intenção de induzir ao erro, atentado contra o patrimônio, prejuízo alheio. Tudo com provas e documentos.

Jonas não tinha decidido ainda se aceitaria ou não o cargo que Narciso estava lhe propondo, mas, por conta de sua experiência, ponderou:

– Não seria uma boa publicidade para os negócios uma ação litigiosa. Ela, sabendo que você tem provas para uma demissão por justa causa, provavelmente terá interesse também de que tudo se resolva sem alarde. Afinal, o futuro profissional dela poderia ficar comprometido, porque notícias como essas correm como fogo em galho seco. Sem falar no dinheiro que seria despendido com advogados. E, depois, a experiência já nos ensinou que, nessas causas trabalhistas, com a legislação que vigora e a atitude quase sempre paternalista do judiciário, nós sabemos como entramos, mas nunca podemos ter certeza de como tudo vai terminar. Se você quiser, posso conversar com ela.

Embora fosse categórico, Narciso sabia muito bem avaliar o peso de um argumento sensato, mesmo que viesse na contramão de uma decisão já tomada. Aceitou a sugestão. Seria um choque para Valéria, e ele não queria lidar com gritos, reclamações e até xingamentos. Havia algum tempo a doçura inicial da namorada praticamente tinha encruado.

— Muito bem — disse em tom resoluto. — Será nosso advogado. Agora, quero que veja comigo a possibilidade de administrar nossos negócios. Qual o salário que tem em mente.

La sangre caliente

Início de outubro

Como dizer a alguém que ele ou ela errou? Como explicar as razões para que a pessoa se afaste, abandone o cargo ou não tente remediar o que não tem mais conserto?

Jonas era *expert* em lidar com esse tipo de problema, mas nunca com tamanha gravidade. O caso era realmente sério. Tinha analisado todos os papéis, documentos e extratos de banco que Narciso lhe providenciara e a conclusão era cristalina: em mais de cinco meses, Valéria tinha se apropriado indevidamente de muito dinheiro dos negócios da família.

O comunicado extrajudicial que enviara a ela foi simples e direto:

> *Venho por meio desta solicitar seu comparecimento ao nosso escritório de advocacia, localizado à rua D. Pedro II, 540, nesta cidade, no dia 10 do corrente mês, entre 10 e 12 horas, para tratar de assunto de seu interesse referente a ocorrências na gestão da empresa Magalhães & Freitas S/C Ltda.*
>
> *Em caso do não comparecimento de V. Sa. no dia determinado, ficará subentendida sua falta de interesse em resolver de forma amigável a questão pendente, sendo providenciadas, em consequência, as medidas judiciais cabíveis.*

Valéria, por sua vez, era mulher resoluta, e instigada pelo teor inesperado, se não ameaçador, da carta, acedeu ao pedido e compareceu ao escritório preparada com inúmeras hipóteses, todas perfeitamente resolvíveis.

Possivelmente seriam questões trabalhistas com funcionários ou, então, contendas com clientes e fornecedores. O que mais poderia ser? Considerava seu universo de atuação um tabuleiro muito bem montado, com todos os dados categorizados e classificados, dentro de um plano administrativo até certo ponto amplo, mas facilmente controlável.

Foi ao escritório no dia e na hora marcados. Jonas a recebeu com afabilidade. Cumprimentou-a com um largo sorriso, fez referência ao último encontro que tiveram na casa do professor Raimundo e falou de amenidades relacionadas à vida no vilarejo.

Depois de pedir que lhes servissem um café, identificou-se como advogado da empresa Magalhães e Freitas, a empresa de Narciso, e explicou a ela a razão pela qual o seu comparecimento havia sido solicitado.

— Narciso, considerando os bons resultados alcançados por você e, naturalmente, o envolvimento de natureza pessoal que mantêm, solicita que se retire da administração dos negócios, tendo em vista as sérias irregularidades em sua gestão.

Valéria mal acreditava no que ouvia.

— Como Narciso pode pedir que eu me demita? Depois de tudo que fiz? Improbidade administrativa? É isso o que ele está sugerindo? *Calúnia e difamação* são crimes contra a honra, previstos em lei pelo Código Penal, doutor, o senhor sabe disso.

Jonas sabia muito bem disso, mas deixou que ela extravasasse, e ela assim o fez sem pompa nem circunstância[114], desfiando considerações nada educativas sobre os dotes intelectuais de Narciso, sobre sua capacidade de trabalho e até sobre sua performance sexual.

"*La sangre caliente!*"[115], Jonas pensava enquanto acompanhava impassível o desfile de imprecações virulentas contra Narciso, o vilarejo e a humanidade.

Por um momento os olhos dela passearam pelos papéis que Jonas começava a colocar sobre a mesa em uma disposição organizada. Alguns, com conhecidos logotipos, eram certamente extratos bancários; outros, notas fiscais, recibos e papéis diversos das empresas com que ela costumava negociar. Havia também os longos relatórios apresentados a Narciso com a sua assinatura.

Parou de falar. Depois, em tom desafiador, disparou:

— Se você pretende me dizer alguma coisa, diga logo. O que significa tudo isso?

— Significa, Dra. Valéria, que, de vez em quando, nós cometemos erros, deixamos nos levar pelo fascínio do dinheiro tão próximo das mãos. Assim, vacilamos, caímos em tentação e rompemos a linha delicada que separa um ato correto de outro não tão honesto.

"Narciso, que a senhora qualifica como homem de inteligência medíocre, é, na verdade, uma águia de visão apurada, raciocínio de longo alcance e alta resiliência. É metódico, criterioso na análise e um sobrevivente emocional. Já teve que enfrentar desafios e passou por inúmeros processos de mudança e adaptação. Não se engane.

"Nesses mais de cinco meses em que a senhora esteve à frente dos negócios ele recolheu documentação inequívoca de irregularidades. Há recibos, papéis com alegações de despesas inexistentes, transações equivo-

---

114 Antítese de "com pompa e circunstância" que, segundo o dicionário da Academia de Lisboa, significa "de modo requintado e de acordo com a etiqueta".
115 *La sangre caliente!* (esp.) = Sangue quente!

cadas com terceiros e inconteste prejuízo para a organização, extratos bancários comprovatórios etc."

Valéria ameaçou contestar, mas era inteligente e calou-se.

Jonas, agora em tom mais ameno, continuou:

— Na minha opinião, há alguns pontos que precisam ser considerados aqui. Primeiro: há provas mais do que suficientes para incriminá-la. Segundo: um processo judicial não vai beneficiá-la — a senhora é jovem e está praticamente em fase inicial de carreira. As pessoas comentam, as empresas e escritórios ficam sabendo; ninguém ganha. E tudo isso sem mencionar as despesas envolvidas.

"O que propomos é simplesmente a sua demissão. A senhora poderá contar com a nossa discrição e silêncio. Acreditamos que todos estamos sujeitos a cometer erros. Por isso, tomo a liberdade de sugerir que deixe a empresa e procure uma nova posição aqui no Brasil ou até mesmo no exterior. Estamos em fase de expansão econômica na América Latina, e a senhora tem um talento incomum para negócios. É sucesso mais do que certo. Acredite!"

Valéria emudeceu. Olhou mais uma vez para os papéis que Jonas mantinha na mesa, debaixo dos braços e das mãos. Não disse nada durante algum tempo e depois, decidida, disse em tom firme:

— É melhor mesmo que eu me demita. Vamos encerrar isso de uma vez por todas.

— Leia, por favor, a carta de demissão e, se estiver de acordo, assine. São três cópias, a senhora sabe. Haverá um acerto financeiro conforme o trâmite regular. Avisarei quando e onde será realizado.

Valéria leu a carta de demissão. Era minuciosa e cobria todas as exigências (e possíveis brechas) das leis trabalhistas brasileiras. Pegou a caneta que Jonas lhe oferecia e assinou.

Não disse mais nada. Levantou-se com toda a dignidade de que dispunha, pegou a bolsa sobre a cadeira ao lado e saiu. Em seu olhar, Jonas viu o mesmo brilho embaçado que costumava ver nos olhos dos tantos pobres desempregados que ele costumava demitir. "É triste", pensou. "Muito triste!"

A praça

Mês de outubro

Era a vez de Tatsuo colaborar na restauração dos jardins da praça.

Inicialmente, ele olhara aflito para a quantidade enorme de arbustos, caules de plantas envelhecidas, pés de azaleias e primaveras sem flores, a cerca-viva semidestruída ao redor do chafariz e um caramanchão apenas com galhos secos e uma ou outra folha verde.

Realmente o chafariz e a fonte não eram os únicos que precisavam de uma reforma. O jardim da praça havia muito perdera a beleza e a harmonia de formas e cores. Ele tinha algumas ideias para a remodelação do lugar, mas envolveria um processo radical e muito paciencioso.

Coçou a cabeça e disse:

– Será que vou poder mesmo ajudar com o paisagismo?

– Vá em frente – assegurou-lhe Serge. – Temos apenas que manter o desenho original e providenciar o restante. Não há dinheiro para nada, mas temos mudas, plantas, pedras, troncos de árvores e... criatividade. Podemos fazer muito.

Tatsuo analisava o plano paisagístico original da praça com seus traçados simples e geométricos. Era clara a influência francesa e a presença de detalhes ornamentais ingleses. Com a passagem do tempo, o jardim de caráter eclético europeu tinha adquirido linhas mais livres e irregulares, mais adequadas às condições da flora brasileira. Pouco a pouco, porém, uma miscelânea, uma massa confusa de elementos diferentes, foi sendo introduzida, desconstruindo o esboço inicial e fazendo surgir em seu lugar uma paisagem descoordenada e decadente. "Uma pena!", pensava.

Por um momento, a atenção do engenheiro se voltou para a presença do rapazinho que observava curioso o projeto que ele tinha nas mãos. Era Lagartixa.

– Acho que vou precisar da ajuda do seu pai aqui – disse a ele. – Isso está uma loucura!

Seu Antônio, pai de Lagartixa, era especialista dos bons no cultivo de hortaliças e frutas. Sua horta era grande e abastecia praticamente o vilarejo e algumas quitandas da cidade. Homem rigoroso, semianalfabeto, levantava cedo e supervisionava os três funcionários que o ajudavam no cultivo das hortaliças e no cuidado com os inúmeros pés de frutas que havia em seu pomar. Não gostava de ter as mulheres da família trabalhando na horta. Era trabalho duro demais para elas. Ressaltava que só em caso de necessidade mesmo, como já havia ocorrido quando ele e dona Beatriz começaram. Trabalho nunca matou ninguém.

Lagartixa sempre colaborava, e ouvia suas "preleções" sobre o cuidado com a terra, o valor do trabalho, a necessidade de se estar sempre atualizado, com novas técnicas e novos conhecimentos.

Por tudo isso, a conversa entre Tatsuo e o rapazinho prosseguiu de forma fácil e muito agradável. O engenheiro se surpreendeu com o conhecimento prático que o menino tinha sobre tratamento da terra, tipo de grama mais adequado, flores mais recomendadas para o plantio, quantidade de água necessária para a subsistência das plantas e flores, e cuidados necessários para tudo o que fosse plantado em cada área específica da praça. Sim, porque havia a questão de sol, sombra, proximidade e distância de local com água...

– Muito bem – elogiou Tatsuo. – Acho que vou precisar de você também. Pode me ajudar?

– Claro. E fique sabendo que tenho dedo verde. Meu pai sempre me diz isso.

– Ótimo! – respondeu rindo. – Temos um acordo, então.

Tatsuo estendeu a mão e o garoto a apertou com força e convicção.

...

Após meses de trabalho (sete, na verdade!), a praça adquirira uma nova cor, outro ar e uma energia fresca, revigorante.

O chafariz com sua fonte centenária passara a funcionar outra vez, e dava para ouvir o barulho da água jorrando. O coreto, revitalizado, deixava à mostra a riqueza distinta do trabalho em aço e ferro; as pedras do calçamento polidas e em sua cor natural faziam as vezes de *passe-partout* de um quadro único em que a paisagem transbordava.

Como enfaticamente advogava Burle Marx[116], o jardim transformara-se em paisagem, e era visão nostálgica do passado com a aura da simplicidade e da harmonia que marcavam os tempos modernos.

Arecas-bambus, bromélias, dracenas avermelhadas, dálias, crisântemos, copos-de-leite e antúrios ocupavam lugar de destaque entre pedras, em largos canteiros coloridos, dispondo-se ao sol, ou recolhidos à sombra, brincando entre os buxinhos. Uma primavera cor de vinho enrolava-se no caramanchão

---

116 Burle Marx (1909–1994) foi um paisagista brasileiro, famoso internacionalmente.

enchendo o ar de cor vibrante e forte durante o dia; à noite, era a vez dos jasmins exalarem seu perfume profundo e envolvente.

A praça voltara à vida mais uma vez, e se enchia agora de criancinhas que brincavam em suas calçadas, de bebês que tomavam o sol da manhã, e de senhores idosos, de cabecinhas brancas, que, desfiando um para o outro as mesmas histórias, olhavam com olhos maravilhados e melancólicos a vida escorrendo no tempo.

Uma nota sobre a reabertura da praça

Final de novembro

Os meses de trabalho na praça foram duros, pesados, e muitas pessoas colaboraram em seu tempo livre para arrumar arestas, polir e envernizar bancos de madeira e juntas metálicas, carregar entulhos, consertar canos e canteiros, ajudar no plantio e regar as mudas.

O trabalho de Serge foi notável. Líder na condução de tudo, era admirado e profundamente respeitado pela força e o entusiasmo que transmitia em tudo o que fazia. O fato de ser homossexual assumido ainda dava margem a uma insinuação ou outra e a brincadeiras nem sempre tão veladas naquela comunidade conservadora e tradicionalista. Sua credibilidade e autoridade agora, porém, falavam mais alto.

Aos poucos, ele e Tatsuo conseguiram que a restauração passasse de um plano ideário individual para um projeto ideário coletivo. A ajuda da cooperativa foi decisiva para a compra de materiais e mudas, o incentivo ao projeto e a indicação de profissionais especialistas fora do vilarejo. Havia mobilização, empenho e, principalmente, cuidado com o que estava sendo realizado, e um número grande de pessoas acabou se envolvendo, principalmente nos fins de semana.

Quando a praça ficou pronta e os tapumes foram retirados, a inauguração foi marcada em decisão coletiva para um domingo pela manhã. Algumas autoridades da cidade fizeram questão de comparecer, mas não puderam contar com o protagonismo que tanto desejavam ter. As maiores homenagens foram para Serge e Tatsuo, pelo excepcional trabalho realizado.

Três pessoas foram convidadas para cortar a fita, cada uma representando simbolicamente uma fase de vida do vilarejo: dona Carmela, Dr. Miguel e Lagartixa, que teve uma menção honrosa pela sua notável contribuição e admirável criatividade.

A banda militar mais uma vez compareceu e tocou no coreto. A alegria foi geral. Era hora de comemorar, enfim!

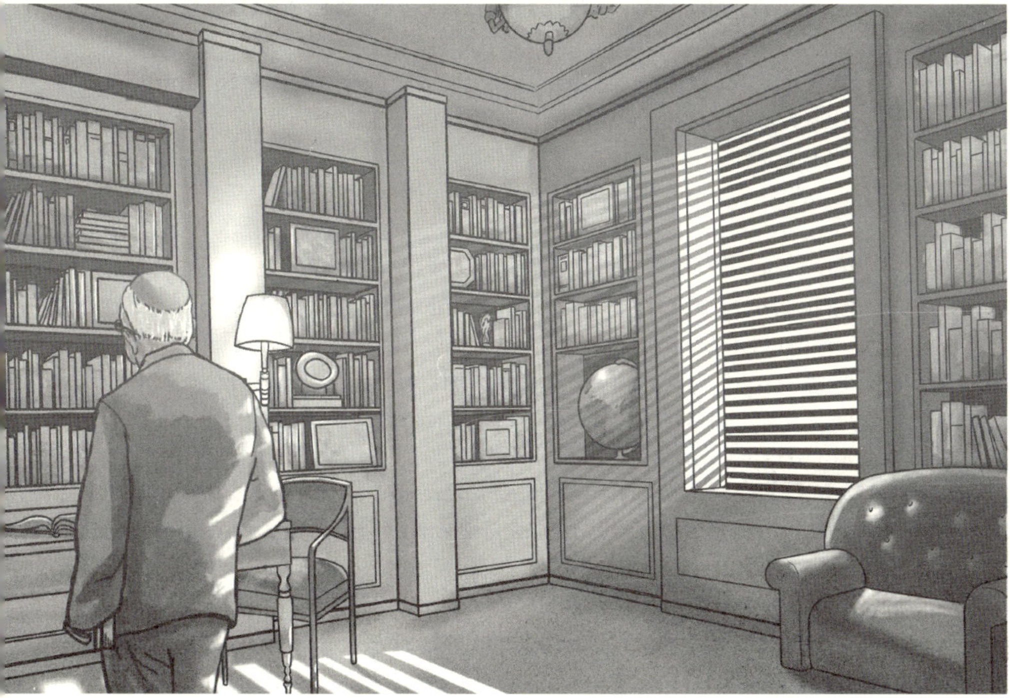

Professor Raimundo e Elizabete

O Dr. Valadares conversou longamente com o professor Raimundo. E o velho professor deu todas as informações que podia dar.

Disse apenas:

– Faz bastante tempo, meu filho. E, quando se chega a certa idade, a memória nem sempre nos ajuda com lembranças claras, corretas. Mas vamos lá!

Olhou a foto de Sofia, viu o histórico escolar e fez algumas considerações sobre aquele tempo em que ele lecionava filosofia na universidade. Lembrava-se da classe, mas não daquela aluna em particular. E, para surpresa do delegado, trouxe da sua biblioteca um calhamaço em que fizera anotações detalhadas a respeito das atividades programadas e da participação dos alunos daquela turma nos anos de 1955 e 1956.

O delegado analisou as anotações referentes à Sofia. Eram observações de natureza meramente acadêmica e não traziam nenhum dado novo para a investigação em curso. Até que, de repente, o professor se lembrou de uma informação valiosa:

– Há uma professora que agora dá aulas lá e fazia parte daquela turma. – E, referindo-se aos nomes na lista de alunos, logo a identificou. – É esta aqui, Elizabete Letto Trindade. Talvez ela possa ajudar vocês mais do que eu.

De fato, a entrevista que Marcos conseguiu com a então professora de antropologia na faculdade trouxe uma nova luz às investigações. Ela não apenas tinha conhecido Sofia, como também tinha morado com ela na mesma república durante quase dois anos.

Segundo seu relato, Sofia e ela tinham a mesma idade quando iniciaram o curso de sociologia: 22 anos. Elizabete havia concluído o curso de letras e Sofia tinha decidido parar de lecionar e fazer a faculdade. O padrasto insistira para que ela prosseguisse com os estudos; gostava de estudar e, além disso, era sozinha no mundo. Queria que tivesse um emprego melhor quando ele também partisse.

Sofia tinha temperamento dócil, era de convivência fácil. Era tímida, estudiosa e nem um pouco dada a festas ou encontros com namorados. No fim do terceiro ano, começou a namorar um rapaz de fora. Elizabete só teve chance de se encontrar com ele duas vezes apenas. Não se lembrava do nome dele, apenas que era pouco comum. Quando ele vinha buscar Sofia, nunca entrava, ficava no carro e cumprimentava de longe. Afinal, era uma república de meninas, e o acordo tácito era não receber rapazes, amigos ou namorados.

Os dois pareciam bem apaixonados, e quando as aulas do terceiro ano terminaram, em dezembro de 1956, Elizabete ficou bastante surpresa ao saber que estavam planejando se casar em breve. Ela trancaria a matrícula, eles se casariam e iriam morar na casa que a família dele tinha fora da cidade. Nessa época, entretanto, o padrasto de Sofia faleceu, e o namorado insistiu para que ficasse com ele e sua família até a realização do casamento.

Elizabete só teve notícias depois, quando a encontrou em fevereiro na secretaria da faculdade. Conversaram rapidamente, e notou que Sofia não parecia estar muito bem. Perguntou quando seria o casamento, e ela respondeu que estavam com alguns problemas. Problemas sérios! Sorriu com ar triste e disse que não tinha mais tanta certeza sobre o casamento. Antes que Elizabete pudesse dizer alguma coisa, ela se despediu e saiu com o envelope que o secretário lhe entregou.

A professora disse que depois disso nunca mais a encontrou ou teve notícias, até que a viu no aeroporto, há dois anos.

– Sofia parecia ter chegado de viagem. Estava acompanhada, mas o homem ao seu lado não era o antigo namorado. Tenho certeza. Foi isso que me chamou a atenção. Mas não tive a chance de conversar com ela. Eu ia pegar o avião e já estava atrasada.

Quando Marcos estava saindo, a professora chamou o assistente do delegado de volta à sua sala.

– Dr. Marcos, eu me lembrei agora de que outro dia estava consultando um dos meus livros e vi uma foto que Sofia me mandou no Natal daquele ano. Ela já estava com o namorado na casa da família dele e a foto é de um lugar que eles tinham visitado. Acha que pode ajudar?

– Com certeza – Marcos respondeu. – Assim que encontrar, me avise, por favor.

E saiu apressado rumo ao vilarejo.

Jonas, Narciso e Eugênio

Jonas finalmente aceitou administrar os negócios da família Magalhães e Freitas. O salário era compensador e ele sentia que precisava se abrir para novas experiências, novos contatos e enfrentar novos desafios.

Com a liberdade que Narciso lhe concedia para desenvolver suas atividades, ele teria condições de aplicar na prática alguns conceitos de gestão que havia observado nos Estados Unidos, mas que ainda não tinham chegado ao Brasil. Era mais do que necessário adquirir linhas telefônicas para os comércios para ingressar no mundo de uma tecnologia mais avançada[117], de um comércio mais aberto e mais amplo. Por exemplo, reduzir a burocracia, que era um dos principais entraves nas operações administrativas e comerciais, seria já de início um de seus principais objetivos. Por sinal, esse fora um dos pontos mais importantes discutidos com Narciso para que ele pudesse aceitar essa empreitada. Teria carta branca.

Mesmo com o mercado restrito em suas negociações com o exterior e com a pouca liberdade de ação, Jonas vislumbrava que, tão logo houvesse abertura política com os militares deixando o poder, naturalmente haveria também, como consequência, abertura econômica. E as empresas que estivessem preparadas para esse momento caminhariam com um passo à frente. E Jonas gostaria de vivenciar essa mudança.

Com o acordo firmado, uma reunião foi marcada para que as novas bases administrativas fossem discutidas com Narciso e o irmão Eugênio, donos do grupo empresarial.

Jonas ficou surpreso com Eugênio. Dono de um temperamento lúcido, cordial e sereno, em nada lembrava a atitude nervosa da mãe. Como Narciso, tinha uma inteligência particular para negócios, e suas intervenções sempre ocorriam de maneira correta, no momento adequado. Depois de ouvir seu plano de ação, fez perguntas, sugeriu medidas e praticamente incentivou o redesenho de todas os aspectos relevantes da administração. Havia a necessidade da criação de um escritório central. Era chegada a hora de fugir do ranço doméstico que muitas vezes marcava os negócios em família.

Narciso olhava o irmão e acompanhava suas palavras com admiração e respeito. Era evidente o afeto entre os dois.

---

[117] No início dos anos 1970, no Brasil, o número de telefones era reduzido. Ter uma linha telefônica era bem caro, por isso apenas alguns poucos estabelecimentos comerciais dispunham de um aparelho.

Depois da reunião, com as resoluções pendentes acertadas, os dois irmãos decidiram ir até a delegacia e conversar com o Dr. Valadares. Era uma questão ingrata que precisava ser esclarecida.

Jonas pôde, então, assumir oficialmente seu novo cargo. Tinha muitas ideias... e muito a fazer.

...

Na delegacia, o Dr. Valadares recebeu os dois irmãos com afabilidade. Infelizmente ainda não podia dar por resolvido o caso, mas acreditava que muito em breve teria condições de resolver a questão envolvendo a morte de dona Ruth.

— Temos aqui neste lugar três mistérios intrincados — disse em tom severo, quase ríspido. — Como em um quebra-cabeça de inúmeras peças, a grande questão para nós estava em identificar qual peça pertencia a qual cenário; muitas peças se sobrepunham, aumentando as dificuldades, conduzindo a informações irrelevantes ou dispersivas. O mais difícil era descobrir o motivo para a ação, e acredito que agora já temos um ponto norteador a seguir em nossas investigações. Por isso, senhores, peço que aguardem um pouco mais. Estamos bem próximos da solução do caso.

Os dois irmãos saíram sem nada dizer. Eugênio resolveu ficar mais um dia na companhia do irmão, na nova casa dele. Sentia que precisavam conversar, trocar ideias, saber mais um do outro. Não quis ficar onde a mãe morrera. Não tinha boas recordações.

金継ぎ[118]

Dezembro

O senhor Hiroshi Saito, tio de Tatsuo e irmão de dona Eiko, ligou para informar que uma das peças do sobrinho tinha sido selecionada para a grande exposição anual de Kintsugi no Japão, uma das muitas atividades relacionadas ao que os japoneses consideram o início de um novo ciclo (os primeiros dias do ano). Uma grande honra!

Hiroshi também havia sido contemplado e ficaria muito contente se Tatsuo fosse ao Japão para participar com ele da cerimônia de assinatura no Livro de Honra. Talvez seus pais pudessem ir também; seria um prazer muito grande reencontrá-los.

O semblante de Tatsuo se iluminou, e ele apenas disse:

– Muita boa notícia. Aquela peça tem mesmo uma beleza única!

Dona Eiko celebrou vivamente, batendo palmas, e foi acompanhada pelos gritos loucos de Oiê. O pai de Tatsuo abraçou o filho e disse em português truncado:

– Tenho orgulho do homem que é, meu filho!

A decisão foi logo tomada. Dona Eiko iria com Tatsuo tão logo as festas de fim de ano passassem. Há algum tempo planejava ir. Estava com saudades do irmão e de sua família. Hiroshi já estava com 85 anos. Quanto tempo mais ela e o irmão viveriam? O marido ficaria. Os negócios e as terras exigiam a sua presença. Além disso, ele não gostava de viajar – de avião, então, muito menos!

Tatsuo se entusiasmou com a ideia da viagem e da exposição, e também com a possibilidade de continuar conferindo os últimos resultados obtidos com a cultura de vegetais sem terra.

Naquela manhã, a caminho do sítio, passou pela praça que exibia agora uma nova vitalidade. Pensou em Lagartixa. Qual seria a reação do rapazinho diante das possibilidades que a nova forma de cultivar oferecia?

Tatsuo tinha visto como trabalhava, acompanhando o desenvolvimento das plantas, a força telúrica por trás das folhas, das flores, dos pequenos frutos que inesperadamente surgiam, desafiando a lógica aritmética das sementes plantadas. Com olhar atento, o menino ponderava, argumentava, dava sugestões. A terra e a vida – uma ligação profunda, indissolúvel para ele?

---

118 金継ぎ(jap.) = kintsugi.

Lagartixa e Sissi eram frequentadores assíduos de sua casa. Quando não apareciam, dona Eiko os convidava a comer algum doce ou qualquer coisa que tivesse feito. Adorava os dois. Sissi alegrava sua vida com as conversas com Oiê. O menino era gentil por natureza, sempre ajudava com as menores e até com as maiores tarefas que por acaso ela tivesse.

Tatsuo conversara muito com ele durante o replantio na praça. Gostava do seu jeito calmo, afetuoso, com uma luz particular, especial mesmo. Era bom ouvinte, e Tatsuo falou com ele sobre sua vida no Japão, sua família, o que tinha aprendido lá, as peças que fazia e o convidou a visitar o sítio. O menino tinha sensibilidade e um potencial incrível. Tatsuo gostaria muito de ajudá-lo a crescer.

Depois da inauguração, Lagartixa passou a visitar o sítio regularmente, e eles trocavam ideias, falavam sobre as plantas, a terra, a incrível força da vida.

Um dia ele perguntou se era difícil falar japonês. Tatsuo disse que não, e a título de demonstrar o que falava lhe ensinou algumas palavras. Logo percebeu a rapidez com que aprendia, memorizando sentenças completas, tonalidades, surpreendendo-se com os diferentes valores culturais que Tatsuo ia enumerando. "Ser diferente não é necessariamente ruim, é apenas diferente", Tatsuo dizia enquanto repartia com ele o doce de feijão que dona Eiko incluíra no lanche da tarde.

A ideia de pedir a Lagartixa que cuidasse do seu estúdio e de toda a área ao redor durante sua ausência veio devagar, mas de forma definitiva. Apesar da pouca idade, era o único a quem confiaria tal empreitada (Não pediria nem mesmo a seu pai). Falaria com o menino e o pai dele. Quem sabe poderia acertar tudo.

Um fato nada banal, Marcos!

Na delegacia, Marcos aguardava a entrada apressada do chefe. Eram nove horas da manhã e ele sempre chegava antes das oito e meia. Com certeza haveria uma razão mais do que corriqueira para o atraso. O homem era uma máquina de calcular e de controle.

Marcos tinha deixado no dia anterior os resultados das investigações que haviam feito sobre o caso do engenheiro e da ex-mulher do Hercílio na mesa de trabalho dele. Tinha certeza de que hoje ele faria um diagrama mental sobre todos os dados que tinham conseguido. Eram muitos, e bem reveladores.

A professora Elizabete mandara a foto que Sofia havia enviado e, também, uma carta datada de 05 de agosto que tinha recebido de dois advogados naquele ano de 1957. Nela, pediam que entrasse em contato com eles a respeito do possível paradeiro de Sofia. Surpresa, na época ainda uma estudante, ela informou que não tinha a menor ideia de onde a colega poderia estar e, preocupada, achou por bem guardar a carta.

Pediu desculpas ao delegado e a Marcos. Depois de tanto tempo nem se lembrava mais da foto ou da carta. Só quando foi pegar a foto é que notou haver guardado a carta junto, no mesmo livro.

Marcos havia entrado em contato com os advogados e obteve o seguinte: a pessoa que havia contratado o serviço deles queria comprar uma propriedade que o padrasto havia deixado para Sofia. Os advogados tentaram conseguir algum fato ou dado na cidade em que ela havia morado com o padrasto, com parentes (todos distantes, na verdade) e amigos. Disseram que ela havia ministrado aulas na escola local e depois fora estudar na universidade. Ninguém sabia naquele momento onde ela poderia estar. Um desses amigos, entretanto, informou que Sofia tinha uma prima, sobrinha de sua falecida mãe, na cidade. Os advogados, então, conversaram com essa prima, mas na época – julho de 1957 – não obtiveram nenhuma informação. Foi nesse ponto que tentaram ver se as antigas colegas de república podiam falar alguma coisa a respeito, e Elizabete foi contatada. Ela, entretanto, também não sabia de nada, e eles acabaram fechando o caso sem ter sucesso.

Apesar das informações dadas pelos advogados, uma entrevista com essa prima parecia indispensável, e Marcos, em pouco tempo, conseguiu marcar um encontro com ela. As informações dadas se mostraram, então, de grande valia.

Segundo a prima, em maio de 1957, ela apareceu de surpresa em sua casa e estava em um estado profundo de depressão. Disse que havia desistido do casamento e pediu para ficar um tempo apenas. Não queria ter contato com o noivo e pediu que não comentasse nada com ninguém sobre sua presença. Ela tentaria dar um novo rumo para a vida. O padrasto tinha lhe deixado as duas propriedades que tinham e um bom dinheiro no banco.

Sofia nada disse a respeito do noivo ou da natureza dos problemas que estava enfrentando, mas ficava claro que estava apavorada, com medo de alguma coisa bem séria. Ficou cerca de um mês com ela. Ao partir, disse que queria alugar uma casinha em uma das praias mais próximas da capital e pensar no que poderia fazer. O dinheiro no banco ajudaria. Não queria voltar para a universidade e, mais uma vez, pediu encarecidamente que a prima não dissesse nada a ninguém.

Marcos interrompeu o curso dos pensamentos. O barulho da porta batendo com vigor na entrada do prédio indicava que o Dr. Valadares havia chegado, e "a todo vapor".

Dito e feito! Cumprimentou o assistente e disparou:

— Esses novos dados que você me deixou, Marcos, não são nada banais. Quero recapitular com você.

O assistente olhou para o Dr. Valadares com curiosidade. Conhecia os sintomas. "Ele deve ter encontrado o bendito fio da meada", pensou.

O delegado, como que envolvido em uma bolha de realidade particular, emaranhada e tortuosa, continuava.

— As informações da professora Elizabete foram esclarecedoras. Primeiro: demos voltas e mais voltas para descobrir que Sofia Antônia Macfaden nunca se casou com o namorado da faculdade. Estava apaixonada, ia se casar e morar na casa da família. Surgiram problemas e a possibilidade de o casamento não se realizar. Perguntas: Por que não se casou? Por que esses problemas sérios impediriam o casamento? Por que estava apavorada? Onde passou a morar?

"Segundo: o rapaz tinha carro, vestia roupas boas e já estava formado, segundo Sofia disse à amiga. Pertencia à classe média mais alta, provavelmente. Quem era ele? Qual o seu nome?

"Terceiro: a foto que a professora Elizabete nos mandou ajudou bastante a identificar a região em que foi tirada. A cena me pareceu familiar, e fui comprovar agora antes de vir para a delegacia: é a queda d'água na fazenda Estrela D'Alva, propriedade do Dr. Miguel. Assim, já temos alguns indícios importantes. Pergunta: A família morava nesse lugar da foto? Se não, onde morava? Se morava, qual a participação do Dr. Miguel ou da família nisso tudo?

"Quarto: Para onde Sofia foi depois que saiu da casa da prima? Qual a cidadezinha litorânea? Ficou lá o tempo todo — do início de junho (quando saiu da casa da prima) a fevereiro (quando mudou o sobrenome e embarcou para os Estados Unidos com o engenheiro)?

"Quinto: Onde e quando encontrou o engenheiro? De acordo com o passaporte, ela e o engenheiro foram para os Estados Unidos em fevereiro de 1958. O irmão diz que em menos de seis meses eles se conheceram e se casaram, dado que nos leva ao encontro deles em início de agosto. Ele estava de férias no Brasil e a volta dele para os Estados Unidos se deu em 13 de agosto. Há também o registro de quatro outras entradas no Brasil – 30 de setembro, 01 de novembro, 23 de dezembro e, finalmente, 15 de fevereiro. Os dois foram para os Estados Unidos em 21 de fevereiro.

Fez uma pausa e depois perguntou:

– Temos mais alguma coisa, Marcos?

O assistente fez que não com a cabeça.

– Muito bem, Marcos – disse o delegado em tom de suspense. – A seguir, cenas.

...

Mais um ano terminava, e as celebrações começavam a acontecer. "Aquele tinha sido um ano e tanto!", diziam. E a expressão não deixava de trazer uma nota de perplexidade diante das tantas transformações e dos intensos episódios que ali tiveram lugar.

A vida, porém, sempre se reinventa e sempre é generosa em suas promessas e esperanças. Os encontros, assim, se repetiam, as festas eram compartilhadas e as novidades novamente saboreadas com avidez.

Janeiro estava chegando, e com ele um novo tempo.

Sob o signo de Janus

Otávio, Jonas e Ana

– Você tem tido notícias da Ana? – Jonas perguntou a Otávio enquanto almoçavam na casa de Josefa. Estava curioso a respeito da nova empreitada em que a antropóloga tinha se metido.

– Voltou para a Amazônia, para uma região perto do Acre. Ela recebeu convite da Funai[119] e da Cruz Vermelha[120] e vai continuar a pesquisa com tribos que vivem voluntariamente isoladas. Segundo ela, a Funai tem registro da presença de indígenas que, longe de qualquer contato, mantêm apenas relações esporádicas com o mundo exterior.

– Mas se eles não querem contato, como será que ela vai conseguir trabalhar? – Josefa perguntou surpresa.

– Ela me disse que outros índios passam as informações sobre essas tribos. Mas há também pessoas que moram nessas regiões e alguns pesquisadores que de uma forma ou de outra conseguem algum tipo de contato. E é aí que entra a doidinha da Ana Laura. Daqui a dois ou três anos ela vai aparecer com cocares, brincos de nariz e outras "cositas" indígenas.

Jonas queria saber as novidades e perguntou:

– Como está tudo lá na empresa, Otávio? Nós não temos conversado muito; estou trabalhando como louco.

Josefa apareceu com o assado de galinha caipira de que os dois tanto gostavam e observou:

– Tenho visto você chegando bem cedinho no escritório desde que começou a trabalhar aqui. Se precisar de alguma coisa, me fale, Jonas.

– Bem, Jonas – disse Otávio –, o Marcelo é o chefe agora, e ele é boa gente. Estamos bem, mas sentindo sua falta. Você era "um peste", mas o "povo" gosta de sofrer e ama quem bate.

– Ah, pelo amor de Deus! Eu nem falava nada quando você ia ver a loirinha do terceiro andar, ou fingia que ia tomar café só para conversar com a Renata do Financeiro.

---

119 Funai = Fundação Nacional do Índio, criada em dezembro de 1967 no governo militar.
120 De 1970 a 1973, em pleno momento duro do regime militar, o Brasil receberia entidades internacionais (a Cruz Vermelha, inclusive) de defesa às minorias étnicas e aos direitos humanos. Diversas áreas indígenas foram visitadas, e os relatórios apresentados, nem sempre favoráveis, tiveram bastante repercussão. O governo brasileiro deu início, então, no exterior, a um grande movimento publicitário para enaltecer suas ações e realizações e também para marcar a presença das autoridades brasileiras nesse território.

Josefa perguntou com interesse:

— E está tudo bem no trabalho com o Narciso, Jonas? Soube que a Valéria saiu, mas deixou algumas complicações para ele.

— Tudo está caminhando bem, Dinda. Estamos abrindo novas frentes de negócios. Vai dar certo, tenho certeza. Já montamos o novo escritório e contratamos dois funcionários. Estou até saindo mais cedo. Por falar nisso, outro dia dei carona para a psicóloga do anexo e uma mocinha da fazenda do Dr. Miguel. Elas iam para a cidade e o ônibus quebrou. Boa gente.

— Conheci a Marília, a psicóloga, outro dia — disse Josefa. — O namorado é guitarrista em uma banda e às vezes vem comprar torta ou salgadinho aqui na Miquelina. É bem simpático, e ela é louquinha de carteirinha e RG. Mas deu um ritmo novo às atividades, aos eventos. Agora temos competições esportivas, cursos sobre saúde, aulas de culinária, arte, música. E as pessoas têm ido, o que é muito bom. Mas, e a mocinha, quem é?

— Acho que é Emília. Uma menina morena, bonitinha, de olhos verdes. É tímida e só fala quando se pergunta alguma coisa para ela.

— Ah, é a Emília, sobrinha da Esmeralda — reconheceu Josefa. — A Dra. Alice gosta muito dela e diz que é muito inteligente. Está fazendo o cursinho na cidade.

— Sim. Sabe que a menina me surpreendeu mesmo? Outro dia, vi que as duas estavam no ponto de ônibus e dei carona novamente. Perguntei a ela que curso queria fazer, e ela me disse que era medicina. Elogiei a escolha, comentei sobre o mercado de trabalho, a nossa situação política. Ela concordou com alguns pontos, discordou de outros, e, sempre com muito jeito, me deu argumentos tão bons, de forma tão convincente, que fiquei espantado.

— Essa é a Emília, Jonas. Quando você menos espera ela desabrocha e brilha — acrescentou Josefa. — Vocês querem café? Acabei de torrar o café que dona Ângela me deu do sítio dela.

Em resposta à mãe, Otávio disse em tom maroto:

— Pelo jeito, Jonas, nada de sobremesa para nós hoje. Vamos ao café, então, dona Josefa. Mas, mudando de assunto, e o Chaim, mãe? Como ele está na vida nova de casado?

— Ele está muito bem mesmo. A Fátima é organizada, a casa está bonita, com tudo em ordem. Dona Jenna continua cozinhando, mas a nora ajuda bastante. Mulher é tudo dentro de uma casa. Agora o Chaim parece outro. Até toma banho todos os dias!

Riram bastante.

— Chaim é uma boa pessoa — Otávio disse, sério. — Que ele seja feliz.

Um barulho na porta da cozinha fez com que levantassem a cabeça. Dona Carmela e Miquelina entraram com dois pratos: um pudim de leite condensado e os famosos *cannolli*[121] de Miquelina, as sobremesas favoritas dos dois rapazes.

A recepção às duas senhoras foi enorme. Aplausos, assobios e gritos de "Viva" foram ouvidos durante um bom tempo na casa de Josefa.

– Parecem crianças! – Josefa dizia com falsa indignação, abrindo um grande sorriso.

---

121 *Cannolli* (ital. plural de *cannolo*) é um doce italiano em formato de um pequeno tubo feito com massa doce frita e recheado com um creme de ricota ou mascarpone acrescido de chocolate, frutas cristalizadas, sementes ou castanhas.

Frederico chegou!

O bebê de Miguel e Alice nasceu logo no início de janeiro. Miguel olhava para a criaturinha em seus braços com uma emoção que se renovava e crescia sempre, a cada instante. Como conceber um sentimento como aquele? Como explicar o que sentia?

Em casa, as visitas se sucediam, e Esmeralda corria de um lado para o outro, atenta a tudo. Naquele domingo, em especial, tinha caprichado no almoço. Em primeiríssimo lugar, porque seu Armando viria, depois de três semanas fora do Brasil – e ela adorava o pai da Dra. Lili. Depois, porque seu Serge tinha sido também convidado, e ele era um encanto de pessoa, sempre educado e bonito. "Como é que uma pessoa podia ser tão cheirosa como ele?", ela sempre se perguntava.

Emília, sua sobrinha mais nova, chegou com Frederico, o filhinho do Dr. Miguel – a coisinha mais linda do mundo! A Dra. Lili o amamentava a cada três horas, e ele já estava resmungando.

Quando Serge e seu Armando apareceram, Frederico passeou pelo colo de um e de outro, e finalmente pôde ir dormir. Alice estava feliz, Miguel radiante!

Seu Armando trazia boas notícias. O fluxo de negócios estava aumentando e as perspectivas eram promissoras. Miguel podia confirmar o que estava dizendo.

Serge declarou sua intenção de ir para Nova York. Os amigos, ansiosos, perguntaram se ficaria lá definitivamente.

– Não – respondeu ele. – Só vou ficar duas semanas para relaxar um pouco. Nova York é fascinante, mas já tive a minha cota da cidade. Pretendo ficar aqui, cuidar dos negócios com meu irmão e viajar um pouco.

Durante a sobremesa, enquanto Miguel e seu Armando conversavam, Serge confidenciou à Alice que aproveitaria a viagem para se encontrar com um velho conhecido dele e do grupo de amigos. Jeremy era um executivo israelense e estava de volta aos Estados Unidos para trabalhar na Bolsa de Valores de Nova York. Já tinham tido uma história juntos, mas a transferência dele para Israel e o esgotamento profissional de Serge praticamente acabaram provocando a separação sofrida e indesejada.

Ao visitar os amigos comuns, tinha perguntado a respeito de Serge e dera a entender que sempre fora apaixonado por ele. Serge tinha ficado exultante. Jeremy era um homem notável.

Alice bateu palmas.

—Vá mesmo, *dearest*. Vá em busca de sua felicidade.

Miguel olhou surpreso para Lili. Estava linda, com uma suavidade na expressão, no olhar que o encantava. O que estaria aprontando agora? Todos lhe confiavam segredos.

Quando Serge se foi e Miguel perguntou a razão do contentamento, ela simplesmente respondeu imitando o sotaque francês da "abominável sobrinha" Nika:

– *L'amour, toujour l'amour, mon chéri*[122]. – E, fazendo um gesto teatral digno do Vaudeville, sorriu e foi olhar Frederico que acordara.

Miguel soltou um sorriso que dizia escancaradamente: adoro essa mulher!

---

122 *L'amour, toujour l'amour, mon chéri* (fr.) = Amor, sempre amor, meu querido.

A história de Emília

Emília tinha dezoito anos e era a filha mais nova do irmão de Esmeralda, Joaquim. Em uma família de negros, o nascimento de uma menininha quase branca e de olhos verdes causou um certo *frisson*, visto que seu Joaquim e dona Mariquinha sempre mostraram ser um casal muito bem constituído, com uma bonita família e grande afeto.

A estranheza do fato, entretanto, não trouxe maiores abalos a seu Joaquim, que amava a menina nascida depois de quinze anos de casamento e seis filhos homens.

Quando Emília nasceu, os irmãos já eram bem grandinhos. Com o passar do tempo e da experiência vivida, todos os seis reconheciam que algum fato "diferente" havia acontecido, mas se calavam pelo grande respeito que tinham pelo pai. Ele, por autodefesa, alienação ou mesmo por compreensão da circunstância, demonstrava não se dar conta de que Emília não tinha sequer um traço seu ou mesmo dos outros seis filhos. Por qualquer que fosse o motivo ou a razão por trás do fato, entretanto, era necessário suspeitar com prudência e, da mesma forma, disfarçar com prudência a suspeita.[123]

Sabiam da existência de um certo colono da outra fazenda do Dr. Miguel, homem ruivo, alto e calado que tinha ficado ali uns meses para abrir as canaletas de água em direção ao barrancão. Pereirão, como era chamado, tinha olhos compridos para dona Mariquinha e sempre aparecia para pedir água ou uma xícara de café quente. Era temido por todos. Se percebesse que alguém o encarava, olhava de volta como bicho encurralado e feroz. Ninguém queria saber de prosa com ele, não. Mas... o Pereirão?! Seria possível? Dona Mariquinha tinha um ar tão irrepreensível!

Esmeralda, com a autoridade de irmã mais velha, acompanhava a atitude do irmão e fazia silenciar com sabedoria qualquer manifestação hipócrita ou sincera de solidariedade por parte dos agregados, pois, como dizia: "Sangue de fora da família não pulsa o coração do mesmo jeito. E a vida continuou como Deus quis e Joaquim aceitou.

Emília cresceu e surpreendia sempre. Era aplicada nos estudos, tinha temperamento dócil e amoroso e fazia planos e mais planos para o futuro. Queria estudar, ser médica como a Dra. Alice, viajar e ajudar a família no que pudesse.

---

123 Atribuído a Stendhal: "Para que um bom relacionamento possa continuar de modo agradável, é preciso não apenas suspeitar prudentemente como ocultar discretamente a suspeita."

Depois que Frederico nasceu, Alice, ainda em licença maternidade, pediu a Esmeralda que indicasse alguém para ajudá-la a cuidar do bebê. Dessa forma, ela teria condições de orientar e acompanhar o trabalho a ser realizado quando não estivesse em casa.

Esmeralda, então, pensou em Emília. A mocinha estava terminando o colegial à noite e podia ajudar bastante – o que de fato aconteceu. Emília amava Frederico. E Alice a tudo observava e gostava mais e mais da menina.

Emília era tímida por natureza. Tinha uma leveza de espírito e uma inteligência despretensiosa que somente seriam descobertas com uma convivência mais próxima e assídua. Era delicada, boa ouvinte, sempre pronta a ajudar. Não falava muito, mas sabia cantar como ninguém, e Frederico adormecia ao som das músicas que ela cantava embalando seu sono.

A Dra. Alice conversava muito com ela, sabia de seus planos e de sua vontade de estudar. Encorajou-a a fazer sua matrícula no cursinho para o vestibular; Josias, na volta para casa, poderia levá-la até o vilarejo, onde ela tomaria o ônibus para as aulas noturnas na cidade.

E foi assim que Emília passou a viver um mundo incrível de conhecimento, mudanças e grandes descobertas.

Encantado

Por que nos encantamos por alguém? Por que esse encantamento em poucos instantes se transforma em amor?

Resposta difícil de ser dada. Flávio Gikovate, psicoterapeuta brasileiro, tem uma boa explicação para esse intrincado questionamento: "Nós nos envolvemos com outra pessoa porque nos sentimos incompletos em nós mesmos. Se nos sentíssemos inteiros, e não "metades", certamente não amaríamos. Sim, porque o amor corresponde ao sentimento que desenvolvemos em relação àquele que nos provoca a sensação do aconchego e completude que não conseguimos sentir quando estamos sozinhos".[124]

Jonas se perguntava o que estava acontecendo com ele. Tinha tido inúmeras namoradas, dentro e fora do Brasil, gostava de conversar, de se divertir – e, entenda-se, tudo sem grandes compromissos ou intenções.

Era "objeto de desejo" de muitas moças casadoiras e de outras não lá tão livres nem tão casadoiras. Afinal, boa aparência, posição profissional invejável e inteligência não são qualidades desprezíveis no mundo em que vivemos. A correção com que lidava com a fama de "bom partido" era notória, mas não deixava de se sentir envaidecido e seguro de si. Estava extremamente bem com o que chamava de *status quo*.

E agora esse sentimento de carinho que não entendia. Procurava racionalizar, trocar em miúdos lógicos e concatenados, mas não havia registro de nada igual ou semelhante. "Que estupidez!", pensava. "Ela é atraente, com certeza, mas outras mulheres até com mais beleza fizeram parte de minha vida e nada disso aconteceu".

Em meio a essas elucubrações que não entendia, a emoção ansiada voltava, misturando alegria e medo, como se a vida estivesse em suspenso, esperando apenas pelos breves parênteses que aconteciam na sua rotina programada e conhecida.

Não sabia exatamente como tinha começado a sentir o que sentia. Talvez fora atraído pela sua figurinha delicada e calada, pela forma inteligente de conversar, pelo sorriso franco e aberto, pelo jeito de olhar e de ser. Mas um dia em particular fez tudo virar de ponta-cabeça, e ele praticamente perdeu o chão seguro em que estava acostumado a pisar.

---

124 Flávio Gikovate, *Amor: aprenda a não se decepcionar.*

Jonas, sempre que dava certo, levava a psicóloga e Emília para a cidade ao entardecer. Um dia, a chuva caía forte e os três estavam na estrada de terra batida. Um dos pneus furou e Jonas, muito a contragosto, teve que sair do carro para trocá-lo. Estava pegando o pneu extra e as ferramentas no porta-malas, começando a se molhar com a chuva que caía, quando sentiu que Emília segurava um guarda-chuva sobre ele, protegendo-o. "Você vai se molhar toda", disse ele. "É melhor voltar e ficar no carro".

Ela não obedeceu, apenas olhou para ele. Ficaria até ele terminar. Os dois se molhavam, e Jonas podia sentir o perfume de flores que exalava dos cabelos e do corpo da moça com o toque da chuva em sua pele. E ela acompanhava atenta, escondendo o sorriso que vinha quando ele xingava por não conseguir tirar o parafuso que teimava em não sair. Ele passou a sorrir também: sua presença serena lhe trazia uma sensação benfazeja, de paz e de alegria.

Quando finalmente terminou, Jonas estava enlameado até os joelhos; Emília tinha escorregado na lama e manchado todo o vestido de barro. Acabaram rindo da situação. Entraram de volta no carro e Magnólia reclamou com azedume que estava morta de fome. Jonas sorriu apenas. Estava estupidamente contente.

Naquele dia, Emília não pôde assistir às aulas. Jonas comprou um lanche para os dois, eles comeram no carro e conversaram muito. A moça tinha um senso aguçado para o humor fino, a sutileza, e seu riso era natural, cristalino. A conversa acontecia interessante, convidativa, e ela falava com seriedade e brandura, um tom cálido e doce na voz.

O tempo passou rápido demais. Depois do lanche, ele resolveu levá-la para casa. Ela não queria, insistia que daria um jeito, mas ele não cedeu e a levou até a fazenda. A partir daquele dia, as coincidências acabaram. Jonas fazia questão de passar pelo ponto de ônibus às cinco da tarde. Era encantamento puro e simples.

Mirabĭlĭa"[125]

Tatsuo permaneceu cerca de três meses fora do Brasil. Dona Eiko ficou apenas quinze dias no Japão e voltou apressada. Sentia saudades do marido e da sua terra, do sol sempre brilhando, da largueza de tudo, do riso franco e aberto dos amigos.

O marido a recebeu com seu jeito calmo, quieto, e ela pôde sentir a saudade em seu rosto e a alegria no abraço trocado entre os dois. Não era dado a palavras. Não precisava. Ela tinha aprendido a ler em cada silêncio e em cada gesto seus os sinais de um grande afeto.

Tatsuo chegou com muitas novidades. A produção japonesa em estufas e hidroponia[126] era um grande avanço na cultura de frutas e hortaliças, e ele pretendia passar a usar algumas dessas inovações biotecnológicas. Além da possibilidade de as plantas crescerem em qualquer ambiente, o consumo de água seria bem menor e o uso de pesticidas, completamente desnecessário. Embora a água fosse abundante no vilarejo, Tatsuo tinha consciência de que essa não era uma realidade em muitos cantos do país.

O processo demandava certo investimento devido à necessidade de uma estrutura própria, mas certamente traria uma diminuição de custos – os gastos seriam menores com o número reduzido de trabalhadores e a não exigência de preparo do solo.

Lagartixa ouvia com atenção o relato entusiasmado do amigo, que mostrava as fotos de pessoas andando em blocos pelo centro de Tóquio, agricultores trabalhando nos campos de arroz, mulheres trajando seus quimonos nas festividades, gueixas conversando em Kyoto, paisagens com cerejeiras em flor, tendo ao fundo o monte Fuji. Fazia comentários sobre a revolução verde de Mori, falava da experiência nos laboratórios e nas estufas.

Era um mundo fascinante, diferente daquele a que o rapazinho estava acostumado. Na horta do pai, os legumes e as hortaliças se agarravam ao solo. Havia o pulsar da semente brotando do chão, tão pequena e, mesmo assim, tão promissora. A água batia nas folhas e caules verdes e fazia surgir o cheiro bom da terra macia e úmida. "Um novo ciclo de vida? Seria possível?".

Na escola, seus olhos se abriram repentinamente, sem que se desse conta, para a descoberta do conhecimento: a geografia e a imensidão de lugares

---

125 *Mirabĭlĭa"* (lat.) = coisas admiráveis, espantosas, singulares.
126 Hidroponia (ou cultivo hidropônico) é uma técnica usada para a produção de várias espécies de vegetais sem contato com o solo.

existentes; os diferentes hábitos e costumes e as diversas línguas; a história e a rede de acontecimentos unindo um país, um povo; a matemática e a organização racional do mundo; as ciências e o mistério da vida... Tanto a aprender e a conhecer! Um mundo fascinante! Lagartixa, para surpresa e alegria de seus professores, não era mais o mesmo em sala de aula.

Tatsuo trouxera uma câmera fotográfica de presente para ele. Tinha muito a agradecer, dizia, elogiando o trabalho que o rapazinho realizara em sua ausência. Lagartixa descobriu, assim, o mundo da fotografia, o valor das cores, da sombra e da luz. E passava horas olhando tudo à sua volta, fotografando.

Um dia, à tardezinha, convidou Matias para ir com ele até a ponta do bambuzal na chácara do Chaim. Lá havia uma pequena estrada sombreada pelos inúmeros bambus que se debruçavam sobre ela, criando um arco quase irreal de verde e de luz.

Ao chegarem lá, Matias resolveu ir até o riacho e pegar as gabirobas que cresciam em abundância nas margens. Lagartixa, com a câmera na mão, analisava o túnel verde e tirava fotos. Foi, então, que o inesperado aconteceu.

Manezinho e Florindo, empregados de Chaim, tinham ido até a cidade comprar o material para a forração nova do celeiro. Havia expectativa de chuvas e era melhor se precaver. Foram com o caminhão de Chaim e, de volta para a chácara, resolveram cortar caminho e pegar o túnel verde, perto da estrada.

Ao entrar na quebrada para o túnel, Manezinho ao volante fez uma manobra rápida e fechada e não viu o rapazinho que tirava suas fotos bem no início da curva. Quando Florindo gritou, era tarde demais; apenas ouviram um gemido rouco e o som de um baque duro e seco.

Manezinho se desesperou, Florindo começou a chorar e a gritar. Nesse instante, atraído pelos gritos, Matias apareceu e viu a cena. Ficou desesperado também. Era preciso que o conduzissem até o hospital. Imediatamente, puseram Lagartixa no caminhão e o levaram até a cidade, no trajeto mais longo e difícil que já tinham feito. O menino não respondia, e havia uma fratura exposta na perna e ferimento sério no ombro, no lado direito em que fora atingido. Na cabeça, um corte feio se expunha e um fio de sangue aumentava mais e mais.

Chegaram ao hospital e ele foi atendido rapidamente. Manezinho, Florindo e Matias não arredavam pé de lá para nada. Foram mais de duas horas de espera e de desespero. Quando o médico apareceu para conversar, informou que o caso do menino era grave. Manezinho passou mal e precisou ser socorrido; Matias e Florindo, com olhos vidrados e secos, não conseguiam falar nada.

• • •

Foi Josefa quem recebeu o recado do hospital e se incumbiu de avisar seu Antônio e dona Beatriz. Às onze da noite, ainda não havia notícias de melhora do menino, e a tristeza beirava o insuportável. A sala de espera se enchia com os amigos que chegavam, havia lágrimas, um silêncio pesado acompanhando o movimento dos enfermeiros e médicos que passavam em sua rotina noturna.

Pedro e Dalva tinham vindo com os pais, depois vieram Josias, seu João e dona Olga, Josefa e o professor Raimundo. Chaim chegou com Fátima, e mal conseguia falar de tanto que chorava. Também Tatsuo apareceu assim que soube do acidente, estava inconformado – pensava nos momentos em que Lagartixa via maravilhado as fotos que ele trouxera do Japão. Dona Eiko e o marido, que nunca visitava ninguém, vieram logo depois.

O Dr. Miguel e a Dra. Alice apareceram perto da meia-noite. Ela havia conversado com o médico que estava atendendo e trazia notícias. Lagartixa estava com fratura na tíbia e luxação séria no ombro. A atenção, entretanto, era com as fraturas das costelas e um possível trauma pulmonar. A presença de um cirurgião de trauma era indispensável e eles estavam aguardando a conclusão do exame.

Manezinho estava lá, sem saber o que fazer para prestar assistência. Dava dó!

A noite foi longa, mas ninguém voltou para o vilarejo. O menino estava na UTI e era hora de muita união e orações.

• • •

O que dizer quando uma vida está por um fio? Os médicos eram reticentes; os sinais de recuperação ainda tênues, incertos. O quadro era grave, de fato.

Depois de cinco dias, os relatórios dos médicos começaram a ter um tom mais animador: Felizmente não temos trauma pulmonar; a fratura nas costelas não perfurou os pulmões. Houve ferimento extenso no couro cabeludo, mas nenhum coágulo. Geralmente as vítimas desse tipo de acidente têm maior probabilidade de ter lesões intracranianas, o que não aconteceu nesse caso, felizmente. O fato de ele ser jovem e saudável ajudou muito.

Os pais perguntavam, ansiosos, se ele conseguiria andar, se tinha perdido algum movimento... A resposta era sempre a mesma: vamos aguardar.

– Foi realizada a cirurgia nas fraturas expostas. O ombro e a perna deverão ficar imobilizados por um bom tempo e vamos fazer um acompanhamento rigoroso para verificar a evolução dos procedimentos realizados. Há resposta neurológica, o que é um bom sinal. Vamos aguardar – repetia o médico.

Sissi

Sissi olhava inquieta para a irmãzinha: pela segunda vez tentava se levantar do chão para ficar junto dela, em pé, segurando na lateral do sofá. Deixou o livro que estava colorindo e, com delicadeza, ajudou Maria Augusta a se erguer. Ela era mesmo muito bonitinha, mas punha tudo na boca. Precisava esconder rápido o giz de cera.

Dalva tinha pedido a ela que tomasse conta da bebezinha enquanto tomava banho. Não gostava quando Lagartixa não ia à noite para ficar com elas. Brincavam com os tijolinhos de madeira, com o Pinote, o burrinho que pulava e jogava tudo no chão, com a lousa mágica. Ela já estava aprendendo a ler e escrever. Lagartixa contava histórias muito bonitas. A última tinha sido a história do gatinho que espirrava toda vez que ia fazer xixi. Ela tinha rido muito dos espirros que o gatinho dava.

Agora estavam sozinhas. Papai tinha dito que Lagartixa logo estaria de volta. Ela estava esperando, e já tinha feito um desenho muito bonito para ele. Mas por que mamãe estava triste?

Uma decisão importante

O acidente com Lagartixa serviu para deixar clara a necessidade premente de haver um hospital no vilarejo, que, a propósito, havia algum tempo tinha deixado de ser o velho vilarejo com apenas duas ruas principais, uma estação ferroviária, uma igreja e sítios, chácaras e fazendas ao redor.

Com a expansão do agronegócio e a nova dinâmica econômica gerada pela instalação de indústrias na cidade, a vida se transformava. E o velho vilarejo acompanhava, mesmo que a passos não tão acelerados, essa nova ordem econômica, social e política acolhendo um número maior de pessoas com valores comunitários um pouco mais elásticos, novas carências e outras necessidades. Havia urgência de investimentos em infraestrutura, educação e saúde, e um hospital era no momento a reivindicação geral imprescindível.

Na reunião do conselho da cooperativa, Miguel ouvia, absorto, a apresentação feita pelo Dr. Maciel sobre as perspectivas promissoras para a economia no cenário nacional. Pensava no rapazinho, lá no hospital da cidade, na família desesperada e na tristeza de ter um filho doente. Pensava em Frederico, a quem amava mais do que a própria vida.

Pelas largas portas de vidro podia ver as casas do vilarejo com seus modestos jardins, a igreja, a praça com suas árvores. A vista não alcançava o casarão, mas ele fazia parte daquela paisagem e estava lá, fechado, sem alma viva em suas dependências – subutilizado. Por um momento parou, e a decisão veio, sem subterfúgios ou melindres nostálgicos: "Vou transformar o casarão em um hospital".

A ideia não surgiu de repente; na verdade, apenas ganhou uma intenção concreta porque havia algum tempo já se insinuava em sua mente. Não tinha nenhum laço afetivo que o prendesse àquele lugar. Era triste dizer, mas o tempo que passara lá com os pais não tinha sido dos mais felizes. Além disso, nem ele nem Lili tinham planos de sair da fazenda, e a casa sempre poderia servir a uma finalidade maior, beneficiando a todos daquela comunidade. Estava mais do que na hora de ela ser útil.

Seguindo seu instinto, Miguel esperou que o Dr. Maciel terminasse e apresentou o projeto de construção de um hospital para o lugar. A cooperativa já tinha planos para incluir em seu escopo de atuação obras de apoio aos trabalhadores rurais e suas famílias, mas esperar que um oferecimento daqueles pudesse acontecer era no mínimo impensável.

O projeto foi, por isso, recebido com entusiasmo, comemoração e, mais do que tudo, com admiração e respeito. Não era sempre que pessoas ricas se dispunham a ser generosas também. A casa dos Vieiras, como era conhecida no vilarejo, constituía um patrimônio e tanto. Ocupava uma quadra inteira, o que tornaria possível o aproveitamento total de suas dependências, ou seja, a casa e o terreno livre, com enorme potencial de construção.

Miguel recebia os cumprimentos, mas pensava em Lagartixa no hospital, nos olhos secos dos pais que não conseguiam mais chorar. E pedia a Deus que ele e Lili nunca precisassem passar por tudo aquilo.

Muito feio mesmo, Lagartixa!

Os dias passavam lentamente, no hospital os amigos se revezavam nas visitas e também no atendimento aos pais, profundamente abalados.

Ao todo, foram dez dias na UTI, cinco dias de terapia semi-intensiva, e mais dez dias no quarto. Lagartixa recuperava lentamente a consciência e aos poucos ia respondendo aos estímulos externos. Tinha dores ainda, o rosto inchado, o cabelo raspado em uma faixa lateral da cabeça, dormia muito, ensaiava palavras e depois sentenças, voltava a dormir... E sorria ao ver os amigos que chegavam.

Muitos pediam para escrever o nome no gesso em sua perna. Havia também os que rabiscavam caretas e meninas que desenhavam corações. Com a recuperação, veio a vontade de sair da cama, de se levantar e andar. Os exercícios de fisioterapia, entretanto, mostravam que haveria um longo caminho pela frente antes que isso pudesse acontecer.

Findos os vinte e cinco dias, pôde finalmente ir para casa. Tinha emagrecido, estava mais pálido, mas havia alegria em seu rosto. Estava feliz. Os colegas da escola, dona Firmina e dona Isaura (professoras de longa data), os amigos queridos, estavam todos lá. Foi uma festa!

Ao chegar em casa, a primeira pergunta que fez foi:

– E a minha máquina fotográfica? Onde está?

A câmera estava na estante de livros, bem à frente da cama. Lagartixa, entretanto, teria que esperar um bom tempo antes de ter condições de usá-la.

...

Lagartixa estava em casa havia uma semana quando Pedro e Dalva decidiram que poderiam levar as crianças para o visitar. Sissi entrou, mal cumprimentou os avós e foi direto para o quarto. Ao vê-lo, correu e, passando os bracinhos em seu pescoço, disse:

– Você não contou o resto da história do gatinho, Lagartixa. E eu esperei. Quase esqueci de tudo.

Lagartixa ficou com os olhos marejados e abraçou a menininha. Depois, beijou Maria Augusta, que queria ir para o colo dele.

Sissi ficou ao seu lado na cama. Entregou os desenhos que tinha feito para ele e uma cartinha com um coração desenhado todo em vermelho e os dizeres "Gosto muito de você". Contou toda orgulhosa que tinha sido ela que escreveu. Também contou as últimas novidades: Oiê tinha caído da gaiola;

o cachorrinho do seu Paulo veio e pegou o papagaio – ele quase morreu –; Mamãe tinha feito um bolo, mas era surpresa; Maria Augusta vomitava toda vez que punha o dedinho na garganta...

Lagartixa olhava para ela e acompanhava com atenção. De repente, disse, apertando sua bochechinha:

– Senti muitas saudades de você, Sissi.

Ela olhou bem para ele e respondeu:

– Você demorou muito. E eu fiquei esperando. – Encostou a cabeça em seu peito e começou a chorar. Dizia entre soluços: – Você é feio, muito feio mesmo, Lagartixa!

O rapazinho apenas acariciava sua cabecinha com ternura. Entendia bem a tradução do que ela sentia por ele.

Pagar pra ver

Eugênio era homem de palavra. Conforme havia marcado com Narciso, voltou ao vilarejo para a abertura do processo de inventário que já deveria ter sido feito após o falecimento de seu pai. Como o processo era caro, dona Ruth decidiu postergar sua execução. Agora, porém, era chegada a hora de acertarem tudo.

O reencontro foi prazeroso. Havia uma paz inusitada e a grande alegria por mais uma vez estarem juntos.

O advogado da família apresentou a eles a descrição detalhada do patrimônio, discutiram formalidades a respeito da partilha e, por fim, ele perguntou o que fariam a respeito do cofre de segurança bancário que o pai deles tinha alugado pouco antes de morrer. Após seu falecimento, tinha conversado com dona Ruth a respeito, pois havia necessidade de os herdeiros – ela e os dois filhos, no caso – irem até o banco para a abertura do cofre.

– Ela me pareceu bastante surpresa – comentou o advogado –, mas disse mesmo assim: "Continue pagando o aluguel. Não quero incomodar meus filhos com as 'quinquilharias sentimentais' que o pai sempre fez questão de guardar. Quando o Eugênio vier, vamos até lá. Precisamos fazer o inventário também. Mas não há pressa".

Narciso ficou surpreso; a mãe não havia comentado nada a respeito. Quase treze anos haviam se passado, e durante esse período... silêncio? Olhou para o irmão. Eugênio não parecia estranhar o fato. Calou-se, então.

Atendidas todas as formalidades, Narciso e Eugênio pegaram a chave que o pai deixara com o advogado e se dirigiram ao banco. O gerente, com sua chave-mestra, apressou-se a conduzi-los até o cofre e depois se afastou.

Outra surpresa! Dentro da caixa havia joias antigas de família, uma boa quantia de dinheiro em moeda estrangeira e um envelope pardo lacrado. Ao romperem o lacre, nele encontraram um documento assinado pelo pai. Era um testamento. Seu testamento! Na borda do documento havia um bilhete escrito com a letra dele: "Providenciar assinatura da cópia também".

– Que loucura! – disse Narciso. – A mamãe era uma criatura meio estranha, mas, isto?! E ela nunca disse nada? E onde está essa cópia? Com ela não está!

A leitura do testamento do pai traria uma novidade e tanto. Ficava estabelecido que caberia a seus herdeiros necessários (filhos e cônjuge) a posse de todos os bens com exceção de uma propriedade: a Chácara Toca do Sabiá, que, dentro das possibilidades legais, passaria a pertencer à Maria Cristina Barros de Freitas.

Narciso não conseguia conter seu espanto:
– Para a Titina, nossa prima? Mas por quê? Não entendo, Eugênio. E por que a chácara? Ele nunca disse uma palavra sobre isso!

Eugênio apenas olhou para ele e disse com tristeza:
– É uma longa história, meu irmão.

Havia muita água subterrânea correndo no caudal de relacionamento da família Magalhães e Freitas, e a mãe não era exatamente "uma santa". Precisava contar para o irmão tudo o que sabia.

...

Por que não me disse que havia perigo?
Por que não me avisou?[127]
Thomas Hardy

Na confeitaria, tomando seu café com o pãozinho quente que acabara de sair do forno, Eugênio se dispôs a falar para o irmão os detalhes de uma conversa que tivera com o pai em sua última visita. E como tudo é simples entre irmãos que se querem, iniciou seu relato tão logo se sentaram, um de frente para o outro.

– Na última vez que vim visitar papai, ele já dava sinais de que estava caminhando para o fim. Na cama, respirava com dificuldade, mas vi que, mesmo ofegante, queria falar, conversar comigo como costumávamos fazer. Só que a conversa, de início corriqueira, pouco a pouco passou a ter um tom confessional que me deixou profundamente triste. Quis retomar a história com tio Joanin, e hoje vejo com clareza que ele apenas tentava justificar, explicar as razões que o levaram à decisão que tomou.

"Nosso pai era um bom homem, é tudo que eu posso dizer, meu irmão. Muita coisa você já conhece, mas vou repetir a história toda para você ter o quadro completo que ele me passou.

"Quando nosso avô paterno chegou ao Brasil, como você sabe, trazia uma quantidade respeitável de libras esterlinas. Era agricultor na Itália e planejava comprar um bom pedaço de terra aqui, cultivá-la e, naturalmente, passar a viver com os frutos desse trabalho. Assim que os filhos cresceram – nosso pai Gabriel e nosso tio Joanin –, os dois passaram a ajudá-lo e, por mais

---

[127] Extraído de *Tess dos D'Urbervilles*; obra de Thomas Hardy.

de trinta anos, trabalharam arduamente. Os negócios progrediram, mais terras foram compradas, e nosso pai, que sempre demonstrara habilidade para a administração, passou a gerenciar os procedimentos e a contratação de pessoal e se encarregou das transações bancárias.

"Tio Joanin era o homem do campo, ia à frente dos trabalhadores, organizava as turmas e punha a mão na massa, trabalhando a terra, ajudando a semear, participando da colheita. Os irmãos conversavam, trocavam ideias. Quando o velho pai se foi, havia uma estrutura montada e eles se propuseram a continuar trabalhando juntos; podiam fazer muita coisa ainda. Os dois se casaram logo depois da morte de nosso avô, e a vida alegre e pacífica sofreu um rebate. As duas mulheres morando na mesma casa e em franca disputa de autoridade começaram a brigar. E foi, então, que o poder persuasivo de nossa mãe se pôs em ação.

"Com a enumeração de argumentos aparentemente sólidos, fazendo referência até à necessidade de se garantir a sobrevivência futura da família, convenceu nosso pai de que ele, afinal, era o único responsável pelo êxito nos negócios. Não era apenas justo que tudo ficasse sob seu controle. Pelo contrário, era a atitude mais racional e acertada que poderia ser tomada. Tio Joanin apenas participava com um trabalho braçal que qualquer peão poderia realizar. Nada mais.

"Disputas, intrigas e brigas tornavam-se cada dia mais rotineiras, e a vida ficou muito difícil. Tio Joanin e tia Evangelina não aguentaram e resolveram se mudar. Foram para a pequena propriedade do outro lado do rio, lugar em que até hoje Titina mora.

"Papai disse, então, que uma partilha foi realizada, mas pouco foi repassado para tio Joanin e sua família. Ele nunca reclamou e dizia para nosso pai: 'Você sempre foi justo, e deixo para você a decisão de tudo'.

"Sob os auspícios de nossa mãe e, naturalmente, com a anuência dele, nosso pai ficou com a melhor parte de tudo, e, apesar de injusta, a decisão foi acatada.

"Narciso, nesse momento, ouvi nosso pai dizer, com a voz contida pela emoção: 'Ah, meu filho. Se soubéssemos, se alguém pudesse nos alertar sobre as possíveis consequências de nossas ações! A dor... a dor irá sempre dilacerar nosso espírito e nunca teremos paz'.

"Pessoa simples, tio Joanin continuou sua vida. A crise do café, as doenças no gado e os problemas com uma terra ainda improdutiva não lhe facilitaram em nada o desfecho de uma existência de trabalho pesado e de dedicação.

Lidava com dificuldades, mas nunca reclamou ou exigiu nenhuma compensação de nosso pai.

"Com a separação dos bens, nossa mãe pôde, enfim, dar vazão a seus grandes anseios, e em curto prazo a administração de tudo estava em suas mãos.

"O tempo passou e sua disposição ao poder adquiria nova força. Papai, por outro lado, começou a reavaliar os passos que dera, talvez pela idade que avançava, talvez pela melancólica antítese em sua vida: riqueza em dinheiro *versus* pobreza em paz e afeto. Segundo ele, o saldo final era negativo. A vida era árida, terrivelmente seca.

"Quando seu irmão morreu, separados que estavam um do outro havia muito tempo, pôde perceber o afeto que a família tinha por ele. Da mesma forma, pôde constatar a condição inacreditavelmente simples, quase precária, em que viviam. E, mais do que nunca, nosso pai sentiu culpa e remorso pelo que ele deixara acontecer.

"Tentou conversar com nossa mãe a respeito. Propôs a doação de uma de nossas propriedades produtivas à família, mas ela se recusou terminantemente. Decidiu, então, concretizar 'por linhas indiretas' a decisão que havia tomado.

"A ideia do testamento sugerida pelo advogado aconteceu no momento oportuno, e ele a tomou como a última oportunidade que teria para tentar corrigir um erro. A doação viria de *uma parte* da sua parte, e ninguém poderia reclamar.

"Em todo caso, não disse nada a nossa mãe; senão outra guerra seria travada. E ele não tinha mais forças para isso."

Narciso olhava para ele sem dizer nada. Havia muito tempo desistira de entender ou mesmo justificar a história de sua família.

O fio da meada, Marcos!

O Dr. Valadares sorriu satisfeito. Finalmente as coisas estavam se encaminhando da melhor forma possível.

— Marcos, quero ver com você o material que estava no cofre na casa do engenheiro. Deu trabalho para pegar tudo?

— Não. O irmão do engenheiro imediatamente despachou a autorização, e deu tudo certo. E o senhor tinha razão; estava lá mesmo!

— Poder, Marcos. Mais do que dinheiro, ter poder é uma maldição na vida das pessoas.

O assistente refletia se o delegado estaria se referindo novamente a Foucault, seu autor preferido quando discutia a respeito das implicações do poder. Não deu outra!

— As ações, meu caro Marcos, estão impregnadas de disputa por poder. O poder, entretanto, é elusivo, fugaz, transitório. Dissolve-se ardilosamente por todas as relações sociais existentes. Muda de lugar entre as pessoas, apenas. Envolve autoridade e obediência, subordinador e subordinado, mas ninguém o detém de forma definitiva. É preciso que tenhamos certeza disso. Sempre! Não tenhamos ilusão.

"Além disso, meu caro doutor, já dizia Simone de Beauvoir: o grande paradoxo da vida é que não conseguimos conceber que um dia ela chegará a um fim, mas também não conseguimos conceber que ela não terminará.[128]

Marcos pensou: "Dá para entender o que ele pretendeu dizer, mas com certeza há muito mais a ser revelado por trás dessas palavras. O homem era mesmo uma máquina de erudição, embora muita gente achasse que tinha apenas cultura de almanaque".

O delegado analisou com cuidado o documento à sua frente, e declarou:

— Isso vai nos ajudar muito no esclarecimento e na conclusão do nosso caso, Marcos. E a prima da Sofia, dona Martina? Valeu a pena voltar e ver se ela se lembrava de mais alguma informação?

Marcos respondeu com entusiasmo:

---

[128] "[…] sou incapaz, como todos, de conceber o infinito, não aceito a finitude. Tenho necessidade de que se prolongue indefinidamente essa ventura na qual minha vida se inscreve". BEAUVOIR, Simone. *A Velhice*. 3. ed. Rio de Janeiro: Nova Fronteira, 1990. Posição no e-book: 8126 de 11327-71%.

— Sim. Ela repetiu o que já havia dito, Dr. Valadares, mas acrescentou uma informação que considero importante: Sofia estava bastante deprimida e, mais do que isso, demonstrava estar com muito medo. Quieta, não comentava nada sobre a sua vida e se mantinha refugiada no quarto. Nunca saía.

"Um dia, enquanto jantava com a prima, disse, com um tom amargo na voz, que não entendia como as pessoas podiam ser cruéis e ir até mesmo às últimas consequências quando não desejavam que alguma coisa acontecesse. Martina quis saber por que estava falando aquilo, e ela simplesmente disse: 'Graças a Deus, você nunca entenderia'. E aí a conversa terminou. Foi o máximo de confidência que a prima conseguiu em todo o tempo em que Sofia ficou lá."

E antes que o delegado falasse alguma coisa, Marcos se apressou a dizer:

— Mas o fato mais importante vem agora, doutor. A prima mencionou um episódio que aconteceu depois que Sofia já tinha saído do Brasil com o engenheiro. Um dia ligaram do banco. Queriam saber como poderiam entrar em contato com Sofia. A prima informou que ela não estava mais no Brasil; tinha se casado e estava morando nos Estados Unidos. Perguntaram, então, se ela teria um endereço para enviarem um telegrama. Era assunto de interesse dela. Martina podia ouvir pelo telefone o barulho que chegava do ambiente, vozes em um lugar público, a fala em tom formal, profissional. Era do banco mesmo. Ela, então, se lembrou do que Sofia tinha dito sobre "dinheiro no banco", e passou o endereço de trabalho do engenheiro, já que eles ainda não tinham residência fixa.

— Esse imbróglio não tinha nada a ver com o banco, não, Marcos? — O delegado perguntou.

— Não. Conferimos com o banco. Sofia retirou tudo antes de ir. Foi assim que o nome do engenheiro e o lugar em que estavam vivendo foram descobertos.

— Muito bem. Parece que fechamos o caso do engenheiro. Agora, vamos para o segundo caso.

Nesse instante, delegado e assistente viram pela porta de vidro que Narciso e o irmão estavam na delegacia. Queriam falar com o Dr. Valadares.

Vir a ser

O acidente com Lagartixa funcionou como prelúdio doloroso para a grande passagem dos dois amigos para a adolescência. Abalou certezas ingênuas, abriu os olhos para o acaso, o fortuito, para aquilo que poderia acontecer sem aviso prévio, ou dano calculado. Escancarou a finitude da vida humana.

Lagartixa se recuperava bem, a alegria ia voltando devagarinho. Abria os olhos para o que via como se sorvesse os novos instantes de vida com delicadeza e certa perplexidade. Olhos de ver e de sentir.

Matias e doutor estavam sempre a seu lado. O primeiro demorou para voltar a conversar e a rir. O segundo só passou a comer de verdade depois que o menino voltou para casa.

Tatsuo era visita constante. Trazia frutas, doces que a mãe fazia e, a pedido de Lagartixa, continuava com as aulas de japonês. Como ele precisava ainda ficar na cama, Tatsuo passou a apresentar os ideogramas ou *Kanjis*. Explicou que cada *kanji*, expresso em uma forma pictográfica, representa uma ideia que pode ser concreta ou abstrata, e que o número para alfabetização é enorme, mais de 2100. "Vamos ver os que você poderá identificar com mais frequência em lugares públicos e avisos", incentivava o garoto.

Lagartixa gostava muito das aulas, e já usava algumas frases para conversar com dona Eiko quando ela ia visitá-lo. Tinha dificuldade com a musicalidade, a entonação, mas Tatsuo era bom professor e insistia para que ele aprendesse com correção.

Chaim aparecia todo dia e invariavelmente levava pão, que dona Jenna tão bem fazia, esfirras abertas ou quibes crocantes, tudo ainda quentinho e saboroso. Lagartixa comia, Doutor comia e Chaim também comia – afinal, um bom companheiro é aquele que come pão junto com você.

Havia em curso um silencioso ciclo de renovação. A recuperação do acidente apenas o fazia lembrar do lugar que ocupava nesse longo ritmo dinâmico da vida.

Dona Beatriz olhava para o filho com ternura. Sabia que um dia ele partiria. Desde que era bebê, acompanhava seu olhar e tinha essa certeza. Em pura expressão de amor real, nada o surpreendia ou chocava – coisas, pessoas, sentimentos, emoções. Ele olhava o acontecer da vida, esperando com ansiedade o devir, e se maravilhava. Não pertencia muito a este mundo, a mãe pensava. Mas ela o tinha agora, e era isso que importava.

Um filho para Chaim

Fátima anunciou sua gravidez com a discrição que lhe era peculiar. Apenas o trêmulo sorriso deixava transparecer a emoção que estava sentindo. Dona Jenna já havia reconhecido os sinais e lhe recomendara que fizesse uma consulta com a Dra. Alice. E agora a confirmação estava dada: logo, logo haveria um bebezinho na casa!

Chaim, ao receber a notícia, ficou branco e quase desmaiou. Foi preciso que Fátima e dona Jenna o segurassem para que não caísse. Depois, recuperado, a alegria explodiu em seu coração, e ele gritou, bateu palmas e segurou a mulher nos braços, fazendo-a rodopiar enquanto cantarolava com entusiasmo uma de suas canções favoritas. Lá fora, Doutor e outros cachorros da vizinhança fizeram um estardalhaço também. Era um barulho e tanto, mesmo para um "Chaim" como aquele!

Enquanto dona Jenna espalhava a novidade para as amigas, Fátima comunicou a notícia aos pais e Chaim foi correndo à cidade para comprar uma corrente de ouro com um pingente em formato de coração e um rubi incrustado. Um presente para a esposa que marcava a vinda do primogênito à família.

Tinha certeza de que seria "um filho homem". Assim, em suas tantas idas e vindas até a cidade, trazia, com o enxovalzinho do bebê, uniformes de time de futebol, que ele chamava de "fardamento", bolas, trenzinho de ferro, carrinhos. Dona Jenna ponderava que poderia vir uma menina, mas ele não considerava a hipótese. Vinha um menino, com toda a certeza. Fátima apenas sorria e deixava o marido viajar em seu sonho. Confiava na justeza de seu coração. Afinal, o amor se expressa de várias maneiras, com gestos e atitudes diferentes. No fundo, é só amor mesmo!

Matias

Uma incrível energia juvenil! O entusiasmo, a crença de que tudo é possível e que os problemas sempre podem ter solução acompanhavam os passos de Matias pelo complicado sistema que é o mundo.

Gostava de se relacionar com as pessoas, de conversar, de rir e, até mesmo, criar algumas confusões ingênuas. Na escola, era repreendido menos pelo aproveitamento escolar e mais pelo comportamento expansivo, alegre demais. No anexo, sua capacidade de aglutinar e de liderar era reconhecida e aplaudida, apesar de alguns excessos com relação ao poder relativo que temos de mudar o mundo inteiro.

As aulas de inglês na cidade trouxeram-lhe uma perspectiva nova: a de um mundo diferente, mais amplo, nem sempre igualitário e até preconceituoso. Percebeu a exigência de uma atenção maior para as circunstâncias, as pessoas e até para si mesmo. Tinha consciência de resistências não explícitas, da superficialidade das amizades passageiras, do faz de conta social. Sabia que, para superar esse desafio, não adiantaria reclamar ou se vitimizar.

Seus pais insistiam que só temos a nossa merecida dignidade e reconhecimento se acreditarmos em nosso valor e em nossa capacidade de provocar mudanças. E Matias, com seu entusiasmo, espírito alegre e inteligência, não via barreiras, ignorava atitudes nem sempre amigáveis, aproximava-se e ia criando vínculos, espalhando sorrisos e criando uma atmosfera de acolhimento e amizade. Fazia brincadeiras com os colegas, falava das próprias gafes, mencionava suas fraquezas. Nunca deixava de destacar com "cor e purpurina" suas qualidades. Dizia, com uma sonora gargalhada: "Se você mesmo não se prestigia, quem vai?"

Cada dia era um novo dia, trazendo um desafio instigante para uma mente que considerava até então adormecida. Definitivamente não poderia modificar o mundo inteiro, mas a visão de vida que tinha diante de si era larga, benfazeja, e ele acreditava firmemente que, com confiança, energia e tolerância, teria condições de lutar e conquistar o que sonhava.

Parte III

Acima de qualquer suspeita

> *O problema dessa [...] dissimulação, é chegar à verdade pela mentira como no famoso trecho do embate entre Ulisses e Polifemo. Polifemo, um ciclope, que via, portanto, bidimensionalmente, é cegado em seu único olho por Ulisses, cujo nome em grego significa "ninguém". Polifemo grita para os outros ciclopes: "Fui ferido. Estou cego!" E os ciclopes perguntam: "Quem o feriu? Quem o cegou?" E Polifemo responde: "Ulisses!", ou seja, "Ninguém!" E é assim que Ulisses, o "herói moderno", escapa para Ítaca.*[129]

---

129 AMARAL, Luiz Antonio; VIEIRA, Ney. Um redemoinho em torno do Nada. Itinerários: *Revista de Literatura*, n. 14, 1999. Disponível em: http://hdl.handle.net/11449/107500.

O Dr. Valadares tirou de sua pasta preta as folhas com os inúmeros pontos a serem abordados. Estava tudo preparado. Ele e Marcos tinham trabalhado duro para esquematizar e tentar esclarecer as dúvidas cruciais que precisavam ser solucionadas. Já estava mais do que na hora de se apurar a verdade, pôr frente a frente as pessoas que prestaram informações e confrontar seus depoimentos até que fossem superadas as divergências existentes. Fazer aquela acareação era fundamental.

Todos os intimados já estavam lá, na sala do delegado: Dr. Miguel, Pedro, Hercílio, Narciso, Eugênio, dona Carmela, professor Raimundo, a professora Elizabete, a prima de Sofia, Martina, e a amiga de Marta, Darlene Costa. O momento era de expectativa e silêncio.

O Dr. Valadares, com o onipresente Marcos ao seu lado, deu início, então, à apresentação de inúmeros fatos.

— Tivemos nesta localidade, um lugar, por natureza, pacífico e de gente trabalhadora, dois assassinatos brutais: o do engenheiro e o de dona Marta. Durante muito tempo, analisamos os casos, investigamos, fizemos um trabalho árduo de coleta de dados, de relações. Não havia indícios da ligação de um caso ao outro. Prosseguimos, e outro episódio triste aconteceu: a morte comprovada por envenenamento de dona Ruth. Mais uma vez, ficava difícil rastrear os motivos por trás de cada caso. Nós dispúnhamos os fragmentos de cada quebra-cabeça isoladamente e nos movimentávamos ao redor da ideia de que eram casos isolados, sem nenhuma conexão possível.

"Os senhores sabem que a lógica sempre exigirá uma ginástica de raciocínio em linhas retas. Quando lidamos com paixões humanas, entretanto, outras forças entrarão em jogo.

"Começamos as investigações sobre a morte do engenheiro. Não havia indício algum a respeito dessa personagem, a não ser o fato de ter cometido um erro sério nos cálculos da construção do anexo. Pedro, um dos empreiteiros da obra, atestou que havia alertado o Dr. Miguel, responsável pelo empreendimento, sobre o perigo de ter um desabamento – a possível morte de algumas pessoas e um prejuízo considerável à cooperativa. As providências necessárias foram tomadas e, com o prosseguimento das investigações, não vimos outras relações ou outros indícios comprometedores nesse caso. Surgiu, entretanto, posteriormente, um fato novo, que nos fez retomar antigas suspeitas. Mas, vamos prosseguir, por enquanto."

Pedro, já impaciente, interrompeu o delegado.

— Vocês não vão nos dizer exatamente os fatos que foram apurados? Senão, não vejo sentido em estarmos aqui.

— Mais uma perda de tempo, Dr. Valadares? — reclamou o Dr. Miguel.

— Peço paciência. Como ensinou Santo Agostinho: "Não há lugar para a sabedoria onde não há lugar para a paciência". O assunto é muito delicado e merece a criteriosa atenção de todos nós. Vamos continuar.

"As informações sobre o engenheiro eram claras; podíamos acompanhar tranquilamente sua trajetória profissional e pessoal. O mesmo, porém, não acontecia com a história de vida de sua mulher. Tínhamos registro do tempo em que vivera com a mãe e o padrasto, sua formatura no curso Normal, a ida para a universidade na capital em 1954, 1955, 1956. Em 1957, foi até a secretaria, desistiu da matrícula, alegando que ia se casar e mudar de cidade. O professor Raimundo tinha sido seu professor de filosofia em 1955 e 1956 e nos indicou Elizabete, aqui presente, na época uma colega de classe de Sofia. Foi fácil encontrá-la porque ela é professora de antropologia nessa mesma faculdade. Muito bem. Conversamos com a professora Elizabete, que nos deu informações muito importantes.

"Nesse tempo em que era aluna, morava em uma república de estudantes com a mulher do engenheiro. No fim de 1956, a mulher do engenheiro começou a namorar e parecia muito apaixonada. Com a aproximação do Natal, comunicou às amigas que ela e o namorado tinham planos para se casar e que ela ia se mudar e ficar na casa da família dele até o casamento. Antes do Natal, Elizabete recebeu uma foto dela, e tudo parecia estar bem. No início do ano, porém, quando por acaso se encontrou com ela na secretaria da faculdade, ficou sabendo que a história do casamento estava mudando de rumo. Parecia muito deprimida. Discreta como sempre, a moça evitou entrar em detalhes e foi embora rapidamente.

"Quando conversamos com a professora, havia, porém, um mistério. O que teria acontecido com Sofia naquele ano em que ninguém tinha informações a seu respeito? O seu passaporte indicava que em fevereiro de 1958 embarcara para os Estados Unidos com o engenheiro. Mas um fato nos intrigava: Por onde teria andado naquele ano de 1957 sem dar notícias a ninguém? Elizabete também nos entregou uma carta que recebera de dois advogados perguntando sobre a amiga naquele mesmo ano. De posse da foto, pudemos identificar o lugar em que ela havia sido tirada, e, em seguida, fomos conversar com eles.

"A carta dos advogados, datada de 05 de agosto de 1957, nos indicou o endereço da casa de uma prima, a sra. Martina, também aqui presente. Ficamos sabendo, então, que havia uma pessoa interessada em descobrir o paradeiro da moça. A alegação de quem havia contratado os serviços dos advogados era de um possível interesse por uma das propriedades que o padrasto, já falecido, deixara como herança para a enteada. Pedimos aos advogados que nos dissessem quem era o contratante do serviço. Depois de um tempo não muito curto, eles conseguiram achar o nome em seus arquivos. E foi uma grande surpresa. Mas acompanhem agora, senhores, o que vou dizer, antes de revelar o nome."

— Acho bom mesmo — disse dona Carmela. — Já estou ficando meio perdida com essa história. Como o senhor sabe, Dr. Valadares, *una cosa* é o que está na cabeça de quem fala, e *un'altra*, de quem ouve.

— A senhora tem razão, dona Carmela. Mas, mais uma vez, vai ser preciso contar com a paciência de todos. Garanto que esses fatos estão interligados e que no fim tudo ficará muito claro.

"As informações da senhora Martina foram muito úteis. Ela nos revelou que Sofia apareceu em sua casa no início de maio de 1957; dava a impressão de estar com muito medo e lhe pediu que não contasse a ninguém sobre sua presença ali. No fim de maio, saiu da casa e pediu novamente à prima que não falasse com ninguém a seu respeito. Durante sua estada, nunca mencionou o motivo de suas apreensões. — Voltando-se para Martina, o delegado perguntou: — As informações estão corretas, dona Martina?"

Ela assentiu com a cabeça, e o Dr. Valadares continuou.

— Sofia se mudou, então, para uma pequena vila afastada no litoral, e lá ficou de junho de 1957 a fevereiro de 1958. Nesse ínterim, conheceu o engenheiro, que em agosto veio passar as férias aqui no Brasil. Apaixonaram-se, e de setembro a fevereiro ele fez algumas viagens para vê-la. Foram embora juntos para os Estados Unidos no fim de fevereiro. Casaram-se lá.

"Pouco tempo depois que ela havia saído do Brasil, Martina recebeu uma ligação do banco pedindo informações sobre Sofia para uma possível aplicação do dinheiro que estava em sua conta. Entendendo que fosse verdade, a prima passou o endereço do local de trabalho do engenheiro para o contato. Foi assim que o nome dele e o lugar em que Sofia estava vivendo foram descobertos."

Nessa altura da exposição, o Dr. Miguel interveio:

— Desculpe, Dr. Valadares, mas o que tudo isso tem a ver conosco?

— Chegaremos lá, Dr. Miguel. Preciso dar os detalhes para vocês terem condições de acompanhar a solução para os três casos.

— Os três casos? — perguntaram em uníssono. E o delegado prosseguiu:

— Sim, os três casos. Vamos continuar.

"Essa parte da história alguns de vocês já conhecem. Em 1968, o engenheiro recebeu uma proposta muito boa para trabalhar na cidade, aqui no Brasil. A esposa estava muito doente e precisavam de dinheiro. Vieram para cá, e passaram a morar no litoral. Depois, em 1969, aceitou a oferta para a construção da cooperativa, também com um excelente salário, e continuou a viajar até sua casa todo fim de semana. Evitava maiores contatos com todos. Sua morte ocorreu de forma inesperada, brusca.

"As perguntas que fazíamos eram: Por que havia tanto mistério envolvendo a vida da jovem com quem o engenheiro se casara? Por que a jovem desistiu do primeiro casamento e estava apavorada? Por que alguém a perseguia de forma obsessiva?"

Um grande silêncio imperou na sala. O delegado prosseguiu:

– Tínhamos alguns dados: o lugar em que Sofia estava na foto, o nome de quem havia contratado os advogados e o depoimento de dona Carmela, que nos abriu as portas para uma vertente diferente de investigação.

– O meu depoimento, doutor? – Dona Carmela perguntou surpresa.

– Sim, passamos a olhar para os fatos como possíveis partes de uma única motivação e de um mesmo quadro.

"O lugar em que Sofia aparece na foto é a conhecida queda d'água na fazenda Estrela d'Alva, do Dr. Miguel. Sim, Dr. Miguel, e essa descoberta nos ajudou bastante. Quando mostrei a foto a um de seus colonos mais antigos, seu Osório, ele me disse que se lembrava de um casal tirando fotos naquele lugar muito tempo atrás. Passo para vocês a foto de Sofia Macfaden, ou Sofia Antônia Gimenes."

Todos ouviram Narciso exclamar:

– Mas é Sofia!

O delegado parou por um momento. Depois, olhando direto para Narciso, acrescentou:

– Sim, Dr. Narciso. Essa é a sua esposa, ou devo dizer "suposta esposa"?

Narciso fez que sim com a cabeça e disse simplesmente:

– Íamos nos casar, mas não deu certo. – E não disse mais nada.

– Posso perguntar por que não deu certo? – o delegado insistiu.

– Bem, conheci Sofia em 1956 por intermédio de uma de suas colegas. Nós nos apaixonamos e pretendíamos nos casar. Eu a convidei para passar o Natal com minha família. O pai dela tinha morrido e ela estava sozinha. Naquela época, estávamos morando em nossa chácara, a Toca do Sabiá. Tudo corria bem, meu pai ainda estava vivo, e meu irmão se preparava para deixar a casa. Ia se casar em breve.

"Depois do Natal, e também com a saída de Eugênio, o ambiente em minha casa mudou completamente. A cordialidade entre minha mãe e Sofia parecia ter altos e baixos. Na verdade, mais baixos do que altos. Minha mãe passou a hostilizá-la abertamente. Não aceitava a permanência de Sofia em nossa casa e dizia que era uma falta de respeito. Eu amava Sofia, mas estava em um fogo cerrado entre as duas. Quando Sofia engravidou, minha mãe passou a dizer que éramos casados. Tinha vergonha que uma coisa dessas acontecesse debaixo do teto dela. E eu me calei, para evitar maiores complicações."

Eugênio interferiu:

— Na verdade, nossa mãe era perita em prisão mental e tinha um incrível poder de manipulação. Esse foi o maior motivo que me fez ir para longe de casa.

— Bem — respondeu o delegado —, conversei pessoalmente com dona Juventina, que trabalhava na casa de vocês naquela época. Ela não pôde comparecer devido a seu precário estado de saúde, mas suas declarações, assinadas e feitas diante de testemunhas, foram decisivas. Segundo ela, dona Ruth nunca tratou Sofia muito bem, apesar de a moça ser gentil e educada.

— Sofia era uma criatura amável e doce. Nunca conheci ninguém igual a ela em toda minha vida — disse Narciso. — A doença de meu pai transtornou todos nós e pouco a pouco foi se agravando. Minha mãe nunca teve muita paciência, e Sofia passou a cuidar dele nos meses em que ficou conosco. Ele gostava muito dela, e os dois conversavam bastante, para grande irritação de minha mãe.

— Sim, mas o que aconteceu quando Sofia engravidou? — perguntou o delegado.

— Ela acabou abortando logo. Antes do terceiro mês de gestação, infelizmente.

O delegado prosseguiu:

— Dona Juventina diz que, quando Sofia comunicou que estava grávida, dona Ruth praticamente enlouqueceu. Falava que era uma vergonha e que a moça só queria "dar o golpe do baú". Depois, de repente, mudou de atitude e passou a dar algumas orientações para ela, e convenceu Sofia a tomar chá de salsa com frequência e em grande quantidade. Dizia que era bom para ela e para o bebê.

Dona Carmela imediatamente reagiu:

— Mas chá de salsa pode ser abortivo, e o perigo não é só para o feto, é para a mãe também.

— Exatamente, dona Carmela. Dona Juventina tentou falar para Sofia, mas dona Ruth a convenceu do contrário. E em pouco tempo ela teve um aborto espontâneo.

Todos olhavam espantados para o delegado. Narciso parecia aterrorizado. Disse simplesmente, com voz alterada:

— Meu Deus! Acho que Sofia tentou me dizer alguma coisa, mas eu não lhe dei ouvidos. As brigas com minha mãe eram tantas que eu evitava até tocar em qualquer assunto mais delicado com Sofia. Era um inferno!

O dr. Valadares pigarreou, tomou um pouco de água e continuou:

— Outro fato mereceu nossa atenção. Depois que dona Ruth morreu, Narciso e Eugênio encontraram em um cofre bancário um documento, feito pelo pai, seu Gabriel, pouco antes de morrer. Era seu testamento. Estava assinado pelo pai, mas não pela mãe. E havia menção a uma cópia também, que não tinha sido encontrada pelos filhos.

"Algumas questões se apresentavam: Por que o documento do pai não teve a assinatura da mãe? Por que dona Ruth nunca mencionou o fato aos filhos? Onde estaria a cópia? Visto que não estava com o advogado, a quem o pai confiara a cópia?"

Empolgado com a própria narrativa, o delegado prosseguiu:

— Vamos aos fatos. Segundo dona Juventina, dona Ruth controlava tudo, baixando ordens, cerceando o que pudesse extrapolar sua autoridade ou influência. Talvez para não aumentar o nível de tensão em plena escalada, talvez até por inércia, para evitar maiores problemas e conflitos, a norma era não discutir, não questionar nada do que acontecia na casa.

"Como você disse, Narciso, no limite, em sua própria autodefesa, o distanciamento foi a única solução que você acabou encontrando para aquela situação insustentável.

"Muito bem. Fomos encontrar a cópia do testamento na casa de Sofia e do engenheiro, aqui no Brasil. E a explicação é simples. Sofia ficou na casa de Narciso de dezembro a maio. Como consideração e gentileza sempre unem as pessoas, os laços afetivos entre seu Gabriel e ela se estreitaram. Conversavam muito, ele confiava em Sofia e fazia confidências; fato confirmado por dona Juventina. Há muito entendera que a Ruth, gentil e delicada, com quem se casara, tinha verdadeira obsessão por poder. Nunca mais voltaria para a condição de pobreza e privações em que vivera; nunca mais seria obrigada a se curvar aos desejos e ditames de outros mais poderosos. Nunca mais!

"A aproximação de seu Gabriel e de Sofia não era bem-vista. Certamente dona Ruth entendia que aquela "intrusa" tinha pretensões, e o que veio a acontecer na comemoração do aniversário da moça, em 3 de abril, parecia comprovar suas suspeitas. E foi assim, a partir desse entendimento e daquela afeição, que as coisas degringolaram.

"Entre as joias que seu Gabriel herdara da avó materna, havia um crucifixo cravejado de diamantes puros e perfeitos; uma peça bastante valiosa. Em um gesto de afeto a Sofia, o pai deu a peça a Narciso para que desse de presente a ela, fato que provocou a ira da mãe. Unidos, Narciso e seu Gabriel se opuseram à atitude de dona Ruth. Um fato que há muito tempo não ocorria. Seguramente, aos olhos dela, uma conspiração estava em andamento naquela casa.

"Dona Juventina conta que a doença de seu Gabriel começou logo após o acontecido, de forma súbita, inesperada. Passou a se sentir mais e mais doente. Um dia, ele estava passando muito mal e Sofia pediu a Juventina que a ajudasse. Seu Gabriel vomitava e tinha convulsões. Quando ele conseguiu se recuperar um pouco, mas ainda com a respiração bem fraca, ela viu quando ele segurou a mão da moça e disse: "Vá embora, Sofia. Eu não vou viver por muito tempo, e você sabe que não deve ficar aqui. O que está feito, está feito, minha filha". Juventina podia ver que a moça chorava, o medo estampado em seu rosto.

"Sofia logo depois foi embora, sem dizer nada a ninguém. Seu Gabriel, de fato, teve falência dos órgãos e veio a falecer menos de um mês depois. Dona Juventina, na ocasião, pensou que seu Gabriel estivesse se referindo ao tratamento grosseiro que dona Ruth dispensava à moça. Quando foi limpar o quarto dele, um dia depois de sua morte, notou que a água da jarra no criado-mudo estava um pouco esverdeada. "Em tão pouco tempo!", pensou. E continuou a fazer seu trabalho.

"Seu Gabriel se foi, a família se entristeceu profundamente, e a vida continuou. Dona Juventina, entretanto, se perguntava por que a sensação de que alguma coisa estava errada não a abandonava. Alguns meses depois, a família estava para se mudar da chácara e ela começou a encaixotar as coisas de dona Ruth. Ao retirar os objetos do fundo de uma das gavetas de sua cômoda, uma caixinha de música que estava fechada à chave caiu, e a estrutura de madeira se desmantelou. Um pó branco dentro de um saquinho se espalhou pelo chão, e ela pressentiu que aquilo não devia ser nada bom. Não foi difícil montar a caixa novamente. Pegou o saquinho com o pó branco que restou, terminou de embrulhar tudo e foi para casa.

"Depois que a família se mudou, foi até a cidade e levou o pó branco até um farmacêutico. Ele informou que aquilo era 'ricina', uma substância extremamente tóxica feita com os resíduos das sementes de mamona. Era para ter muito cuidado porque ela se dissolvia facilmente na água e era letal. Dona Justina teve certeza, então, de que seu Gabriel tinha bebido a água com o pó venenoso. E teve certeza, também, de que naquele dia ele estava alertando Sofia sobre isso. O pavor que viu nos olhos da menina era imenso. Ela tinha medo só em pensar."

Eugênio disse com voz trêmula:

— Parece incrível que eu possa dizer isso, mas sempre suspeitei de que alguma coisa estranha tivesse ocorrido com a morte de meu pai. Nossa mãe era uma pessoa ambiciosa, patética mesmo, mas daí a envenenar nosso pai? Dona Juventina tem certeza do que está dizendo, delegado? Não há como fazer um exame para comprovarmos isso?

— Nós sabemos que os venenos não se conservam nos corpos, assim, qualquer procedimento que pudéssemos fazer depois de dez, doze anos seria inútil — explicou o delegado. — No caso do testemunho de dona Juventina, ela nos apresentou a declaração do farmacêutico responsável pela análise atestando que o pó era ricina. Quando perguntamos por que não tinha denunciado o fato, ela declarou que na ocasião achou melhor não falar nada; ficou com medo de ser incriminada. "Quando tem gente rica envolvida em alguma coisa errada", disse ela, "o pobre sempre paga o pato". Mas temos, seu Eugênio, outra fonte de informação a confirmar esse fato: a própria vítima.

— Meu pai? — gritou Eugênio. — Mas como? Ele sabia?

Narciso, extremamente pálido, nervoso, não disse nada. Era um fardo insuportável demais para quem já tinha sofrido *ad nauseam* o "jeito de ser" da mãe.

— Acompanhem, por favor — retomou o delegado, dirigindo-se agora a todos. — À medida que as investigações aconteciam, nós nos perguntávamos: Por que o paradeiro de Sofia tinha se tornado importante para alguém? Quem era possivelmente esse "alguém"? Quem havia contratado os advogados? Por que inesperadamente houve um incêndio na casa do professor Raimundo, homem meticuloso e sempre cuidadoso com tudo? Por que sua biblioteca foi invadida e vasculhada logo após a reunião do Natal? E, finalmente, por que mais um incêndio teve início, dessa vez na casa de dona Ruth?

"Bem, alguns dados comprobatórios foram progressivamente nos indicando a direção certa a seguir. Primeiro, a revelação do nome de Ruth de Magalhães e Freitas como a contratante dos serviços dos advogados. Depois, o fato de encontrarmos na casa do engenheiro não apenas a cópia do testamento, mas um bilhete de seu Gabriel anexado a ele e um caderno de Sofia com algumas anotações. Os três itens em um único pacote cuidadosamente amarrado, como partes que não poderiam ser desunidas.

"A mensagem do bilhete é curta, mas nem por isso menos significativa. Vou ler para vocês."

> Sofia,
> Por favor, guarde com cuidado esta cópia do meu testamento. Ruth me parece meio fora de controle. Ontem, quando voltamos a falar sobre a questão do meu irmão, ela se alterou e chegou a me ameaçar. Acredita que você e eu estamos de conluio contra ela.
> Agora está sempre insistindo para que eu tome meus remédios com um chá que ela mesma prepara. Alguma coisa estranha está acontecendo; ela nunca foi assim. E nunca me senti tão debilitado.
> Vou procurar resolver essa questão ainda em vida, mas, se não for possível, entregue o testamento para Eugênio. Ele saberá que providências tomar.
> Obrigado por me ajudar.
> Gabriel

Os dois irmãos permaneceram em silêncio. O que mais poderiam dizer? Dona Carmela olhava compungida para eles. O restante do grupo continuou calado.

Leitura feita, o Dr. Valadares tirou da gaveta um caderno. Era tipicamente um caderno antigo de lembranças que as meninas costumavam ganhar dos pais. Tinha capa de couro na cor marfim, um acabamento alinhavado em couro escuro nas bordas, um pequeno ramo de flores coloridas pintado no centro. A palavra "Recordações" aparecia impressa embaixo.

Narciso imediatamente o reconheceu:

– É o caderno que a mãe de Sofia deu a ela quando completou 15 anos.

O Dr. Valadares continuou:

– Este caderno não é propriamente um diário. Há nele algumas datas e referências muito importantes: os dias especiais para vocês dois, Narciso; a data da ida dela para a Toca do Sabiá; as considerações sobre o lugar; a foto na queda d'água; e comentários sobre a festa do Natal. Depois disso, somente uma ou outra anotação no fim de janeiro. A partir daí, entretanto, o número de anotações cresce não apenas com uma quantidade maior de datas, mas com observações, considerações sobre o ambiente e as pessoas, suas dúvidas, sua desilusão, seu afeto por seu Gabriel e, por fim, o pavor que sentia e a necessidade de abandonar tudo e se esconder.

"No caderno ela escreveu sobre o processo do aborto e, em especial, sobre a enfermidade estranha e repentina do pai de Narciso. Vale a pena ler uma de suas observações."

> *A razão ou o motivo que acabou por justificar tantos malefícios, disse-me seu Gabriel, era que dona Ruth havia se insurgido contra a intenção dele de transferir o controle de uma parte de seus bens para a família do irmão. E ele tinha certeza de que isso ocorreria para qualquer um que pudesse representar para ela uma ameaça em potencial (eu mesma, inclusive!). Ela o ameaçara com o punhal antigo que o avô, pai de seu pai, lhe dera, e vivia insistindo para que ele bebesse chás e tomasse água com gosto estranho.*

— Era uma história de horror inimaginável, e ela precisava fugir para bem longe antes que o pior acontecesse. Ele estava no fim; não havia mais nada a fazer.

"Como os senhores podem ver, Sofia sabia que, com seu espírito obsessivo, dona Ruth não descansaria enquanto não visse tudo resolvido. E, como sabemos, ela não teve escrúpulos para estabelecer limites. Sofia passou a representar um perigo que ameaçava se concretizar. Que tipo de confidências seu Gabriel havia feito a ela? O que sabia? Por que havia fugido? Teria algum documento comprometedor? Quais as chances reais que poderia ter para incriminá-la? Sentia que não devia vacilar. Era preciso saber de seu paradeiro, monitorar sua trajetória.

"No dia da festa da árvore de Natal, deve ter vislumbrado uma ameaça tão grande que, em um rasgo de fúria, resolveu pôr fogo na árvore, destruir a casa e machucar as pessoas que estavam abalando a sua tranquilidade tão duramente controlada. E se descobrissem qualquer ligação com ela? E se o Dr. Cássio continuasse a tagarelar sobre a moça? E se, com as informações do Dr. Cássio, o professor Raimundo descobrisse que Sofia tinha sido sua aluna? E, metódico como sempre foi, o que guardava dos alunos em sua biblioteca? E se...? E se...?

"O pavor da dúvida, senhores, é perigoso; cria uma cadeia de suposições retorcida pelo consciente e também pelo inconsciente, potencializa a percepção de sombras e nos leva a uma quase perda de sanidade. Para dona Ruth, era urgente agir e afastar as sombras."

Mais uma vez, as pessoas se calaram. O silêncio pesado foi quebrado pela entrada de um agente da delegacia carregando uma caixa. Ele a depositou sobre a mesa, perguntou se o delegado precisava de mais alguma coisa e se retirou.

– Vamos continuar. A chegada ao vilarejo do engenheiro, o reconhecimento imediato que dona Ruth fez do nome e da sua relação com Sofia, os possíveis riscos que a presença dele neste lugar podia significar, tudo levava a uma única direção. E, pelo sim, pelo não, era preciso se precaver!

"Nos dois assassinatos que ocorreram, havia um *modus operandi*[130]: o corte na garganta da vítima, preciso, fulminante, eficaz. A arma do crime não havia sido encontrada, e demos voltas e mais voltas até que, por uma grande ironia do destino, ela praticamente "caiu" em nossas mãos.

"Se acreditarmos nos gregos, senhores, nosso caráter constrói nosso destino, e, assim, de certa forma, predeterminamos tudo e não conseguimos nos livrar dessa ordem natural: a harmonia cósmica maior.

"Com a restauração da praça, um punhal antigo foi encontrado praticamente emperrando o funcionamento do velho chafariz. A perícia criminal acabou comprovando que essa foi a arma utilizada no assassinato do engenheiro e de dona Marta. A análise indica uma perfeita coincidência entre os cortes praticados e o tipo de estrutura da lâmina."

Marcos, atendendo a um sinal do delegado, tirou da caixa o punhal. Eugênio apenas murmurou:

– É o punhal de vô Vitório. Mas, pelo que sei, ninguém tinha informações sobre onde ele poderia estar depois da mudança para o vilarejo. Pelo menos foi o que nossa mãe nos disse, não é Narciso?

– Ela não conseguiu encontrar o punhal, e depois desistiu – disse Narciso. – Acho que acabou até se esquecendo dele.

– Exatamente – retrucou o delegado. – Dona Juventina nos confirmou que dona Ruth pediu várias vezes que a ajudasse a encontrá-lo, mas o punhal praticamente desapareceu.

"Muito bem. Além do punhal, outro objeto foi encontrado na praça, em dias e circunstâncias diferentes – continuou o delegado tomando nas mãos uma caixinha branca. – A nossa dúvida era: Haveria alguma relação entre o objeto dentro dessa caixa, claramente arrancado do pescoço de alguém, ou estaríamos apenas diante de uma infeliz coincidência entre a briga de dois

---

[130] *Modus operandi* (latim) = Modo de operação; no mundo jurídico, é uma forma peculiar de agir ou executar uma ação, realizando geralmente os mesmos procedimentos.

amantes e um posterior assassinato? Eis aqui, senhores, uma corrente de ouro Cartier e uma medalha, encontrados no dia do assassinato de dona Marta."

Sobressaltado, Narciso exclamou:

— Essa corrente é minha!

O delegado olhou fixamente para ele e disse:

— Sabemos disso, Narciso. Acredito que o senhor possa nos esclarecer algumas coisas. Comece por dizer qual era exatamente a sua relação com a vítima, dona Marta.

Eugênio olhou boquiaberto para o irmão. Narciso estava pálido, mãos trêmulas. Evitava olhar para as pessoas e o tom na voz era de grande constrangimento.

— Marta e eu tivemos um caso no ano passado.

— Era você, então! — exclamou Hercílio em tom quase de deboche. — Eu não tinha a mínima ideia.

— Ela me disse que estava se separando de você, Hercílio. Queria "viver a vida", algo que nunca tivera chance de fazer, sempre trabalhando muito, ajudando o pai e depois o marido. Marta era mulher bonita e sedutora, e a atração era grande. Foi ela quem me deu a corrente. Nossa relação continuou por alguns meses, até que você descobriu e consumou a separação. As coisas se complicaram então.

— Por quê? — inquiriu o delegado.

— Por diversas razões — respondeu Narciso agora mais seguro. — A primeira é que eu não a amava de fato e não pretendia me casar com ela. À medida que o tempo passava, ela exigia mais, era excessivamente crítica e possessiva. Quando ficava brava ou nervosa com alguma coisa, chegava a ser violenta. Eu não pretendia ter que lidar com esses rompantes de loucura mais uma vez. Já bastava a mãe que eu tinha.

— Dona Ruth ficou sabendo do caso de vocês dois? — perguntou o Dr. Valadares.

— Não. Ela nunca soube de nada.

A contraposição do delegado veio rápida.

— Não foi o que sua mãe disse à dona Carmela. De acordo com o testemunho dela, dona Ruth sabia de seu envolvimento com Marta e não queria que você repetisse a experiência do primeiro casamento. Confirma, dona Carmela?

— *È vero, dottore* — respondeu ela com um sotaque mais acentuado na voz trêmula.

— Muito bem — prosseguiu ele com mais vigor agora. — Dona Ruth disse na ocasião que mais uma vez você estava envergonhando o nome da família diante de todos, que ia impedi-lo de gerir os negócios, tirar seu nome da parte dela na herança, e muitas outras coisas. Foi por essa razão que você e Marta brigaram naquele dia na praça?

— Naturalmente o massacre mental e às vezes até físico que minha mãe fazia também pesaram, mas não foi só isso. Marta fazia ameaças.

— Ameaças ou chantagem? — foi a pergunta que se seguiu, rápida, seca. — Segundo dona Darlene, Marta estava decidida a se casar com você e confidenciou à amiga que tinha um trunfo imbatível na manga. Que trunfo era esse, Narciso?

Atônito, Narciso apenas respondeu:

— Ela não fez chantagem alguma. Só fazia ameaças de escândalo, de fazer um escarcéu para que todos soubessem do nosso caso. Ela sabia que eu não lido bem com esse tipo de coisa.

— A verdade, Narciso, é que, no dia do crime do engenheiro, Marta viu quando você saiu da praça e procurou se esgueirar pelas sombras das árvores que ficam na frente das casas. Pelas largas janelas de vidro da padaria, ela pôde acompanhar quando o senhor, da praça, atravessou a rua na frente da casa de dona Eiko e foi caminhando sorrateiramente até a sua casa.

O delegado, voltando-se para Darlene, falou:

— A senhora pode repetir o que Marta disse na ocasião em que conversaram?

— Sim — respondeu ela. — Marta realmente gostava de Narciso. Além disso, ela dizia com humor: "É bonito e rico. O que mais posso querer na vida?" Quando perguntei a ela por que não resolvia sua situação com ele, uma vez que já estava separada do marido, ela apenas me disse, enigmática: "Sabia que se levantar às três e meia da manhã para fazer pão tem suas vantagens? Logo, logo, amiga, estarei me casando com ele. É só aguardar e ver".

Narciso fez um sinal com os ombros, como a dizer "E daí? O que isso significa?"

O Dr. Valadares então pontuou:

— Segundo a perícia criminal, a morte do engenheiro ocorreu entre quatro e cinco da manhã, horário em que o engenheiro geralmente costumava chegar do litoral às segundas-feiras.

"Seu João, daqui do vilarejo, espera regularmente o caminhão dos boias--frias que chega pouco antes das cinco da manhã e relatou que era comum ver o engenheiro chegando mais ou menos nesse horário. Quando perguntamos se ele tinha visto algo ou alguém quando estava indo em direção à praça, ele disse que só tinha visto dona Marta trabalhando como sempre na padaria. Era seu costume cumprimentá-la.

"Quando interrogamos Marta, ela negou, dizendo que não tinha ouvido nem visto nada. A partir disso, fica fácil deduzir o que veio depois: o jogo de sedução, as insinuações, a necessidade de ter o poder e o controle de tudo. O amor inesperado por parte dela foi um fato novo, mas, depois de muitas brigas, você, Narciso, percebeu que não havia saída. Já tinha experiência suficiente com sua mãe para saber o que viria depois: sua sujeição incondicional a ela."

Eugênio disse, completamente transtornado:

– O senhor está insinuando que meu irmão matou o engenheiro?

– Estou afirmando que Narciso assassinou o engenheiro e Marta. E posso dizer também que assassinou dona Ruth.

Todos olharam aterrorizados para o delegado.

– É uma loucura tudo isso, Dr. Valadares – gritou Eugênio.

O delegado o interrompeu, dizendo:

– Peço que vocês sigam meu raciocínio agora, por favor. Quando dona Ruth morreu, ficou comprovada a existência de *aldicarb* em seu sangue. Não encontramos nada em sua casa. Tudo estava absolutamente limpo. Acontece que esse tipo de substância precisa ser manipulado com cuidado e proteção. Há necessidade de se lavar a mão repetidas vezes para que não haja irritação da pele. Por ocasião da morte de dona Ruth, em nossos primeiros contatos com o senhor Narciso, notamos uma irritação na palma de sua mão direita, particularmente na base do polegar e dedo indicador. Depois que o resultado da análise do laboratório chegou, e após ouvirmos os depoimentos, foi possível relacionar os fatos e tirar conclusões. O depoimento de dona Carmela foi decisivo.

"Ela nos relatou que, logo depois do Ano-Novo, Dona Ruth não estava passando bem e foi até sua casa buscar um chá que ajudasse a melhorar as dores e o mal-estar que sentia. E fez muitas reclamações do filho, Narciso: o fato de ele estar novamente 'abobalhado' com a nova namorada, Valéria; a compra da padaria/confeitaria; as brigas constantes com ela; as suspeitas de que Narciso estivesse usando veneno de rato em sua bebida e em sua comida. Dona Carmela ficou apavorada, e temendo que dona Ruth estivesse imaginando coisas, se calou. Era algo sério, muito sério para acreditar que fosse verdade."

Dona Carmela disse baixinho:

– *Vero*. Foi um pesadelo!

— Quando a morte dela aconteceu, dona Carmela ficou desesperada e só teve coragem de falar quando ligou o fato a tudo o que ouvira mãe e filho dizerem um para o outro no furor da raiva. Como vocês sabem, as casas são vizinhas, muito próximas uma da outra, e era fácil ouvir as brigas que aconteciam.
— Mas o senhor tem provas do que está dizendo? — perguntou Eugênio. — Isso tudo é de uma leviandade tão...
Um grito ecoou nesse instante na sala e todos se assustaram.
— Chega — disse Narciso, chorando. — Eu não aguento mais. Essa é a história da minha vida, e eu não aguento mais.

...

> *Quando nasci, um anjo torto*
> *Desses que vivem na sombra*
> *Disse: Vai...! Ser gauche na vida.*[131]

Narciso confessou sua culpa depois de alguns minutos. Foram momentos dolorosamente pesados em que repassou a trajetória de toda uma existência mal vivida. Seus olhos secaram à medida que contava os fatos, as razões por trás de tudo, a lógica fria e meticulosa que justifica e aplaca a consciência.

Falou sobre a força do poder exercido pela mãe, a anulação de qualquer vontade própria, as suspeitas que sempre teve sobre a morte do pai, o amor por Sofia e a consciência de que ele a deixou ir embora sem mesmo lutar, as brigas recorrentes, as ameaças, a desfaçatez de dona Ruth ao confessar para ele o que já tinha feito e do que ela era ainda capaz de fazer.

Uma vida solitária, apenas com um breve intervalo de paz e amor com Sofia. Tudo lhe havia sido roubado ou tirado pela mãe, pelo pai praticamente omisso, pelo irmão que também se ausentara, pelo homem que levara seu grande amor embora.

Quando a mãe lhe disse, zombando dele, que o engenheiro era esse homem, pôde descontar nele toda a mágoa e raiva contidas durante tanto tempo. A vontade de vingança veio devagar, até que um dia se aproximou dele e, sem dizer nada, apenas pegou o punhal que havia guardado escondido da mãe e lhe cortou a garganta. E se sentiu bem, muito bem, de fato. Ele

---

131 Versos do "Poema de Sete Faces", de Carlos Drummond de Andrade.

podia agir, tinha poder de se desvencilhar, de se livrar daqueles que, de uma forma ou de outra, o haviam ferido.

O caso de Marta foi mais simples. Ela era direta, clara em suas exigências, ameaças e chantagens. Depois da separação, quando foi para a cidade, ele ainda pensou que poderia romper com ela e viver sua vida. Isso, porém, não aconteceu. E ele merecia ter paz. A morte dela pôs um ponto final em uma relação mórbida de disputa de poder a que ele não mais se sujeitaria.

Dona Ruth suspeitou dele desde o início. Ele negava. Ela viu claramente, entretanto, que ele havia mudado e passou a temê-lo. E ele pôde sentir pela primeira vez o gosto de vê-la amedrontada. Planejou cuidadosamente tudo. Tentou o incêndio, que não deu resultado. Passou, então, a destilar veneno diluído na água, no chá, nas folhas das verduras que ela comia. O *grand finale*, porém, deixou para o dia de Ano-Novo. Precisava ser um marco, o início de uma vida nova em que ele seria o *master of the game*, ou seja, o senhor do jogo. E repetia rindo, e rindo mais ainda: *master of the game!*

Depois, em um momento de lucidez repetia em voz baixa, em tom de oração:

– Meu Deus, por que me abandonaste, se sabias que eu não era Deus, se sabias que eu era fraco.[132]

Eugênio levantou-se e abraçou o irmão. Não havia mais nada a fazer.

...

Depois que todos se retiraram, na sala vazia, o Dr. Valadares, como em uma espécie de ritual, acendeu o charuto. Mesmo com toda sua experiência em lidar com situações de crime, ele se calava, e um silêncio profundo, condoído, tomava conta de tudo. Era como se falar ou mesmo fazer um gesto qualquer pudesse partir aquela teia sutil de *pitié*.[133]

Compaixão: esse sentimento, presente até nos animais irracionais, nos aproxima do outro, de todos os outros, e por causa dele é praticamente impossível ficar indiferente diante daquele que sofre.

---

132 *Idem.*
133 O termo se refere à expressão usada por Rousseau em sua obra "Emílio". Para o autor, o "homem natural" traz em si duas paixões distintas: o amor de si (o cuidado consigo mesmo, para sua sobrevivência) e a "pitié" (compaixão).

Susan Sontag, em seu livro *Diante da Dor dos Outros*, nos coloca frente a frente com a questão do sofrimento alheio e nossa reação a ele: Piedade? Juízo crítico? Insensibilidade? O que nos move diante da dor do outro?

Marcos continuava calado. O nó que sentia na boca do estômago não passava. Pensava na crueza das relações humanas, a condição inoperante de um ser diante de forças que o perpassam, a tentativa de ser outro mesmo na mão errada da vida.

Esperou alguns instantes até que o Dr. Valadares lhe dirigisse o olhar, um sinal de que o delegado saía daquele universo paralelo em que às vezes se refugiava e já estava pronto para iniciar uma conversa.

Momento triste, Dr. Valadares! – disse Marcos, como se estivesse despertando agora de um sonho ruim. – O que pode acontecer daqui para a frente? Ao que tudo indica, Narciso sempre foi uma pessoa metódica, racional. Será que, ao perceber que as nossas investigações estavam se aproximando dele, não teria premeditado aquela reação tão desequilibrada, preparando desde já a sua defesa para que o tomassem como uma pessoa com algum tipo de distúrbio mental?

– Bem, Marcos, podemos apenas conjecturar e refletir a esse respeito, mas essa é uma decisão que caberá aos médicos e à justiça. E, como você sabe, quando alguém comete um homicídio e fica realmente provado que é o autor do crime, há apenas algumas hipóteses. Primeira: em caso de ser imputável, ou seja, "normal", recebe uma pena para ser integralmente cumprida; Segunda: em caso de ser semi-imputável, ou seja, "seminormal", sua pena é diminuída de 1 a 2 terços ou recebe uma "medida de segurança", ou seja, tratamento ambulatorial ou em "Casa de Custódia e Tratamento", um estabelecimento para doentes mentais; Terceira: em caso de ser inimputável, ou seja, "anormal", recebe "medida de segurança", com internamento em uma "Casa de Custódia e Tratamento". A pessoa pode ser internada por prazo indeterminado, mas o defensor e mesmo o Ministério Público podem requerer um "exame de cessação de periculosidade" e, no caso, se os psiquiatras "aprovarem", a pessoa poderá sair.

O rádio na mesinha do escrevente lá na recepção tocava uma música ligeira, alegre. Delegado e assistente sentiram subitamente uma vontade enorme de sair. Não disseram mais nada um para o outro. Saíram simplesmente. Era hora de calar.

Caminhando pelas calçadas sombreadas da praça, Marcos respirou fundo, ouvindo o barulho das crianças que brincavam e o tagarelar despreocupado das mães. Paz! Que bênção é ter paz e sossego na vida! Lembrou-se, então, dos primeiros dias no lugar. "E pensar que um dia eu me sentiria feliz com esta tranquilidade!"

O delegado, já em seu carro e absorto em seus pensamentos, teve que frear na esquina próxima à praça para não atropelar a morena bonita que atravessava a rua naquele momento. Era linda! Encabulada, ela sorriu para ele.

O Dr. Valadares retribuiu o sorriso murmurando:

– A vida pode ser mesmo ma-ra-vi-lho-sa!

Epílogo para uma história sem fim

Contamos nossas histórias como se fossem instantâneos de um tempo e de um espaço que nossas lembranças emolduram. A vida, porém, se espalha em novas direções, outros caminhos, em um contínuo estado de transformação. E compõe um quadro singular – complexo demais para ser visto como um todo, amplo demais para ser considerado completo, visto que se derrama em outras vidas, criando uma teia infinita de histórias sem fim.

Quinze anos se passaram em nossa história, mas, você sabe, ela não termina aqui. A vida de cada um de nós é parte necessária nesse magnífico quadro composto pelo entrelaçar de todas as vidas. Nenhum ato, nenhum gesto realizado será banal nesse curto pêndulo do aqui e agora. E, embora possamos percorrer nossos próprios caminhos, ninguém seguirá sozinho nessa aventura paradoxal que é a vida.

Por todas essas razões, vale a pena acompanhar os acontecimentos que tiveram lugar na vida de nossas personagens.

Em 1983, o velho vilarejo adquiria sua emancipação político-administrativa e passava a ter a condição de município. Ainda não era tão grande; a população era de pouco mais de dez mil habitantes. A importância que ganhara no desenvolvimento do agronegócio no cenário nacional, porém, era notável, não apenas pelo alcance de sua produtividade, mas principalmente pela alta qualidade de seu centro de pesquisa e tecnologia aplicada.

O movimento civil de reivindicação por eleições diretas no Brasil nesse momento ganhava força e passava a contar com o apoio da classe política, líderes respeitados da sociedade civil, intelectuais e artistas. A emenda constitucional apresentada pelo deputado Dante de Oliveira seria votada e aconteciam grandes comícios e passeatas.

Ferrenho crítico do regime militar, o Dr. Miguel participava ativamente de toda essa movimentação, mas se recusava a aceitar os insistentes convites que lhe faziam para concorrer a um cargo público. Sua vocação era continuar cuidando dos negócios. Vivia feliz com a esposa e os três filhos, e podia se orgulhar de tudo o que haviam empreendido e conquistado.

Com a prosperidade da região, outras famílias tiveram, com trabalho duro e boa dose de empreendedorismo, a chance de também prosperar e crescer. Foi o caso de Pedro e Dalva, Valdo e Miquelina, Jonas e a Dra. Emília (os dois acabaram se casando).

Jonas continuava administrando os negócios das empresas Magalhães e Freitas. Eugênio permanecia no Sul, e Narciso, já havia cinco anos, estava em liberdade sob a condição de remissão da doença. Não estava mais no vilarejo; dedicava-se agora a diversificar atividades empresariais em outras regiões do país. Os contatos entre eles eram constantes e os negócios prosperavam. Jonas, entretanto, sentia que algo importante entre os dois irmãos se perdera e jamais poderia ser resgatado.

Serge permanecia em movimento: ora no Brasil, ora no exterior. Seus amigos de Nova York eram visitantes constantes na fazenda, e Jeremy vez por outra aparecia nas festas de fim de ano; eram agora bons amigos apenas. O restaurador procurava administrar da melhor forma possível o preconceito contra os homoafetivos, que claramente existia. Era um longo caminho a percorrer, dizia para si mesmo... e continuava à procura de "um grande amor que o levasse à loucura".

De forma geral, a paz do antigo vilarejo se transformara. Não se podia dizer se para melhor ou para pior. O fato é que ter portas e janelas escancaradas mesmo à noitinha deixara de ser um hábito consolidado, havia muita gente nova chegando, e todo cuidado era pouco. Essa era a única reclamação que os antigos moradores faziam. O restante, diziam, viesse o que viesse, podia ser perfeitamente administrado.

Dentro dessa lógica, professor Raimundo, dona Carmela e Vó Ângela, já bem velhinhos, continuaram a manter os amigos por perto, embora as visitas e as reuniões costumeiras precisassem de mãos mais jovens e prestativas para qualquer encontro.

Gertrudes ainda trabalhava nas casas. Gostava do que fazia e se apaixonara pelo papel de mãe que desempenhava com a ajuda nada pequena do "santo" do marido, que lavava, passava, cozinhava, cultivava a horta no fundo do quintal e tratava a esposa como uma verdadeira rainha.

A pracinha permanecia esplendorosa com seu chafariz, o barulho de suas águas, suas flores e um bando de crianças que frequentavam suas calçadas, gritando felizes ao verem qualquer borboleta, jogando bolinha de gude, pulando a amarelinha – serelepes, como somente crianças sabem ser.

Josefa teve sua família alargada com o casamento de Jonas e Emília. Como Otávio não se decidia a se casar, passou a ser a avó das crianças que chegaram. Era adorada por elas.

Chaim constituiu uma família grande – cinco filhos – e continuou berrando com os cabritos e a mãe, dona Jenna, que insistia em fazer todas as vontades dos netos. Sua mulher, como sempre, apenas sorria com leveza. A vida era curta demais para ser áspera.

Matias, depois de formado, passou a ser o diretor do departamento comercial da cooperativa. Formou-se em administração de empresas e fez pós-graduação nos Estados Unidos, realizando assim seu antigo sonho. Além de sua formação acadêmica, a habilidade de comunicação e a facilidade de se relacionar com as pessoas foram fatores determinantes para seu sucesso profissional. Casou-se com uma das médicas do hospital – uma loirinha graciosa que mal abria a boca para falar e que olhava com olhos de adoração para o homem "marrom provocante" que encontrara em um dos seus plantões.

Dois fatos, entretanto, quebraram a rotina quase corriqueira do lugar. O primeiro teve tudo a ver com a propalada Teoria do Caos que o delegado Dr. Valadares insistia em defender.

"Teoria do Caos[134], meu amigo", dizia ele, com uma paixão que extrapolava o mero valor científico da teoria para desaguar, por descaminhos, nos sentimentos que descobrira por Isabela, a morena bonita que um dia quase atropelou.

"O universo é essencialmente moldado pelo caos. E caos não é necessariamente ruim. Pode ser bom". E complementava, na tentativa de explicar o inexplicável: "uma pequena alteração inicial em determinada situação pode levar a consequências maiores e não calculadas. E, se esses efeitos não podem ser calculados ou previstos, são, portanto, efeitos caóticos.

"Dou um exemplo a você", falava com todo o fervor de quem vivenciara a teoria em sua própria prática de vida. "Veja o meu caso com minha esposa." E repassava o primeiro contato na rua, a troca de olhares, aquela força estranha que os uniu, o encontro ansiado e procurado, a paixão, o casamento, a casa deles no vilarejo. "Que fenômeno é o acaso!", repetia com convicção, feliz com a imprevisibilidade da vida.

A segunda grande novidade foi a chegada de Lagartixa ao Brasil. Fora para o Japão ainda mocinho, logo depois do colegial. Tatsuo decidira morar no Japão e o convencera a ir com ele e completar os estudos lá. Já falava bem japonês, mas precisaria se preparar para os exames rigorosíssimos das universidades.

---

134 Teoria do caos – campo de estudo em matemática que procura dar explicações a fenômenos não previsíveis. Tem aplicações em diversas áreas: economia, engenharia, física, biologia e filosofia, entre outras.

Durante cinco anos, Lagartixa estudou a língua falada e escrita, conversou com as pessoas, fez estágios em laboratórios e trabalhou como voluntário no cultivo de plantas diversas. Observador, analisava e procurava aprender. Completou o curso de agronomia na universidade, mas exigiam demais e não era o que ele queria. O programa em um laboratório de estudos avançados em agrotecnologia lhe deu a oportunidade de ter o que sempre desejara: a prática da teoria e a experiência com a terra. E ele se entregou a esse estudo e a esse trabalho com empenho profundo.

Tatsuo se casou no Japão e resolveu morar lá, perto de seus parentes, e Lagartixa decidiu voltar para sua casa, seus amigos e sua família.

Ao chegar, ficava difícil reconhecer no moço alto e elegante, de gestos contidos e olhar quieto e calmo, o rapazinho que partira. O afeto, porém, ignora detalhes, aprofunda-se na alma e tira de lá seu carinho. Houve lágrimas, beijos e abraços sinceros, alegria, risos e apertos de mão, e Lagartixa pôde, então, reconhecer, no lar que o recebia, o lar que sempre tivera em seu coração. Ansiava por aquele mundo, e o queria do jeito que era, do jeito que sempre fora.

As senhorinhas apareceram com o professor Raimundo, depois vieram Josefa e seus três netinhos "herdados", dona Eiko e seus bolinhos, Josias e Maria do Carmo com seu bolo de mel e, finalmente, Chaim com a esposa e o bando de filhos. Era alegria pura, verdadeira.

Matias apareceu com a mulher e um filhote do filhote de Doutor. Abraçou o amigo e, com olhos lacrimejantes, entregou a ele o cachorrinho. Não precisava dizer nada. Era cara e focinho de Doutor.

Tocado pela emoção, Lagartixa olhava para o filhote. O cachorrinho em suas mãos começou, então, a latir e a lamber seu rosto, pedindo carinho, exigindo atenção – exatamente igual ao cachorro que tanto amara. De uma forma ou de outra, aquele não deixava de ser um reencontro também com uma parte de sua vida que lhe dera tanto, sem pedir nada em troca. Quantas saudades de Doutor!

Todos queriam saber dele, de sua vida, de como estava. Sissi não tinha aparecido ainda, porque fazia uma apresentação na universidade que cursava. Assim que chegou, passou como um raio por Lagartixa, sem reconhecê-lo. Ele olhou maravilhado para a moça graciosa, cheia daquela energia que ele tanto admirava. Ela finalmente o viu e, como antigamente, começou a chorar.

Ele a tomou nos braços e beijou sua cabeça, como sempre fizera, mas agora uma emoção suave, nova tomava conta dele. "Quer se casar comigo, menina bonita?", ele perguntou.

Dessa vez Sissi não disse nada, apenas olhou para ele com ternura. E ele soube, com todo o seu coração, que aquele mundo poderia, então, se tornar ainda mais perfeito.

Agradecimentos

Agradeço, em especial, ao meu marido, Reinaldo Polito, pelo incentivo à realização deste projeto, pelas longas horas em que ouvia cada texto novo criado, pacientemente analisando, criticando, e contribuindo com informações e brilhantes sugestões.

Este livro, também, só foi possível graças à ajuda de pessoas amigas e queridas. Algumas me contaram suas histórias ou me incentivaram a escrever. Outras me assessoraram nas questões técnicas do Direito e da Engenharia. E houve ainda aquelas que foram importantes na revisão do texto, com suas críticas e sugestões.

Todos vocês estão presentes nas páginas deste livro: Alessandra Silva de Oliveira Capaldo Amaral; Arlem Coelho; Carolina Bertrand; Caroline Lacerda; Edilson Mougenot Bonfim; Edna Maria Barian Perrotti; Ercio Serafim; Ireniza Canavarros; Leonor Theodoro; Lúcia Cabbau Polito; Luís Flávio Borges d"Urso; Manoel Marques (*in memoriam*); Marina Nucci Theodoro Pagliarini; Neto Bach; Oscar Donato Pagliarini; Renata Favero Rampasso; Wesley de Faria.

grupo novo século

Compartilhando propósitos e conectando pessoas
Visite nosso site e fique por dentro dos nossos lançamentos:
www.gruponovoseculo.com.br

‹ns

- facebook/novoseculoeditora
- @novoseculoeditora
- @NovoSeculo
- novo século editora

Edição: 1ª
Fonte: Bembo STD

gruponovoseculo
.com.br